BARBARA DELINSKY

Die schöne Nachbarin

Roman

Aus dem Amerikanischen von
Georgia Sommerfeld

Knaur

Die amerikanische Originalausgabe erschien 2001 unter dem Titel
»The Woman Next Door« bei Simon & Schuster, New York.

Besuchen Sie uns im Internet:
www.droemer-knaur.de

Deutsche Erstausgabe 2003

Redaktion: Gerhild Gerlich
Umschlaggestaltung: ZERO Werbeagentur, München
Umschlagabbildung: Getty Images, München
Satz: Ventura Publisher im Verlag
Druck und Bindung: Clausen & Bosse, Leck
Printed in Germany
ISBN 3-426-62130-4

4 5 3

Dank

Einige meiner früheren Romane erforderten weitreichende Recherchen. Die Grundlage für »Die schöne Nachbarin« lieferten mir im Wesentlichen der jahrzehntelange aufmerksame Umgang mit Menschen und Gespräche mit Freunden über die Wechselfälle ihres Lebens. Ganz ohne fachmännische Beratung kam ich jedoch nicht aus. Dafür habe ich zum einen Ann Cheston zu danken, Schulpsychologin an der Fay School in Southborough, Massachusetts, die mich mit den alltäglichen Problemen von Teenagern vertraut machte. Zum anderen danke ich Bonnie Ulin für die Einführung in die Grundlagen der Landschaftsarchitektur.

Was das Thema Unfruchtbarkeit betrifft, um das es in dieser Geschichte geht, habe ich mir Wissen angeeignet, indem ich mich mit einschlägiger Literatur befasste und das Internet zu Rate zog, was bedeutet, dass ich Dutzenden von Frauen und Männern Dank schulde. All meinen Lesern, die derzeit mit Fertilitätsproblemen zu kämpfen haben, bezeige ich mein Mitgefühl. Ich hoffe für Sie,

dass sich alles zum Guten wendet und ihr Kinderwunsch in Erfüllung geht.
Meine Familie war, wie stets, wundervoll. Ich danke meinem Sohn Andrew, der sich Stunden um Stunden geduldig meine Gedankengänge und -sprünge anhörte und mir dann aufgrund seiner Erfahrung als Lehrer wertvolle Ratschläge gab. Ich danke meinem Sohn Eric für seine Informationen über Bluegrass-Music und meinem Sohn Jeremy für seine Informationen über Firmennamen und geschäftliche Transaktionen. Ich danke Erics Frau Jodi und Jeremys Frau Sherrie, ebenfalls Angehörige meiner handverlesenen Zuhörerschaft, für Kritik und Ideen. Und meinem armen Mann Steve, der jeden Tag nach der Arbeit beim Abendessen die zusehends stärker werdenden Wehen bei der Geburt dieses Buches mit durchleiden musste, gebührt wahrhaft ein Orden! Ich danke meiner Freundin und Kollegin Sandra Brown, die mir unschätzbare schriftstellerische Ratschläge gab. Ich danke meiner Agentin Amy Berkower und meinen Redakteuren Chuck Adams und Michael Korda.
Vor allem aber danke ich Ihnen, meine Leser, für Ihre Treue. Ich verspreche, auch in Zukunft mein Bestes zu geben, um mich Ihrer würdig zu erweisen.

Prolog

Wäre es nach ihnen gegangen, hätten Amanda und Graham einander irgendwo in aller Stille das Jawort gegeben, denn sie betrachteten in ihrem Alter – immerhin waren sie bereits dreißig beziehungsweise sechsunddreißig – ein rauschendes Fest als unangemessen, doch Amandas Vater bestand darauf, seinem einzigen Kind eine große Hochzeit auszurichten. Amandas Mutter genoss es, sein Geld auszugeben, und Grahams Familie feierte für ihr Leben gern.

Also fand die Trauung im Juni auf Cape Cod in dem Country Club statt, in dem Amandas Vater Mitglied war, im Freien, mit Blick auf ein Salzsumpfgelände, auf Entenschnepfen und Seeschwalben und im Beisein von dreihundert geladenen Zeugen. Anschließend zogen die dreihundert, angeführt von den Arm in Arm dahinschreitenden Frischvermählten, in den Garten hinter dem Clubhaus, wo sie ein Bufett der Extraklasse erwartete. Die in voller Blüte stehenden Flieder- und Rosenbüsche wurden von den Gästen der Braut, deren Interesse dem Rahmen der Feier galt, weit mehr gewürdigt als von den Gästen des Bräutigams, für die der Schwerpunkt auf dem Feiern lag.

Als die Zeit für die Trinksprüche kam, machte Will O'Leary den Anfang, der nächstältere Bruder von Graham, dem jüngsten von acht Geschwistern. Das Champagnerglas in der Hand, schenkte er seiner Frau und seinen vier Kindern das für die Sippe charakteristische Lächeln und wandte sich dann dem Bräutigam zu. »Obwohl ich ein Jahr älter bin als du, warst du mir immer voraus, Graham O'Leary. Du warst der bessere Schüler, du warst der bessere Sportler, du wurdest jedes Jahr wieder zum Klassensprecher gewählt, und ich kann dir sagen, es gab Zeiten, da ging mir das ganz entschieden gegen den Strich.« Hier und da wurde gelacht. »Heute allerdings habe ich dir etwas voraus: Eheerfahrung. Ich wünsche dir, dass du mit deiner Frau ebenso glücklich wirst, wie ich es seit fünfzehn Jahren mit meiner bin.« Er hob sein Glas. »Auf euch beide. Möge es in eurem gemeinsamen Leben viel zu lachen geben – und großartigen Sex.«

Hochrufe erschollen, und dann tranken alle auf das Wohl des jungen Glücks.

Als der Tumult sich gelegt hatte, trat Beth Fisher ans Mikrofon, eine der drei Brautjungfern, gekleidet in elegantes Königsblau, und sagte mit leiser, wohltönender Stimme: »Amanda hat lange auf den Richtigen gewartet, und auch bei mir ließ er auf sich warten. Ich fand ihn schließlich, und Amanda fing an zu arbeiten und stellte die Partnerfrage hintan. Sie war nicht auf der Suche, als sie Graham kennen lernte, und wahrscheinlich hat sie ihn genau aus diesem Grund gefunden.« Sie hob ihr Glas. »Auf Amanda und Graham – und darauf, dass ihr einander in Ewigkeit liebt.«

*

Amanda hatte die Partnerfrage nicht hintangestellt – sie hatte die Hoffnung aufgegeben, einen Mann zu finden, der vertrauenswürdig und damit es wert war, geliebt zu werden. Und dann, an einem Augustnachmittag, als sie, der Hitze der Stadt entfliehend, ihre ehemalige Tutorin in Greenwich besuchte, hatte sie Graham gesehen. Er grub, Oberkörper nackt und vor Schweiß glänzend, gemeinsam mit fünf anderen Männern auf dem Hanggrundstück ihrer Gastgeberin Pflanzlöcher für verschiedene Büsche. Er war größer als die anderen Männer und muskulöser, und seine dunklen Haare und der kurz geschnittene Bart verliehen ihm etwas Verwegenes. Es war nicht nur sein erotisches Äußeres, was sie gefangen nahm – auch die Art, wie er ihren Blick festhielt, fesselte sie. Entweder war er ungehobelt oder extrem selbstsicher. Weder das eine noch das andere hatte sie bislang bei Männern erlebt, und das eine war ebenso reizvoll wie das andere. Amanda war gerade einmal fünfzehn Minuten im Haus, als der junge Mann mit dem Pflanzplan in der Hand an der Tür erschien, um sich von der Hausherrin weitere Instruktionen geben zu lassen. Wie er später zugab, war das nur ein Vorwand gewesen, um Amanda vorgestellt zu werden. Was dann auch geschah.

*

Die älteste Schwester des Bräutigams, MaryAnne O'Leary-Walker, trat jetzt ans Mikrofon. Sie trug einen grünen Hosenanzug, der ihr vor der Geburt der letzten drei ihrer fünf Kinder gepasst hatte, und richtete mit fröhlicher Miene selbstbewusst das Wort an Graham, der, umringt von Freunden, den Arm um die Taille seiner blonden, in weiße Spitze gewandeten und perlengeschmückten Braut gelegt, erwartungsvoll zu ihr aufschaute. »Ich war zwölf, als du geboren wurdest«, sagte sie, »und ich habe dir ungezählte Male die Windeln gewechselt. Bald wird es deine Sache sein.« Sie hob ihr Glas. »Ich wünsche euch viele Babys – und viel Geduld.«

»Hört, hört!«, erscholl es im Chor, und Ruhe kehrte erst wieder ein, als eine weitere Brautjungfer in Königsblau ans Mikrofon trat. »Amanda und ich studierten zusammen«, sagte Gail Wald und lächelte die Braut voller Zuneigung an. »Und dann arbeiteten wir in benachbarten New Yorker Schulen als Psychologinnen, bis Graham sie uns wegnahm, und ich weiß nicht, ob ich ihm das jemals werde verzeihen können. Aber er hat ein Lächeln in ihre Augen gezaubert, und das ist hoch zu bewerten, denn Lächeln ist in unserer heutigen Welt Mangelware. In unserem Beruf weiß man, wie kostbar ein Lächeln sein kann, und man weiß auch ein echtes zu erkennen, und das Lächeln, das ich da bei meiner Freundin sehe, ist unzweifelhaft ein solches.« Sie hob ihr Glas und strahlte das glückliche Paar an. »Auf Amanda und Graham. Es ist sehr schnell gegangen mit euch beiden, doch so läuft das wohl, wenn zwei Menschen füreinander bestimmt sind. Ich wünsche euch, dass euch das Lächeln nie vergehen möge, und ein Leben in Gesundheit und Wohlstand.«

*

Für gewöhnlich begegnete Amanda Männern zunächst mit Vorbehalt, denn sie hatte schon als junges Mädchen in ihrer Verwandtschaft Ehen scheitern sehen, und das, was Schüler ihr im Rahmen ihrer Beratertätigkeit von daheim berichteten, bestärkte sie in ihrem Misstrauen. Liebe auf den ersten Blick gehörte für sie in die Kategorie Kitschroman. Lust konnte spontan entstehen, ja, aber nicht die Liebe. Als Therapeutin wusste sie, dass zur Liebe Vernunft und weitreichende Übereinstimmungen gehörten.

Graham O'Leary belehrte sie eines anderen. Am Abend nach ihrer ersten Begegnung in Greenwich machte er sie zum Sushi-Fan, und als sie am darauf folgenden Abend zum Tanzen gingen, war sie verloren. Graham war ein unglaublicher Tänzer. Er führte mit Routine und Anmut, und Amanda, die bis dahin stets auf Selbstständigkeit bedachte Seele, überließ sich willenlos seiner Führung. Ein Tanz reihte sich an den anderen, und als er ihre Hand auf seine Brust legte, dorthin, wo sein Herz pochte, da flog ihm ihres entgegen.

Für Graham war die Begegnung mit Amanda ein Schlüsselerlebnis. Er brauchte keine Frau, die der Vorstellung seiner Mutter oder seiner Brüder entsprach. Nicht noch einmal. Er brauchte eine Frau, die zu ihm passte, und die Art, wie sie sich beim Tanzen seinen Bewegungen anglich, deutete darauf hin, dass er sie in Amanda gefunden hatte. Er war fünfunddreißig und hatte Erfahrung mit körperlicher Anziehung, aber Amanda zog ihn nicht nur körperlich an. Sie war eine Frau mit Niveau und entsprechend zurückhaltend, doch als er sie an sich zog, erkannte er daran, wie sie ihm entgegenkam, dass auch sie Mühe hatte, ihre Gefühle zu beherrschen. Die Überraschung, die er in ihren Augen las, verriet ihm, dass er der Erste war, dem sie so schnell ihr Vertrauen schenkte.

Er würde sich bis zu seinem letzten Atemzug an diesen Moment erinnern. Er hatte sich einzigartig gefühlt. Er hatte sich ersehnt gefühlt.

*

Dorothy O'Leary, die Mutter des Bräutigams, brachte keinen Trinkspruch aus. Mit eingefrorenem Lächeln und leerem Blick stand sie etwas abseits bei ihrem Bruder und dessen Familie und schien den fröhlichen Trubel gar nicht wahrzunehmen. Erst als ihr drittältester Sohn, Peter, ans Mikrofon trat, kam Leben in ihre Augen, und ihre Züge wurden weich.

Peter O'Leary war Jesuitenpater. Mit seiner Ausstrahlung, die sein Kollar noch unterstrich, war es ihm ein Leichtes, die Aufmerksamkeit der ausgelassenen Hochzeitsgesellschaft auf sich zu ziehen. »Wenn ich mit euch beiden in den letzten Monaten nicht so viel Zeit verbracht hätte«, richtete er das Wort an Amanda und Graham, »wären mir vielleicht Bedenken hinsichtlich der Ernsthaftigkeit eurer Gefühle füreinander gekommen, als ich hörte, dass ihr in einem Country Club heiraten wolltet anstatt in einer Kirche. Aber wie die Dinge liegen, habe ich keinerlei Zweifel daran, dass euch eine tief empfundene Liebe verbindet.« Er trat auf die Frischvermählten zu, legte Graham die Hand auf die Schulter und hob sein Glas. »Sie strahlt aus euren Augen und lässt eure Gesichter leuchten. Möge es immer so sein. Mögt ihr lange leben, mögt ihr mehr geben als nehmen und mögt ihr unserem Herrn Ehre machen.« Mit einem verschmitzten Blinzeln setzt er seinen Wünschen eine typische O'Leary-Krone auf: »Und möget ihr euch zahlreich vermehren.«

*

Amanda hatte, bevor sie Graham kennen lernte, nur zwei Beziehungen gehabt, hatte sich beide Male Monate Zeit gelassen, bis sie – und auch das nach sorgfältiger Planung, was den Ort des Geschehens und die Verhütungsmethode betraf – ihre Kleider ablegte.
Bei Graham war alles anders. Er hatte einen Wanderausflug vorgeschlagen, was in Amandas Ohren allein schon herrlich aufregend klang. Sie hatte mit einer Tagestour gerechnet, aber Graham erschien mit Schlafsäcken, Verpflegung und dem Schlüssel für die Hütte eines Freundes vier Meilen bergaufwärts im Wald.
Es kam ihr nicht in den Sinn, nein zu sagen. Sie hatte noch nie eine Wanderung gemacht – und nie einen Schlafsack besessen, der warm genug gewesen wäre, um gegen die nächtliche Kälte in den Bergen zu schützen –, aber sie war überzeugt, sich Graham anvertrauen zu können. Er war vernünftig und klug. Wenn er ihr etwas erklärte, tat er es einleuchtend und mit Spaß an der Sache. Ging es um ein Gebiet, auf dem sie mehr wusste als er, scheute er sich nicht, ihr Fragen zu stellen. Und dann war da noch sein Lächeln. Noch nie hatte sie jemanden so bezaubernd lächeln sehen. Alles in allem war er der aufregendste Mann, den sie je kennen gelernt hatte.
Der Berg, den sie hinaufwanderten, war üppig begrünt, und glasklare Bäche, zwitschernde Vögel und die Aussicht, die umso atemberaubender wurde, je höher sie stiegen, machten den Ausflug zu einem denkwürdigen

Erlebnis. Irgendwann endete der angelegte Weg, doch Graham kannte die Route genau, und Amanda überließ sich seiner kundigen Führung vorbehaltlos, so wie auf dem Tanzboden.
Sie kamen nicht bis zur Hütte. Nach dem Mittagessen in einer von Bäumen umstandenen kleinen Senke nahm Graham Amanda in die Arme. Sie waren verschwitzt und staubig und – wie sie geglaubt hatte – erschöpft, doch Letzeres erwies sich als Irrtum. Nachdem sie ihrer Leidenschaft nachgegeben hatten, konnten sie nicht mehr voneinander lassen. Amanda begehrte ihn so sehr, dass sie auf Verhütung verzichtet hätte, wenn Graham nicht so umsichtig gewesen wäre, dafür zu sorgen. Ihn in sich zu spüren, gab ihr die Gewissheit, ihre andere Hälfte gefunden zu haben.

*

»Meine Familie ist unverbesserlich«, sagte Kathryn O'Leary-Wood lachend, die nach ihrem Bruder Peter ans Mikrofon trat.
Ihr Blick streifte Megan Donovan, Grahams Sandkastenliebe, erste Frau und noch immer Freundin der Familie, und richtete sich dann auf Graham und Amanda. »Dieser Toast kommt von Megan und mir«, sagte sie. »Amanda – mein Bruder ist ein Hauptgewinn.
Abgesehen von seiner sensationellen Erscheinung ist er auch noch hochintelligent und sensibel, etwas ganz Besonderes. Wie mir scheint, trifft das alles auch auf dich zu.« Mit einem O'Leary-Lächeln fuhr sie fort: »Also können wir mit wunderschönen, hochintelligenten, sensiblen und ganz besonderen Babys rechnen. Ich

wünsche dir und Gray alles Glück der Welt.« Sie kniff die Augen zusammen und fixierte den drei Jahre jüngeren Bruder: »Und was dich angeht, Graham O'Leary, so war das mein letzter Trinkspruch in Sachen Hochzeit.«

Der frenetische Applaus verebbte erst, als die dritte Brautjungfer das Wort ergriff. Hoch gewachsen und schlank, schaute sie schüchtern auf die ihr freundlich entgegenblickenden Gesichter hinunter und sagte leise: »Zuerst einmal möchte ich auf das Wohl von Amandas Eltern trinken, die uns allen mit diesem Fest einen so herrlichen Tag bereiten.« Sie hob ihr Glas und prostete Deborah und William Carr zu.« Als der zustimmende Beifall verstummte, wandte sie sich an die Gäste. »Ich bin Amandas älteste Freundin. Wir kennen uns seit dem Kindergarten und haben uns seitdem immer nahe gestanden. Amanda war all die Jahre stets für mich da, wenn ich sie brauchte. Sie ist eine großartige Zuhörerin, besitzt einen scharfen Verstand und ist eine absolut verschwiegene Vertrauensperson. Es überrascht mich nicht, dass sie bei den Teenagern so beliebt ist.«

*

Graham hatte schon einmal am Altar gestanden und, den Blick auf den blumenbestreuten Mittelgang gerichtet, das Erscheinen seiner Braut erwartet. Doch damals war die ganze Umgebung nicht zur Schemenhaftigkeit verblasst, und es hatte ihm auch kein Ziehen in der Brust die Tränen in die Augen getrieben.

Er empfand es als Privileg, Amanda heiraten zu dürfen. Sie war intelligent und kultiviert und schön. All diese

Eigenschaften hatte er seit jeher bewundert, aber angesichts seiner Herkunft niemals für sich zu reklamieren gewagt. Trotz ihrer Unterschiedlichkeit war es bisher noch nie zu Reibungen zwischen ihnen gekommen: Sie liebten denselben Einrichtungsstil und dieselbe Musik, hatten dieselben Vorstellungen von ihrem zukünftigen Heim und denselben Wunsch nach einer großen Familie. Seit ihrer ersten Begegnung in Greenwich war er davon durchdrungen, dass er sich in Wirklichkeit nur von Megan hatte scheiden lassen, weil Amanda auf ihn wartete. Und an dem Tag der Tage sah er nur sie, wie sie über den Rasen auf ihn zuschritt, und sein Herz sagte ihm, dass es diesmal für immer war. Für immer und ewig.

*

Die Brautjungfer fing Grahams Blick ein. »Meine Freundin ist kostbar – bitte geh sorgsam mit ihr um.« Sie hob ihr Glas. »Auf euch beide. Möge die Wartezeit jede Minute wert gewesen sein.« Zustimmendes Gemurmel und Seufzer der Rührung folgten ihrer kleinen Ansprache. Und dann übernahm Malcolm O'Leary das Mikrofon, der älteste O'Leary-Spross, gemeinsam mit James, dem zweitältesten, Inhaber der Eisenwarenhandlung des verstorbenen Familienoberhauptes und fünffacher Vater. »Apropos Wartezeit«, knüpfte er an die Worte seiner Vorrednerin an. »Da habe ich einen Rat für meinen gut aussehenden Bruder und seine schöne Braut. Geht es an, Amanda und Gray! Ihr seid spät dran!«

*

An ihrem ersten Hochzeitstag besichtigten Amanda und Graham ein Haus. Es war nicht das erste, das sie sich ansahen, aber das erste so große, so hübsche und in einer so vornehmen Gegend gelegene. Der Preis war dementsprechend hoch angesetzt. Woodley, West Connecticut, eine wohlhabende und weitläufige Gemeinde. Sie lag etwa neunzig Autominuten von New York entfernt in einer Hügellandchaft. Unter den vierzehntausend Einwohnern gab es ein halbes Dutzend Geschäftsführer von Spitzenfirmen, ungezählte Anwälte und Ärzte und eine wachsende Zahl von Internet-Millionären. Die Bevölkerung wurde zusehends jünger. In dem Maße, wie auf bewaldeten Grundstücken neue Häuser entstanden und alte frei wurden, weil ihre Bewohner in den Ruhestand gingen und in den Süden zogen, rollten Möbelwagen durch die Stadt.

»Ihr« Haus war kaum zehn Jahre alt und eins von vieren, die, im viktorianischen Stil erbaut, eine von Bäumen gesäumte Sackgasse umstanden. Gelb getüncht und mit weißen Fensterumrandungen, war es mit der umlaufenden Veranda, dem niedrigen Lattenzaun und der Gaslaterne vorn am Plattenweg, der in den Garten hinter dem Haus führte, ebenso malerisch wie seine Nachbarn, und die Schönheit endete nicht an der Haustür. Die Eingangshalle war hell und geräumig, das Speise- und Wohnzimmer, die ihr zur Linken und Rechten lagen, schmückten Stuckdecken, Mahagoni-Einbauten und hohe Fenster. Im rückwärtigen Teil des Hauses befand sich die Küche mit Arbeitsplatten aus Granit, Holzboden und einem verglasten Frühstückserker. Eine geschwungene Treppe mit Fensterbänken auf den beiden Absätzen führte in den ersten Stock hinauf, wo vier

Schlafzimmer lagen. Und als sei das nicht schon des Guten genug, zeigte ihnen die Immobilienmaklerin zu guter Letzt noch zwei Räume über der Garage.
»Büros!«, flüsterte Amanda aufgeregt, als die Frau einen Schritt zur Seite machte, um einen Anruf auf ihrem Handy entgegenzunehmen.
»Könntest du denn hier Klienten beraten?«, fragte Graham ebenfalls flüsternd.
»Ja, bestens. Könntest du hier deine Zeichnungen machen?« – »Es wäre optimal. Hast du den Wald gesehen? Hast du den Flieder gerochen? Und was sagst du zu den Schlafzimmern?«
»Sie sind riesig!«
»Bis auf das eine neben dem größten. Das könnte ein Babyzimmer werden.«
»Nein, nein.« Amanda hatte andere Pläne. »Ich würde das Bettchen in unser Zimmer stellen und aus dem Raum ein Arbeitszimmer machen. Es wäre geradezu perfekt zum Gutenachtgeschichtenvorlesen.« – »Dann geben wir Emma und Zoe das Zimmer gegenüber und quartieren Hal und Tyler ganz hinten ein.«
»Nicht Hal, bitte«, flehte Amanda. Diese Debatte hatte bereits Tradition. »Graham junior. Wenn sie nämlich nach dir und deinen Brüdern geraten, haben sie nur Unfug im Sinn, und da wäre es vernünftig, sie zwecks Kontrolle in unserer Nähe zu behalten.«
»Hal«, beharrte Graham auf seiner Idee, »und ich will sie weiter weg haben. Jungen machen Krach. Du wirst mich bald verstehen.«
Er schlang einen Arm um ihre Taille und zog sie zu sich heran. Seine Lider wurden schwer. »Hast du das Diaphragma beseitigt?«, flüsterte er heiser.

Amanda war so erregt, dass sie kaum atmen konnte.
»Hab ich.«
»Wir machen ein Baby?«
»Heute Nacht.« Sie hatten sich ein Jahr damit Zeit gelassen, um einander ungestört zu genießen, denn wenn ein Baby erst einmal da war, war nichts mehr, wie es war.
»Wenn dieses Haus uns gehörte«, sein Flüstern klang noch heiserer, »wo würdest du …?«
»In dem Erker in der Küche«, flüsterte sie, und ihre Stimme vibrierte, »dann könnten wir uns in ein paar Jahren über die Köpfe der Kinder hinweg ansehen und unser kleines Geheimnis genießen. Und wo würdest du …?«
»Im Garten. Ganz hinten unter den Bäumen, weit weg von den Nachbarn. Das wäre dann wie unser allererstes Mal.«
Das allererste Mal war lange her, und inzwischen drängten ihre Träume nach Verwirklichung. »Dieses Haus ist ideal, Gray. Dieses Viertel ist ideal. Hast du die Baumhäuser und Schaukeln gesehen? Hier wohnen nette Leute mit Kindern. Können wir es uns leisten, hierher zu ziehen?«
»Nein. Aber wir werden es tun.«

*

An ihrem zweiten Hochzeitstag gingen sie gemeinsam zum Frauenarzt. Sie hatten seit einem Jahr ungeschützt miteinander geschlafen, ohne dass eine Empfängnis eingetreten war. Nach Monaten der Verleugnung. Monaten, in denen sie einander immer wieder versichert hatten, dass es nur eine Frage der Zeit sei, mussten sie sich nun doch mit der Möglichkeit, der Unmöglichkeit befassen. Nach einer ausführlichen Untersuchung erklärte der Gynäkologe Amanda für körperlich gesund und teilte seinen Befund anschließend auch Graham mit, nachdem man ihn ins Sprechzimmer gebeten hatte. Erst als Graham sie lächelnd an sich zog, wagte Amanda aufzuatmen. »Ich hatte solche Angst«, gestand sie dem Arzt verlegen. »Die Leute erzählen die schlimmsten Schauergeschichten.«

»Hören Sie nicht hin.«

»Das ist leichter gesagt als getan.« Die dramatischsten Storys lieferten ihre Schwägerinnen, wobei sie aber nicht etwa aus ihrem eigenen Erfahrungsschatz schöpften. Nein, die Katastrophenberichte hatten sie von Freundinnen oder Freundinnen von Freundinnen. Die O'Learys hatten keinerlei Probleme mit der Fortpflanzung. Amanda und Graham fielen da völlig aus dem Rahmen.

Der Arzt lehnte sich zurück und faltete in einer väterlichen Geste die Hände über seinem beeindruckenden Bauch. »Ich bin jetzt seit über dreißig Jahren Arzt und weiß, wie Probleme aussehen. Das Einzige, was ich hier sehe, ist Ungeduld.« – »Können Sie uns die verübeln?«, fragte Graham. »Amanda ist zweiunddreißig, und ich bin schon achtunddreißig!« – »Aber Sie bemühen sich erst seit einem Jahr um Nachwuchs. Das ist nicht gerade lange.« Er schaute über den Rand seiner Brille auf die Notizen, die er sich zuvor gemacht hatte. »Ich würde ja auf Stress tippen, aber Sie sind offenbar beide glücklich in ihrem Beruf.«

»O ja!«, bestätigten sie wie aus einem Munde. Es war ein höchst erfolgreiches Jahr gewesen.
»Und Sie wohnen gerne in Woodley?«
»Sehr gerne«, Graham nickte, »das Haus ist ein Traum.«
»Das gilt auch für die Nachbarschaft«, ergänzte Amanda. »Es sind sechs Kinder da mit großartigen Eltern. Und dann gibt es noch ein älteres Paar …« Sie brach ab und warf Graham einen kummervollen Blick zu.
»June ist vor kurzem gestorben«, erklärte er dem Gynäkologen.
»Sechs Wochen zuvor war Krebs diagnostiziert worden. Sie wurde nur sechzig Jahre alt.«
Amandas Stimme zitterte, als sie weitersprach. »Ich liebte diese Frau. Jeder liebte sie. Sie war wie eine Mutter – nein, besser als eine Mutter. Man konnte mit allem zu ihr kommen. Sie hörte zu und hatte oft eine ganz einfache Lösung für ein Problem parat. Ihr Mann ist verloren ohne sie.«
»Was hat sie denn zu ihrem Fertilitätsproblem gesagt?«, erkundigte sich der Arzt.
»Dass wir uns gedulden sollten – dann würde es schon klappen.«
Der Gynäkologe nickte. »So sehe ich das auch. Körperlich sind Sie in Ordnung. Alles ist da, wo es hingehört. Ihre Menstruation ist regelmäßig, wir wissen also, dass ein Eisprung stattfindet.«
»Aber es ist jetzt schon ein Jahr! In den Büchern steht …«
»Vergessen Sie die Bücher«, befahl er, jedoch in gutmütigem Ton. »Fahren Sie mit Ihrem Mann nach Hause und genießen Sie einander.«

An ihrem dritten Hochzeitstag fuhren Amanda und Graham zu einem Spezialisten nach New York. Er war schon ihr dritter Arzt. Den ersten hatten sie aufgegeben, nachdem er stur darauf beharrt hatte, dass alles in bester Ordnung sei. Amanda und Graham waren nicht etwa überzeugt, dass etwas nicht stimmte, aber sie fanden doch, dass ein paar Untersuchungen nicht schaden könnten. Also suchten sie vor Ort als zweiten einen Fachmann für Fruchtbarkeitsstörungen auf. Er führte ihr Fertilitätsproblem auf ihr Alter zurück.

»Na, großartig«, machte Graham seiner und Amandas Enttäuschung Luft. »Und was ist nun zu tun?«

Der Mann zuckte mit den Schultern. »Sie können die Uhr nicht zurückdrehen.«

Amanda entschloss sich, die Frage neu zu formulieren. »Wie behandeln Sie ... ältere Paare, die sich ein Kind wünschen?«

»Ältere Paare?«, echote Graham empört. »Wir sind im Schnitt sechsunddreißig. Das ist nicht alt!«

Sie hob die Hand, um ihn zum Schweigen zu bringen und dem Arzt die Gelegenheit zur Beantwortung ihrer Frage zu geben.

»Nun, da gibt es die AI: die IUI und ICSI. Und wenn das nicht klappt, gibt's noch die IVF.«

»Übersetzen Sie uns das bitte, wir wissen nämlich nicht, was Sie meinen«, bat Graham.

»Ja, bitte, so ist es«, schloss Amanda sich ihm an.

»Das ist Ihnen alles fremd?«, wunderte sich der Arzt. »Normalerweise informieren sich Paare in Ihrer Situation.«

»Der Arzt, bei dem wir zuletzt waren, erklärte uns, es sei alles in bester Ordnung und es bestehe kein Anlass,

sich mit speziellen Verfahren zu befassen«, verteidigte Amanda ihren Mann und sich.
»Wollen Sie ein Kind, oder nicht?« Der Ton des Arztes war nicht unfreundlich, aber Graham fühlte sich dennoch angegriffen. »Dieses Gespräch führt zu nichts«, meinte er und stand auf. Amanda nickte. Sie suchten Verständnis, nicht Kritik. Der Arzt zuckte mit den Schultern. »Auch wenn Sie noch zehn Ärzte aufsuchen, werden Sie keine andere Auskunft erhalten. Es bleibt Ihnen die Möglichkeit der artifiziellen beziehungsweise künstlichen Insemination: der intrauterinen Insemination, bei der aufbereitete Samenzellen per Katheter in die Scheide oder Gebärmutterhöhle eingebracht werden, der intrazytoplasmatischen Spermainjektion, bei der eine einzige Samenzelle direkt in das Zytoplasma der Eizelle injiziert wird, und der In-vitro-Fertilisation, bei der dem Eierstock eine oder mehrere Eizellen entnommen, diese im Labor mit aufbereiteten Samen befruchtet und zwei oder drei Tage nach der Befruchtung in die Gebärmutter eingesetzt werden. Ich muss Ihnen aber fairerweise sagen, dass Sie, wenn Sie alle Methoden durchprobiert haben, nicht nur um ein Vermögen ärmer sein werden, sondern außerdem um einiges älter und entsprechend weniger befruchtungsbereit.«
Als Amanda Grahams Kopfbewegung in Richtung Tür auffing, war sie wie der Blitz an seiner Seite und Sekunden später mit ihm aus der Tür. Und so verbrachten sie ihren dritten Hochzeitstag in einer New Yorker Arztpraxis. Der Arzt wirkte mitfühlend und tüchtig und führte gleich zu Beginn zur Abklärung der Unfruchtbarkeit eine ganze Reihe von Untersuchungen durch, von denen einige erstmalig Graham einbezogen. Als die ers-

ten Resultate keine Erklärung für die Nichterfüllung des Kinderwunsches lieferten, drückte er ihnen einen ganzen Stapel einschlägiger Literatur und einen Ordner mit Anweisungen und Karten in die Hand und schickte sie mit dem Rat nach Hause, sich von den noch ausstehenden Untersuchungsergebnissen keine Überraschungen zu erwarten. Amanda solle ihre fruchtbaren Tage ergründen, indem sie täglich ihre Aufwachtemperatur messe und die Basaltemperatur in eine Karte eintrage, und Graham sei zu empfehlen, Quantität und Qualität seiner Spermien zu maximieren, indem er es zu einer Ejakulation nur alle zwei bis drei Tage kommen lasse. Auf der Rückfahrt nach Woodley witzelten sie darüber, doch ihr Lachen war nicht echt. Zwangsläufig verlor ihre Zweisamkeit die Unbeschwertheit und Spontaneität. Das Ziel, ein Kind zu zeugen, drängte das Vergnügen in den Hintergrund, und mit jedem Monat, in dem sich das Ziel als nicht erreicht erwies, wuchs ihr Unbehagen.

*

Ihren vierten Hochzeitstag verbrachten sie in aller Stille zu Hause. Amanda hatte sich noch nicht gänzlich von dem kleinen Eingriff erholt, den die Leiterin einer Klinik für Infertilitätsbehandlung, eine halbe Autostunde südlich von Woodley entfernt, an ihr vorgenommen hatte. Die Frau war in den Vierzigern, Mutter von drei kleinen Kindern unter sechs und voller Verachtung für Kollegen, die Unfruchtbarkeit, wenn sie keinen medizinischen Grund dafür finden konnten, auf eine emotionale Störung des Rat suchenden Paares schoben, wie es Graham und Amanda zuletzt in Manhattan erlebt hatten. Sie stellte nicht nur andere Fragen als ihre Vorgänger, sie führte auch andere Untersuchungen durch. Sie entdeckte bei Amanda die Verklebung eines Eileiters. Obwohl deren Geringfügigkeit bezweifeln ließ, dass sie die Ursache der ungewollten Kinderlosigkeit darstellte, riet Emily – sie hatte darauf bestanden, mit dem Vornamen angesprochen zu werden – sicherheitshalber zur Beseitigung des Störfaktors.

Amanda und Graham überlegten nicht lange. Sie hatten gehofft, inzwischen drei Kinder zu haben – Hal, Emma und Tyler –, und das Haus, das sie im Hinblick darauf gekauft hatten, erschien ihnen allmählich quälend groß und still.

An ihrem vierten Hochzeitstag schliefen sie nicht miteinander. Zum einen war Amanda noch nicht wieder ganz auf der Höhe, und zum anderen hätten Grahams Spermien an diesem Tag nichts ausrichten können. Er brachte ihr das Frühstück ans Bett und schenkte ihr ein Paar Ohrringe in Herzform. Sie umarmte ihn zärtlich und schenkte ihm ein Buch über exotische Büsche. Dann fuhr er zur Arbeit.

Was ihre Jobs betraf, so konnten sie an diesem Tag eine durchaus erfreuliche Bilanz ziehen. O'Leary Landscape Design florierte. Graham hatte im Zentrum von Woodley Büroräume gemietet, in denen zwei Vollzeitkräfte und ein Geschäftsführer saßen. Er war ein bevorzugter Kunde der drei größten Baumschulen im Westen von Connecticut und kaufte regelmäßig bei Baumfarmen in Washington und Oregon und bei Buschfarmen in North und South Carolina ein. Zwei von Wills Mannschaften waren ständig für ihn im Einsatz.

Amanda war zur psychologischen Koordinatorin von

Woodleys Schulen ernannt worden, was ihr die Möglichkeit gab, ein leicht antiquiertes System zu modernisieren. Es bedeutete, dass sie Schülern auf Ebenen begegnete, die die jungen Leute nicht als bedrohlich empfanden – auf Führungsseminaren, beim Mittagessen oder im Rahmen der Programme für gemeinnützige Jugendarbeit. Es bedeutete auch Fünf-Minuten-Gespräche und nicht nur die an sich üblichen Fünfundvierzig-Minuten-Sitzungen sowie E-Mail-Kommunikation, wenn Schüler sich einem Psychologen nur auf diesem Wege öffnen konnten. Es bedeutete, in schwierigen Fällen mit beratenden Psychologen und in rechtlichen Angelegenheiten mit Anwälten zusammenzuarbeiten. Es bedeutete die Bildung und Unterweisung eines Kriseninterventionsteams.

Graham und Amanda hatten ihr Haus, ihre Jobs, ihre Nachbarn und ihre Liebe. Das Einzige, was ihnen zu ihrem Glück noch fehlte, war ein Kind.

*

Zwei Monate vor ihrem fünften Hochzeitstag trafen Amanda und Graham sich zum Mittagessen in der Stadt. Sie sprachen über ihre Arbeit, sie sprachen über das Wetter, und sie beschäftigten sich ausführlich mit der Speisekarte. Kein Wort fiel über das, was Amanda an diesem Vormittag erlebt hatte – eine Ultraschalluntersuchung zur Messung ihrer Follikel –, oder das, was sie beide an diesem Nachmittag erwartete: Von Graham wurde Ejakulat zur Spermiengewinnung erwartet, und Amanda sollte anschließend mit den aufbereiteten Samenzellen befruchtet werden. Eine erfolglose Insemina-

tion lag bereits hinter ihnen. Dies wäre nun die zweite von drei möglichen. Kurze Zeit später lag Amanda allein in einem schmucklosen Behandlungsraum des Krankenhauses. Graham hatte seine Aufgabe erfüllt und war wieder zur Arbeit gefahren. Emily hatte auf dem Weg zu einer Untersuchung nur schnell hallo gesagt und war wieder verschwunden. Nach einer Amanda endlos erscheinenden Wartezeit kam eine Frau herein, die sich als medizinische Technikerin vorstellte. Amanda schätzte sie auf maximal einundzwanzig. Als ihr Versuch, eine Unterhaltung in Gang zu bringen, auf taube Ohren stieß, starrte sie gottergeben an die Decke, während die abweisende junge Frau ihr Grahams Sperma einspritzte. Danach wurde sie wieder allein gelassen.
Amanda kannte den Ablauf ja bereits. Sie würde zwanzig Minuten auf dem Rücken auf dem nach hinten gekippten gynäkologischen Stuhl liegen, um den Samenzellen den Weg zum Ovar zu erleichtern, sich anschließend anziehen, nach Hause fahren und die nächsten zehn Tage in quälender Ungewissheit verbringen.
Während die Minuten in dem stillen Zimmer dahinschlichen, bemühte sich Amanda, ihrer inneren Unruhe Herr zu werden, was ihr aber nicht gelang. Und dann verspürte sie plötzlich ein Ziehen im Unterleib. Sie hätte gerne geglaubt, dass das ein Hinweis auf den Beginn eines Lebens in ihr war, doch sie wusste es besser. Dieses Ziehen war ein Ausdruck von Angst.

I

Graham O'Leary arbeitete wie besessen. Wieder und wieder trieb er den Spaten in den Boden und schleuderte Erdladung um Erdladung über den Rand der Pflanzgrube, die für einen Baum ausgehoben werden musste. Seine Muskeln schmerzten, die Anstrengung tat ihm aber trotzdem gut, denn sie half ihm einigermaßen über seine Nervosität hinweg. Heute war Dienstag – der Tag der Entscheidung. Amanda würde entweder ihre Periode bekommen oder ihre Bemühungen würden endlich Wirkung zeigen. Er hoffte inständig, dass es diesmal geklappt hatte, aber nicht nur, weil er ein Kind haben wollte, sondern auch um ihrer Ehe willen. Die allmonatliche Enttäuschung stellte eine wachsende Belastung für sie beide dar. Es war, als wüchse eine Mauer zwischen ihnen in die Höhe, die sie zu trennen begann. Er spürte, dass seine Frau sich innerlich von ihm entfernte.

Graham hatte das schon einmal erlebt.

Vor Anstrengung keuchend, hievte er eine weitere Erdladung über den Rand. Als er den Spaten erneut ansetzte, traf er auf Stein. Fluchend richtete Graham sich auf, wischte sich mit dem Unterarm den Schweiß vom Gesicht und setzte den Spaten wieder an. Er schob ihn unter den Felsbrocken, hebelte ihn heraus, hob den schweren Steinklotz hoch und wuchtete ihn auf den

Rand der inzwischen bereits beachtlichen Grube. Danach arbeitete er weiter, schaufelte und schaufelte unermüdlich mit der Präzision eines Metronoms.

»Hey.«

O ja, er wusste, wie es war, wenn eine Frau sich von ihm entfernte. Megan hatte es auch irgendwann getan. Langsam, aber unaufhaltsam war sie ihm immer mehr entglitten, bis er nicht mehr wusste, wie er sie noch erreichen sollte. Bei ihr hatte er es sich nicht erklären können. Bei Amanda kannte er den Grund, aber das machte es nicht erträglicher für ihn. Früher waren sie sich immer einig gewesen. In jeder Hinsicht. Das war vorbei.

Während er schwer atmend und schweißüberströmt tiefer und tiefer grub, rekapitulierte er die Auseinandersetzung, die sie in der vergangenen Woche gehabt hatten, nachdem er mit der Überlegung gekommen war, dass sie vielleicht entspannter und somit empfängnisbereiter sein würde, wenn sie arbeitsmäßig kürzer träte. Schließlich müsse sie nicht ein Dutzend Programme leiten, meinte er, in seiner Ansicht nach freundlichem Ton, es könnten auch die anderen etwas tun. Damit bekäme sie Gelegenheit, an ein, zwei Tagen in der Woche schon mittags heimzufahren. Dann hätte sie Zeit zum Lesen oder Kochen oder zum Fernsehen.

Sie war ihm regelrecht ins Gesicht gesprungen, und er hatte sich geschworen, dieses Thema nicht noch einmal anzuschneiden.

»Gray.«

Zähneknirschend hebelte er einen weiteren Felsbrocken aus dem Boden. Ja, es stimmte, auch er arbeitete jeden Tag lange – aber immerhin war es nicht sein Körper, in dem sich ein Kind einnisten sollte. Natürlich würde er sich hüten, ihr dieses Argument zu bringen. Sie war auch so schon schlecht genug auf ihn zu sprechen.

»Hey, du!«

Es wurde wirklich zusehends schwieriger, mit ihr auszukommen. Sie hatte ihm doch tatsächlich verübelt, dass er nicht bei ihr geblieben war, als sie das zweite Mal künstlich befruchtet wurde. Dabei hatte sie gesagt, er solle gehen! Jetzt behauptete sie, sie habe lediglich gesagt, er könne ruhig gehen, wenn viel Arbeit auf ihn wartete.

»Graham!«

Er schreckte aus seinen Gedanken auf und schaute nach oben. Sein Bruder Will ging am Rand der Grube in die Hocke.

»Hey. Ich dachte, ihr wärt abgezogen.« Die Mannschaft arbeitete von sieben bis drei, und es war schon kurz vor fünf.

»Ich bin eben noch mal zurückgekommen. Was machst du?«

Graham rammte den Spaten in den Boden und strich sich die nassen Haare aus der Stirn.

»Ich schaffe die Voraussetzungen dafür, dass der Baum hier Wurzeln schlagen kann«, antwortete er mit einem Blick zu dem Giganten, von dem er sprach. Es war eine stattliche, neun Meter hohe Papierbirke, die das Herzstück des Innenhofes sein würde, den er entworfen hatte. Es hatte ihn viel Zeit gekostet, genau das Exemplar zu finden, das ihm vorschwebte. »Die Abmessungen der Grube sind von entscheidender Bedeutung.«

»Das weiß ich«, nickte Will. »Aber von Hand kannst du die Grube nicht ausheben. Ich habe für morgen einen Bagger bestellt.«

»Ist schon klar. Mir war einfach nur nach körperlicher Betätigung.«
Damit griff er wieder zum Spaten.
»Hat sich Amanda schon gemeldet?«
»Nein.«
»Du hast doch gesagt, sie würde anrufen, sobald sie Bescheid wüsste.«
»Daraus kann man entnehmen, dass sie noch nicht Bescheid weiß«, gab Graham gereizt zurück. Doch er bedauerte es sofort. »Tut mir Leid«, entschuldigte er sich.
»Schon okay«, winkte Will gutmütig ab. »Vielleicht solltest du sie mal anrufen.«
»Nein«, lehnte Graham ab. »Dann beschwert sie sich bloß, dass ich sie unter Druck setze.«
»Ist ein bisschen schwierig, dein kleines Frauchen, was?«
Graham stieß ein freudloses Lachen aus und schaufelte eine Ladung Erde aus dem Loch. »Angeblich ist das eine Nebenwirkung des Medikaments, das sie nimmt. Clomifen heißt das Zeug. Na ja – ich stehe auch unter Strom, und das ganz ohne Pillen. Für mich ist das Ganze auch kein Zuckerschlecken. Allmählich fühle ich mich wie ein Neutrum.«
»Dazu hast du keine Veranlassung«. Will grinste. »Du bist durchaus noch interessant für die Damenwelt. Hast du deine Zuschauerin nicht bemerkt?«
Graham wischte sich zum x-ten Mal den Schweiß vom Gesicht und warf seinem Bruder einen Blick zu, der besagte, dass er ihn für einen Spinner hielt. »Doch.« Er fing wieder an zu graben.
»Ein hübsches Ding.«
»Ihr Mann ist eine Internet-Größe. Die beiden sind ge-

rade mal dreißig und haben Geld wie Heu. Offenbar weiß die Gute nicht, was sie mit sich anfangen soll und schaut mir deshalb zu.«

»Ich denke, du gefällst ihr. So, mein Junge, ich muss los – Mikey und Jake haben Training, und ich bin heute der Coach.« Er richtete sich auf. »Mach nicht mehr zu lange, hörst du. Lass dem Bagger was übrig.«

Aber Graham grub noch eine Weile weiter. Die Vorstellung, dass Will mit seinen Söhnen Baseball spielte, nagte an ihm. Doch irgendwann verließen ihn seine Kräfte, und er gab auf. Bei seinem dunkelgrünen Pick-up angekommen, auf dessen Seiten in weißen Lettern das Firmenlogo prangte, nahm er als Erstes einen großen Schluck aus der Wasserflasche, die er in einer Kühlbox bei sich hatte. Dann schüttete er etwas auf ein Handtuch, reinigte sich, so gut es ging, zog das bunte Baumwollhemd wieder an, in dem er gekommen war, und machte sich auf den Heimweg.

*

»Sie sind am Zug«, sagte Jordie Cotter von der Kante des Clubsessels in Amandas Büro aus. Er war fünfzehn und so strohblond wie seine drei jüngeren Geschwister. Die Cotters wohnten ebenfalls in der Sackgasse, zwei Häuser weiter, und so hatte sie ihm keine Fragen stellen müssen, um seinen familiären Hintergrund zu erkunden. Der Junge hatte nicht um eine Beratung gebeten – offiziell war er gekommen, um seine Aufgabe im Rahmen des gemeinnützigen Programms mit ihr zu besprechen, das sie betreute –, aber er saß nun schon zum dritten Mal hier, und das ließ tief blicken.

Dankbar für die Ablenkung von der bangen Baby-oder-nicht-Baby-Frage, begutachtete Amanda kritisch die Situation auf dem Spielbrett. Fünf schwarze Damen standen drei weißen ungekrönten Häuptern gegenüber. Die weißen Steine gehörten ihr, was bedeutete, dass ihre Niederlage nur eine Frage der Zeit war.

»Es bleiben mir nicht mehr viele Möglichkeiten«, seufzte sie.

»Ziehen Sie.«

Amanda entschied sich für ein Manöver, das sie, wie sie meinte, nur einen Spielstein kosten würde. Als Jordie zwei Steine übersprang, sog sie hörbar die Luft ein. »Das habe ich nicht kommen sehen.« Er lächelte nicht, riss nicht triumphierend die Faust hoch, konstatierte lediglich: »Sie sind dran.«

Sie zögerte. Als sie aufsah, schaute sie in ein ernstes Gesicht. »Sie sind dran«, wiederholte Jordie. Sie verschob ihren letzten Stein, der Junge übersprang ihn und lehnte sich zurück. Er hatte gewonnen, aber von Siegerstolz war nichts zu merken. »Haben Sie mich gewinnen lassen?«, fragte er.

»Warum hätte ich das tun sollen?«

Er zuckte mit den Schultern und ließ den Blick zum Fenster wandern.

Seine Glieder waren noch schlaksig, seine Gesichtszüge noch unfertig, aber es war schon jetzt zu erkennen, dass ein gut aussehender Mann aus ihm werden würde. Sein T-Shirt und die Jeans waren sauber, die Haare gepflegt und modisch geschnitten, und er hatte eine reine Haut. Die hatten allerdings die meisten Schüler hier. In wohlhabenden Gemeinden wie Woodley waren Dermatologen ebenso gefragt wie Kieferorthopäden.

»Es ist Ihnen wichtig, dass man sie mag«, antwortete er, ohne sie anzusehen. »Wenn Sie verlieren, machen Sie sich beliebt.« – »Da hast du nicht Unrecht«, gab sie zu. »Als ich noch zur Schule ging, habe ich manchmal absichtlich eine Schulaufgabe verhauen, um nicht als Streberin dazustehen.«

»Das würde ich nie tun«, sagte Jordie.

Vielleicht nicht aus demselben Grund, dachte Amanda, aber Tatsache war, dass seine Noten sich im zweiten Halbjahr dramatisch verschlechtert hatten. Irgendetwas stimmte nicht mit dem Jungen. Dafür sprach auch seine ständig ernste Miene.

»Hat meine Mom was zu Ihnen gesagt?«, fragte er.

»Wegen deiner Noten? Nein. Und sie weiß nicht, dass wir uns unterhalten haben.«

»Wir haben uns eigentlich nicht unterhalten – nicht wirklich.«

Er schaute auf das Spielbrett hinunter. »Das hat doch nichts mit einer Unterhaltung zu tun. Es macht nur mehr Spaß als Hausaufgaben.«

Amanda fasste sich melodramatisch ans Herz. »Oh, das schmerzt.«

»Sie haben die Sachen doch hier, damit sie benutzt werden, oder?«

»Ich nenne sie Eisbrecher.«

»Ist Harry Potter auch so einer?«, fragte er mit einem Blick zu dem Buch auf ihrem Schreibtisch.

»Ja. Ich finde Harry Potter cool.«

»Die Zwillinge sind ganz wild auf ihn.« Seine Zwillingsbrüder waren acht. »Aber ganz geheuer ist er ihnen nicht. Ich habe ihnen erzählt, dass Harry auf seinem Besenstiel durch unseren Wald fliegt. Seitdem habe ich

dort meine Ruhe vor ihnen. Unser Wald ist cool. Er ist real. Harry ist das nicht.« Er beugte sich vor und begann, die Spielsteine wieder in Reih und Glied aufzustellen.
»Eigentlich bin ich ja wegen Ihres Programms hier. Ich würde gerne als Schülerberater arbeiten, aber das geht nicht.«
»Warum denn nicht?«
»Ich bin nicht gut im Reden.«
»Du redest doch bestimmt mit deinen Freunden?«
»Sie reden – ich höre zu.«
»Ja, das ist ja ideal«, ermutigte Amanda ihn. »Als Schülerbrater muss man zuhören können.«
»Manchmal möchte ich aber auch was sagen.«
»Zum Beispiel?«
Er hob den Blick und sah sie unglücklich an. »Zum Beispiel, dass mich die Schule ankotzt, dass mich mein Zuhause ankotzt, dass mich Baseball ankotzt.«
»Baseball? Ich dachte, du magst Baseball.« Er war direkt vom Training zu ihr gekommen.
»Ich würde Baseball mögen, wenn ich spielen dürfte – aber ich sitze bloß auf der Bank. Können Sie sich vorstellen, wie peinlich das ist, wenn mich die Kids da sehen und meine Eltern? Wieso müssen sie überhaupt zu den Spielen kommen? Meine Mom ist ständig wegen irgendwas in der Schule. Julie gefällt das, aber die ist schließlich erst sechs.«
»Deine Mutter tut viel für die Schule.«
»Können sie sich vorstellen, wie peinlich das ist?«
»Offen gestanden, nein«, spielte Amanda auf Risiko. »Ich hätte mich gefreut, wenn meine Eltern sich in der Schule engagiert oder für mich interessiert hätten, aber

sie verwendeten ihre ganze Zeit und Energie auf ihre Streitereien.«

Jordie zog die Schultern hoch. »Meine streiten auch – aber nur, wenn sie glauben, wir bekämen es nicht mit.«

Amanda schwieg.

»Wir müssen es gar nicht hören – wir sehen, dass da was im Busch ist«, fuhr der Junge fort, »Mom lächelt kaum noch, und sie veranstaltet auch keine Pyjamapartys mehr.« Er grinste schief. »Ich bin für so was natürlich schon zu alt, aber Julie und die Zwillinge hätten noch Spaß daran. Früher waren oft zwanzig Kinder auf einmal da, und es gab Popcorn und Pizza und Videos, und es störte mich nicht mal, wenn die Kleinen mich und meine Freunde nervten, weil das einfach dazugehörte, verstehen Sie?« Seine Begeisterung wich Verdrossenheit. »Jetzt streckt sie nur noch den Kopf zu meiner Zimmertür herein und löchert mich mit Fragen.«

»Arschloch!« Amanda bedachte den neongrünen Papagei, der in einer Ecke des Zimmers in einem großen Käfig saß, mit einem strafenden Blick.

»Das sagt man nicht, Maddie.«

Jordie schaute den Vogel an. »Sie sagt das immer. Wie kommt es, dass Sie sie behalten dürfen?«

»Wenn Mr Edlin oder einer der Lehrer hier ist, benimmt sie sich untadelig. Die wissen gar nichts von ihrem skandalösen Wortschatz.« Auch Maddie war ein Eisbrecher. Manche Schüler brachten dem Vogel einen Monat lang täglich Leckerbissen, bis sie sich heimisch genug fühlten, um sich Amanda anzuvertrauen.

»Du bist ein braves Mädchen«, gurrte Amanda in Richtung Käfig.

»Ich liebe dich«, antwortete Maddie.
»So schnell kann sie umschalten?«, staunte Jordie. »Was ist sie – lieb oder ungezogen?«
»Lieb. Eindeutig lieb. Auch ein liebes Geschöpf kann schlimme Dinge sagen, wenn man es provoziert. Maddie lernte die Schimpfworte von jemandem, der sie mit einem Besen zu jagen pflegte. Sie weiß, wie Zorn klingt – und sie hat ihn gehört, als du über Baseball sprachst.«
»Ich habe nicht über Baseball gesprochen, als sie fluchte«, sagte Jordie.
Nein – er hatte über seine Mutter gesprochen, und das wusste er natürlich genau. Unvermittelt kam er auf die Füße und hängte sich sein Schulpack über die Schulter. Es fiel ihm schwer, über seine Eltern zu sprechen, und noch schwerer, seine Gefühle in Worte zu fassen.
Eigentlich hätte er einen fremden Therapeuten gebraucht, einen, der die Familie nicht kannte, doch weder er noch seine Eltern hatten sie bisher darauf angesprochen. Amanda hätte ihn gerne zum Bleiben bewegt, doch bevor sie etwas sagen konnte, war er aus der Tür, und sie hörte ihn in den Flur hinuntertrotten.
Warte, hatte sie sagen wollen. Lass uns reden. Über deine Eltern, die sich streiten und darüber, wie dir dabei zumute ist, darüber, was du tust, wenn du eigentlich lernen solltest, was du denkst, wenn du traurig bist. Ich habe Zeit. Wir können reden, so lange du willst.
Aber er war zu schnell gewesen. Wieder allein, schaute sie, wie schon oft an diesem Tag, Grahams bärtiges Gesicht an, das ihr aus einem rechteckigen Schieferrahmen entgegenlächelte, der auf dem Schreibtisch stand. Es war ein Gesicht, das die meisten ihrer weiblichen Besu-

cher gefangen nahm. Auch Graham O'Leary war ein Eisbrecher.

Sicher wartete er bereits ungeduldig auf ihren Anruf, aber sie hätte ihm noch nichts sagen können, und es könnten noch Stunden vergehen, bis sie Bescheid wüsste. Seit ihr Kinderwunsch sich zu einer Manie ausgewachsen hatte, stand Amanda unter einem ständigen, quälenden Druck. Graham hatte seinen Teil zum Gelingen beigetragen, sogar mehrfach – ihr Körper war das Problem. Ihr Mann sprach das zwar nicht aus, doch seine zunehmende Gereiztheit war beredt genug.

Aber was sollte sie noch tun? Sie hielt sich strikt an Emilys Anweisungen, ernährte sich gesund, strapazierte sich nicht und sorgte für ausreichende Bewegung – außer heute. Um nur ja nicht ihre Periode zu forcieren, hielt sie sich so ruhig wie möglich. Natürlich war das unsinnig, denn normale Bewegungen würden niemals zum Abbruch einer normalen Schwangerschaft führen, doch Amanda war an einem Punkt angelangt, wo ihr jeder Schritt riskant erschien. Deshalb hatte sie ihr Büro nicht verlassen, war weder zum Mittagessen gegangen noch auf die Toilette. Letzteres würde allerdings in naher Zukunft unvermeidlich werden.

Amanda warf einen Blick auf ihre Armbanduhr. Es war halb sechs. Sie hatte Quinn Davis mitgeteilt, er würde sie bis sechs antreffen. Seine E-Mails beunruhigten sie. Die erste Mail vom frühen Morgen hatte gelautet: »Ich muss mit Ihnen reden, aber privat. Ist das okay?«

»Absolut«, hatte sie geantwortet. »Was du mir erzählst, bleibt unter uns, das garantiert dir meine Schweigepflicht. Ich habe in der dritten Stunde Zeit. Geht das?«

Er war in der dritten Stunde nicht gekommen, aber dafür in der vierten eine zweite E-Mail: »Müssen meine Eltern erfahren, dass ich bei Ihnen war?«

»Nein«, erwiderte Amanda. »Sie erfahren es nur, wenn du mir eine Einverständniserklärung unterschreibst. Ich habe nach dem Unterricht eine halbe Stunde für dich Zeit, aber wenn du zum Baseballtraining musst, können wir uns auch später sehen. Ich bin bis sechs Uhr hier. Ist das okay?«

Er hatte nicht geantwortet, und sie hatte auch, während Jordie hier war, keine Schritte auf dem Flur gehört, die darauf hingedeutet hätten, dass Quinn gekommen und wieder gegangen war, als er merkte, dass sie jemanden bei sich hatte.

Quinn Davis war ein Star, Oberstufensprecher, Schülerberater, Star des Basketballteams im letzten Winter und jetzt das Wunderkind der Baseballmannschaft. Zwei ältere Brüder hatten die Woodley High mit Spitzenzeugnissen verlassen und waren derzeit in Princeton beziehungsweise West Point. Die Eltern, hiesige Aktivisten, engagierten sich in Hartford ständig für dies oder das und wurden dementsprechend oft in der Zeitung erwähnt. Was der Junge wohl auf dem Herzen hatte? Es musste ziemlich gravierend sein, sonst würde er wohl kaum so großen Wert auf die Geheimhaltung ihres Gesprächs legen. Aber warum kam er dann nicht?

Amanda hatte Mühe, die Augen offen zu halten. Der Tag war zwar anstrengend gewesen, aber diese Müdigkeit rechtfertigte er nicht. Könnte es ein frühes Schwangerschaftssymptom sein? Bei dem Gedanken verkrampfte sich Amandas Magen vor Nervosität. Sie schaute an sich hinunter und malte sich eine Wölbung unter dem Oberteil ihres pflaumenblauen Hosenanzugs aus weich fließendem Stoff aus. In ihrem Job verlangte auch die Wahl der Kleidung Sorgfalt. Sie durfte nicht einschüchternd-streng wirken, musste aber Autorität und Reife vermitteln, was für Amanda, die mit ihrer zierlichen Figur und den ungebärdigen blonden Locken eher wie fünfundzwanzig als wie fünfunddreißig aussah, eine echte Herausforderung darstellte.

Plötzlich krachte draußen etwas gegen die Tür. Ein unterdrückter Schreckenslaut folgte, dann trat wieder Stille ein. Das musste Quinn sein! War er gestürzt? Amanda sprang, alle Vorsicht vergessend, alarmiert auf und durchquerte im Laufschritt das Zimmer.

Es war nicht Quinn, dem sie sich gleich darauf gegenübersah, sondern der Hausmeister.

»Johnny ist da!«, krähte der Papagei aus seiner Ecke.

Amanda atmete auf. »Mr Dubcek.« Der weißhaarige, gebeugte Mann war über achtzig, doch er weigerte sich, in den Ruhestand zu treten. Er hatte nicht nur die Eltern der jetzigen Schüler kommen und gehen sehen, sondern auch deren Großeltern, und entsprechend war der Respekt, der ihm entgegengebracht wurde. Niemand sprach ihn mit seinem Vornamen Johann an, für alle war er »Mr Dubcek« – außer für Maddie, aber die beiden standen auch auf sehr vertrautem Fuß miteinander. Er fütterte sie, machte ihren Käfig sauber und nahm sie über Nacht mit in seine kleine Wohnung im Untergeschoss der Schule.

»Entschuldigen Sie«, sagte der Greis mit altersheiserer Stimme. »Der Mopp ist mir aus der Hand gefallen. Ich wollte Sie nicht stören.«

»Sie haben mich nicht gestört«, beruhigte Amanda ihn mit einem freundlichen Lächeln, das jedoch erlosch, als sie plötzlich etwas Warmes, Feuchtes zwischen ihren Beinen spürte. Ohne ein weiteres Wort hetzte sie, so schnell ihre zitternden Beine sie trugen, den Gang hinunter zum Waschraum. Sie wusste, was sie erwartete – was sie gefühlt hatte, war nicht zu missdeuten –, doch als sie gleich darauf die Bestätigung bekam, sank sie schluchzend auf die Toilette und schlug die Hände vors Gesicht.

Ein lautes Klopfen an der äußeren Tür ließ sie aus ihrer Verzweiflung hochschrecken. »Mrs O'Leary!«, hörte sie den Hausmeister besorgt rufen. »Ist alles in Ordnung mit Ihnen?«

Mrs O'Leary. Wie stolz war sie darauf gewesen, diesen Namen zu tragen, mit welcher Vorfreude hatte sie sich ausgemalt, ihn bei der Einschulung ihrer Kinder anzugeben. Hatte sie ohne Kinder überhaupt ein Recht auf ihn?

Wieder kamen ihr die Tränen.

»Mrs O'Leary?«

Schniefend fuhr sie sich mit den Handwurzeln über die Augen. »Ich bin okay«, antwortete sie mit einer Stimme, die ihr in den Ohren schrillte.

Als sie schließlich auf den Gang hinaustrat, war Mr Dubcek gottlob verschwunden. In ihr Büro zurückgekehrt, richtete sie mit Hilfe ihres Taschenspiegels ihr Make-up, fuhr den Computer herunter und schloss die Akten weg. Ein Blick auf die Uhr zeigte ihr, dass die für Quinn bereitgestellte Zeit abgelaufen war. Ein Segen, dass er nicht gekommen war – sie wusste nicht, wie sie ihm in dieser Verfassung eine Hilfe hätte sein können.

*

Graham war auf dem Heimweg, als das Telefon klingelte. Sein Herz machte einen Satz.

»Hallo?«, meldete er sich atemlos, doch es war nicht Amanda, sondern eine Immobilienmaklerin, die ihn beauftragt hatte, das Gartengrundstück, auf dem ihr Bürogebäude stand, neu zu gestalten. Der Arbeitsaufwand wäre minimal, doch es könnte sich einiges daraus ergeben. Die Klientel der Frau rekrutierte sich aus der Oberschicht. Wenn das Resultat seiner Bemühungen ihren Beifall fände, würde sie ihn weiterempfehlen. Er hatte zwar gut zu tun, begrüßte aber jeden zusätzlichen Auftrag als eine weitere willkommene Ablenkung von den Spannungen zwischen Amanda und ihm. »Ich wollte mich nur mal in Erinnerung bringen«, sagte die Maklerin in herzlichem Ton.

»Sie standen ohnehin für heute auf meiner Anrufliste«, antwortete Graham. Während er mit der linken Hand steuerte, angelte er sich sein kleines schwarzes Buch vom Beifahrersitz und schlug es auf. »Ihr Pläne sind in den nächsten Tagen fertig.« Er blätterte ein paar Seiten um, wobei er jede überflog. »Wie wär's heute in einer Woche? Sagen wir um sechzehn Uhr?« – »Wunderbar. Also dann bis nächsten Dienstag um vier.«

Sekunden später klingelte das Telefon erneut. Wieder machte Grahams Herz einen Satz, doch auch diesmal war es nicht Amanda.

»Gibt's was Neues?«, erkundigte sich sein Bruder Joe.

»Nein«, seufzte Graham.

»Mom wollte es wissen.«

»Manchmal wünsche ich mir, ich hätte keinem davon erzählt. Von Anfang an nicht.«

»Das Thema auszusparen wäre gar nicht möglich gewesen«, erinnerte Joe ihn.
»Da hast du allerdings Recht.« Die Fragerei hatte einen Monat nach ihrer Hochzeit angefangen und seitdem nicht mehr aufgehört. Hätte er damals gewusst, was er heute wusste, hätte er einfach behauptet, Amanda und er wollten keine Kinder. Dass die ganze Familie ihre vergeblichen Bemühungen mitbekam, war fast ebenso erniedrigend wie der Samenerguss in den Plastikbecher. O'Leary-Männer hatten so etwas nicht nötig. Joe und Christine waren kürzlich zum fünften Mal Eltern geworden, und Graham vermutete, dass sie es dabei nicht bewenden lassen würden. »Sie verzweifelt allmählich«, sagte Joe, womit er ihre gemeinsame Mutter Dorothy meinte. »Sie befürchtet, dass sie deine Kinder nicht mehr erleben wird.«
»Aber sie ist doch erst siebenundsiebzig.«
»Wenn du sie hörst, macht sie nächste Woche die Augen zu.«
Seine Hilflosigkeit machte ihn wütend. »Was soll ich denn ihrer Meinung nach noch tun?«, blaffte Graham.
»Sie sagt, es sei ihr letzter Wunsch.«
»O Mann – so einen Text brauche ich jetzt ganz dringend!«
»He – es ist nicht meiner. Ich wollte dich nur informieren. Mom redet ständig davon, dass du mit Megan hättest zusammenbleiben sollen.«
»Das ist doch idiotisch!«, erregte sich Graham. »Joe, du musst mir unbedingt helfen. Mom soll endlich akzeptieren, dass ich mit Amanda verheiratet bin, und wenn ich ein Kind bekomme, dann von Amanda. Hör zu – lass uns die Leitung frei machen: Ich warte auf Amandas

Anruf.« Das stimmte zwar, aber er war auch froh, die Unterhaltung damit beenden zu können.

Vor sich hin brütend fuhr er weiter. Der Tag ging dem Ende zu. Warum spannte Amanda ihn so auf die Folter? Es mochte ja sein, dass sie noch nichts zu berichten hatte – aber auch das hätte sie ihm sagen können.

Graham bog vom Highway ab und fuhr durch Straßen, die er in- und auswendig kannte. Er liebte es, wie sie sich durch die bewaldeten Hügel wanden. Der Grundriss von Woodley erinnerte an einen Baum, dessen in zwei Richtungen abzweigende Äste mit Verwaltungsgebäuden, Bürohäusern und Geschäften belaubt waren, und an den aus den Ästen sprießenden Zweigen hingen die hübschen Wohnhäuser.

Keine der Straßen war kahl. Jede säumten Kiefern, Buchen und Hemlocktannen oder Ahornbäume, Birken oder Eichen. In einer ansteigenden Kurve kam er an einer Wiese vorbei, von der rote Wachslilien herüberleuchteten. Ein Stück weiter schimmerte gelber Hundszahn, und daran schloss sich ein Grüppchen von weißblütigem Berglorbeer an. Ein weniger aufmerksamer Beobachter hätte den Dreiblättrigen Zeichenwurz am Straßenrand nicht bemerkt, doch Graham nahm ihn im Vorbeifahren ebenso wahr wie den Frauenhaarfarn, den Eichenfarn, den Adlerfarn und die Moose und Flechten, die hier allesamt vertreten waren. Er liebte diese Gegend. Sein Heimatort lag nur fünfzig Meilen entfernt, und doch trennten Welten die beiden Kleinstädte. Wo er herkam, lebten rechtschaffene Angehörige der Arbeiterklasse, die davon träumten, hier zu wohnen. Für Graham hatte sich der Traum erfüllt. Und wenn Amanda heute endlich eine gute Nachricht für

ihn hätte, dann wäre er doppelt dankbar dafür, denn Woodley war ein schöner Platz, um Kinder aufzuziehen.
Der Stadtkern befand sich auf einer Hügelkuppe. Die drei Straßen, die sich in seinem Herzen kreuzten, waren von Buchen, Holzbänken und Geschäften gesäumt, deren Auslagen an verschneiten Wintertagen ebenso einladend waren wie jetzt im Mai. Das galt auch für den Doughnutduft aus der Bäckerei, den Kaffeeduft aus dem Café und den Schokofrüchteduft aus dem Süßwarenladen. In den Seitenstraßen gab es etwa ein Dutzend Restaurants für die verwöhnten Gaumen der vierzehntausend wohlhabenden Einwohner, doch der Renner war ein schickes kleines Bistro mit einer verglasten Terrasse für den Winter und einer offenen für den Sommer. Ein paar Türen weiter kam man nach einer Kunstgalerie und einem Antiquitätenparadies zu einer Buchhandlung, deren Attraktion ein fest angestellter Märchenerzähler war. In den Boutiquen fand man alles, was Mode war, im Drugstore machte der engagierte Besitzer seine Kunden auf etwaige Wechselwirkungen der ihnen verschriebenen Medikamente aufmerksam, und auch im Eisenwaren- und im Fotoladen wurde fachkundige Beratung groß geschrieben. Als neuer Anziehungspunkt war kürzlich ein Tearoom eröffnet worden.
Einige der Geschäfte nahmen auch den ersten Stock ein, den die Stadtväter zum Höhenlimit bestimmt hatten, in den anderen Obergeschossen saßen Anwälte, Ärzte, Raumausstatter und dergleichen. Grahams Büro befand sich über einem Haushaltswarenladen, dessen Inhaber ihm schon einige potenzielle Neuzugänge in Woodley als Kunden hinaufgeschickt hatte.

Heute jedoch fuhr er an seinem Büro vorbei und auch am Woodley Misc, dem General Store. Normalerweise wäre er in den Parkplatz eingebogen, der gerade vor der Tür frei wurde, und hätte etwas für Amanda gekauft. Mandelplätzchen vielleicht. Amanda liebte Mandelplätzchen. Doch heute war er nicht in Stimmung für den freundschaftlichen Smalltalk, der sich in dem Kaufhaus jedes Mal ergab, und außerdem war er sauer auf Amanda. Weil sie sich nicht meldete. Weil sie nicht zur Abwechslung einmal auch an ihn dachte. Weil sie nicht schon längst schwanger war.
Der letzte Gedanke erschreckte ihn. Graham wusste, dass er unfair war, aber er nahm ihn nicht zurück, obwohl er deswegen ein schlechtes Gewissen hatte.
Um sich und der Welt vorzuspielen, dass alles in Ordnung und er cool sei, stützte er den linken Ellbogen auf dem Rahmen des offenen Fahrerfensters ab und legte den rechten Arm lässig auf die Lehne des Beifahrersitzes.

*

Amanda musste sich auf der Heimfahrt immer wieder zur Aufmerksamkeit ermahnen. Sie würde kein Baby bekommen. Auch diesmal nicht. Kein Baby. Die Enttäuschung war überwältigend.
Graham und Amanda hatten diesmal zwar ganz bewusst jede Vorabeuphorie vermieden, jedoch nicht widerstehen können zu planen, ein Geschenk für ihr dann noch ungeborenes Kind unter den Christbaum zu legen, und schon mal den Trinkspruch für die Silvesternacht zu entwerfen. Und sie hatten darüber gesprochen, wie viel gefasster sie die feiertägliche O'Leary-Meute in dem

Wissen ertragen würden, bald selbst ein Kind zu haben. Amanda zog den Schildpattkamm heraus, mit dem sie ihre Lockenmähne tagsüber wenigstens einigermaßen bändigte, schüttelte sie aus und versuchte, sich mit positivem Denken zu entspannen. Es gab vieles, wofür sie dankbar sein konnte. Vieles, das andere nicht hatten. Zum Beispiel ein schönes Haus in einer malerischen von Bäumen dicht gesäumten Sackgasse – ein Haus, das wie gemacht war für Kinder.

Nur hatte sie noch keine Kinder.

Aber sie hatte drei Nachbarinnen, und mit zweien davon verband sie inzwischen eine enge Freundschaft. Die Dritte, eine junge Witwe, blieb für sich, doch die beiden anderen trösteten sie darüber hinweg. Man kam im Vorgarten zu einem Schwatz zusammen, im Sommer wurde im Garten gegrillt, im Herbst nahm man das Laubrechen zum Anlass für Partys, und im Winter wurden am Sonntagabend Pizza-Orgien gefeiert. Darüber hinaus unterhielt man sich am Telefon, auf den Verandastufen oder am Pool der Cotters.

Wenn sie jetzt einer ihrer beiden Freundinnen ihr Leid geklagt hätte, wäre sie auf Unverständnis gestoßen, denn beide hatten ihr schon mehrmals gesagt, wie sehr sie sie beneideten. Karen brachte ihre harte Arbeit weder Geld noch Respekt ein, und Georgia musste für ihr fürstliches Einkommen in Kauf nehmen, mehrere Tage in der Woche unterwegs und von ihrer Familie getrennt zu sein.

Amandas Gehalt war keineswegs fürstlich, doch das störte sie nicht. Sie liebte ihren Beruf, und ihr Arbeitsplatz lag nur zehn Autominuten von zu Hause entfernt. Wenn sie ein Kind bekäme, könnte sie ihren Vollzeitjob

aufgeben und Schüler zur Beratung in dem Büro über der Garage empfangen. Es hatte einen eigenen Eingang und wäre ideal dafür.
Sie besaß sogar eine Familienkutsche. Der Kombi hatte zwar bereits ein paar Jährchen auf dem Buckel, aber er war zuverlässig, und das war schließlich das Wichtigste, oder?
Amanda bog von der Hauptstraße ab und fuhr durch ein Waldstück. Nach einigen sanften Kurven kam ihre Sackgasse in Sicht. Amanda drosselte das Tempo, öffnete die beiden Vorderfenster und ließ sich von der weichen Mailuft streicheln, in der der Geruch des erstmalig in diesem Jahr gemähten Rasens hing. Das Laub der riesigen Eichen am Kopf der Straße schimmerte ebenso in zartem Frühlingsgrün wie das der weiß berindeten Papierbirken. Die Krokusse und Forsythien waren bereits verblüht, doch hier und da leuchteten noch gelbe Schlüsselblumeninseln, und die ersten Tulpen öffneten sich. Die Dolden an den Fliederbüschen, die die Verandatreppen flankierten, würden erst in ein paar Tagen zu ihrer vollen Pracht erblühen, doch schon heute verströmten sie, teilweise geöffnet, ihren berauschenden Duft.
In der Einfahrt stellte Amanda den Motor ab, stieg jedoch nicht aus. Genießerisch atmete sie die würzige Luft ein. Der Frühling war ihr die liebste Jahreszeit. Er symbolisierte Frische, Sauberkeit und Geburt.
Warum waren sie eigentlich so versessen auf ein Baby? Viele Leute gingen durchs Leben, ohne Eltern zu werden, und Amanda kannte mehrere Frauen, die bewusst kinderlos blieben und äußerst zufrieden mit ihrem Dasein waren. Aber sie wollte nun mal nicht kinderlos

bleiben. Warum blieb sie es dann? War es die Strafe dafür, dass sie die Rolle der Nur-Hausfrau seit jeher als unbefriedigend betrachtete? Dafür, dass sie mit fünfundzwanzig noch kein Kind hatte haben wollen? Sicher wäre sie damals leichter schwanger geworden, aber sie war noch nicht dazu bereit gewesen. Ein Glück, denn damals hatte sie Graham noch nicht gekannt, und sie fand noch immer, dass er das Warten wert gewesen war.
Ihre Mutter dachte nicht so. Sie glaubte, dass die genetischen Unterschiede zwischen ihnen zu groß seien, um eine Empfängnis zu ermöglichen. Graham war groß, kräftig gebaut und hatte grüne Augen; Amanda war klein, zierlich und hatte braune Augen. Er hatte glatte dunkle Haare; sie hatte blonde Locken. Er hatte sieben Geschwister; sie war ein Einzelkind. Er war durchtrainiert, sportlich, sie nicht.
Amanda hielt ihre Mutter für einen Snob und ihre Theorie für absoluten Unsinn, doch das linderte den Schmerz nicht, den sie jetzt empfand. Graham und sie hatten sich solche Hoffnungen gemacht. Sie hätte sich bei ihm melden sollen. Per Handy wäre es leichter zu sagen gewesen als von Angesicht zu Angesicht. Sie könnte ihn ja immer noch anrufen, dachte sie. Aber sie brachte die Courage nicht auf.
Dieser Beweis eines weiteren Unvermögens trieb ihr die Tränen in die Augen. Ärgerlich blinzelte sie sie weg und angelte sich ihren Aktenkoffer vom Beifahrersitz. Als sie sich wieder aufrichtete, nahm sie im Rückspiegel eine Bewegung wahr und drehte sich um. Gretchen Tannenwald, die junge Witwe, wanderte an ihren frisch begradigten Blumenbeeten entlang. Im Herbst hatte sie

Stunden mit der Vorbereitung zugebracht, ehe sie die Zwiebeln setzte, wobei sie jeden freundlichen Versuch, sie zu einer nachbarlichen Unterhaltung zu animieren, mit knappen Erwiderungen abblockte. Nicht einmal Amanda als Psychologin war zu ihr durchgedrungen. Man fragte sich, warum der aufgeschlossene Ben sich eine solche Partnerin nach dem Tod seiner June gewählt hatte.

Nein – eigentlich war es durchaus verständlich. Gretchen war nicht nur halb so alt wie er, sondern auch in jeder anderen Hinsicht das ganze Gegenteil von seiner verstorbenen Frau.

Er hatte diesen Kontrast als Therapie für seinen Gram gebraucht. Die Männer aus der Nachbarschaft fanden andere Erklärungen. »Sie vergöttert ihn«, sagte Russell Lange, der Romantiker. »Das würde jedem Mann gefallen.«

Leland Cotter, der Internet-Häuptling, sah die Sache nüchterner. »Bestimmt hat ihn ihr Aussehen bestochen. Sie ist schließlich ein echter Hingucker.«

Graham meinte, dass Ben Tannenwald von ihrer Unternehmungslust fasziniert sei. »Sie bringt ihn dazu, auf Reisen zu gehen, zu wandern und Tennis zu spielen. Sein Leben mit June verlief in ruhigen Bahnen. Gretchen eröffnet ihm neue Perspektiven.«

Die Frauen der drei unterstellten den beiden, Ben und Gretchen, gänzlich andere Motive für ihre Heirat. »Ben geht es um Sex und Gretchen um Geld.«

Dem widersprach allerdings, dass sie nach Bens Tod nicht weggezogen war. Sie hatte das Haus nicht verkauft und sich mit dem Erlös irgendwo anders ein schönes Leben gemacht, sondern war hier geblieben.

Amanda betrachtete die hübsche Frau genauer, die in ihrem kurzen Kleidchen auch jünger wirkte als zweiunddreißig und dann schnappte sie buchstäblich nach Luft. Was sich da im Profil unter dem dünnen Stoff abzeichnete, war eindeutig ein Bäuchlein! Seltsam. Mehr als seltsam. Ben war vor einem Jahr gestorben, und seitdem lebte Gretchen wie eine Einsiedlerin. Die einzigen Männer, die ihr Haus in dieser Zeit betreten hatten, waren der Klempner, der Zimmermann und der Elektriker gewesen – und aus diesem oder jenem Grund Russell Lange, Leland Cotter und Graham O'Leary.

2

Aus dem Augenwinkel sah Amanda Grahams grünen Pick-up die Straße herunterkommen, und sie vergaß Gretchen augenblicklich. Mit klopfendem Herzen stieg sie aus dem Kombi.

Ihr Mann saß wie üblich lässig hinter dem Steuer, lenkte mit nur einer Hand. Als sie ihn kennen gelernt hatte, fuhr er ein Mustang-Cabrio und sah mit den windzerzausten Haaren so cool aus, dass es ihr den Atem verschlug. Als er jetzt auf sie zukam, verspürte sie ein ähnliches Begehren. Dann fiel ihr wieder ein, was sie ihm würde sagen müssen.

Er drosselte sein Tempo und winkte Gretchen im Vorbeifahren zu, die ihn nur eines flüchtigen Blickes würdigte. Dann bog er in die Zufahrt ein und hielt neben Amandas Wagen an.

Sie ließ die Fahrertür offen stehen und ging um die Kühlerhaube ihres Kombis herum zur Fahrertür des Pickups hinüber, wobei Graham sie nicht aus den Augen ließ. Anfangs war sein Blick fragend, doch als sie an der Tür stand, hatte er begriffen. Entmutigt ließ er sich in seinen Sitz zurücksinken.

»Du hast deine Periode bekommen.«

Sie war dankbar dafür, die Worte der Verdammnis nicht selbst aussprechen zu müssen. »Vor einer halben Stunde«, bestätigte sie.

»Bist du sicher? Vielleicht sind es ja nur ein paar Tropfen.«
Sie schüttelte den Kopf. Was sie auf der Schultoilette gesehen hatte, war viel mehr als ein paar Tropfen gewesen, und außerdem waren die Unterleibskrämpfe ihr sehr vertraut.
»Vielleicht solltest du trotzdem einen Test machen.«
»Für einen Test müsste der Termin für die Periode um eine Woche überschritten sein.«
Graham senkte niedergeschlagen den Kopf. Als er ihn wieder hob, seufzte er tief und öffnete dann die Fahrertür. Amanda schossen Tränen in die Augen. Sie drehte sich um und ging zu ihrem Kombi zurück, um ihre Sachen zu holen. Als sie an dem überdachten Durchgang zwischen Garage und Haus ankam, sah sie Graham an einer der Säulen lehnen und in den Garten hinausstarren. Er hatte ihn nicht nur entworfen, sondern bis zum letzten Busch auch selbst bepflanzt. Sein Werk trug Früchte, und jetzt, im Frühling, boten sich dem Betrachter ein Dutzend verschiedener Grüntöne. Ihr Garten war berühmt in der Nachbarschaft, sogar in der ganzen Gegend, aber Amanda hatte den Verdacht, dass ihr Mann ihn in diesem Augenblick überhaupt nicht wahrnahm.
»Ich dachte, diesmal würde es klappen«, sagte er mit tonloser Stimme. »Ich war ganz sicher.«
Amanda lehnte sich an eine andere Säule. »Ich auch. Und der Arzt ebenfalls.«
»Und warum bist du nicht schwanger?«, fragte er gereizt.
Sie schlang die Arme fest um sich. »Ich weiß es nicht. Es waren acht Eizellen, zwei mehr als im letzten Monat –

und sieben mehr, als die meisten Frauen überhaupt produzieren.« Ihre Stimme hatte zu zittern begonnen. »Man sollte doch meinen, dass es bei einer solchen Masse funktionieren müsste!«
Er starrte sie mit seinen wunderschönen grünen Augen feindselig an. »Woran liegt es?«
Amanda fühlte sich elend. Es tat ihr in der Seele weh, Graham als Gegner zu erleben. Sie hätte ihn an ihrer Seite gebraucht. »Ich weiß es nicht, Gray. Niemand weiß es.
Fünfzehn Prozent aller Fertilitätsprobleme sind unerklärbar. Du hast doch gehört, was Emily gesagt hat.«
»Ja. Sie hat aber auch gesagt, dass sechzig Prozent der Paare mit Kinderwunsch innerhalb von drei Jahren ohne irgendwelche Experimente Eltern werden. Warum schaffen wir es nicht, obwohl wir nichts unversucht lassen?«
Amanda wusste keine Antwort darauf. »Ich tue alles, was man mir vorschreibt. Ich messe meine Aufwachtemperatur, ich führe meine Tabellen, ich nehme mein Medikament. Ich habe diesmal sogar eine Ultraschallaufnahme machen lassen, um sicherzugehen, dass die Befruchtung zum richtigen Zeitpunkt erfolgte.«
»Aber du bist nicht schwanger, verdammt noch mal!«
Sie sagte sich, dass er wütend über die Situation war, nicht auf sie. Trotzdem fühlte sie sich angegriffen. »Nein.«
»Wir haben zu lange gewartet«, meinte er. »Du warst schon dreißig, als wir heirateten. Wir hätten das Jahr nicht ungenutzt lassen dürfen.«
»Du glaubst, das eine Jahr habe den Ausschlag gegeben? Sei nicht albern, Graham.«

»Je älter man wird, umso schwieriger wird es – das hat man uns doch erklärt.«

»Ja – ungefähr eine Million Mal. Was man uns erklärte, war, um es dir genau in Erinnerung zu rufen, dass die Fruchtbarkeitsrate mit dreißig sinkt, dann wieder mit fünfunddreißig und danach mit vierzig – also war es vielleicht mit dreißig schon zu spät. Aber nicht nur ich muss mir Vorwürfe machen. Warum hast du so viel Zeit vertrödelt? Wo warst du, als ich dreiundzwanzig war?«

»In der Ausbildung.«

Das war eine ausweichende Antwort, und sie würde sie nicht gelten lassen, denn sie wollte die Schuld nicht allein tragen. »Du warst neunundzwanzig, frisch von Megan getrennt und absolut nicht wild auf eine neue Beziehung. Du bist Berge hinaufgeklettert und reißende Wildbäche hinuntergepaddelt, hast mit deinen Freunden das Leben genossen. Sicher wäre es besser gewesen, wir hätten früher angefangen, aber wenn wir uns damals begegnet wären, hättest du keine Lust gehabt zu heiraten, geschweige denn, Vater zu werden.«

Sie sah ihm an, dass er über ihre Worte nachdachte. Auch das hatte ihr gleich zu Anfang an ihm gefallen: die Fähigkeit, vernünftig zu denken. Für eine Psychologin wie sie war das eine wesentliche Erwartung an einen Partner. Und er enttäuschte sie auch diesmal nicht.

»Wir wissen nicht, was gewesen wäre, wenn wir uns damals kennen gelernt hätten«, erwiderte er vernünftig.

»So ist es.« Sie rieb sich eine brennende Stelle zwischen ihren Brüsten. Wäre sie romantischer veranlagt gewesen, hätte sie vielleicht geglaubt, ihr Herz habe einen Sprung bekommen. »Also gib mir bitte nicht allein die Schuld. Es ist nicht leicht für mich. Manchmal habe ich das Gefühl, ich mache die ganze Arbeit und dein Beitrag erschöpft sich darin, dir ein Kind zu wünschen.«

»Hey!« Er hob die Hand. »Heißt das, dass du gar keines willst?«

»Du weißt sehr gut, dass ich eines will, nur deine Familie ist schon seit dem Tag unserer Hochzeit darauf aus. Ich verstehe das ja auch. Immerhin haben deine sieben Geschwister alle miteinander inzwischen siebenundzwanzig Kinder.«

»Wir lieben Kinder eben«, sagte er.

»Ich auch – aber ich bin keine Zuchtstute.«

»Offensichtlich«, bestätigte er trocken, und plötzlich gähnte ein Abgrund zwischen ihnen.

»Das ist nicht fair!«, empörte sie sich.

»Okay, okay – du hast Recht«, lenkte er ein. »Es bringt nichts, wenn wir uns streiten.«

Das sah Amanda genauso – aber sie konnte es nicht auf sich sitzen lassen, allein für ihre Unfruchtbarkeit verantwortlich gemacht zu werden. »Ich möchte, dass du begreifst, was ich empfinde«, machte sie unter Tränen einen Versuch, ihn über den Abgrund zu sich herüberzuziehen. »Ich tue alles, was Emily sagt. Vielleicht ist das ja genau das Falsche ...«

»Nein, nein, nein!«, protestierte Graham heftig. »Sie ist der vierte Arzt, und wir mögen sie.«

»Das tun wir – aber sie weiß nicht, warum keine deiner Samenzellen keine meiner Eizellen befruchten kann.«

»An mir liegt es nicht!«, fuhr er auf.

»Ich weiß, Graham – aber es ist nicht einfach für mich. Ich leide seelisch und körperlich. Seelisch, weil ich jedes Mal wieder hoffe und jedes Mal wieder enttäuscht werde, und körperlich, weil ich Brustschmerzen von dem Medikament habe und einen Blähbauch und Schweißausbrüche. Und sag jetzt nicht, dass ich solche Zustände auch in einer Schwangerschaft hätte, denn das wäre etwas ganz anderes. Wenn ich schwanger wäre, würde mich nichts davon stören. Und als wäre das alles nicht schon genug, werde ich auch in der Arbeit ständig mit der Nase auf unser Problem gestoßen: Zur Zeit sind die Hälfte meiner Klienten schwangere Teenager.«

Graham streckte sich und schob die Hände in die Taschen seiner Jeans. »Was für eine Ironie«, schnaubte er. »Bei denen klappt es auf Anhieb, und wir versuchen es nun schon seit vier Jahren.« In seinen Augen war es Ironie – Amanda fielen andere Worte dazu ein: Ungerechtigkeit zum Beispiel, und sogar Grausamkeit. Und da sie gerade bei dem Thema war, dass alle Welt Kinder erwartete außer ihr, setzte sie hinzu: »Gretchen ist auch schwanger.«

Er schien so in Selbstmitleid verloren – was sie gut nachfühlen konnte –, dass sie schon glaubte, er habe es nicht gehört, als er schließlich doch reagierte. »Bens Gretchen?«, fragte er entgeistert.

»Ich habe sie eben im Garten gesehen.« Amanda sah sie im Geiste wieder vor sich. »Sie ist eindeutig schwanger.«

Graham winkte ab. »Ich habe sie auch gesehen. Sie ist nicht schwanger.«

»Du hast sie nicht im Profil gesehen – man sieht es nur von der Seite«, versuchte Amanda, ihn zu überzeugen.

Er verdrehte die Augen. »Ach komm, Mandy – du siehst Gespenster. Aber das ist ja auch ganz verständlich«, milderte er ab. »Du siehst überall Schwangere, weil du selbst schwanger sein möchtest.«

»Ich habe keine Wahnvorstellungen!«, verteidigte sie sich. »Jetzt im Frühling haben die Frauen keine dicken Mäntel mehr an, und man sieht es eher, wenn eine schwanger ist. Ich begegne ihnen im Supermarkt und im Einkaufszentrum, im Drugstore, in der Bibliothek und in der Schule.« Sie hörte ihre Stimme höher und höher werden.

»Manchmal frage ich mich, ob Gott uns etwas damit sagen will.«

»Womit?«

»Dass ich nicht schwanger werde.«

»Und was soll das sein?«

»Vielleicht, dass wir es nicht erzwingen können.«

Amanda empfand die gleiche Angst wie bei dem letzten Versuch in dem Klinikzimmer. Sie war drauf und dran, Graham zu verlieren. »Ein Kind soll das Ergebnis einer liebevollen Vereinigung sein. Wir wollen mit Hilfe von allen möglichen Tricks zu einem Kind kommen, die das Ganze zu einer Farce machen. Unser Zusammenleben wird von Arztterminen, Tabletten und Tabellen beherrscht, und dabei ist uns etwas ungeheuer Wichtiges verloren gegangen, Graham: Wir erfreuen uns nicht mehr aneinander.«

Ihre Augen schwammen jetzt in Tränen, und Graham wäre nicht Graham gewesen, wenn ihr Kummer ihn unberührt gelassen hätte. Er zog sie in seine Arme und drückte sie fest an sich, und in diesem Moment, als sie seinen muskulösen Körper spürte und den Geruch von Erde einatmete, der von ihm ausging, erinnerte sie sich daran, wie es früher zwischen ihnen geknistert hatte. So sollte es wieder werden. Es war ihr nicht bewusst gewesen, wie sehr sie das Feuerwerk vermisst hatte, doch jetzt sehnte sie sich mit jeder Faser danach. Viel zu schnell ließ er sie los. Sein Blick wanderte in den Garten hinaus, und seine Hände verschwanden erneut in den Taschen seiner Jeans. »Was Gretchen angeht«, kehrte er auf ungefährliches Terrain zurück, »musst du dich irren. Sie kann nicht schwanger sein. Schließlich hat sie keinen Ehemann mehr.«

Amanda wischte sich die Tränen von den Wangen. »Nicht nur Ehemänner zeugen Kinder.«

»Das weiß ich auch. Wer könnte der Vater sein?«

»Keine Ahnung – aber ich habe mich nicht getäuscht, das steht fest.« Plötzlich erschien es ihr wichtig, eine Bestätigung dafür zu bekommen. Sie ließ Graham stehen und lief den Plattenweg zwischen Haus und Garage hinunter Richtung Garten.

»Hast du Emily angerufen?«, folgte ihr die Stimme ihres Mannes.

»Tu ich morgen.«

»Versuchen wir's noch mal?«

»Ich bin mir nicht schlüssig«, antwortete sie, ohne stehen zu bleiben.

»Wo willst du hin?« Jetzt klang er verärgert.

»Nach nebenan!« Inzwischen hatte sie sich so weit entfernt, dass sie schreien musste. »Ich werde Russ wegen Gretchen fragen! Er ist tagsüber zu Hause und wird es wissen, wenn sie einen Freund hat!«

*

Amanda verließ den Plattenweg, überquerte einen Grasteppich, glitt zwischen den spitzen Zweigen von Wacholder und Buchs hindurch und lief dann durch das

Kiefernwäldchen, das das Grundstück der Langes von ihrem trennte. Es roch intensiv nach feuchter Erde und Harz. Vielleicht war es diese Mischung, die beruhigend auf sie wirkte, vielleicht war es auch die körperliche Bewegung oder der wachsende räumliche Abstand zu Graham – jedenfalls war sie wesentlich gelassener, als sie die Hintertreppe der Nachbarn erreichte. Als sie gerade die Stufen hinaufsteigen wollte, flog oben die Tür auf, und Allison Lange, eben vierzehn geworden, schlaksig und mit seidiger, langer dunkler Mähne, kam in einem solchen Tempo heruntergestürmt, dass Amanda einen großen Schritt zur Seite machen musste, um nicht überrannt zu werden.

»Ist etwas passiert?«, fragte sie besorgt.

»Nein, nein – alles okay«, erwiderte das Mädchen, wobei es rückwärts über den Rasen joggte. »Ich hab's nur eilig. Jordie wartet – er braucht Hilfe in Algebra.« Sie drehte sich um rannte zu den Cotters hinüber.

Jordie war der älteste Sohn von Karen und Leland Cotter. Er und Allison hatten sich schon in der Grundschule angefreundet. Jetzt, frisch auf der Highschool, war Allison, obwohl ein Jahr jünger, zwar drei Zentimeter größer und auch geistig weiter als er, aber noch immer sein bester Kumpel.

Amanda mochte Allison, die für ihr Alter erstaunlich offen war. Auch in dieser Hinsicht unterschied sie sich wesentlich von Jordie.

»Ich würde ja gerne an die Tür kommen, um dich zu begrüßen«, rief der Hausherr aus der Küche, »aber ich muss bei der Sauce bleiben!«

Russell, ein hoch aufgeschossener Mann mit schütteren, kastanienbraunen und immer zerzausten Haaren, stand am Herd und spähte durch die kleinen runden Gläser seiner randlosen Brille, die gefährlich weit in Richtung Nasenspitze gerutscht war, in den Topf, in dem er rührte. Er trug eine Schürze über dem T-Shirt und den Shorts und war wie fast immer barfuß. Er behauptete, das sei eine typische Hausmann-Nachlässigkeit, aber Amanda hatte den Verdacht, dass eine tief verwurzelte Abneigung gegen Schuhe dahinter steckte.

Russell war Journalist. Den größten Teil seines Einkommens verdiente er mit Buchkritiken, aber die größere Freude bereitete ihm seine wöchentliche Kolumne, in der er auch seine Erlebnisse als Vater verarbeitete. Seine Frau Georgia war die Geschäftsführerin ihrer eigenen Firma, was bedeutete, dass sie mehrere Tage in der Woche unterwegs und ihr Mann somit der hauptverantwortliche Elternteil war. Soweit Amanda es beurteilen konnte, hatte er sich gut in diese Rolle hineingefunden. Darüber hinaus hatte er sich zu einem hervorragenden Koch entwickelt.

»Hi, Russ, das riecht ja märchenhaft«, schwärmte sie.

»Kalbfleisch in Marsala«, erläuterte er. »Der Alkohol verdunstet ja beim Kochen – sonst könnte ich es den Kindern nicht vorsetzen.«

»Allison hätte aber nichts dagegen«, gab der elfjährige Tommy, der die gleichen dicken dunklen Haare hatte wie seine Mutter und seine Schwester, vom Küchentisch her seinen Senf dazu, wo er an seinen Hausaufgaben saß.

»Was meinst du damit?«, fragte Amanda ihn.

»Dass Allie gerne Wein trinkt.«

»Und wo tut sie das?«

»Na, hier zu Hause«, antwortete der Junge. »Aus Moms Glas.«
»Wie geht's deiner Mom?«
»Gut. Sie hat vorhin angerufen.«
»Wo ist sie denn?«
»In San Antonio. Morgen kommt sie wieder.« Der Junge stand auf.
»Ich geh mal kurz, Dad.«
Russ richtete seinen langen Holzkochlöffel auf ihn. »Kein Online-Chatten mit Trevor und John, hast du gehört?«
»Ich muss pinkeln«, erklärte Tommy.
»Oh. Da muss ich mich wohl entschuldigen, Sohn. Aber komm gleich zurück – der Aufsatz muss fertig werden.« Er wartete, bis sein Sprössling die Tür hinter sich geschlossen hatte, und fragte Amanda dann lächelnd: »Na – wie spielt das Leben?«
»Ich fand es schon amüsanter«, erwiderte sie trocken, trat an den Herd und schaute in den Saucentopf. Der Inhalt sah ebenso appetitlich aus wie der Kalbsbraten in der Reine auf der Kochplatte daneben, und plötzlich bereitete ihr auch das Schuldgefühle. Sie machte sich nie die Mühe, etwas Besonderes auf den Tisch zu bringen. Allerdings hatte Graham das noch nie bemängelt. Wenn sie daheim aßen, kochten sie zusammen, und das lief jedes Mal auf ein Stück Fleisch, Kartoffeln und Salat hinaus. Oft gingen sie auch zum Essen aus. Vielleicht störte sich ihr Mann deshalb nicht an der einfallslosen Hausmannskost. Heute konnte sie sich nicht vorstellen, überhaupt einen Bissen runterzubringen. »Ich brauche deine Hilfe, Russ«, kam sie auf den Grund ihres Besuches. »Ich denke, Gretchen ist schwanger, aber

Gray meint, ich bilde mir das nur ein. Was sagst du dazu?«

»Schwanger?«, echote Russ etwas zu entgeistert für ihren Geschmack.

»Das ist das Erste, was ich höre!«

»Hast du keine Veränderung an ihrer Figur bemerkt?«

Röte kroch von seinem Hals in sein Gesicht hinauf. »An ihrer Figur?«

»Sie hat ein Bäuchlein bekommen«, erklärte Amanda ungeduldig, denn sie war sich sicher, dass es ihm aufgefallen war.

Schließlich war Gretchen eine Frau, die Blicke auf sich zog. Auch die von Russ. Und von Graham und Leland.

»Ist mir entgangen. Außerdem – wie soll sie denn schwanger geworden sein?«

Wäre ihre Situation eine andere gewesen, hätte Amanda gelacht.

»Auf die übliche Weise, nehme ich mal an. Ich sagte zu Gray, dass du es bestimmt mitbekommen hättest, wenn ein Mann zu ihr zu Besuch gekommen wäre.«

Russ rührte eifrig in seiner Sauce herum. »Keine Chance – ich sitze den ganzen Tag an meinem Computer.«

»Schaust du nicht aus dem Fenster, wenn ein Auto kommt?«

»Früher habe ich das getan, aber nach einer Weile wurde es langweilig, ich stellte nämlich fest, dass es immer die gleichen Leute waren: der Postbote, der Kammerjäger, der Paketzusteller ... ansonsten tat sich nichts. Inzwischen kümmert es mich nicht mehr.« Er wurde nachdenklich.

»Was ist?«

»Mir kam gerade Ben in den Sinn. Er hätte sich bestimmt gefreut, wenn er in seinem Alter noch mal Vater geworden wäre.« Männer jeden Alters freuten sich, wenn sie Vater wurden, dachte Amanda. Es war ein Zeichen von Männlichkeit. Plötzlich wurde ihr bewusst, dass Graham diesen Aspekt ihrer Kinderlosigkeit noch nie angesprochen hatte.

»Bens Kinder hätten sich bestimmt nicht gefreut«, sagte sie. »Denen war schon Gretchen ein Dorn im Auge, und ein Baby hätte alles noch schlimmer gemacht. Aber es kann ja nicht von Ben sein.«

»Bist du sicher, dass sie schwanger ist?«

»Auf jeden Fall sieht sie so aus.«

»Und was meinst du, wie weit sie ist?«

»Im fünften Monat, vielleicht auch schon im sechsten«, erwiderte Amanda. »Genau lässt sich das nicht beurteilen.«

Russ schwieg eine Weile. Dann fragte er leise: »Tut sich bei dir was?«

»Bis jetzt nicht. Vielleicht sollte ich Kochen lernen.« Sie lächelte schief. »Vielleicht ist Kochen der Schlüssel zur Fruchtbarkeit.«

»Wie das?«

»Vielleicht würde es helfen, wenn ich mehr Gewicht auf Heim und Herd legte.«

»Mmm – wäre möglich«, nickte Russ.

»Ich geh dann mal wieder rüber.« Amanda hatte auf einmal ein schlechtes Gewissen, weil sie Graham allein gelassen hatte. Immerhin litt er auch.

»Ich werde Gretchen nachher besuchen, wenn die Kinder versorgt sind«, meinte Russ. »Du hast mich neugierig gemacht.«

Als Amanda die Küche verließ, klingelte das Telefon.

Sie hatte gerade die unterste Treppenstufe erreicht, als Russ hinter ihr herrief: »Das war Graham! Es hat jemand für dich angerufen! Ich habe ihm gesagt, du bist gleich da!«
»Okay!«, rief sie zurück und wollte eben loslaufen, als sie Karen Cotter mit einem Tablett, das mit Klarsichtfolie überzogen war, über den Rasen kommen sah. Karen war eine Frau von durchschnittlicher Größe und durchschnittlichem Gewicht, die sich nur in Ausnahmefällen schminkte und ihre braunen Haare für gewöhnlich mit einem Stirnband daran hinderte, nach vorn zu fallen. Trotz ihrer Unscheinbarkeit hatte sie Amanda bei ihrer ersten Begegnung sofort fasziniert, denn sie war ein Energiebündel. Damals hatte sie neben all ihren Aktivitäten, die unter anderem die Organisation zahlreicher Wohltätigkeitsveranstaltungen einschloss, immer wieder Zeit für einen Abend mit Georgia und Amanda gefunden. Inzwischen war es jedoch schon eine ganze Weile her, dass sie miteinander ausgegangen waren, was aber nicht etwa an mangelndem Interesse der beiden anderen Frauen lag. Jedes Mal, wenn sie einen Termin vorschlugen, war Karen entweder wegen einer Besprechung, eines kranken Kindes oder eines Migräneanfalls verhindert. Ihr Lächeln war fahl geworden, und plötzlich hatte sie Falten, die sie müde und angespannt wirken ließen.
»Morgen ist Gebäckverkauf in der Schule«, beantwortete sie Amandas fragenden Blick, »und ich habe ein paar Kekse mehr gebacken, damit Tommy welche mitnehmen kann, ohne dass Russ sich dafür in die Küche stellen muss.«
»Du bist wirklich ein fleißiges Lieschen«, sagte Aman-

da lächelnd, was wahrscheinlich die Untertreibung des Jahres war. Abgesehen davon, dass Karen die in regelmäßigen Abständen stattfindenden Flohmärkte und den Kunsttag organisierte und Vorsitzende des Elternbeirats war, hatte sie einen Haushalt, einen Mann und vier Kinder im Alter zwischen sechs und fünfzehn zu versorgen. Amanda bewunderte, wie sie das alles scheinbar mit links bewältigte. Zumindest hatte sie noch nie ein Wort der Klage von ihr gehört. Sie wäre schon zufrieden, wenn sie als Mutter später nur die Hälfte dieser Energie aufbrächte.

»Wie geht's den Kindern?«, fragte Amanda.

»Der Pollenflug hat das Asthma der Zwillinge verschlimmert, aber ansonsten sind wir okay. Und wie geht's dir?«

»So lala.«

Karen hob fragend die Brauen.

»Es hat wieder nicht geklappt«, erklärte Amanda mit betrübtem Kopfschütteln.

»Oh, Mandy! Das tut mit Leid.«

»Mir auch. Ich hätte mir nie träumen lassen, dass es ein Problem für mich sein könnte, schwanger zu werden. Apropos schwanger: Hast du dir Gretchen in letzter Zeit mal genauer angesehen?«

»Nein. Wieso?«

»Ich glaube, sie ist schwanger.«

Karen starrte sie verblüfft an. »Das kann nicht sein. Sie ist doch immer zu Hause, und es besucht sie auch niemand. Außerdem trauert sie noch immer um Ben. Wie kommst du denn nur auf diese Idee?«

»Ich habe sie vorhin gesehen, und sie sah danach aus. Viel Busen hat sie ja seit jeher, aber ihr Bauch war früher ganz flach.« – »Sie ist wirklich was fürs Auge«, nickte Karen. »Lee bekommt jedes Mal diesen albernen Dackelblick, wenn er sie sieht, und wenn sie ihn bittet, etwas für sie zu tun, lässt er alles andere stehen und liegen. Na ja – verdenken kann ich es ihm nicht. Seine Frau ist schließlich nicht gerade ein Model-Typ.« Sie lachte selbstironisch auf. Dann wurde sie wieder ernst. »Um auf deine Vermutung zurückzukommen: Es ist völlig unmöglich, dass Gretchen schwanger ist. Wenn es einen Mann in ihrem Leben gäbe, hätten wir ihn bestimmt irgendwann kommen oder gehen sehen.«

»Mandy!«, brüllte Graham aus dem übernächsten Garten herüber.

»Ich muss heim«, sagte Amanda. »Es hat irgendjemand angerufen, und offenbar ist es wichtig.« Mit einem Lächeln verabschiedete sie sich. Wären die Unterleibskrämpfe nicht gewesen, hätte sie ein schnelleres Tempo vorgelegt, doch so ging sie es trotz der offenbar gebotenen Eile langsam an. Der abendliche Anruf verhieß nichts Gutes. Im günstigsten Fall ging es um einen Schüler mit Prüfungspanik, doch es bestand natürlich auch die Möglichkeit einer ernsteren Krise. Vielleicht war einer ihrer Schützlinge verprügelt worden, vielleicht hatten sich Eltern getrennt, vielleicht war sogar jemand gestorben.

Als sie in die Küche kam, lehnte Graham neben dem Telefon an der Arbeitsplatte. Seinem Gesichtsausdruck war zu entnehmen, dass er es ihr übel nahm, mitten im Gespräch davongelaufen zu sein. Zumindest drängte ihr schlechtes Gewissen ihr diese Interpretation auf.

»Ist sie oder ist sie nicht?«, fragte er.
Es dauerte einen Moment, bis Amanda begriff, worauf seine Frage sich bezog, denn in den letzten Minuten hatten sie ganz andere Dinge beschäftigt.
»Karen hält es für ausgeschlossen«, antwortete sie. »Wer hat angerufen?«
»Maggie Dodd.« Er hielt ihr einen Zettel hin. »Da ist die Nummer.« Maggie war die stellvertretende Rektorin der Schule, aber die Nummer war die des Rektors. Amanda nahm den Telefonhörer ab und tippte sie ein. Schon nach dem ersten Klingeln meldete sich eine männliche Stimme: »Fred Edlin.«
»Hier spricht Amanda O'Leary. Maggie hat angerufen.«
»Sie ist hier, ich gebe weiter.«
»Es tut mir Leid, Ihren Feierabend zu stören, Amanda«, sagte Maggie gleich darauf, »aber wir brauchen Ihre Hilfe. Quinn Davis und ein paar seiner Freunde erschienen heute Nachmittag betrunken zum Baseballtraining.«
»Quinn Davis?«, wiederholte Amanda. Sie sah Graham aufhorchen. Natürlich kannte er den Namen, denn in der wöchentlich erscheinenden Lokalzeitung fand regelmäßig jemand aus der Familie Erwähnung. »O nein!«
»O doch. Der Trainer brachte sie gleich rüber. Ich hätte Sie schon früher angerufen, aber es dauerte eine Weile, Quinns Eltern zu erreichen. Sie waren im Parlament, um sich für eine Naturschutzverordnung stark zu machen, und nicht begeistert, von dort weggerufen zu werden. Im Moment streiten sie sich nebenan mit dem Trainer und Fred darüber, wie die Bestrafung aussehen soll.

Wir brauchen Ihren Rat. Seine Eltern wollen die Sache unter den Teppich kehren. Sie stehen auf dem Standpunkt, dass ihr Sohn sich zu verdient um die Schule mache, als dass man ein Exempel an ihm statuieren dürfe. Dummerweise hat aber das ganze Team seinen Zustand mitbekommen. Wenn er nicht bestraft wird, ist das doch praktisch ein Freibrief für die anderen.« Dazu wollte auch Amanda es nicht kommen lassen. Ihrer Meinung nach musste Quinn gerade wegen seiner exponierten Position als Spitzensportler, die auch eine Vorbildfunktion beinhaltete, für sein Fehlverhalten zur Rechenschaft gezogen werden. Nachdem sie der stellvertretenden Rektorin das gesagt hatte, fragte Sie: »Sind die anderen bestraft worden?«

Während Maggie sie informierte, sah Amanda Graham immer ungeduldiger werden. Für gewöhnlich übte er Nachsicht, wenn sie mit einem Notfall befasst war, aber nicht heute. Seine grünen Augen forderten Aufmerksamkeit. Sie war hin- und hergerissen. Einerseits verlangte das Problem in der Schule ihren Einsatz und ihre Konzentration, andererseits erwartete ihr Mann, dass sie vorrangig ihrem akuten ehelichen Problem ihre Aufmerksamkeit widmete.

Aber sie hatte ihre Periode bekommen, und daran würde kein Gespräch etwas ändern können. Sie wusste nicht, wie es jetzt weitergehen sollte. Die Nebenwirkungen des Medikaments quälten sie, das Eheleben nach Zeitplan quälte sie, das allmonatliche Warten quälte sie. Es war ihr verhasst, in die Klinik zu gehen und sich wie eine Maschine zu fühlen, die nicht richtig funktionierte. Es war ihr verhasst, sich immer aufs Neue wie eine Versagerin zu fühlen. Sie hatte das Ganze bis oben hin satt, und sie war nicht bereit, über den nächsten Schritt nachzudenken. Nicht jetzt. Sie hatte das dringende Bedürfnis, sich nützlich zu fühlen. Mit Quinn und seinen Eltern zu sprechen, würde ihr das vermitteln. Außerdem hatte sie ja ohnehin mit dem Jungen reden wollen. Dass sie ihn nun gemeinsam mit seinen Eltern antreffen würde, könnte sich als hilfreich erweisen.

»Ich komme«, sagte sie zu Maggie.

Grahams Kiefermuskeln begannen zu spielen, und er senkte den Blick. Als Amanda auflegte und er ihn wieder hob, lag ein deutlicher Vorwurf darin.

Um ihm ihren Entschluss verständlich zu machen, informierte sie ihn über den Stand der Dinge. »Die anderen Jungs sind für die gesamte Saison gesperrt worden, aber Quinns Eltern wollen nicht, dass er auch nur ein Spiel versäumt, geschweige denn sechs. Meine Befürchtung ist, dass es ihnen dabei vielleicht gar nicht um ihren Sohn geht.«

»Ihre Motive sind ihre Sache – nicht deine«, wandte Graham ein.

»Aber jemand muss die Interessen des Jungen vertreten.«

»Kann das nicht Maggie tun?«

»Sie brauchen einen Vermittler.«

»Weißt du denn, was in seinem Interesse ist?«

»Um das zu ergründen, muss ich mehr wissen, und das erreiche ich nur, wenn ich mit den dreien rede.«

»Die Eltern haben großen Einfluss. Schon mehrmals musste ein Lehrer auf ihr Betreiben hin seinen Hut nehmen. Wir haben diese Geschichten beide gelesen. Vielleicht benutzen Fred Edlin und Maggie Dodd dich als Prellbock. Du bringst dich da in eine ungute Situation.«

»Ich habe keine Wahl, Gray. Es geht hier um Quinn.«

»Heute Abend? Jetzt sofort? Hat das nicht bis morgen früh Zeit?«

»Die Eltern wollen die Sache vom Tisch haben, um Gerüchte zu vermeiden.«

»Und was ist mit uns?«

»Ich bin bald zurück.«

Er bedachte sie mit einem zweifelnden Blick.

»Bestimmt!«, versprach sie und nahm ihre Handtasche. Um ihn versöhnlich zu stimmen, gab sie ihm eine weitere Information: »Es ist wirklich wichtig, Gray. Quinn hat mir heute zwei E-Mails geschickt, weil er mich unbedingt sprechen wollte, aber das Treffen kam nicht zustande. Vielleicht erfahre ich jetzt, was mit ihm los ist, und kann ihm helfen.«

»Der Junge ist doch ein Gewinnertyp. Was soll da schon groß sein?«

»Vielleicht trügt der Schein. Seine beiden älteren Brüder sind Superstars, und die Egos seiner Eltern sind so groß wie Texas. Ich habe die beiden kennen gelernt, Gray. Das sind harte Brocken. Es kann sein, dass das Leben für den Jungen in dieser Familie ein Alptraum ist. Zumindest scheinen seine Eltern ihn zu benützen. Das ist nicht fair.«

»Vieles ist nicht fair«, murmelte Graham und senkte wieder den Blick. Plötzlich hatte sie das Bedürfnis, darüber zu reden, was fair war und wer was verdiente, was gute Eltern ausmachte, was eine Beziehung zerstören und wie man es abwenden konnte. Sie wollte über die Träume reden, die sich in Rauch aufzulösen schienen, aber sie hatte nicht die Kraft dazu. Früher war es ihr leicht gefallen, mit Graham zu reden – jetzt erforderte es Bedachtsamkeit. Dazu fehlte ihr in diesem Moment auch die Zeit. Ein Schüler brauchte ihre Hilfe.

»Ich bin bald zurück«, versprach sie noch einmal und lief hinaus.

3

Amanda war eben weggefahren, als Karen aus der Hintertür ihres hübschen, weiß gestrichenen und grau abgesetzten viktorianischen Hauses trat. Wieder hatte sie eine Portion Kekse dabei, die in diesem Fall jedoch als Vorwand für ihren Besuch bei Gretchen dienen sollte. Sie musste wissen, ob die junge Witwe schwanger war, und wenn ja, von wem.

Karen hatte Russ regelrecht mit Fragen bombardiert, doch er war nicht kooperativ gewesen, behauptete, nichts von einer Schwangerschaft zu wissen, und sagte, falls sie tatsächlich bestehen sollte, lehne er es im Gedenken an Ben ab, Spekulationen bezüglich des Vaters anzustellen. Karen hielt das für eine Ausflucht und vermutete, dass ihn nicht das Gedenken an Ben zu seiner diskreten Zurückhaltung veranlasste, sondern sein freundschaftliches Verhältnis zu Graham und Lee. Er würde ihnen niemals in den Rücken fallen. So etwas tat ein Mann nicht.

Gretchen Tannenwalds Haus war lichtblau gestrichen und weiß abgesetzt, hatte wie alle viktorianischen Häuser in der Sackgasse eine umlaufende Veranda, hatte die gleichen Giebelfenster und Mauervorsprünge, aber als Einziges auf dem Dach einen »Widow's Walk«. Karen, Amanda und Georgia hatten oft gerätselt, warum ein Haus in dieser Gegend eine solche mit einem Geländer eingefasste Plattform besaß, wie man sie für gewöhnlich bei den alten Seefahrerhäusern am Meer sah. Auf diesen Plattformen hatten einst die Frauen der Seeleute nach ihren Männern Ausschau gehalten. Ben und June waren oft gemeinsam da oben gewesen, und nach Junes Tod war Ben hin und wieder allein hinaufgegangen. Wahrscheinlich, um in Ruhe nachzudenken, wie die Nachbarn meinten, denn dazu schien der Platz wie geschaffen. Dass Gretchen weder mit noch ohne Ben jemals dort oben gesehen worden war, sprach nach Meinung der weiblichen Nachbarschaft für sie.

Gretchens Grundstück grenzte an das der Cotters, und so brauchte Karen keine zwei Minuten, um von ihrem Garten in den anderen und auf den blauen Tonsandstein-Plattenweg zu gelangen, der zu der Hintertür führte. Als sie die Stufen hinaufstieg und klopfte, dachte sie daran, wie oft sie sich auf dieser Veranda mit June unterhalten hatte. June war eine Mutterfigur für die drei jüngeren Frauen gewesen. Vor drei Jahren hatte sie die Augen geschlossen. Karen vermisste sie.

Als ihr Klopfen ohne Erfolg blieb, drückte sie auf den Klingelknopf, beschattete dann mit einer Hand ihre Augen und spähte durch das Flügelfenster. Junes Küche war im Landhausstil eingerichtet gewesen, mit Blümchentapete und Zeichnungen ihrer Enkel an den Wänden. Gretchens Küche erstrahlte in Edelstahl, elegant und kühl. Karen sah da eine Parallele: Auch Gretchen war schick und ohne Wärme.

Karen wollte gerade zum zweiten Mal klingeln, als die Hausherrin öffnete – in Leggings und einem weiten, mit Farbspritzern gesprenkelten Männerhemd und mit einem Ausdruck, der Befremden erkennen ließ.

Karen streckte ihr das Gastgeschenk hin. »Schokoladensplitterkekse – zur Feier des Mai-Beginns.«
Gretchen beäugte die Kekse misstrauisch und sagte dann höflich: »Wie nett.« Aber es war klar, dass sie eigentlich »Was soll das?« meinte.
»Ich darf sie nicht essen, sonst finde ich sie als Fettpolster auf meinen Hüften wieder«, versuchte Karen mit einem Scherz das Eis zu brechen, »aber Sie haben offenbar keine Figurprobleme. Oder leben Sie Diät? Sie sind so schlank.« Das Thema gestattete einen prüfenden Blick, ohne Verdacht zu erwecken, aber das Hemd kaschierte die fragliche Region perfekt.
Gretchen nahm den Teller an. »Ich musste noch nie eine Diät machen«, sagte sie.
»Wie beneidenswert. Ich habe schon alle Methoden durchprobiert. Nicht, dass ich mich fett fände – aber ich sähe mit zehn Pfund weniger einfach besser aus. Treiben Sie Sport?«
Gretchen schüttelte den Kopf.
»Erstaunlich. Sie sehen durchtrainiert aus.«
Das Telefon klingelte. »Entschuldigen sie mich«, sagte Gretchen mit ihrer leisen Stimme und ging den Hörer abnehmen. Sie meldete sich, lauschte einen Moment, sagte noch einmal »Hallo?« und legte auf.
»War das ein Kundenwerber? O Mann – diese Leute sind die Pest! Kaum hat man sich zum Abendessen hingesetzt, geht der Terror los!«
»Es war kein Werber. Der Anrufer hat kein Wort gesprochen.«
»Das kann genauso unangenehm sein«, meinte Karen mitfühlend. »Passiert das öfter?«
»Nein.« Gretchen drehte sich zur Seite, um den Kekstel-

ler auf die Arbeitsplatte zu stellen, und in der Drehung legte sich das Hemd an ihren Körper.
»Du meine Güte!«, entfuhr es Karen. Als sie den Blick hob, schaute sie geradewegs in die Augen der jungen Witwe. Obwohl die Wölbung nicht zu missdeuten war, fragte sie: »Sind Sie ...?«
Gretchen hatte die Hand auf ihren Leib gelegt. Sie nickte.
»Und wie weit?«
»Im siebten Monat.«
»Im siebten!« Karen rechnete blitzschnell zurück. Also war das Kind im November gezeugt worden. Nein – im Oktober. »Sie sehen nicht aus wie im siebten Monat.« Im Oktober. Demnach konnte Graham der Vater sein genauso wie Lee.
Graham hatte doch im Herbst Gretchens Garten neu gestaltet und sich geraume Zeit bei ihr im Haus aufgehalten, um die Planung mit ihr durchzugehen. Offiziell zumindest. Wenn man es genau bedachte, kam auch Russ als Verdächtiger in Frage. Im Oktober, nach den Ferien, arbeitete seine Frau wieder, die Kinder gingen zur Schule, und er war den ganzen Tag allein zu Hause.
»Ist das gut oder schlecht?«, fragte Gretchen in ihre Gedanken hinein. »Nicht wie im siebten Monat auszusehen, meine ich«, setzte sie hinzu, als sie erkannte, dass Karen ihr nicht folgen konnte.
»Oh, das ist gut. Sogar sehr gut. Dann haben Sie hinterher keine Probleme mit schlaffer Haut. Sie sind also tatsächlich schwanger.« Um der zukünftigen Mutter Gelegenheit zu geben, sich zu dem Vater zu äußern, machte sie eine Pause. Als keine Information kam, deutete sie

auf das farbenbespritzte Hemd. »Streichen Sie das Kinderzimmer?«

»Mmm.«

»In Blau und Gelb?«

Gretchen nickte.

»Das ist hübsch. Und beim ersten Mal können Sie es in Ruhe tun, ohne ständig von einem kleinen Quälgeist unterbrochen zu werden. Ich habe meine erste Schwangerschaft genossen.

Danach wurde es von Mal zu Mal strapaziöser. Als ich meine Tochter erwartete, musste ich mit einem Riesenbauch die Termine der drei Jungs bewältigen. Außerdem geht man bei jedem Kind mehr aus dem Leim. Die Haut und die Muskeln verlieren zusehends an Elastizität. Aber verstehen Sie mich nicht falsch – ich möchte meine Kleine um nichts in der Welt missen. Wissen Sie, ob es ein Mädchen oder ein Junge ist?«

Gretchen schüttelte den Kopf. »Ich lasse mich überraschen.«

»War das Kind geplant?«, fragte Karen gewollt leichthin.

»Nein.«

»Aber Sie wollen es behalten.«

»O ja.«

Karen lächelte und sagte: »Was würde Ben wohl dazu sagen?«

»Er würde sich für mich freuen. Er wusste, dass ich mir ein Kind wünschte.«

»Und der Vater des Babys?« Na. Das war doch ganz einfach gewesen, beglückwünschte sich Karen im Stillen, eine völlig logische, absolut nicht dreist wirkende Frage.

Gretchen hob die Brauen, als wollte sie sagen: »Was ist mit dem Vater?«
»Freut er sich darauf?«
»Er weiß gar nicht, dass er der Vater ist.«
»O Gott! Werden Sie es ihm sagen?«
»Ich bin nicht sicher.«
»Finden Sie nicht, dass er es wissen sollte?«
»Nein. Er hat andere Verpflichtungen.«
Das klang nicht gut. »Und wir alle dachten, Sie würden wie eine Nonne leben«, neckte Karen die junge Frau.
»Genau das tue ich«, erwiderte Gretchen ernst.
Karen schluckte die spöttische Bemerkung über unbefleckte Empfängnis hinunter, die ihr auf der Zunge lag. »Na, dann will ich mal wieder«, sagte sie stattdessen, hob grüßend die Hand und stieg die Stufen hinunter.
Aber sie ging nicht nach Hause, sondern durch ihren Garten zu Russ hinüber, und unterwegs dachte sie bei sich, dass eine Frau, die freundliche Fragen einer Nachbarin so einsilbig beantwortete, mit Sicherheit etwas zu verbergen hatte.
Von der beunruhigenden Ahnung erfüllt, dass dieses Etwas mit ihrem eigenen Ehemann in Zusammenhang stand, marschierte Karen gradewegs in die Lange'sche Küche, wo sie Russ gottlob allein vorfand.
»Sie ist im siebten Monat«, verkündete sie. »Das hat sie mir eben gesagt.«
»Im siebten!«, staunte Russ, der sich von seinem Abwasch zu ihr umgedreht hatte. »Wow! Und wir hatten keine Ahnung!«
»Viel Ahnung haben wir noch immer nicht. Sie wollte nicht damit herausrücken, wer der Vater ist. Du musst doch was wissen, Russ! Schließlich verbringst du von

uns allen die meiste Zeit zu Hause.« Russ hob seine schaumbedeckten Hände. »Nicht schuldig.«

»Meinst du damit, dass du nicht der Vater bist?«

»Ich meine damit, dass ich nichts weiß und also auch nichts verheimliche.« Er schob die heruntergerutschte Brille mit dem Handgelenk an ihren Platz zurück und wandte sich wieder der Pfanne zu, bei deren Reinigung Karen ihn unterbrochen hatte. »Ich habe wirklich Besseres zu tun, als am Fenster darauf zu lauern, wer da draußen kommt und geht. Außerdem muss es gar nicht in ihrem Haus passiert sein. Schließlich fährt sie ab und zu auch weg.«

»Graham war wegen ihres Gartens im Herbst oft bei ihr drüben.«

»Da bellst du unter dem falschen Baum – Graham liebt Amanda.«

»Aber in ihrer Ehe kriselt es. Weil sie nicht schwanger wird – du hast dieses Drama bestimmt auch schon mitbekommen.«

»Das bedeutet noch lange nicht, dass Gretchen ein Kind von ihm kriegt.«

»Dann vielleicht von Lee«, meinte Karen mit belegter Stimme. Russ ließ die Pfanne Pfanne sein und wandte sich ihr wieder zu.

»Wie kommst du denn auf die Idee?«

»Du erinnerst dich sicher noch an seine Affäre mit der Zahnarzthelferin im letzten Jahr. Es könnte doch sein, dass er jetzt eine mit Gretchen hat.«

»Das glaube ich nicht.«

»Aber du weißt es nicht.«

»Gefragt habe ich ihn nicht. Nach der Geschichte mit der Zahnarzthelferin schwor er, ein geläuterter Mann zu sein. Außerdem würde er wohl kaum was mit einer Nachbarin anfangen – nicht direkt vor unserer Nase.«

»Die Zahnarzthelferin hatte ich in der Praxis auch direkt vor der Nase«, sagte Karen sarkastisch.

»Du weißt genau, was ich meine.«

»Wenn keiner von euch dreien der Vater ist – wer ist es dann?«

»Ich habe nicht den leisesten Schimmer.«

Im Grunde kümmerte es Karen überhaupt nicht – sie wollte nur die Gewissheit haben, dass nicht Lee dieses Kind gezeugt hatte.

»Hast du sie darauf angesprochen?«, erkundigte sich Russ.

»Das konnte ich nicht. Sie war sehr abweisend. Ich hatte ihr Kekse gebracht, und sie hat sich nicht einmal bedankt.«

»Wahrscheinlich war sie geschockt über deinen Besuch. Ihr drei verwöhnt sie ja nicht gerade mit Freundlichkeit.«

»Wir sind immer nett zu ihr.«

»Nett ist tödlich.«

»Gretchen ist eben nicht June.«

»Und das lasst ihr sie ständig spüren.«

»Wir haben nie auch nur ein Wort in dieser Richtung fallen lassen.«

»Nein – ihr macht das subtil.«

Dass sie Vorbehalte gegen Gretchen hatten, lag nicht nur an ihrer Vorgängerin. Für die dreiundvierzigjährige, unscheinbare Karen zum Beispiel war die zweiunddreißigjährige, bildschöne Nachbarin eine fleischgewordene Provokation. Gretchen war eine Frau, auf die die Männer flogen – besonders Männer, die sich der

Fünfzig näherten, und die dies mit Grauen erfüllte. Lee war siebenundvierzig – und er war kein unbeschriebenes Blatt.

»Ich verschwende offenbar meine Zeit«, sagte Karen resigniert. »Du hältst dicht.«

»Ich weiß nichts!«, blieb Russ bei seiner Behauptung.

Karen glaubte ihm nicht, doch es hatte keinen Sinn, einen Stein melken zu wollen. Außerdem würde der Auflauf, den sie im Ofen hatte, in Kürze fertig sein, und die Kinder konnten es bestimmt kaum erwarten, etwas zu essen zu bekommen. Vielleicht käme Lee ja sogar rechtzeitig zum Dinner heim.

Auf dem Heimweg hoffte sie allerdings, er würde ihr telefonisch eine seiner üblichen lahmen Entschuldigungen präsentieren – dass er noch auf einen Anruf warte, dass er zu einer Besprechung müsse oder verpflichtet sei, seine Programmierer-Elite in ein Restaurant einzuladen, weil die Männer einen Auftrag auf die Minute pünktlich erledigt hätten. Sie wäre dankbar für einen Anlass gewesen, ihn anzugreifen.

Lees Firma florierte, aber ob der Erfolg seinen Fähigkeiten oder denen seiner Mitarbeiter zu verdanken war, wusste sie nicht. Karen verstand nichts von Computern, und ihr Mann ermutigte sie nicht dazu, sich mit der Materie vertraut zu machen, denn er meinte, dass sie dann ein langweiliges Paar würden. Außerdem genüge es ihm, tagsüber mit Computern zu leben und zu arbeiten – an seinem wohlverdienten Feierabend wolle er nichts davon hören. Manchmal fragte sie sich, ob er etwas vor ihr verbarg und wünschte sich, den Computer in seinem Arbeitszimmer bedienen und die E-Mails lesen zu können, doch gleich darauf hasste sie sich für ihr

Misstrauen. Als sie ihn damals wegen der Zahnarzthelferin zur Rede gestellt und gedroht hatte, ihn zu verlassen, war er in Tränen ausgebrochen und hatte ihr geschworen, dass es nie, nie wieder vorkommen werde, dass er nur sie, Karen, liebe und ohne sie nicht leben könne.

Aber die Zahnarzthelferin war nicht sein erster Seitensprung gewesen. Er hatte schon einmal früher Besserung gelobt und sein Wort gebrochen. Es gab also eigentlich keinen Grund für sie, sich wegen ihres mangelnden Vertrauens schuldig zu fühlen. Als sie die Küchentür öffnete, empfing sie der köstliche Duft ihrer Lasagne. Den Tisch hatte sie schon vorhin gedeckt. Sie war gerade dabei, den Salat anzumachen, als die sechsjährige Julie hereinkam. Wie immer darauf erpicht, ihrer Mutter zu helfen, reichte sie ihr eifrig die gewünschten Zutaten und arrangierte dann die in der Mikrowelle gewärmten Brotscheiben dachziegelartig in dem bereitstehenden Korb.

Kurz darauf erschienen die Zwillinge, achtjährig, mit ungebärdigen Haarschöpfen und allergiebedingt chronisch geschwollenen Nasenschleimhäuten, weshalb ihre Stimmen stets verschnupft klangen. Aber das war nicht der einzige Grund dafür, dass Karen nicht verstand, worüber sie sich unterhielten. Sie hatten, kaum dass sie sprechen konnten, eine Murmelsprache entwickelt, in der sie, für andere unverständlich, miteinander kommunizierten. Natürlich waren sie darauf angewiesen, dass Karen sie chauffierte, für sie kochte, ihre Kleidung wusch und ihre Zimmer sauber machte, aber trotzdem kam sie sich angesichts dieses unzertrennlichen selbstgenügsamen Gespanns überflüssig vor. Doch sie brauchte das Gefühl, gebraucht zu werden. Julie hatte sie immer gebraucht. Das war einer der Gründe dafür gewesen, dass sie Julie auch immer besonders geliebt hatte und liebte. Julie vergötterte sie.

Die Kleinen hatten sich gerade an den Tisch gesetzt, als Jordie hereinkam. Wie jedes Mal, wenn sie ihn ansah, gab es ihr einen Stich. Mit fünfzehn wuchs er nun endlich, schoss sogar regelrecht in die Höhe, als wolle sein Körper in Rekordzeit aufholen, was er bisher versäumt hatte. Der Junge war jetzt schon größer als sie. Seine plötzliche Länge und die pubertätsbedingte Veränderung seiner Züge ließen ihn zusehends männlicher wirken und seinem Vater immer ähnlicher sehen. Aber nicht nur seine äußere Wandlung war schwer für sie zu verkraften. Wie stets in Eile, griff er bereits im Hinsetzen nach dem Brot und schaufelte dann seine Portion Lasagne in sich hinein, als müsse er zum Zug. Zweifellos hatte er Pläne für den Abend.

Er entglitt ihr. Es war deutlich zu erkennen, dass er es nicht erwarten konnte, von zu Hause wegzukommen und Dinge zu tun, über die sie keine Kontrolle hatte, und das beunruhigte sie. Sie durfte ihm aber nicht verbieten, sich mit Gleichaltrigen zu treffen. Jungen seines Alters brauchten das, so unbehaglich ihr dabei auch sein mochte, dass er jede freie Minute unterwegs war. Sie fragte ihn, wie sein Tag gewesen sei. Er antwortete undeutlich mit vollem Mund, worauf sie ihn neckte, er klinge wie die Zwillinge, die diesen Vergleich augenblicklich und akzentuiert zurückwiesen, denn sie waren durchaus in der Lage, verständlich zu sprechen, wenn sie sich dazu entschlossen. Als sie ihre gemurmelte Unterhaltung miteinander fortsetzten, wandte Karen sich wieder Jordie zu. Sie hatte ihre Frage nach dem Baseballtraining kaum gestellt, als ein schriller Schrei von Julie ertönte, die aus Versehen mit einem Finger an die heiße Auflaufform gekommen war. Karen zog sie hastig zum Spülbecken, ließ kaltes Wasser über den Finger laufen, drückte ihrer Tochter einen Eiswürfel in die Hand und führte sie zum Tisch zurück, wo Jordie inzwischen eine zweite Portion hinunterschlang. Sie sagte, er solle langsamer essen, er erklärte, die anderen Jungs seien schon alle bei Sean versammelt. Sie fragte, was sie vorhätten, er sagte, sie wollten sich eine neue CD anhören. Sie fragte, ob er mit seinen Hausaufgaben fertig sei, er sagte, die würde er dort fertig machen. Sie sagte, sie erwarte ihn um zehn zurück, er fragte mit einem genervten Blick, warum. Als sie antwortete, immerhin sei es ein Wochentag und er habe morgen Schule, erwiderte er, er gehe nie vor Mitternacht ins Bett, wieso verlange sie also, dass er so früh heimkäme? Seans Eltern seien daheim, keiner von ihnen würde das Haus verlassen, und er finde es extrem uncool, dass sie ihm nicht vertraue. In diesem Moment kam Lee in die Küche, blond und langbeinig und oh, so attraktiv, und erkundigte sich mit einem freundlichen Lächeln nach dem Grund für die Auseinandersetzung.

Verärgert über ihren Mann, weil er, ohne angerufen zu haben, zu spät gekommen war, ihr Anlass gegeben hatte sich zu fragen, wo er die ganze Zeit steckte, und jetzt mit einer Unschuldsmiene aufgetaucht war, als könne er kein Wässerchen trüben, teilte sie ein Stück von der Lasagne ab, schaufelte es auf einen Teller und stellte ihn mit einem Knall auf seinen Platz, wo er sich inzwischen niedergelassen hatte. Die Kinder bestürmten ihn regelrecht, was Karens Verärgerung noch steigerte. Schließlich war sie es, die ihre Tage damit zubrachte, Dinge für sie und mit ihnen zu tun. Sie fand es ausgesprochen unfair, dass sie so begeistert waren, ihn zu sehen.

Andererseits war es kein Wunder, denn er verstand es, sich bei ihnen einzuschmeicheln. Wie gerade jetzt auch wieder, als er Jordie die Erlaubnis gab, ausnahmsweise bis halb elf auszubleiben, was ihr einen triumphierenden Blick ihres Ältesten eintrug. Und ihre süße, kleine Julie war auf Lees Schoß geklettert und kuschelte sich in seinen Arm, während er aß.

Karen wandte sich resigniert wieder ihrer Lasagne zu, und ihre Gedanken kehrten zu Gretchens Bauch zurück. Wann konnte Lee mit ihr zusammen gewesen sein? Dafür gab es Dutzende von Gelegenheiten. Karen trug ihre Termine immer in den großen Kalender ein, der neben dem Küchentelefon hing, und Lee konnte daraus ersehen, wo sie wann und wie lange sein würde, wo die Kinder wann und wie lange sein würden, und wann er demzufolge, ohne dass es bemerkt würde, einen Besuch bei der Nachbarin machen könnte. Manchmal war er, angeblich arbeitsbedingt, nicht zu Abendveranstaltungen mitgegangen und Karen notgedrungen mit den vier Kindern allein hingefahren – und nicht nur einmal hatten sie ihn dann bei ihrer Rückkehr zu Hause vorgefunden.

»Bin gerade heimgekommen«, erklärte er dann immer mit strahlendem Lächeln, zauste liebevoll die Haare der Zwillinge und fing Julie auf, die sich in seine Arme stürzte.

Vielleicht war er tatsächlich gerade heimgekommen –

aber ob von der Arbeit oder von Gretchen, das blieb ungewiss.
Mit den Zähnen knirschend, wovon der Zahnarzt ihr dringend abgeraten hatte, schob Karen ihren Stuhl zurück, stand auf und trug ihren Teller zum Spülbecken. Er war leer – sie hatte alles aufgegessen, ohne sich dessen bewusst zu sein. Nachdem sie ihn kurz abgespült hatte, riss sie die Tür der Spülmaschine auf und ließ ihn hineinfallen, wobei sie sich schwor, dass sie Lee, wenn er der Vater von Gretchens Baby wäre, diese Affäre nicht auch wieder durchgehen lassen würde. Dann wäre ihre Ehe nach siebzehn Jahren zu Ende. Aus und vorbei. Erledigt. Ein für alle Mal. Wenn er der Vater dieses Babys wäre, würde sie nie mehr für ihn kochen, nie mehr mit ihm schlafen, nie mehr seine Socken waschen: Wenn er der Vater dieses Babys wäre, würde sie ihn nicht einmal mehr sehen wollen.
Zugegeben, sie machte sich vielleicht zu viele Gedanken, aber angesichts seiner häufig langen Abende im Büro, der Anrufe, die er ihr niemals erklärte, der Posten auf seinen Kreditkartenabrechnungen, die sie sich nicht erklären konnte – und nach denen sie ihn nicht fragen durfte, weil er den Standpunkt vertrat, dass Rechnungen sie nichts angingen, da es seine Aufgabe sei, sie zu bezahlen –, war es kein Wunder, dass sie sich diese Gedanken machte. In Anbetracht seiner wiederholten Untreue konnte sie sich im Moment nur ihn als Vater von Gretchens Kind vorstellen. Das Telefon klingelte. Jordie stopfte sich das letzte Stück Brot in den Mund, sprang auf und riss den Hörer von der Gabel. »Hey«, sagte er mit seiner neuen, tiefen Stimme zu wem immer, seinem Ton nach zu schließen, einem Freund. Er lauschte, run-

zelte die Stirn und lauschte weiter. Durch sein Schweigen aufmerksam geworden, schaute Karen zu ihrem Sohn hinüber und sah alle Farbe aus seinem Gesicht weichen.

4

Georgia Lange saß in San Antonio in ihrem Hotelzimmer. Nachdem sie in den letzten Jahren in so vielen Hotelzimmern übernachtet hatte, nahm sie die Ausstattung nur noch am Rande wahr. Wenn sie ihre Kleidung auspackte, dann nicht, um sich in ihrer Umgebung heimisch zu fühlen, sondern lediglich, damit sie nicht unnötig verknitterte. Um das Gefühl der Isolation zu mindern, war sie dazu übergegangen, sich vorzumachen, dass sich die Räume des Hauses, das sie liebte, gleich vor ihrer Zimmertür befänden. Das funktionierte allerdings nur, bis sie sich dabei ertappte, darauf zu warten, dass Russ und die Kinder nach Hause kämen, was zur Abendessenszeit geschah. Dann nahm sie den Hörer ab und rief bei ihrer Familie an.

Heute antwortete ihr bei den ersten Versuchen das Besetztzeichen, was wahrscheinlich bedeutete, dass ihre Tochter die segensreiche Erfindung der Warteschaltung nutzte, um auf beiden Leitungen gleichzeitig präsent zu sein. Ihre Vermutung erwies sich als richtig, denn als endlich das Freizeichen ertönte, meldete sich schon nach dem ersten Klingeln Allison mit einem atemlosen »Hallo?«

»Hi, Süße.«

»Mom!«, rief das Mädchen aufgeregt. »Stell dir vor: Quinn Davis fliegt vielleicht!«

»Er fliegt?«

»Von der Schule! Er kam total blau zum Baseballtraining! Seine Freundin Melissa hat Brooke angerufen und ihr gesagt, dass Quinn bestimmt rausgeworfen wird, und Brooke hat mich und Kristen angerufen. Sie wollen, dass ich Jordie anrufe, weil der vielleicht was weiß, aber Alyssa ist auf der anderen Leitung. Bleib dran – ich sag ihr nur schnell, dass ich sie zurückrufe.« Ein Klicken, dann Stille.

Betrunken? Georgia überlief ein Schauder.

Allie kam wieder an den Apparat. »Sie können Quinn unmöglich rauswerfen – er ist Klassensprecher.«

»War er tatsächlich betrunken?«

»Total.«

»Warum?«

»Warum er betrunken war? Warum betrinkt sich jemand? Ich habe keine Ahnung.«

»Wo hat er denn getrunken?« Georgia stellte sich Quinn allein zu Hause vor, während seine Eltern wegen irgendeiner ihrer Aktionen unterwegs waren. Dann sah sie ihn sich in der Garage betrinken wie die beiden Jungen, die dann im Vollrausch alles kurz und klein geschlagen hatten und anschließend mit Gewehren in die Schule gestürzt waren und das Feuer eröffnet hatten. »Und was hat er getrunken? Bier? Schaps? Wo hatte er das Zeug her?«

Ich kann dir keine Einzelheiten sagen, weil ich noch keine weiß. Jedenfalls ist die Baseballsaison damit für uns gestorben. Und dabei hatten wir gute Chancen, die …«

»Allison! Baseball ist jetzt wirklich zweitrangig. Was ist nur in ihn gefahren?«

»Es ist nicht das erste Mal, dass er was getrunken hat, Mom. Und er trinkt nicht nur.«

»Was heißt das?« Erneut überlief Georgia ein Schauder.

»Er schluckt auch Tabletten.«

»Quinn?«

»Er ist auch nur ein Mensch wie wir alle.«

»Aber du trinkst nicht, oder?«

»Mom – das haben wir doch schon durchgekaut. Nein – ich trinke nicht. Aber ein paar von uns tun es. Ich hätte dir nichts erzählen sollen. So wichtig ist es nun auch wieder nicht.«

»Das sehe ich anders«, widersprach Georgia. Allison war vierzehn und die Jüngste in ihrer Klasse. Die meisten waren fünfzehn, einige sogar sechzehn und im Besitz eines Führerscheins.

»Wo ist euer Vater?«

»Unten. Er weiß schon Bescheid. Lass uns jetzt aufhören, Mom – ich muss mit Jordie reden. Willst du Dad sprechen?«

»Ja – aber zuerst deinen Bruder.«

»Okay. Tommy! Bis bald, Mom.«

»Ruf mich später an, Allie. Die Nummer hängt an der Pinnwand. »Aber Allison hörte sie nicht mehr. Eine Sekunde später kam Tommy an den Apparat. »Hi, Mom. Ich habe nicht viel Zeit, weil ich grade mit den Jungs chatte. Wann kommst du nach Hause?«

»Morgen Nachmittag.« Entweder wusste er nichts von Quinn oder er war noch zu klein, um sich darüber Gedanken zu machen. Das konnte ihr nur recht sein. Sie wollte solche Dinge gerne persönlich mit ihm besprechen. »Wie war's heute in der Schule?«

»Kann ich dir das nicht morgen erzählen?«

»Gibt es denn etwas zu erzählen? Ist etwas vorgefallen?« Sie wartete auf eine Antwort, aber alles, was sie hörte, war das Klicken von Keyboard-Tasten, die Tommy in seiner typischen »Adler-Manier« – Kreisen und Zustoßen – betätigte. »Tommy?«

»Es gab nichts Besonderes – aber ich kann wirklich nicht gleichzeitig tippen und reden, Mom, und die Jungs warten.«

»Bist du fit für die Matheschulaufgabe?«

»Glaube schon. Wirst du hier sein, wenn ich aus der Schule komme?«

»Darauf kannst du dich verlassen. Ich hab dich lieb, Tommy. Du fehlst mir.«

»Du mir auch. Bis morgen, Mom.«

»Gib mir bitte deinen Vater«, sagte Georgia, doch ihr Sohn hatte bereits aufgelegt. Also tippte sie die Nummer noch einmal ein. Als sie Russ' Stimme hörte, erfasste sie eine Welle der Erleichterung. Er war ihr Anker. Würde er zu Hause nicht ihre Pflichten erfüllen, könnte sie nicht berufstätig sein. Nicht in dieser Form zumindest. Ein Glück, dass sein Beruf es ihm erlaubte, daheim zu arbeiten.

»Hi, Russ«, begrüßte sie ihn mit einem Seufzer. »Allison hat mir gerade das von Quinn erzählt. War er tatsächlich betrunken? Am helllichten Tag? An einem Wochentag?«

»Sieht so aus«, erwiderte Russ gelassen.

»Das passt nicht ins Bild.«

»Nein.«

»Allison war vor zwei Wochen auf derselben Party wie er. Das beunruhigt mich.«

»Sie ist okay, Georgie.«

»Begreift sie, dass er etwas Falsches getan hat, etwas Ungesundes – etwas Gefährliches?«

»Das wird sie schon. Noch weiß niemand etwas Genaues. Vorläufig tratschen die Mädels einfach nur.«

»Glaubst du, Allison trinkt auf diesen Partys auch?«

»Sie kommt nüchtern nach Hause – das wissen wir doch.«

»Wir sehen sie nicht immer. Manchmal übernachtet sie bei Kristen oder einer anderen Freundin, und wir wissen nicht, ob deren Eltern auf so was achten. Bald haben diese Kids einen Führerschein. Was ist, wenn sie dann trinken?«

»Ich werde eine Kolumne über Verantwortungsbewusstsein am Steuer schreiben.«

»Es ist mir ernst, Russ.«

»Mir auch. Die Trinkerei gefällt mir genauso wenig wie dir, aber sie ist nun einmal weit verbreitet, und es wäre dumm, die Augen davor zu verschließen. Das ist doch auch deine Meinung. Du fühlst dich im Moment einfach außen vor.«

»Ich fühle mich hilflos. Es war sehr viel besser, als wir unsere Kinder noch überallhin kutschierten – da wussten wir wenigstens, dass sie heil ankamen. Wenn es doch nur wieder so wie damals wäre!«

»Das würdest du nicht sagen, wenn du der alleinige Chauffeur wärst«, meinte Russ. »Mein Leben wird sehr viel einfacher, wenn Allison selbst fahren kann. Ich vertraue ihr.«

»Ich auch«, sagte Georgia. »Was mir Sorgen macht, sind ihre Freunde.«

»Die sind ganz in Ordnung.«

»Das ist Quinn auch.«

»Du machst aus einer Mücke einen Elefanten.«
Vielleicht hatte er Recht. Aber war das nicht verständlich?
Immerhin trennten sie mehrere tausend Meilen von zu Hause. »Ist Tommy gut auf die Matheschulaufgabe vorbereitet?«
»Ich denke, ja. Seine Hausaufgaben waren jedenfalls fehlerfrei.«
»Er hatte es fürchterlich eilig am Telefon, und ich dachte, er verschweigt mir vielleicht etwas.«
»Ach wo – er war nur mitten im Chatten. Wann kommst du morgen?«
»Gegen drei.«
»Fährst du im Büro vorbei oder gleich heim?«
»Gleich heim.« Sehnsucht stieg in ihr auf. In letzter Zeit geschah das immer häufiger. »Dieses Leben gefällt mir nicht, Russ. Es entgeht mir einfach zu viel.«
»Du brauchst dir keine Gedanken zu machen – ich habe alles im Griff.«
»Das weiß ich – aber ich möchte auch da sein.«
»Du wolltest arbeiten – beides kannst du nun mal nicht haben.«
Ein anderer Mann hätte das vielleicht in gehässigem Ton gesagt, aber Russ sagte es in einem liebevollen Ton. Außerdem wäre ihm nie eingefallen, ihr vorzuwerfen, dass sie arbeitete, denn damit war ihm, was er auch freiweg eingestand, eine Last von den Schultern genommen. Als einziger Brötchenverdiener hatte er früher mit sehr viel mehr Bällen jonglieren müssen, und er machte keinen Hehl daraus, dass er sein jetziges Leben als bedeutend angenehmer empfand.
Wie hätte es auch anders sein können? Er war zu Hause

bei den Kindern, in ihr Leben einbezogen, wie sie es früher gewesen war und nicht mehr war und vermisste.

»Was gibt es sonst Neues?«

Er pustete wegwerfend. »Nichts Besonderes.«

»Ist der Rasen gemäht worden?«

»Heute Vormittag.«

»Sind die Tulpen aufgeblüht?«

»Ja, aber nicht so viele wie bei Gretchen. Sie hat einen grünen Daumen.«

Gretchen hatte auch einen großen Busen und schlechtes Benehmen, aber keines von beidem wollte Georgia mit Russ erörtern. Er sah die Dinge vom männlichen Standpunkt aus – sei es Gretchen oder den Alkohol. »Hat sich noch etwas ereignet?«

»Seit unserem gestrigen Telefonat nicht. Ach ja – Amanda ist nicht schwanger.«

»O Gott.« Georgia fühlte mit ihr. »Das arme Ding. Sie muss ja völlig demoralisiert sein.«

»Das ist sie.«

»Und was machen sie jetzt?

»Keine Ahnung – ich habe nicht gefragt.«

Georgia hätte es getan, denn im Laufe der letzten vier Jahre hatte sich zwischen ihr und Amanda eine enge Freundschaft entwickelt, die es mit sich brachte, dass sie über so gut wie alles miteinander sprachen. In dieser Hinsicht war Russ als Mann entschieden benachteiligt: Wie gut er die Erziehung der Kinder und den Haushalt auch bewältigen mochte – eine Freundin könnte er niemals werden.

»Dann frage ich morgen«, sagte sie. Auch das war ein Grund für ihre Sehnsucht: Sie vermisste ihre Freundinnen. »Wie verkraftet Graham es?«

»Weiß ich nicht. Das wäre ein gutes Thema für eine Kolumne: Die Problematik aus der Sicht des Mannes ... Ich komme gleich!«, rief er. »Wir müssen Schluss machen, Schatz. Allison will zu Brooke – und noch hat sie ja keinen Führerschein. Die Mädchen wollen zusammen eine Geschichtsarbeit schreiben.«

»Eine Geschichtsarbeit? Wer's glaubt!«

»Okay – in Wirklichkeit werden sie über Quinn reden, aber dagegen ist nichts einzuwenden. Ich komme, Allie! Georgie – ich muss los. Bis morgen.«

»Was wirst du machen, nachdem du Allie zu Brooke gebracht hast?«

Er seufzte. »Mir in der Hoffnung auf eine Idee für eine Kolumne die Fernsehnachrichten anschauen, dann Tommy ins Bett schaffen und anschließend Allie wieder abholen. Du siehst – ich habe wie immer ein volles Programm. Ich freu mich auf dich.«

Widerstrebend legte auch Georgia den Hörer auf. Sie hätte die Verbindung mit ihrem Zuhause gerne noch ein wenig länger aufrechterhalten.

Aber die Kinder hatten keine Zeit für sie, und auch ihr Mann hatte keine Zeit für sie. Kein Wunder, dass sie sich ausgeschlossen fühlte.

Es war nicht immer so gewesen – noch vor gar nicht langer Zeit war sie der Dreh- und Angelpunkt ihrer aller Leben. Sie rief sich jene Zeit ins Gedächtnis, wobei sie den Schwerpunkt auf die negativen Aspekte legte, um sich ihr jetziges Alleinsein schmackhaft zu machen. Sicher, die sich immer wieder auftürmenden Schmutzwäscheberge, die überall herumliegenden Spielsachen, die ständige Fahrerei zu Theaterproben, Musikstunden und Fußballspielen waren strapaziös und hatten schließlich in eine Frustration geführt, aus der irgendwann das Eingeständnis folgte, dass ihre Rolle als Hausfrau und Mutter sie nicht befriedigte, aber rückblickend erschien ihr alles, was sie in die Berufstätigkeit getrieben hatte, nicht mehr als lästig, sondern in einem goldenen Licht.

Das bedeutete aber nicht, dass sie sich wünschte, die Uhr zurückdrehen zu können. Sieben Jahre waren vergangen, seit sie ihre Firma gegründet hatte, und noch immer war sie täglich von neuem erstaunt über ihr stetiges Wachstum. Wäre sie nach ihrem Erfolgsrezept gefragt worden, hätte sie keine Antwort gewusst. In ihren Augen hatte sie einfach Glück gehabt.

Gemüsesäfte waren nichts Neues, es gab sie schon seit einer Ewigkeit. Aber niemand vor ihr war auf die Idee gekommen, sie mit dem ebenso originellen wie einprägsamen Namen »Rübenbier« und in einer praktischen Verpackung auf den Markt zu bringen, sechs verschiedene Sorten, und jede ein echter Gaumenschmaus. Angefangen hatte alles in der Küche eines Partyservices an ihrem Wohnort, von wo aus eine Hand voll Läden in der Stadt beliefert wurden. Inzwischen gab es Fabriken an beiden Küsten, die Rohstoffe aus einem Dutzend Staaten und einem halben Dutzend Länder verarbeiteten und jede große Supermarktkette im Land belieferten.

Die Leute nannten Georgia ein Unternehmergenie, aber das war sie nicht. Die Firma hatte sich verselbstständigt, und Georgia war in ihrem Kielwasser mitgeschwommen. Sicher, sie besaß Organisationstalent – das brauchte man als Mutter –, aber hatte sie mit einer Vision begonnen? Nein. Ursprünglich war ihre

Zielgruppe die Fitnessgesellschaft gewesen. Noch heute wusste sie nicht genau, wie es gekommen war, dass Mütter die Säfte für sich und ihre Kinder entdeckten.
Die neueste Entwicklung war Schwindel erregend. Ein bedeutender Lebensmittelhersteller umwarb sie in der Hoffnung, ihr die Rechte an ihrem Produkt und dem Namen abkaufen zu können, und die Summen, die ihr da in Aussicht gestellt wurden, waren astronomisch. Damit wäre die Ausbildung der Kinder und vieles mehr gesichert, alljährliche Familienferien, ein Strandhaus und ein beträchtliches Altersruhegeld sprängen dabei heraus. Wobei das Altersruhegeld noch lange kein Thema wäre. Georgia war gerade mal vierzig. Der Bewerber wollte sie als Geschäftsführerin behalten – das war eine der Vertragsbedingungen.
Heute Abend wusste sie nicht recht, was sie davon halten sollte. Sie sehnte sich nach ihrem Heim und ihrer Familie. Es genügte ihr plötzlich nicht mehr, eine Wochenendehefrau und -mutter zu sein, der ansonsten nur das Telefon blieb.
Sie hatte es weit gebracht, das sagten alle – und sie meinten damit nicht nur ihre berufliche Entwicklung. Vor sieben Jahren war sie eine übergewichtige Mutter mit wilder Mähne gewesen, die ihre Leibesfülle unter Übergrößen versteckte und, der Blamage im Fitnesscenter überdrüssig, mit Karottensaft dagegen anzugehen versuchte. Heute war sie zwanzig Pfund leichter, trug eine schicke Kurzhaarfrisur, schminkte sich dezent und kleidete sich in Schneiderkostüm-Eleganz.
O ja, sie hatte es weit gebracht – aber sie hatte auch einen hohen Preis dafür bezahlt.

Amanda war zwei Stunden in der Highschool gewesen, und als sie sich kurz vor acht auf den Heimweg machte, dachte sie, dass sie gar nicht Mutter werden wollte, wenn das bedeutete, Kriege zu führen wie den hinter ihr liegenden Kampf. Allerdings wären sie und Graham natürlich vernünftiger, als es das Ehepaar Davis gewesen war, brächten – hoffentlich – mehr Verständnis für ihr Kind und dessen Bedürfnisse auf.
Und Quinn Davis hatte Bedürfnisse. Sie hatte heute Abend die Bruchstelle in seiner Rüstung gesehen. Er hatte mit gequältem Gesicht dagesessen und unablässig die Daumen und Zeigefinger aneinander gerieben, während seine Eltern über ihn sprachen, als sei er nicht vorhanden, und den Ausdruck seiner Nervosität geflissentlich übersahen. Als Amanda am Ende des Gesprächs sagte, sie würde sehr gerne mit Quinn sprechen, reagierten sie hochallergisch. Ihr Kind sei psychisch absolut stabil, erklärten sie empört. Absolut.
Amanda fühlte sich danach wie ausgelaugt, und ihre Periode tat ein Übriges.
Schluss mit dem Selbstmitleid, ermahnte sie sich energisch und atmete ein paar Mal tief durch, um wieder zu Kräften zu kommen. Das Bild ihrer Straße half ihr dabei. Die Dunkelheit verlieh der Sackgasse eine Atmosphäre stiller Heiterkeit. Die Gaslaternen brannten am Kopf der Plattenwege, die zu den Häusern führten, weiches Licht fiel aus den Fenstern. Bei den Langes flimmerte im Erdgeschoss der Fernsehbildschirm im Arbeitszimmer, was bedeutete, dass Russ dort saß. Nebenan tobten im ersten Stock die Cotter-Zwillinge in ihren nebeneinander liegenden Zimmern herum. Die Fenster des Hauses daneben waren dunkel. Erst als sie

ihre Zufahrt erreichte, entdeckte Amanda Licht in dem Raum hinter dem Wohnzimmer. Gretchen hielt sich in der Bibliothek auf. Das tat sie abends oft.

Amanda fragte sich, was sie dort wohl machte. June hatte jeden Bestseller verschlungen, den sie in die Finger bekam, Romane, Sachbücher, was auch immer. Sie hatte drei Lesezirkeln angehört, die ihren Horizont erweiterten, und die Gruppendiskussionen oft mit Amanda, Georgia und Karen nachgespielt. Junes beide Söhne, inzwischen über vierzig, hatten gewusst, dass sie mit einem Buch als Geschenk niemals etwas falsch machen konnten. Auch Ben hatte es gewusst und der Neigung seiner Frau Rechnung getragen.

Las Gretchen etwa Bücher aus Junes Sammlung? Amanda bezweifelte es. Wann immer sie in dem Bemühen, ein Gespräch in Gang zu bringen, auf eines davon Bezug nahm, erntete sie einen verständnislosen Blick.

Vielleicht las sie ja Bücher über Schwangerschaft. Zu dem Thema könnte Amanda ihr einige leihen.

Amandas Blick glitt über ihr eigenes Haus, und die mühsam regenerierte Kraft verließ sie wieder. Oh, Gray, dachte sie, hilf mir! Ich werde nicht allein damit fertig, dass ein Sechzehnjähriger in die Knie geht, weil er den Ansprüchen seiner Eltern nicht gerecht werden kann – und dass Mittdreißiger in die Knie gehen, weil sie den Ansprüchen ihrer Schwiegereltern nicht gerecht werden können. Abgesehen von der Gaslaterne vorn am Weg brannte nur Licht in der kleinen Mansarde über der Garage, in Grahams Hälfte ihres häuslichen Büros. Sie sah ihn vor sich, wie er an seinem Zeichentisch stand – einen Fuß auf der Querstrebe des Stuhls, ein Knie gebeugt, im Lichtkegel der Gelenkarmlampe die Ellbogen aufgestützt, um eine ruhige Hand zu gewährleisten – und arbeitete.

Die Computeranlage zu seiner Linken war mit Sicherheit nicht in Betrieb. Er hatte sie als Zugeständnis an seine drei Mitarbeiter und den Geschäftsführer angeschafft, die in seinem Büro in der Stadt saßen. Obwohl er das Gerät perfekt beherrschte, zeichnete er, sooft es ging, nach althergebrachter Manier. Und heute Abend tat er das ganz bestimmt, denn sie konnte sich vorstellen, dass er das Bedürfnis hatte, sich etwas Gutes zu tun, wenn es sie auch schmerzte, dass er Trost in der Arbeit suchte anstatt bei ihr.

Du hast es nötig!, schalt sie sich. Schließlich machst du es genauso!

Alles ging kaputt. Ihre Ehe ging kaputt. Sie gingen kaputt. Nicht einmal die Liebkosung der weichen Abendluft, die ihr entgegenwehte, als sie aus dem Auto stieg, vermochte ihren Kummer darüber zu mildern.

Mit einem tiefen Seufzer schaute sie zu dem hohen, sternenübersäten Himmel hinauf, doch auch von dort kam keine Antwort. Sie wusste nicht, warum Graham und sie kein Kind bekommen durften. Sie brachten doch die besten Voraussetzungen für ein Familienleben mit. Amanda wollte gerade hineingehen, als sie vor dem Haus der Cotters einen Lichtpunkt entdeckte. Die Glut einer Zigarette! Das konnte nur Karen sein. Dankbar, einen Grund gefunden zu haben, Graham erst später gegenüberzutreten, überquerte sie die Straße und ging über den Rasen zur Veranda hinüber. »Schimpf mich nicht!«, bat Karen leise, die in dem Licht, das hinter ihr aus dem Fenster fiel, wie ein Scherenschnitt wirkte. »Ich rauche nur diese eine.«

Amanda setzte sich zu ihren Füßen auf die Treppe. »Du hattest es doch so lange durchgehalten«, sagte sie bedauernd.
»Nach der hier ist Schluss«, beteuerte ihre Freundin.
»Gibt es etwas Neues über Quinn?«
Amanda hätte lieber gefragt, was Karen veranlasst hatte, erneut schwach zu werden, doch sie stellte den Therapeuten hintan. »Er ist wieder nüchtern.«
»Fliegt er?«
»Aber nein. Er wird nur für den Rest der Saison gesperrt.« Damit gab sie keine vertrauliche Information preis, sondern korrigierte lediglich ein unzutreffendes Gerücht. Die Wahrheit durfte jeder wissen.
»Du meinst, er darf nur nicht Baseball spielen? Das ist alles?«
»Ja.«
Karen starrte eine Weile schweigend in die Dunkelheit hinaus. Dann sagte sie: »Das ist die gleiche Strafe, die die beiden anderen Jungs bekommen haben. Ich hätte Quinn härter bestraft. Bei einem Jungen in seiner Position legt man die Messlatte doch höher.«
»Was sagt Jordie zu der Geschichte?«
Karen zog an ihrer Zigarette. Ihre Antwort wurde von einem weißen Rauchstrom begleitet. »Nicht viel. Wenigstens nicht zu uns. Als er davon hörte, war er sofort auf und davon. Gott, wie ich dieses Alter hasse!«
»Unseres oder ihres?«
»Im Moment ihres. Ich hasse diese Geheimnistuerei. Dauernd muss man sich fragen, was dahinter steckt.«
»Glaubst du, Jordie trinkt?«
»Nein – aber von Quinn hätte ich es auch nicht gedacht. Womit ich nur sagen kann, ich weiß, dass ich

nichts weiß.« Sie zog lange an ihrer Zigarette, aber wenn der Zug zur Entspannung gedacht gewesen war, erwies er sich als wirkungslos. Ihre Stimme blieb angespannt. »Doch – eines weiß ich, sogar ganz genau: Gretchen ist schwanger. Ich habe ihr vorhin einen Teller Kekse rübergebracht, und aus der Nähe war es eindeutig zu erkennen.«

Amanda hatte es sich also nicht eingebildet. Na, das war doch zumindest eine kleine Befriedigung.

»Sie ist im siebten Monat.«

»Im siebten? Das sieht man ihr aber nicht an.«

Karen schnaubte. »Das Baby wird bestimmt so zierlich, wie sie es ist.«

Nach kurzem Rechnen sagte Amanda: »Wenn sie im siebten Monat ist, fand die Zeugung im Oktober statt. Damals hat der Zimmermann das Verandadach erneuert.«

»Mmm«, meinte Karen nachdenklich. »Und anschließend baute er ein Regal in einem der Gästezimmer ein, und dann setzte er unter dem großen Schlafzimmer Stützbalken für einen Whirlpool. Um den zu installieren, waren eine ganze Weile der Klempner und der Elektriker da.«

»Du denkst an eine *Ménage à trois?*« Amanda lachte leise. Es war befreiend. »Ich glaube, jetzt treiben wir's aber doch ein bisschen zu bunt. Also, wer ist der Vater?«

»Ich weiß es nicht.«

»Warum hast du sie nicht gefragt?«

»Ich habe mich nicht getraut.« Karen zog erneut an ihrer Zigarette und stieß den Rauch wie ein Drache durch die Nasenlöcher aus. »Wir sind schließlich nicht gerade

Busenfreundinnen. Mein Mann kennt sie viel besser. Wenn sie pfeift, rennt er, ob es ums Schneeschaufeln geht oder um das Aufschichten von Kaminholz oder darum, die Sturmfenster einzusetzen. Ich sollte ihn rüberschicken und fragen lassen.«

»Vielleicht weiß er es bereits«, meinte Amanda in dem spöttischen Ton, in dem sie und die beiden anderen Frauen sich stets über die Beziehung zwischen ihren Ehemännern und Gretchen mokierten. Es war kein Geheimnis, dass die junge Witwe sich ihren Männern gegenüber durchaus aufgeschlossen zeigte.

Doch diesmal war Karen offenbar nicht zum Scherzen zumute. »Was willst du damit sagen?«, fuhr sie auf.

Vorsichtig geworden, wählte Amanda ihr Worte sorgfältig. »Ich dachte nur, es könnte doch sein, dass einer der Handwerker mit einem Augenzwinkern oder einer Andeutung hat durchblicken lassen, dass er Gretchen näher gekommen sei. Glaubst du, sie wird wegziehen?«

Besänftigt stützte Karen wieder die Ellbogen auf das Geländer. »In nächster Zeit sicher nicht. Sie war mit Farbspritzern übersät, als sie mir die Tür aufmachte, und erklärte mir, sie sei dabei, das Kinderzimmer zu streichen.«

Amandas Herz verkrampfte sich, als sie sich ausmalte, wie sie während ihrer Schwangerschaft das Zimmer ihres Kindes herrichtete. Sie hatte sich das schon unzählige Male ausgemalt, im Geiste die Farbtöne ausgewählt und die Schablone für eine Bordüre entworfen, doch ihr Aberglaube hatte sie daran gehindert, ihre Phantasien Wirklichkeit werden zu lassen.

Jetzt kam ihr plötzlich der Gedanke, dass sie damit vielleicht genau das Falsche getan, ihre Empfängnisfähig-

keit vielleicht sogar blockiert hatte. Vielleicht musste sie einen Beweis dafür liefern, dass sie bereit war, die Verpflichtungen zu übernehmen, die ein Kind mit sich brachte. Sie könnte das Zimmer doch für alle Fälle schon mal streichen, möblieren, Mobiles aufhängen und die Regale mit Schmusetieren bevölkern. An einem in dieser Art vorbereiteten Raum vorbeizugehen, könnte nicht viel schlimmer für sie sein als täglich die Kartons vor Augen zu haben, die dort seit Jahren darauf warteten, ausgepackt und entsorgt zu werden.
Die Kartons enthielten Überbleibsel aus ihrer beider vorehelichen Leben. Sie waren mit »Graham« und »Amanda« beschriftet, da gab es keine Gemeinsamkeiten, keine Möglichkeit, die Dinge unter einen Hut zu bringen. Amanda fragte sich, ob das eine Metapher für ihren unerfüllten Kinderwunsch war.
Karen zog noch einmal an ihrer Zigarette und drückte sie dann an der Unterseite des Geländers aus. »Morgen kommt Georgia zurück. Ich bin gespannt, was sie zu den Neuigkeiten sagen wird.«
»Sie wird sich Sorgen machen, dass auch Allison möglicherweise Alkohol trinkt.«
»Ich meinte die Sache mit Gretchen. Von allen Verdächtigen ist Russ der mit den meisten Gelegenheiten für einen Besuch bei der Nachbarin.«
Amanda lag auf der Zunge, dass Russ zu viel Achtung vor seiner Frau habe, um sie zu betrügen, aber damit hätte sie angedeutet, dass Lee keine Achtung vor seiner Frau hatte, was zwar stimmte, doch sie wollte kein Salz in die Wunde reiben. Außerdem sollte sie sich kein Urteil über Karens Mann erlauben. Sicher, Lee war ein Schürzenjäger – aber Graham hatte sich im letzten Ok-

tober immer mal wieder bei Gretchen aufgehalten, ein Stündchen hier, ein Stündchen da. Amanda konnte ihn nicht als Verdächtigen ausschließen.

5

Als Amanda die Hintertür öffnete, hoffte sie, von sanften Countrymusic-Klängen, die sie beide so liebten, und einem verheißungsvollen Essensduft empfangen zu werden. Es hätte ihr ein Gefühl der Geborgenheit vermittelt. In einem liebeleeren Elternhaus aufgewachsen, hatte sie ein unstillbares Bedürfnis danach, und heute, nach diesem Tag voller Tiefschläge, war es besonders groß. Aber natürlich spielte keine Musik, denn Graham saß in seinem Büro über der Garage, und natürlich duftete es nicht nach Essen, denn Graham kochte niemals allein.

Na ja, macht nichts, sagte sie sich – ich habe sowieso keinen Appetit.

Das Telefon klingelte. Sie hatte auch keine Lust, den Hörer abzunehmen, doch als nach dem vierten Klingeln deutlich wurde, dass Graham es nicht tun würde, tat sie es doch.

»Hallo?«

»Gray hat Joe angerufen«, sagte ihre Schwägerin Kathryn, ohne sich mit einer Begrüßung aufzuhalten, »und Joe hat mich angerufen. Es tut mir so Leid, dass es wieder nicht geklappt hat. Wie fühlst du dich?«

In diesem Augenblick war sie lediglich verärgert. Graham hätte seinen Bruder wirklich nicht postwendend informieren müssen.

»Ich bin okay.«
»Das nächste Mal klappt es bestimmt. Aller guten Dinge sind drei.« Auf Kathryn traf das absolut zu. Sie hatte drei Kinder, drei Hunde und bei nur drei Arbeitstagen pro Woche drei Wochen Urlaub im Jahr. Amanda beneidete sie. Sie beneidete auch die übrigen O'Learys. Deren Leben liefen geradezu provozierend reibungslos. Warum konnte das bei Graham und ihr nicht auch so sein? Sie durfte gar nicht an den nächsten – und letzten – Versuch denken.
»Lass dich nicht entmutigen«, ermunterte Kathryn sie. »Du bekommst dein Baby schon noch. Es gibt keine kinderlosen O'Learys! Also, Kopf hoch, Schätzchen! Aber das ist nicht der einzige Grund für meinen Anruf. Ich wollte euch an Sonntag erinnern. Die Feier geht um drei los. Passt euch das?«
»Natürlich.«
»Keine Geburtstagsgeschenke. Mom will keine.«
»Ich weiß.«
»Und du bringst das Trifle mit, wie besprochen, ja?«
»Mmm, ja, mit Paddy-Whiskey gemacht, nach dem Rezept eurer Großmutter.«
Ein irisches Trifle war nur echt mit irischem Whiskey – das hatte Amanda gleich bei ihrem ersten Zusammentreffen mit dem O'Leary-Clan gelernt. Und man aß bei den O'Learys kein Trifle, ohne einen Trinkspruch auf den berühmten Whiskey auszubringen.
»Mom wird hin und weg sein«, sagte Kathryn. »Hast du es von ihr?«
»Nein, von MaryAnne.«
»Das ist auch okay. Du weißt, dass du keine Sprühsahne aus der Dose nehmen darfst, ja? Du musst rich-

tige Sahne nehmen und sie selbst schlagen, sonst wird das nichts. Ich habe mir die Arbeit einmal mit einem Fertigprodukt erleichtert, aber man hat es geschmeckt. Ich mache das Trifle inzwischen im Schlaf – wenn du irgendwelche Fragen hast, ruf mich an. Ansonsten bis Sonntag um drei, ja?«

»Wir werden pünktlich sein.«

Amanda legte den Hörer auf. Hätte ihre Schwiegermutter doch nur an einem anderen Wochenende Geburtstag gehabt! Sie wusste nicht, wie sie die so zahl- und kinderreiche Sippe in ihrer derzeitigen Situation und Verfassung verkraften sollte. Nicht etwa, weil sie Grahams Familie nicht gemocht hätte. Sie mochte sie sogar sehr. Doch abgesehen von allem anderen war ihr nicht wohl dabei, dass Kathryn diesmal sie beauftragt hatte, für das Trifle zu sorgen, denn sie war ganz und gar nicht davon überzeugt, dass das Geburtstagskind es gerne sähe, wenn das O'Leary-Trifle von ihr käme.

Dorothy, ihre Schwiegermutter, hatte Amanda bis zum heutigen Tag nicht akzeptiert. Es schien beinahe, als gebe sie ihr die Schuld am Scheitern von Grahams erster Ehe, obwohl diese längst gescheitert gewesen war, als Amanda und Graham sich kennen lernten. Sogar der langwierige Annullierungsprozess seitens der Kirche war vor ihrer Begegnung in Greenwich bereits abgeschlossen.

Wäre Amanda katholisch gewesen, hätte Dorothy sich vielleicht zugänglicher gezeigt. Da sie dieses entscheidende Attribut nicht zu bieten hatte, war die Sympathie ihrer Schwiegermutter nur erringbar, indem sie ein O'Leary-Baby zur Welt brachte, und das war leichter gesagt als getan.

Mut- und kraftlos ging Amanda, ohne das Licht anzumachen, schleppenden Schrittes durch die Halle ins Wohnzimmer und ließ sich auf das der Tür am nächsten stehende Sofa fallen. Es war eines dieser superweichen Exemplare mit dicken Kuschelkissen, ganz anders als die kühl-eleganten Sitzmöbel, die in ihrem Elternhaus standen. Sie hatte sich auf den ersten Blick bei ihrem gemeinsamen Einkauf im Einrichtungshaus in dieses Modell verliebt, Graham hingegen erst nach dem Probesitzen, das er in aller Ausführlichkeit unter Berücksichtigung sämtlicher Bequemlichkeitsaspekte praktiziert hatte. Die Dunkelheit und die weichen Polster schenkten ihr das ersehnte Umfangensein. Und sie wünschte sich, Graham bei sich zu haben, auch wenn sein Verhalten sie im Moment befremdete.

Die Hintertür wurde geöffnet – offenbar sorgte ihr Mann sich doch um sie.

»Mandy?«, rief er.

»Im Wohnzimmer!«

Gleich darauf hörte sie seine Schritte auf dem Holzfußboden der Eingangshalle, und dann war es plötzlich still. Er musste unter dem Rundbogen stehen geblieben sein. Hätte sie sich umgedreht, hätte sie ihn im Mauerdurchbruch stehen sehen. Sie hatte ihn schon oft von diesem Platz aus, wo sie saß, eintreten sehen, mit einem Verlangen im Blick, das kurz darauf zu einer leidenschaftlichen Vereinigung auf dem Orientteppich zu ihren Füßen geführt hatte. In fast allen Räumen des Hauses hatten sie schon wunderbarsten Sex gehabt. In letzter Zeit allerdings nicht mehr. In letzter Zeit gab es Sex nur noch im Ehebett, und auch den nur nach dem Kalender – klinisch-medizinisch-technisch.

Heute drehte sie sich nicht um. Sie rührte sich überhaupt nicht.
»Bist du okay?«, fragte er in so liebevoll besorgtem Ton, dass ihr die Tränen in die Augen schossen.
»Mmm.«
»Möchtest du eine Tasse Tee?«
»Nein, danke.« Jetzt schaute sie sich doch um und streckte die Hand nach ihm aus. Sie wollte sich nicht mit ihm streiten. Sie liebte ihn.
Als habe er nur auf ein Signal von ihr gewartet, trat er mit großen Schritten auf sie zu, nahm ihre Hand und führte sie an die Lippen, während er sich neben ihr auf das Sofa sinken ließ. Sie fühlten sich weich und warm an.
»Hast du gearbeitet?« Sie kuschelte sich in die Wärme seines Körpers.
Er zog ihre Hand an seine Brust, dorthin, wo sein Herz pochte, und streckte die Beine aus. »Ich habe es versucht, aber es fiel mir nichts Gescheites ein. Also machte ich einen Spaziergang – und als ich zurückkam, sah ich deinen Wagen in der Einfahrt.«
»Und wo warst du spazieren?«
»Im Wald. Ich bin über den Friedhof gegangen, aber Geister haben mich keine angegriffen. Damit bezog er sich auf einen gemeinsamen Scherz. Die Grabsteine auf dem Friedhof waren so alt und verwittert, dass man die Inschriften nicht mehr entziffern konnte, und so machten Amanda und Graham sich den Spaß, sich welche auszudenken, die jedoch, das gehörte zum Ritual, den gebotenen Respekt und jede Ernsthaftigkeit vermissen ließen, weshalb derjenige, der gerade einen dahin gehenden witzigen Einfall gehabt hatte, sich von dem an-

deren sagen lassen musste, dass er sich darauf einstellen solle, von einem der Verstorbenen zur Rechenschaft gezogen zu werden.

Im Wald, heute Teil eines sich über viele Hektar hinter dem Grundstück von Gretchen Tannenwald erstreckenden Naturschutzgebietes mit Hemlocktannen und Föhren, Eichen, Ahornbäumen und Birken und allen erdenklichen Arten von Moosen und Farnen, gab es aber nicht nur diesen Friedhof, hier standen auch noch Reste von Wohnbauten, und so stürzte nicht selten ein ortsunkundiger Wanderer in einen alten Keller. Und immer wieder konnten Tollkühne nicht widerstehen, das einzige, wenn auch angeschlagene, erhaltene Bauwerk zu erklettern, einen rechteckigen Turm, der aus Feldsteinen bestand wie die stehen gebliebenen Reste der Hausmauern, die sich durch den Wald zogen. Der Turm war zwölf Meter hoch, besaß eine Grundfläche von vier mal dreieinhalb Metern, verjüngte sich nach oben hin und maß an der oberen Endigung vier mal anderthalb Meter. Die Treppe, die nach oben auf das Turmdach – oder war es eine Plattform gewesen? – geführt hatte, existierte nicht mehr, ebenso wie die Decke, doch das Mauerwerk bot dank der Unregelmäßigkeiten der natürlichen Steine an vielen Stellen Halt für kletternde Füße. Trotz allem verließ so manchen Kletterer, wenn es an den Abstieg gehen sollte, der Mut, und Retter mit Leitern mussten anrücken, und das nicht nur, um Kinder runterzuholen, sondern auch Erwachsene. Jede Turmbesteigung und jede Rettungsaktion bedeutete ein weiteres Sichlockern des Mauerwerks, und erst kürzlich waren bei einem schwachen Erdbeben einige Steine herausgebrochen. Aber wann immer der Stadtrat auf die

Idee verfiel, den Turm abzutragen, stieß er bei den Bürgern auf Ablehnung. Niemand wusste, ob der Turm von amerikanischen Ureinwohnern oder frühen Siedlern errichtet worden war und wozu. Aber die Leute waren sich einig, dass er Denkmalswert besaß und demzufolge unangetastet bleiben musste.

»War ganz schön mutig von dir, im Dunkeln durch den Wald zu gehen«, meinte Amanda mit einem kleinen Lächeln.

»Nicht mutiger als von dir, in die Schule zu gehen. Ist die Sache geklärt?«

»Was Quinns Bestrafung angeht, ja – was seine Probleme angeht, nein. Es tat mir in der Seele weh zu sehen, wie unglücklich der Junge ist. Aber als ich seinen Eltern sagte, dass ich mich gerne mit ihm unterhalten würde, auch außerhalb der Schule, damit es niemand mitbekäme, stieß ich auf taube Ohren.«

»Sie waren nicht damit einverstanden?«

»Absolut nicht.«

»Das muss hart für dich gewesen sein.«

»Das war es.«

Graham legte den Arm um Amandas Schulter, zog seine Frau an sich, und sie entdeckte, wie sie sich wieder in ihn verliebte – in seine Wärme, in seinen Geruch und in seine Einfühlsamkeit –, die alte Harmonie verspürte.

»Du klingst erschöpft«, sagte er leise.

»Das bin ich auch.«

»Manchmal denke ich, es liegt an mir.«

»Dass ich erschöpft bin?«

»Vielleicht überfordere ich dich. Vielleicht willst du darum nicht mit mir reden.«

»Ich rede doch mit dir.«

»Das meine ich nicht. Du hast mich heute Nachmittag hängen lassen. Ich habe die ganze Zeit auf deinen Anruf gewartet. Du bist nicht die Einzige, die in dieser Angelegenheit etwas investiert, weißt du.« Seine Stimme klang sanft, doch was er sagte, traf sie wie ein Schlag.

Amanda rückte von ihrem Mann ab, schaute ihm in das von dem schwachen Lichtschein, der von der Gaslaterne hereindrang, beleuchtete Gesicht. »Investiert«, wiederholte sie bitter. »Das hört sich geschäftsmäßig an.«

Er begegnete ihrem Blick. »So kommt es mir auch vor. Wie ein Projekt. Ein fehlgeschlagenes Projekt.«

Damit waren sie wieder dort, wo sie vor ein paar Stunden gewesen waren, nur war Amanda jetzt müder und aggressiver, und sie fürchtete um ihre Beherrschung. »Was willst du von mir?«, fragte sie.

»Ein Kind«, erwiderte er lapidar. »Warum hat es auch beim zweiten Mal nicht geklappt?«

»Ich weiß es nicht. Die Ultraschalluntersuchung ergab nur ein Ergebnis – ideale Bedingungen …«

Graham stemmte sich vom Sofa hoch und trat ans Fenster. Nachdem er eine Weile in den dunklen Garten hinausgeschaut hatte, kam er zurück und setzte sich auf das gegenüberstehende Sofa. Jetzt trennten sie ein großer quadratischer Couchtisch und ein noch größerer Orientteppich. Graham beugte sich vor und stützte die Ellbogen auf die Knie. »Ich habe nur gefragt, Amanda.«

»Das war keine Frage – das war eine Anklage.«

»Nein, das war es nicht. Wenn du eine Anklage herausgehört hast, dann ist das dein Problem.«

»Es ist unser Problem.« Sie legte den Kopf an die Rück-

lehne und schloss die Augen. Sie wollte nicht mehr nachdenken. Über gar nichts mehr.
»Und was jetzt?«, fragte er.
Sie antwortete nicht. Die Vorstellung, noch einmal Clomifen zu schlucken, noch einmal eine Tabelle zu führen, noch einmal Teststreifen in Urin zu tauchen und dann mit angehaltenem Atem auf das Ergebnis zu warten, drehte ihr den Magen um.
»Sie sagten doch, dass bei der Insemination häufig drei Versuche notwendig seien«, dachte Graham laut. »Einen Versuch haben wir noch. Und dann gibt es ja auch die beiden anderen Möglichkeiten.«
Auch mit denen wollte Amanda sich heute Abend nicht befassen. »Nein«, sagte sie leise.«
»Was nein? Nein zum dritten Versuch?«
Amanda empfand plötzlich eine bleierne Schwere, und ihr Herz lag wie ein Stein in ihrer Brust. »Nein zu allen drei Versuchen.«
Nach einer Schrecksekunde fuhr Graham sie an: »Was zum Teufel soll das heißen?«
Sie öffnete die Augen und suchte nach Worten, um es ihm zu erklären, doch alles, was ihr einfiel, war: »Ich bin müde.«
»Müde? Meiner oder was?«
»Meines Lebens – so wie es jetzt ist.«
»Du gibst auf?«
»Nein. Ich mache eine Pause. Ich brauche eine Pause.«
»Ausgerechnet jetzt, Amanda? Das ist unmöglich!«
»Gib mir einen Monat, Graham. Nur einen Monat. Vielleicht hilft es ja sogar. Wie bei einer Schlankheitsdiät. Plötzlich kommt die Gewichtsreduzierung zum Stillstand, weil der Körper auf Sparflamme arbeitet,

und wenn man dann ein, zwei Tage wieder richtig isst, bekommt der Stoffwechsel einen Kick, und danach nimmt man weiter ab.«
»Seit wann befasst du dich mit Diäten?«
»Seit ich durch das verdammte Clomifen acht Pfund zugenommen habe.«
»Ist mir gar nicht aufgefallen.«
»Ich habe sie ja auch schnell wieder verloren.«
»Hatte Emily das genehmigt?« – »Ich habe ihr gar nichts davon erzählt. Es war ja keine große Sache. Ich habe einfach nur vorsichtiger gegessen.«
»Also wirklich, Amanda – entweder stehst du unter ärztlicher Aufsicht oder nicht. Du hättest es ihr sagen müssen.«
Amanda hob mühsam eine Hand. »Okay – ich sag's ihr morgen. Aber wenn du glaubst, ich sei deshalb nicht schwanger geworden, bist du auf dem Holzweg.« Die Hand fiel aufs Sofa zurück. »Ach, übrigens – Gretchen ist tatsächlich schwanger. Ich habe mich nicht geirrt. Karen war bei ihr drüben und hat es ebenfalls gesehen, und unsere liebe Nachbarin hat es auch ganz bereitwillig zugegeben. Sie ist im siebten Monat.«
Graham reagierte nicht.
»Wir haben uns überlegt, wer der Vater sein kann.«
Graham reagierte noch immer nicht.
»Ich kann dein Gesicht nicht sehen«, sagte Amanda. »Bist du geschockt? Bestürzt? Besorgt?«
»Warum sollte ich besorgt sein?«
»Weil vielleicht jemand denken könnte, dass du es bist.«
»Dass ich was bin?«
»Der Vater.«
»Wovon redest du, um Himmels willen?«

»Wie schon erwähnt, ist sie im siebten Monat. Das bedeutet, das Kind wurde im Oktober gezeugt. Damals warst du oft bei ihr.«
»Ich habe einen Entwurf für ihren Garten gezeichnet.«
»Du warst in ihrem Haus.«
Eine ganze Weile herrschte tiefe Stille, dann sagte Graham leise: »Ich kann nicht fassen, was du mir da unterstellst ...« Er stand auf. »Ich werde vergessen, was du gesagt hast«, erklärte er auf dem Weg nach draußen. »Ich werde es vergessen und verzeihen, denn ich verstehe, wo es herkommt. Du bist bei Eltern aufgewachsen, die einander betrogen – nur darum konntest du auf diese Idee kommen.«
Amanda war nicht in der Lage, sein Verständnis zu honorieren.
»Gretchen ist schwanger!«, rief sie. »Und allein kann sie das nicht geworden sein! Von wem ist das Baby also?«
»Woher soll ich das wissen? Ich habe keine Ahnung, mit wem sie sich trifft.«
»Sie trifft sich mit niemandem.«
»Wie kannst du da so sicher sein?«
»Ich habe noch nie gesehen, dass sie ein Mann besucht hätte.«
»Vielleicht trifft sie sich in der Stadt mit ihm.«
»Sie ist jeden Abend zu Hause.«
»Kinder werden doch nicht nur bei Dunkelheit gezeugt.«
»Du weißt genau, was ich meine.«
»Ja, das tue ich – aber eine Frau braucht keinen festen Freund zu haben, um schwanger zu werden. Das kann ganz schnell passieren, in einem Augenblick unkontrollierter Leidenschaft.«

»Genau.«
Eisiges Schweigen folgte ihrer Erwiderung, und dann blaffte Graham vom Rundbogen herüber: »Es gibt auch noch eine andere Erklärung, Amanda: Vielleicht hat Ben Sperma von sich auf Eis legen lassen, und bei Gretchen hat die künstliche Befruchtung geklappt!«

*

Amanda hörte ihn zornig durch die Halle stampfen. In der nachfolgenden Stille ließ sie ihre Worte Revue passieren und kam zu dem Schluss, dass Graham Recht hatte: Ihre Erfahrungen mit ihren Eltern waren der Grund für ihr Misstrauen. Sie war mit Anklagen aufgewachsen, und die meisten davon waren begründet gewesen. Sowohl ihr Vater als auch ihre Mutter hatten zahlreiche Affären gehabt, womit einer dem anderen immer wieder aufs Neue dessen Untreue heimzahlte. Bis heute wusste Amanda nicht, wer von den beiden als Erster fremdgegangen war, denn sie beschuldigten sich gegenseitig.
Wäre sie die Eheberaterin ihrer Eltern gewesen, hätte sie ihnen zur Scheidung geraten. Wenn das Vertrauen unwiederbringlich verloren war, gab es keine Hoffnung mehr auf Liebe. Aber sie war nicht die Eheberaterin ihrer Eltern gewesen, sondern ihre Tochter, und die Auseinandersetzungen, die sie ständig miterlebte, prägten sie. So nachhaltig, dass sie heute ohne jeden Grund ihren Mann des Ehebruchs bezichtigte. Dabei war Graham einer der treuesten Menschen, die sie kannte, und das war eine der Eigenschaften, die sie sofort für ihn eingenommen hatte. Vor der Beziehung zu ihr hatte es

nur eine in seinem Leben gegeben, eine langjährige und monogame. Das war O'Leary-Art: Ein weiterer Pluspunkt für Graham. Seine Geschwister waren grundanständige, offene, ehrliche und herzliche Menschen. An keinem aus der Sippe haftete der Makel Scheidung – außer an Graham. In der Realität war er bedeutungslos, denn Graham O'Leary wäre noch heute mit Megan verheiratet, wenn sie sich nicht von ihm getrennt hätte.

Trotz dieser Einschätzung hatte Amanda niemals an seiner Liebe zu ihr gezweifelt. Das tat sie auch jetzt nicht. Ihre Angst erwuchs aus dem Wissen um seine sexuellen Bedürfnisse. Früher hatte sie seine und er ihre befriedigt, heutzutage absolvierten sie beide nur noch Pflichtübungen, Spontaneität und Leidenschaft waren nur noch Erinnerungen.

Und auf der anderen Straßenseite wohnte Gretchen Tannenwald, eine Augenweide für jeden Mann, und Megan so ähnlich, dass Graham und Amanda sich oft darüber amüsiert hatten.

Aber jetzt war Gretchen schwanger, und Amanda fragte sich, ob die beiden sich in Wahrheit über sie, Amanda O'Leary, amüsierten. Augenblicklich rief sie sich zur Ordnung. Sie musste endlich aufhören, wie ihre Eltern zu denken. Aber wie sollte sie das bewerkstelligen?

Sie kam nur schwer vom Sofa hoch; sie wollte Graham suchen. Sie schaute in die Küche, wo sie ihn erhoffte, aber nicht antraf, ging dann in den ersten Stock hinauf. Auch im Schlafzimmer war er nicht. Sie schaute sogar in die zukünftigen Kinderzimmer. Kein Graham! Wahrscheinlich war er in seinem Büro. Sie schwankte: Einerseits wäre sie gerne zu ihm hinübergegangen, andererseits graute ihr vor der Kälte, mit der er sie bestimmt empfangen würde. Sie ging in das neben ihrem Schlafzimmer liegende kleine Arbeitszimmer, legte sich, die Wolldecke bis zum Kinn hinaufgezogen, auf das Sofa, schloss die Augen, schaltete ihre Gedanken ab und konzentrierte sich darauf, gleichmäßig ein- und auszuatmen. Ruhe und Frieden zu finden. Nach kurzer Zeit war sie eingeschlafen.

*

Graham ließ sie schlafen, doch als sie am nächsten Morgen in die Küche hinunterkam, erkannte sie an dem Ausdruck seiner schönen grünen Augen, mit denen er ihr vom Küchentisch entgegenschaute, die Hände um den Kaffeebecher gelegt, und an den schmalen Lippen, dass nicht Rücksichtnahme das Motiv für sein Verhalten gewesen war.

6

Bevor einer von ihnen etwas sagen konnte, klingelte das Telefon. Obwohl Amanda näher dran war, sprang Graham auf und kam ihr zuvor. »Ja?«, meldete er sich, und gleich darauf erhellte sich seine Miene. »Hallo! Wie geht's?«

Amanda steckte die Hände in die Taschen. Sie kannte diesen Gesichtsausdruck und diesen Tonfall. Beides hatte schon lange nicht mehr ihr gegolten. Es fehlte ihr.

»Was gibt es?« Auch das Licht in seinen Augen hatte sein Strahlen verloren. Er wandte sich ab und fragte mit gedämpfter Stimme: »Jetzt nicht ... Ja ... Wie wär's um die Mittagszeit?« Er lauschte und ließ dabei den Kopf sinken. »Kann ich nicht – da habe ich einen Termin. Um eins? ... Okay.« Er legte auf und drehte sich wieder zu Amanda um. Angriffslust lag in seinem Blick. Amanda hätte ihn gerne gefragt, wer da angerufen habe, doch das hätte von Misstrauen gezeugt, von Misstrauen, das ihr von Kindesbeinen an vertraut war, und dieses wollte sie endlich ablegen. Also sagte sie stattdessen: »Du hättest mich wecken sollen – dann wäre ich ins Bett gekommen.«

»Genau das wollte ich nicht. Ich war wütend. Das bin ich noch immer. Ich finde es ungeheuerlich, was du mir unterstellt hast, Amanda. Ich bin kein Ehebrecher.«

»Ich weiß.«

»Gestern Abend klang das aber anders.«
»Es tut mir Leid.«
»Du hörtest dich an wie deine Mutter, mein Gott! Zum ersten Mal, das hat mich mehr als erschreckt. Ich habe nicht deine Mutter geheiratet, und ich will keine Frau, die wie deine Mutter ist. Falls du dich in ihre Richtung entwickeln solltest, haben wir ein Problem.«
»Wir haben ohnehin ein Problem«, sagte Amanda. Sie war erholt aufgewacht und hatte während ihrer Morgentoilette mit wachem Geist die Situation analysiert.
»Ja«, murmelte Graham. »Unfruchtbarkeit.«
»Nein, nicht die Unfruchtbarkeit, sondern die Art und Weise, wie wir damit umgehen. Wir stehen zum ersten Mal gemeinsam vor einem Problem, und wir kommen nicht besonders gut damit zurecht.«
»Ich komme sehr gut damit zurecht – du bist diejenige, die das Handtuch werfen will.«
Sie senkte den Kopf, atmete tief durch und schaute dann wieder auf. »Ich will nicht das Handtuch werfen – ich will nur nicht mehr unentwegt in Gedanken um dieses Kind rotieren. Wir müssen uns wieder einmal für ein paar Wochen auf *uns* konzentrieren.« Er starrte sie an. Amanda versuchte, seinen Ausdruck zu entschlüsseln, doch sie konnte nicht sagen, ob es Zorn oder Enttäuschung oder Verachtung war, was sie da sah.
»Ich gebe nicht auf«, betonte sie, »ich finde lediglich, dass wir eine Pause brauchen.«
Graham stemmte die Arme in die Seite. »Erwartest du, dass ich das meiner Familie sage? Es ist doch weiß Gott schon schlimm genug, dass ich meiner Mutter zu ihrem Geburtstag nicht die Freude machen kann, ihr ein Enkelkind anzukündigen.«

»Mir tut es auch Leid – aber offen gestanden mehr für uns als für deine Familie. Es betrifft unser Leben, nicht ihres.«
»Aber sie wünschen uns ein Baby.«
»Ich weiß – aber sie sind nicht wir.«
»In gewisser Weise doch. Zumindest gilt das für mich. Ich kann die Familienbande nun mal nicht kappen.«
»Nein«, nickte sie, »das kannst du nicht.«
Er beugte sich vor. »Wie soll ich diesen Ton verstehen?«
»Nicht als Angriff«, wiegelte sie hastig ab. »Keiner von uns kann sich von seiner Familie lösen. Nicht vollständig. Es war keine Absicht von mir, dass ich wie meine Mutter klang, Graham. Das wollte ich wirklich nicht. Du weißt, wie ich zu ihr stehe.«
»Ja – aber ich dachte, ich wüsste auch, wie du zu mir stehst. Früher hast du mir vertraut.«
»Ich vertraue dir noch immer.«
»Du hast mich beschuldigt, der Vater von Gretchens Kind zu sein.«
Amanda seufzte. »Es tut mir Leid. Ich war durcheinander. Sieh es doch mal von meinem Standpunkt aus: Seit einer Ewigkeit ist Sex für uns kein Spaß, sondern Arbeit. Es ist nicht unvorstellbar, und auch nicht unbegreiflich, wenn ein Mann sich in einer solchen Situation woanders holt, was er zu Hause vermisst.«
»Ich bin nicht *ein* Mann – ich bin *dein* Mann, und es ist eine ungeheure Kränkung, dass du mich zur Untreue fähig hältst.«
»Ich habe doch schon gesagt, dass es mir Leid tut.«
»Weißt du, wie tief du mich verletzt hast?«
Sie hatte genug. »Kannst du nicht endlich damit aufhö-

ren, deinem Affen Zucker zu geben?«, fuhr sie ihren Mann an.
»Was soll das heißen?«, fragte er indigniert.
»Ich habe mich mehrmals entschuldigt, ich habe dir versichert, dass ich dir vertraue, und trotzdem gibst du keine Ruhe. Wenn du dir nichts vorzuwerfen hast, dann lass es endlich gut sein.«
Graham richtete sich zu seiner vollen Größe auf. »Wenn?« Die Kälte, die er ihr mit seinem Blick herüberschickte, ließ sie frösteln. »Ich kann damit nicht umgehen«, erklärte er, machte auf dem Absatz kehrt und war zur Tür hinaus, ehe sie sich eine Erwiderung überlegen konnte.

*

Zur Frühstückszeit, die bestellte Portion Kaffee war gerade vom Zimmerkellner gebracht worden, rief Georgia von ihrem Hotel aus zu Hause an. Sie stellte sich die Szene vor, die beim ersten Klingeln des Telefons ablaufen würde: Tommy löffelte milchtriefende Fruit Loops in sich hinein, Allison erstickte fast an ihrem Bissen Weizentoast, als sie aufsprang, um zum Telefon zu hechten, aber Russ kam ihr zuvor, indem er gemächlich die Hand vom Herd aus, wo er gerade Eier briet, nach dem Hörer ausstreckte.
»Hallo?«, meldete er sich.
»Hi«, begrüßte sie ihn mit einem Lächeln in der Stimme. »Ich wusste, dass ich dich an die Strippe bekäme. Wer isst heute Morgen Eier?«
»Ich. Was nicht heißt, dass ich unseren Nachkommen keine angeboten hätte. Nein, Allie«, sagte er in den

Raum hinein, »sie verkleistern die Adern nicht mit Cholesterin – das haben neue Studien ergeben.« Er hörte sich an, was seine Tochter erwiderte, Georgia jedoch nicht verstehen konnte, und lachte dann.
»Was hat sie gesagt?«, wollte Georgia wissen.
»Dass ich eine Woche warten soll – dann würden Ergebnisse einer noch neueren Studie veröffentlicht, und die sähen dann wieder anders aus. Kluges Kind.«
»Zynisches Kind. Was war gestern Abend los?«
»Nicht viel.«
»Ich meine wegen Quinn. Haben sich die Wogen geglättet?«
»Ja, ja – alles wieder im grünen Bereich.«
»Hattest du einen schönen Abend?«
»Ruhig und beschaulich. Solltest du jetzt nicht eigentlich in einer Konferenz sitzen?«
»Die ist um eine halbe Stunde nach hinten verschoben worden, aber ich müsste die Maschine nach Hause trotzdem noch erwischen können. Falls es ein Problem geben sollte, rufe ich an.«
»Es kann aber sein, dass du mich nicht erreichst, ich treffe mich mit Henry zum Mittagessen.« Henry Silzer war der für Russ zuständige Redakteur.
»Warum wusste ich davon nichts?«
»Weil ich es erst seit gestern Abend weiß. Er rief an und erklärte mir, er müsse mal aus der Stadt raus, und außerdem wolle er seinem Spesenkonto etwas Bewegung verschaffen. Er isst für sein Leben gern in unserem Inn hier.«
Das tat Georgia auch. »Mir läuft das Wasser im Mund zusammen«, und wieder lag ein Lächeln in ihrer Stimme. »Lasst es euch gut schmecken. Gibst du mir

Allie kurz?« – »Sie ist schon auf dem Weg nach draußen – schon weg! He, wohin so eilig?« Ein paar Sekunden später erklärte er seiner Frau: »Sie meint, sie habe ihre Haare letzte Nacht total verlegen und müsse dringend etwas dagegen unternehmen.«

»Dann spreche ich ein paar Worte mit Tommy.«

»Tut mir Leid – der war schon vor ihr auf und davon. Er presste die Lippen so komisch aufeinander. Ich hoffe, der Draht ist nicht schon wieder aus der Zahnspange gesprungen. Ich geh mal lieber nachsehen. Guten Flug, Schatz. Ich freu mich auf dich.«

Wieder allein, legte Georgia in ihrem stillen Hotelzimmer den Hörer auf.

*

Karen machte Pfannkuchen zum Frühstück und mischte zwei Hände voll Blaubeeren unter den Teig. Nicht, weil Blaubeeren im Supermarkt besonders preiswert gewesen wären oder weil die Kinder sie besonders mochten, sondern weil Lee sie *nicht* mochte. Wäre es nach ihm gegangen, wäre der Pfannkuchenteig unverfälscht geblieben.

Und wäre es nach ihr gegangen, wäre ihr Mann treu geblieben. Man bekam im Leben eben nicht immer, was man sich wünschte.

»Der hat ja gar kein Gesicht«, monierte Julie, als sie in die Pfanne guckte.

»Das habe ich ganz vergessen«, sagte Karen, doch das stimmte nicht. Sie hatte heute keine Geduld für diese Spielerei und gehofft, ihre Tochter würde es nicht merken.

»Das letzte Mal hast du es auch nicht gemacht«, erinnerte ihr Augenstern sie in anklagendem Ton. »Dann mache ich es eben selber.« – »Es ist nicht so einfach.« Als Karen den Weltuntergangsblick des Kindes sah, seufzte sie gottergeben. »Also schön – ich helfe dir.« Kurz darauf lachte ihr das gemeinsame Kunstwerk mit Beerenaugen und breitem Beerenmund aus der Pfanne entgegen. Sie ließ es auf einen Teller gleiten und stellte ihn auf Julies Platz. »Jetzt iss ihn schnell, sonst wird er kalt. Was macht ihr denn da?«, fragte sie die Zwillinge, die mit fettigen Fingern in ihrem Pfannkuchen herumbohrten.

»Wir tauschen Blaubeeren«, sagte Jared. »Seine sind blauer.«

»Und seine sind größer«, erklärte Jon.

»Was für eine Schweinerei«, stöhnte Karen und stieß einen spitzen Schrei aus, als ein Saftglas umkippte. »Könnt ihr nicht aufpassen?« Sie riss ein Geschirrtuch vom Haken und saugte die Pfütze damit auf. Während sie am Tisch stand, glitt ihr Blick zu Jordie. Er war in die Zeitung vertieft.

»Steht was Interessantes drin?«, fragte sie ihn.

Er grunzte etwas Unverständliches.

Mit einem Unmutslaut kehrte sie an den Herd zurück. Ein paar Sekunden später kam Lee herein. Er trug ein Sporthemd und Khakihosen, ein lässiges Outfit, das im Vergleich zu der Aufmachung seiner Angestellten allerdings konservativ wirkte. Seine Haare jedoch verrieten sein Bedürfnis dazuzugehören. Er hatte sie gebleicht, gegelt und nur mit den Fingern durchgekämmt.

»Morgen, Morgen ... Morgen, Morgen«, begrüßte er jedes Kind auf dem Weg zu seinem Platz. Dort angekommen, zog er Jordie die Zeitung weg, der daraufhin postwendend aufstand, seinen Teller ins Spülbecken stellte und die Küche verließ.

Karen goss Kaffee in einen Becher und stellte ihn mit einem Knall hinter die aufgeschlagene Zeitung. »Wollt ihr noch Pfannkuchen?«, fragte sie die Zwillinge, die mit vollem Mund ein kaum verständliches »Nein« mampften, was bedeutete, dass alle übrigen Lee blieben. Sie stapelte sie auf einen Teller und stellte auch diesen mit einem Knall hinter die aufgeschlagene Zeitung.

»Jon, Jared, wascht euch die Hände, bevor ihr den Raum verlasst«, ermahnte sie die beiden. »Julie – Zeit zum Frisieren.«

Sie ging mit dem Mädchen ins Bad, bürstete ihre Haare, fasste sie dann zu einem Pferdeschwanz zusammen und schlang ein Band darum, das farblich zu dem blauen Hund auf ihrem T-Shirt passte. Anschließend rief sie vom Fuß der Treppe in den ersten Stock hinauf, die Zwillinge sollten nicht vergessen, die unterschriebenen Genehmigungen für die Teilnahme an der Klassenfahrt in ihre Schulranzen zu packen. »Ich wünsch dir einen guten Tag!«, sagte sie zu Jordie, als er an ihr vorbeistürmte. Seine Antwort erschöpfte sich in einem Nicken, und schon war er aus der Tür. »Danke, Mom«, murmelte sie vor sich hin. »Das Frühstück war Spitze, Mom. Ich wünsch dir auch einen guten Tag, Mom.« Mit Tränen in den Augen kehrte sie in die Küche zurück.

Lee saß noch immer hinter seiner Zeitung. Bei diesem Vorbild war Jordies Gleichgültigkeit kein Wunder. Lee rotierte um Lee. Wenn er die Zeitung lesen wollte, dann nahm er sie sich, auch wenn gerade jemand anderer sie las. Wenn er mit den Kinder herumalberte, dann nur, weil ihm gerade danach war. Wenn er Ruhe haben wollte, dann sorgte er dafür. Wenn er ausgehen wollte, dann tat er es. Ja, Jordie eiferte ihm eindeutig nach.

Sie trug die Teigschüssel zum Spülbecken, stellte sie mit einem Knall hinein und drehte das Wasser auf. Bis sie mit der Pfanne und dem Wender zurückkam, war sie voll gelaufen. Nachdem sie die Schüssel ausgewaschen und zum Abtropfen hingestellt hatte, machte sie sich daran, die Pfanne zu schrubben.

»Ist was?«, fragte Lee.

»Nein.« Sie schrubbte, als hinge ihr Leben davon ab.

»Wie sehen deine Pläne für heute aus?«

Sie hatte nicht die Absicht, ihn darüber aufzuklären. Einige davon konnte er ohnehin dem Kalender entnehmen. Was die restliche Zeit betraf, würde sie ihn im Ungewissen lassen. Auf diese Weise konnte sie sich wenigstens ein bisschen für seine Unkontrollierbarkeit rächen, denn so erschwerte sie es ihm, zu disponieren, falls er wieder einmal vorhaben sollte, sie zu betrügen.

»Wie üblich.« Sie spülte den Seifenschaum von der Pfanne. »Kommst du zum Abendessen nach Hause?«

»Ja.«

Das hatte er schon oft versprochen, doch es hinderte ihn nicht daran, seine Zusage dann doch irgendwann zu widerrufen. Ihre Bemühungen, die Familie abends gemeinsam an den Tisch zu bringen, genossen keinen Vorrang in seiner Planung. Sie stellte die Pfanne zum Abtropfen und warf über die Schulter einen Blick auf Lees Teller. Er hatte sein Essen kaum angerührt. »Hast du keinen Hunger?«

Er stocherte in den Pfannkuchenresten herum und sagte anklagend: »Ich wünschte, du hättest keine Blaubee-

ren in den Teig getan. Du weißt, dass ich die Dinger hasse.«
Sie riss ihm den Teller weg, überantwortete das verschmähte Frühstück dem Müllzerkleinerer und knallte den Teller ins Spülbecken.
»Was ist los mit dir?«, fragte Lee, und einen Moment lang war sie versucht zu verschweigen, was sie beschäftigte. Sie war ein friedliebender Mensch.
Aber in letzter Zeit waren ihr Dinge an ihrem Mann aufgefallen, die sie nur zu gut kannte. Er hatte sich ein neues Eau de Toilette gekauft und ging plötzlich wieder ins Fitnesscenter, mindestens einmal in der Woche erschien er nicht zum Abendessen, und zu dem Kinderliga-Spiel der Zwillinge war er, ohne vorher Bescheid zu sagen, mit Verspätung gekommen. Was noch schlimmer war: Er machte seit kurzem einen auffällig fröhlichen Eindruck und weniger Gebrauch von seinen ehelichen Rechten. Diese beiden Faktoren passten nicht zusammen – es sei denn, er hätte eine Affäre.
Die Vorstellung war an sich schon qualvoll für Karen, aber wenn er diese Affäre mit Gretchen hätte – ihrer Nachbarin! –, dann würde das eine Form der Demütigung bedeuten, die hinzunehmen sie nicht bereit wäre.
Die Finger in das Geschirrtuch gekrallt, drehte sie sich zu Lee um. »Gretchen ist schwanger. Weißt du etwas darüber?«
»Gretchen? Gretchen von nebenan?«
Karen kämpfte um Beherrschung, Gretchen war kein alltäglicher Name. Sie zumindest kannte nur eine Frau, die so hieß.
»Gretchen ist schwanger?«

Lee schien ehrlich überrascht zu sein, doch das beruhigte Karen keineswegs. Gretchen hatte gesagt, der Vater wisse nicht, dass er Vater werde – und sie hatte auch gesagt, er habe andere Verpflichtungen. Das jedenfalls traf auf Lee zu.

»Und seit wann ist sie schwanger?«, fragte er.

»Seit Oktober.«

»Wow! So lange schon!« Er runzelte die Stirn. »Warum bist du wütend?«

»Ich bin nicht wütend – ich mache mir Sorgen. Sag mir die Wahrheit: Kommst du als Vater in Frage?«

»Ich? Sie ist Bens Frau, mein Gott!«

»Susan war Arthurs Frau. Annette war Dons Frau. Außerdem ist Ben tot und Gretchen damit frei verfügbar.«

Er schob seinen Stuhl zurück und stand auf. »Beschuldigst du mich, Karen?«

»Nein – ich frage nur.«

»Nun – die Antwort ist nein. Ich habe Gretchen nie angerührt. Was in aller Welt hat dich auf diese Idee gebracht?«

Sie hätte sich entschuldigt und ihren Verdacht mit einem Achselzucken abgetan, wenn ihr nicht in diesem Moment sein neues Duftwasser in die Nase gestiegen wäre – und wenn es da nicht auch noch andere Hinweise gegeben hätte.

»Du sprichst ständig von ihr, und alle naselang rennst du rüber, um zu fragen, ob du etwas für sie tun kannst.«

»Sie hat keinen Mann, und wir sind Nachbarn. Du und deine Freundinnen behandeln sie wie eine Aussätzige, nur weil sie nach Junes Tod deren Mann geheiratet hat. Ich kann das nicht als Verbrechen sehen. Sie tut mir

Leid, und darum helfe ich ihr ab und zu. Du weißt selbst, dass es Dinge gibt, die eine Frau nicht allein tun kann.«
»Wie Kinder zeugen.«
»Wie Lecks im Ablauf der Spüle flicken.« Er war laut geworden. »Oder verstopfte Toiletten durchgängig machen. Komm schon, Karen – diese Dinge erledige ich für dich doch genauso. Findest du, sie sollte sich selbst damit abplagen?«
»Sie könnte einen Handwerker dafür holen.«
»Mit drei Männern in der Nachbarschaft? Russ und Graham helfen ihr ebenfalls. Fragst du die auch, ob sie als Väter in Frage kommen?«
»Nein. Ich bin mit *dir* verheiratet, und ich sorge mich um *deine* Kinder.«
»Was haben denn die Kinder damit zu tun?«
Sie dachte einen Moment nach und antwortete dann: »Sie müssen sich anhören, wie du von dem Gemälde in ihrem Wohnzimmer schwärmst.«
»Na und? Es ist wirklich schön.«
»Wie du es beschreibst, ist es außerdem erotisch und verführerisch.«
»Ist es nicht gut, solche Dinge auszusprechen?«, verteidigte er sich. »Den Kindern zu vermitteln, dass sie mit allem zu uns kommen können? Sollten moderne Eltern das nicht tun?«
Doch, das sollten sie – aber Lee trieb es zu weit mit seiner Begeisterung für das Gemälde – so weit, dass nicht mehr klar war, ob sie dem Bild oder Gretchen galt. Zumindest Karen nicht.
»Zum Teufel!« Lee sah mit seinen gegelten Stacheln wie ein zorniger Teenager aus. »Unsere Kinder sollten we-

nigstens von einem Elternteil lernen, dass Leidenschaft zum Leben gehört.«
»Ich bin ja wohl ein ausgesprochen leidenschaftlicher Mensch!«, wehrte sich Karen.
»Wenn es um Angelegenheiten geht, die dir am Herzen liegen – aber nicht, wenn es um deinen Mann geht. Du machst niemals den Anfang.«
Das stimmte. Schuldgefühle stiegen in ihr auf, doch sie würgte sie sofort ab. Lee schaffte es jedes Mal, ihr den schwarzen Peter zuzuschieben, aber diesmal würde sie nicht mitspielen. »Ich mache nie den Anfang, weil ich es nicht muss. Du bist ja aktiv genug. In letzter Zeit allerdings nicht, und das lässt mich ins Grübeln kommen.«
»Ich warte auf ein Zeichen von dir.«
»Das ist neu. Bisher kamst du immer mit zwei Dingen im Kopf von der Arbeit: Sex und die New York Mets. Ich wünschte, ich hätte einen Feierabend wie du, aber für mich endet der Tag nicht zu einer bestimmten Uhrzeit. Ich habe eine Million Dinge zu Hause zu tun.«
»Sei dankbar, dass du nicht arbeiten musst.«
»Ich muss sehr wohl arbeiten!«, fuhr sie auf.
»Du weißt, was ich meine.«
»Ich weiß, was du meinst – aber damit liegst du falsch. Ich wünschte, du würdest einmal anerkennen, was ich tue. Du hast es weiß Gott gut hier, Lee. Nicht viele Frauen verwöhnen ihre Männer so. Wenn ich so ›arbeitete‹, wie du es verstehst, würde dein Leben sehr viel unbequemer, denn dann müsstest du häusliche Pflichten übernehmen. Und trotzdem riskierst du das alles, indem du dich mit Seitensprüngen vergnügst.«
»Das ist vorbei«, erklärte er mit Nachdruck. »Ich habe

dir ein Versprechen gegeben, und ich habe es gehalten. Du hast keinen Grund, daran zu zweifeln, oder?«

»In letzter Zeit nicht«, log sie, denn sie wollte sich nicht verzetteln. »Aber Gretchen ...«

»Ich sage es dir noch einmal: Ich habe Gretchen nie angerührt!«

Sie hätte ihm so gerne geglaubt, doch sie wagte es nicht. Er hatte sie schon so oft belogen.

»Es ist wirklich zum Auswachsen!« Er warf die Hände in die Luft. »Was ich auch sage – du glaubst mir nicht! Ich könnte auf die Bibel Keuschheit schwören, und du würdest es mir trotzdem nicht abkaufen!«

»Schhhh!«, ermahnte sie ihn mit einem Blick zur Tür.

»Ich schreie, so viel ich will!«, brüllte er. »Kinder sollten wissen, dass ihre Eltern streiten, sie sollten wissen, dass Mütter Beschuldigungen aussprechen, die sie zurücknehmen müssen, und du wirst diese zurücknehmen, Karen! Du wirst sie zurücknehmen – auch dieses Versprechen gebe ich dir!«

Er stürmte zur Tür hinaus, wobei er beinahe Julie umgerannt hätte, die auf dem Weg in die Küche war.

»Wo geht Daddy hin?«, fragte die Kleine mit zitternder Stimme.

»Er muss zur Arbeit, Süße.«

»Er hat mir keinen Abschiedskuss gegeben«, sagte das Kind mit Tränen in den Augen.

Mir auch nicht, dachte Karen, und wünschte, auch ihr wären Tränen gekommen. Doch nach Jahren der Enttäuschung war sie zu abgestumpft für eine so spontane Regung. Es war ein trauriger Zustand.

*

Als Amanda zur Schule kam, brodelte die Gerüchteküche. Schüler standen in Grüppchen beieinander und diskutierten aufgeregt. Blicke streiften sie, und in der Minute, die sie brauchte, um ihre häuslichen Probleme hinter sich zu lassen, bildete sie sich ein, Verachtung darin zu lesen. Sie kann keine Kinder kriegen. Sie arbeitet mit Kindern, weil sie keine kriegen kann. Die Frauen, die keine Kinder kriegen können, werden Lehrerinnen oder Schulpsychologinnen.

Natürlich war das Unsinn. »Guten Morgen«, begrüßte sie eine der Gruppen. »Erzählt mal – was habt ihr gehört?«

Es waren fünf Jungen aus der ersten Klasse. »Hat Mr Edlin wirklich die Polizei geholt?«, fragte einer von ihnen.

»Nein. Die Polizei weiß nichts davon.«

»Es wird ihm trotzdem sein Leben lang nachhängen, wenn er hier rausfliegt«, meinte ein anderer.

»Er fliegt nicht raus«, korrigierte Amanda dieses Gerücht. »Er wird nur für diese Spielzeit gesperrt. Falls er das nächste Jahr ohne ein Vorkommnis abschließt, ist alles wieder okay.«

»Seine Eltern wollen die Schule verklagen«, behauptete ein Dritter.

»Das ist mir neu. Aber ich weiß, dass Mr Edlin die Sache bei der Morgenversammlung zur Sprache bringen wird. Dann werdet ihr erfahren, was an all den Gerüchten dran ist, die momentan herumgeistern. Okay?«

»Okay.«

Amanda ging in ihr Büro und setzte sich an den Schreibtisch. Eigentlich hätte sie die Klinik anrufen müssen, um von dem neuerlichen Misserfolg zu berichten, und auch mit Graham sollte sie sprechen, doch sie fürchtete sich vor beiden Gesprächen und war froh, andere als dringender voranstellen zu können. Zunächst würde sie mit Maggie Dodd telefonieren, um sich zu erkundigen, ob – was Quinn anging – noch alles beim Alten sei, und dann mit den Beratern an den zwei Mittelschulen des Bezirks, deren Schüler vielleicht auch von dem Zwischenfall gehört hatten. Nach der Morgenversammlung, an der sie unbedingt teilnehmen wollte, hatte sie in der zweiten Schulstunde einen Termin mit einem Schüler. Auch der Rest des Tages versprach arbeitsreich zu werden, was ihr sehr recht war.

*

Während Amanda die erste Therapiestunde hinter sich brachte und danach die kurze Pause bis zur nächsten dazu nützte nachzusehen, ob Quinn ihr eine E-Mail geschickt hatte, spulte Georgia in dem texanischen Hotel die Frühstückskonferenz ab, holte ihr Gepäck aus dem Zimmer und stieg in ein Taxi. Es war kaum zwei Blocks weit gekommen, als es hinter einer langen Autoschlange anhalten musste. Innerhalb von Sekunden hatte sich hinter ihrem Taxi ebenfalls eine Schlange gebildet. Fahrer und Fahrgäste stiegen aus und bemühten sich mit gereckten Hälsen, die Ursache des Staus zu ergründen. »Ein Unfall«, sagte einer. »Eine Baustelle«, sagte ein anderer. Georgia interessierte sich nicht dafür, was die Weiterfahrt behinderte – Hauptsache, sie versäumte ihren Flieger nicht.

*

Während Georgia die Verkehrskrise in Texas aussaß, packte Karen in Woodley ihre befürchtete Ehekrise aktiv an. Sie hatte Übung im Suchen. Hosentaschen konnten einen Hinweis erbringen, Papiere im Schreibtisch, Aktenordner. Auch auf dem Grund der Sockenschublade war sie einmal fündig geworden. Sie durchforstete die neueren Kreditkartenabrechnungen nach verdächtigen Abbuchungen und die neueren Telefonrechnungen nach ihr unbekannten, mehrfach gewählten Nummern. Beides erbrachte reichlich Beute – sie fand sogar mehr geheimnisvolle Abbuchungen und Nummern als erklärliche beziehungsweise vertraute. Wo sollte sie anfangen?

*

Er bezahlte im Voraus und in bar und ging den von Pfingstrosenbüschen gesäumten schmalen Weg hinunter zum letzten Zimmer des Anbaus. Es war genauso gemütlich wie die Zimmer in dem fast ein Jahrhundert alten Bau und in Flieder- und Blautönen gehalten. Die blumengemusterten Kissenbezüge der behaglichen Korbsessel waren aus dem gleichen Stoff wie die Vorhänge und die Tagesdecke auf dem breiten Himmelbett. Den modernen Kontrapunkt zu der verspielten Romantik bildete ein verglaster Whirlpool.
Mit seiner eigenen Rezeption bot dieser versteckt gelegene Neubau den idealen Ort für ein Schäferstündchen. Jeder, der seinen Wagen am hinteren Ende des zum Inn gehörenden Parkplatzes sähe, würde annehmen, dass er in einem der vielen kleinen Gasträume zu Mittag äße, womit er ein brauchbares Alibi hätte. Ja, es war der

ideale Ort für ein Schäferstündchen – aber er betrachtete, was sie miteinander taten, nicht als das. Sie taten es schon zu viele Monate, als dass diese Bezeichnung noch zutreffend gewesen wäre. War es eine Affäre? Ja und nein. Es war mehr. Eine Beziehung. Er mochte diese Frau. Sie war wichtig für seinen Seelenfrieden.

Er legte sich aufs Bett. Dass sie sich verspätete, störte ihn nicht. Er empfand das Warten als einen Teil des Vorspiels, und seine Erregung wuchs mit jeder Minute.

Als es schließlich leise klopfte, sprang er auf und war mit zwei großen Schritten an der Tür, zog die Geliebte ins Zimmer, presste sie mit seinem Körper an die Holztäfelung und nahm ihren Mund in Besitz, während er mit einer Hand nach der Tür tastete und sie ins Schloss drückte. Pfefferminzgeschmack empfing seine Zunge. Er tauchte tiefer hinein, doch sein Verlangen, eins mit ihr zu werden, konnte das allein nicht stillen. Hastig öffnete er seinen Reißverschluss und schob ihren kurzen Rock hoch. Sie trug nichts darunter.

»Braves Mädchen«, sagte er lächelnd, seine heißen Lippen an den ihren, und drang mit einem heftigen Stoß in sie ein, legte den Kopf in den Nacken, schloss die Augen und konzentrierte sich auf die ihn empfangende Wärme. Die Frau war eng, und das gefiel ihm. Sie hatte noch nicht viele Männer in ihrem Leben gehabt. Auch das gefiel ihm. Ihre zittrigen kleinen Seufzer verrieten ihm, wie erregt sie war, und auch das gefiel ihm. Um mehr zu hören, schob er seine Hand zwischen sich und sie und liebkoste sie mit den Fingern, bis er nicht länger stillhalten konnte. Nach nur einem einzigen, langsamen Stoß schrie sie ihre Ekstase hinaus. Nur Sekunden später kam auch er zum Höhepunkt.

Noch immer außer Atem, entkleidete er zuerst sie und dann, ohne den Blick einen Moment von ihr zu lösen, sich selbst, riss die Tagesdecke weg und legte die junge Frau auf die fliederfarbenen Laken. Andächtig fuhr er mit den Fingern über ihre vollen Brüste und den sanft gerundeten Bauch. Er mochte Frauen mit üppigen Formen, denn sie waren ein Symbol für Weiblichkeit.
Er beugte sich über sie, atmete tief ihren Duft ein und flüsterte heiser: »Du bist so schön!«, bevor er mit den Lippen die Spitze der einen Brust umschloss und daran saugte, bis ihr Unterleib sich seinem entgegenhob. Er richtete sich auf, setzte sich auf seine Fersen und drang in sie ein, und während er auf sie hinunterschaute, dachte er, dass er nie zuvor mit einer auch nur annähernd so verführerischen Frau zusammen gewesen war. Wieder kam sie mit einem Aufschrei zum Orgasmus, und er fand auch die Art, wie sie dabei den Rücken durchbog, das Gesicht mit geschlossenen Augen zur Seite drehte und eine Hand auf die Brust presste, hinreißend sinnlich.
Sein zweiter Höhepunkt war ebenso überwältigend wie der erste. Mit hämmerndem Herzen ließ er sich lächelnd neben sie fallen und zog sie dann zu sich herum.
»Wie fühlst du dich?«
»Besser.«
»Ist der Arzt zufrieden?«
»Ja.«
»Du warst aber nicht bei dem hiesigen, oder?«
»Guter Gott, nein! Ich bin doch nicht dumm.«
Zärtlich zog er mit einer Fingerspitze ihre Lippen nach. »Nein. Das bist du nicht.« Die Fingerspitze wanderte über ihren Nasenrücken und die fein gezeichneten Brauen. »Wie lange hast du Zeit?«

»Nicht lange – sie denken, ich bin weggefahren, um Lebensmittel zu besorgen.«
»Und dabei bist du hierher gefahren, um mir ein Lebensmittel zu bringen«, sagte er, und es war ihm ernst damit.
Sie lächelte über sein Wortspiel, doch er las die Frage in ihren Augen, bevor er sie hörte. »Hast du mit ihr gesprochen?«
»Was habe ich dir das letzte Mal geantwortet?«
»Dass das nicht so einfach sei. Aber für mich ist es das auch nicht.«
»Sie ist meine Frau – chronologisch gesehen steht sie an erster Stelle. Und es geht ja nicht nur um sie und mich – es gibt da auch noch die Familie. Ich rede mit ihr, wenn die Zeit reif ist.«
»Das kann eine Weile dauern.«
»Wird es nicht. Die Dinge spitzen sich zu. Sei lieb, Schatz, setz mich nicht unter Druck – davon bekomme ich zu Hause genug. Ich brauche dich, um Kraft zu tanken.«
»Aber du liebst mich doch, oder?«
»Du weißt, dass ich das tue.«
Sie sah ihn eine Weile nachdenklich an. Dann lächelte sie.

7

Amanda bog kurz vor dem Eintreffen des Schulbusses in ihre Straße ein. Allerdings war ihr Arbeitstag nicht zu Ende. Sie würde später noch einmal zu zwei Elterngesprächen in die Schule zurückfahren müssen. Aber die Therapiestunden waren für heute abgeschlossen, und sie hoffte, dass die Pause ihre Müdigkeit vertreiben würde.

Außerdem hoffte sie, Graham daheim anzutreffen. Sie hatten, seit er am Morgen weggefahren war, nicht miteinander gesprochen: Jedes Mal, wenn sie an ihn dachte, zog sich ihr Magen zusammen.

Sein Pick-up stand nicht in der Zufahrt – das sah sie schon von weitem.

Der Himmel war bedeckt, doch auch ohne Sonne war zu erkennen, dass das Laub an den Bäumen dichter, das Gras grüner und die Tulpenstiele länger waren als am Tag zuvor. Die Fortschritte in der Natur zu sehen, machte ihr schmerzlich bewusst, wie statisch ihr Tag bis jetzt gewesen war. Keine der drei Fünfundvierzig-Minuten-Sitzungen, der sechs Kurzberatungen und der ebenso vielen E-Mails hatte etwas bewegt.

Auf eine E-Mail von Quinn hatte sie vergeblich gewartet, und ihr Anruf bei seiner Mutter war äußerst unbefriedigend verlaufen. Marjorie Davis war ebenso uneinsichtig gewesen wie am vorangegangenen Abend. Jeder

Junge trinke mal aus Neugier Alkohol, behauptete sie – das gehöre zu diesem Alter. Die Schule habe völlig überzogen reagiert, und sie wünsche, dass sie, Amanda, sich da heraushalte.

Amanda sah wieder vor sich, wie Quinn unaufhörlich die Finger aneinander rieb. Doch sie konnte nichts für ihn tun, wenn der Junge sich nicht selbst an sie wandte. Diese Hilflosigkeit verstärkte das Gefühl der Unzulänglichkeit noch, das sie aufgrund der Tatsache, dass sie wieder nicht schwanger geworden war, ohnehin quälte.

Offenbar war sie nicht die Einzige, die etwas bedrückte: Karen wartete mit hängenden Schultern am Straßenrand auf den Schulbus. Sie wollte ihr eben zuwinken, als sie im Rückspiegel Georgias Wagen kommen sah. Sie war also aus Texas zurück.

Amanda parkte in ihrer Einfahrt und ging dann zur Straße, um ihre Nachbarin zu begrüßen. Neid regte sich in ihr, als sie Georgia aussteigen sah, jeder Zoll eine erfolgreiche Geschäftsfrau, in elegantem Schwarzweiß, die kurzen dunklen Haare hinter die Ohren geklemmt, mit schlichtem, aber teurem Schmuck und voller Selbstvertrauen. Amanda stand Schwarzweiß nicht. Ihr Teint und ihre Haarfarbe unterschieden sich ebenso grundlegend von Georgias, wie sich ihrer beider Berufe unterschieden. Sie brauchte warme Farben – ein Apfel- oder auch ein Dunkelgrün oder ein kräftiges Rot, das sie besonders liebte. Heute trug sie einen pfirsichfarbenen Hosenanzug, in dem sie sich sonst recht gut gefiel, doch als sie jetzt Georgia auf sich zukommen sah, fühlte sie sich im Vergleich zu ihr fast unansehnlich.

»Du siehst sensationell aus«, sagte sie, als Georgia auf ihre Höhe kam. »Nach einem halben Tag im Flugzeug immer noch wie aus dem Ei gepellt. Wie ist es gegangen?«

»Ich glaube, gut.« Sie umarmte Amanda und hielt sie einen Moment an sich gedrückt. »Russ hat mir erzählt, dass es wieder nichts mit dem Baby geworden ist. Es tut mir so Leid.«

»Mir auch.« Amanda war dankbar für ihre Anteilnahme. In einem von ständigen Auseinandersetzungen zwischen Vater und Mutter beherrschten Elternhaus und als Einzelkind aufwachsend, hatte sie Freundschaften als Rettungsringe gebraucht, und so war es auch heute noch.

»Was macht ihr jetzt?«

»Ich weiß es nicht. Gray und ich müssen uns unterhalten. Bisher konnten wir kein vernünftiges Gespräch führen – dazu waren wir beide zu enttäuscht und gereizt. Komm – gehen wir zu Karen.« Sie setzte sich in Bewegung. »Hast du das von Quinn gehört?«

Georgia glich sich ihrem Tempo an. »Ja – aber viel war von Allie und Russ nicht zu erfahren. Jordie spielt doch Baseball mit Quinn. War er auch dabei?«

»Nicht, dass ich wüsste.«

»Karen sieht mitgenommen aus.«

»Sie hat Kummer«, antwortete Amanda leise, als sie die Straße überquerten.

»Wir müssen mal wieder auf die Canyon Ranch, wir drei. Das sage ich ihr immer wieder, aber jedes Mal behauptet sie, sie habe zu viel zu tun. Dabei würde es ihr gut tun, mal rauszukommen.«

»Im Moment würden sie keine zehn Pferde von hier wegbringen«, meinte Amanda.

»O-oh«, murmelte Georgia. »Geht es wieder um Lee?«

Amanda nickte. »Und um Gretchen.«
»Wieso um Gretchen?«
Sie hatten Karen begrüßt, worauf diese statt Amanda antwortete: »Hat Russ dir nichts erzählt? Aha! Er hat es dir nicht erzählt. Ich frage mich, was daraus zu schließen ist.«
»Ich verstehe nur Bahnhof«, sagte Georgia verwirrt.
»Wir haben gestern herausgefunden, dass Gretchen schwanger ist«, erklärte Amanda ihr.
»Schwanger?« Georgia schaute verblüfft von einer zur anderen.
»Ich hatte den Eindruck, dass sie kaum das Haus verlässt.«
»Tut sie auch nicht.«
Dann bekommt sie also Besuch?«
»Haben wir nicht bemerkt.«
»Wer ist dann der Vater?«
»Das ist die Eine-Million-Dollar-Frage.« Amanda lächelte freudlos.
»Ich habe sie gefragt – von hinten durch die Brust ins Auge –, aber sie ging nicht darauf ein«, berichtete Karen. »Allerdings gab sie preis, dass der Vater nicht wisse, dass er Vater werde, und dass er andere Verpflichtungen habe. Damit kommen unsere Ehemänner in Frage.«
Georgia lachte laut auf. »Unsere Ehemänner? Was für eine Idee! Unsere Ehemänner würden doch niemals was mit Gretchen anfangen!«
»Immerhin reden sie ständig von ihr«, gab Karen zu bedenken.
»Das hat gar nichts zu sagen«, winkte Georgia ab. »Männer reden über hübsche Frauen und sehen sie sich

auch gerne an, aber Ernst machen sie deswegen noch lange nicht. Außerdem wäre keiner unserer Männer so dumm, sich mit unserer Nachbarin einzulassen.« Sie setzte sich neben Karen auf den Bordstein. »Wie hat Lee reagiert, als du es ihm erzähltest?«

»Er schien überrascht. Aber er war letzten Monat bei ihr drüben, als ihr Boiler den Geist aufgegeben hatte. Wie kann es da neu für ihn gewesen sein?«

»Wir haben es auch nicht gesehen«, erinnerte sie Amanda.

»Sie trägt meistens weite Sachen. Und selbst als mir ihr Bauch gestern auffiel, war ich mir nicht völlig sicher. Dabei ist sie schon im siebten Monat.«

»Im siebten Monat!« Georgia rechnete blitzschnell im Kopf. »Dann ist es im Oktober passiert. Wer war da bei ihr?«

»Der Zimmermann, der Klempner und der Elektriker«, zählte Amanda auf.

»Und Russ«, ergänzte Karen.

*

Empörung kochte in Georgia hoch, doch in Anbetracht des Drucks, unter dem Karen stand, zwang sie sich zu Nachsicht. Anstatt die Andeutung zurückzuweisen, meinte sie locker: »Na ja – seine Qualitäten als Hausmann sind eben weithin geschätzt.« Sie schaute zu ihrer Einfahrt hinüber, in der nur ihr Wagen stand.

»Eigentlich müsste er schon zurück sein. Er war mit seinem Redakteur zum Essen verabredet. Offenbar haben sie sich festgequatscht.«

»Ich habe ihn zweimal auf Gretchen angesprochen«,

sagte Karen. »Zuerst, bevor ich zu ihr rüberging, und dann, nachdem ich bei ihr war. Er schwor Stein und Bein, dass er nichts von dem Baby wisse.«

»Dann ist es auch so«, entschied Georgia. Dass Russ ihr nichts von Gretchens Schwangerschaft erzählt hatte, konnte bedeuten, dass er es für zu unwichtig gehalten hatte – oder dass er von einem der anderen Männer zum Stillschweigen verpflichtet worden war. Graham kam genauso in Frage wie Russ. Er hatte im letzten Herbst für sie gearbeitet, und er und Amanda durchlitten eine alptraumhafte Zeit.

Die erste Wahl war allerdings Lee mit seiner einschlägigen Vergangenheit, aber Georgia brachte es nicht fertig, Karen das Herz noch schwerer zu machen, und so setzte sie nur hinzu: »Russ betrachtet Tratsch als Frauensache. Er weigert sich, dieses Spiel mitzuspielen, und er hat Recht. Wenn wir ehrlich sind, müssen wir zugeben, dass es uns absolut nichts angeht, wer dieses Kind gezeugt hat. Das ist allein Gretchens Angelegenheit – nicht unsere.«

»Hoffen wir's«, murmelte Karen, als der Schulbus um die Ecke bog, eine leuchtend gelb lackierte Blechschachtel auf Rädern, die auch Georgias Lieblinge nach Hause brachte. Sie erinnerte sich daran, wie sie hier gewartet hatte, als zuerst Allison und später Tommy aus dem Kindergarten heimkamen, dann aus der ersten Klasse und dann aus der zweiten. Inzwischen kamen sie aus der neunten beziehungsweise fünften, aber noch immer machte ihr Herz einen Satz, wenn sie den ersten Blick auf sie erhaschte.

Sie wischte sich im Aufstehen den Staub vom Hosenboden und ließ den Blick an der Fensterreihe entlangwandern, bis sie unter den Kindern, die sich im Mittelgang drängten, ihre beiden entdeckte. Der Bus kam mit quietschenden Bremsen zum Stehen, die Türen öffneten sich klappernd. Karens Julie sprang als Erste heraus, dicht gefolgt von den Zwillingen, und dann kamen Tommy und Allison. Sie umarmten ihre Mutter, sagten ihr, wie froh sie seien, sie wieder bei sich zu haben, und forderten abwechselnd ihre Aufmerksamkeit, während sie rechts und links von ihr auf das Haus zugingen. Und plötzlich tauchte Russ' Wagen neben ihnen auf.

Im Kreise ihrer Familie geborgen, vergaß Georgia Gretchens Schwangerschaft erst einmal.

*

Gretchen stand am Esszimmerfenster und schaute über die geraffte Scheibengardine zu den drei Frauen hinüber, die sie trotz der bereits ziemlich dicht belaubten, mächtigen Eiche in ihrem Vorgarten am Straßenrand miteinander reden sah.

Sie hatte sich immer Freundinnen gewünscht. Als sie Ben heiratete, hoffte sie, hier welche zu finden, doch es wurde nichts daraus. Gib ihnen Zeit, hatte Ben gesagt. Wenn sie dich erst einmal kennen, werden sie schon warm mit dir werden.

Sie wurden nicht warm mit ihr, weder zu Bens Lebzeiten noch nach seinem Tod, als sie ganz allein war. Sicher, sie kamen ab und zu vorbei, so wie Karen gestern, aber sie spürte keine echte Herzlichkeit, und es entwickelte sich keine Freundschaft. Vielleicht hätte es etwas geändert, wenn sie ein extrovertierter Mensch gewesen wäre, doch sie war nicht nur von Natur aus schüchtern, sie fühlte sich in Gegenwart dieser Frauen, die jede auf ihre Art so ungeheuer tüchtig waren, dazu noch unzulänglich. Sie bildeten ein eingeschworenes Dreigestirn, und sie war eine Außenseiterin. Sie stammte aus kleinsten Verhältnissen, war ungebildet und hatte keine ordentliche Erziehung genossen. Du bist meine Schönheit, hatte Ben immer gesagt, doch er meinte damit nicht ihre äußere Erscheinung, und das gefiel ihr. Er gab ihr das Gefühl, etwas wert zu sein.

Ben war ein ganz besonderer Mann gewesen – aber Ben war tot, und sie stand hinter der Esszimmergardine und beneidete ihre Nachbarinnen um deren Freundschaft. Sie hätte viel dafür gegeben, hinausgehen und sich zu ihnen gesellen zu können. Amanda war ihr altersmäßig am nächsten und schien die sanfteste von den dreien zu sein – aber was hatte sie mit ihr gemeinsam? Amanda hatte einen akademischen Grad, um Gottes willen!

Georgia und Karen waren Mütter, so dass zumindest Gretchens Schwangerschaft einen Anknüpfungspunkt geliefert hätte. Aber sie konnte nicht zu ihnen hinausgehen. Sie war nicht willkommen. Sie wünschten sich eine Frau wie June, eine ältere, eine Mutterfigur. Und wenn es schon eine junge sein musste, dann sollte sie wenigstens hässlich sein, eine Vogelscheuche, die ihre Ehemänner keines Blickes würdigten. Aber auch in dieser Hinsicht konnte Gretchen ihren Vorstellungen nicht gerecht werden. Das allerdings bedauerte sie nicht. Ihr Aussehen hatte ihr ermöglicht, ihrem erbärmlichen Dasein im ländlichen Maine den Rücken zu kehren. Ihr Aussehen war alles, was sie hatte. Nein, das stimmte nicht mehr. Für eine Weile hatte sie Ben gehabt, und jetzt hatte sie sein Haus mit allem, was sich darin befand. Sie hatte ein

Aktienpaket. Und sie hatte ein Baby im Bauch. Der Gedanke daran zauberte ein Lächeln auf ihr Gesicht, und sie strich zärtlich über ihren gewölbten Leib. Ihr Baby. Ganz allein ihres. Eines Tages, in nicht allzu ferner Zukunft, würde auch sie dort draußen am Straßenrand auf den Schulbus warten. Vielleicht würden die Frauen sie dann endlich akzeptieren. Vielleicht würde sie dann aber gar keinen Wert mehr darauf legen. Als Mutter würde sie andere Mütter kennen lernen, Mütter, die vielleicht für eine Freundschaft mit ihr offen wären. Auf jeden Fall würden sie nicht direkt vor ihrer Nase miteinander darüber rätseln, wer der Vater ihres Kindes sein mochte. Gretchen war überzeugt davon, dass die drei genau das taten. Karen war gestern nicht wirklich gekommen, um ihr Kekse zu bringen. Sie wollte erfahren, mit wem Gretchen geschlafen hatte.

Sollten sie sich ruhig die Köpfe darüber zerbrechen. Sollten sie sich ruhig ängstigen, dass einer ihrer kostbaren Ehemänner das Kind gezeugt haben könnte. Es kümmerte sie nicht, wie ihr zumute war, also brauchte es sie auch nicht zu kümmern, wie ihnen zumute war.

Sie wandte dem Fenster den Rücken zu, ging durch die Eingangshalle ins Wohnzimmer hinüber, ließ sich auf das Sofa sinken, streifte die Schuhe ab und zog die Beine hoch. Das Gemälde hing an der Wand gegenüber. Sie konzentrierte sich darauf und spürte ihre Anspannung weichen.

»La Voisine«. Es war ein Geschenk von Ben, das er auf ihrer Hochzeitsreise in einer Pariser Kunstgalerie für sie erstanden hatte. Das wäre allein schon Grund genug für sie gewesen, es ins Herz zu schließen, aber sie liebte auch das Bild an sich. Sie hatte sich auf den ersten Blick darin verliebt, als sie es in seinem goldenen Barockrahmen in der Galerie hängen sah. Der Künstler war kein alter Meister, er war noch nicht einmal tot, aber er hatte es verstanden, die zeitgenössische Szene im Stil der Impressionisten festzuhalten, und mit seinem sanften Pinselstrich und den Pastellfarben eine Kombination aus Sinnlichkeit und romantischem Idyll geschaffen, wie Gretchen sie nie zuvor gesehen hatte.

Eine junge Frau stand innerhalb eines weißen Staketenzaunes mit einer Gartenschere in der Hand bei einem üppig blühenden Rosenstrauch. Hals und Handgelenke umschmeichelten zarte Rüschchen. Ein Sonnenhut hing auf ihrem Rücken. Ihr Haus und die anderen stuckverzierten Villen dahinter waren mit saftigem Grün bewachsen. Am Ende der schmalen Straße lag der Ozean. Gretchen hatte schon Stunden davor gesessen und zu ergründen versucht, was die Sinnlichkeit des Gemäldes ausmachte, und noch immer hatte sie keine eindeutige Erklärung dafür gefunden. Eine augenfällige gab es nicht. Das luftige, grüne Kleid der Frau war zwar nicht hochgeschlossen, nur dezent dekolletiert. Vielleicht wirkten ja die durch die leichte Aufwärtsbewegung der gestreckten Arme angehobenen, vollen Brüste erotisch. Vielleicht waren es aber auch die rosig überhauchten Wangen oder der zartrosa Schimmer der Lippen, die ein Lächeln andeuteten. Oder waren es die blonden Haarsträhnen, die sich aus dem lockeren Scheitelknoten gelöst hatten und ihr Gesicht umspielten? Es konnte auch die Andeutung von Schweiß in ihrer Halsmulde sein. Gretchen war immer wieder fasziniert davon, wie der Künstler diese Illusion zustande gebracht habe. Mehr als einmal war sie schon zu dem

Gemälde gegangen, hatte die feucht glänzende Partie berührt und fast erwartet, danach etwas von der Feuchtigkeit an ihren Fingern zu haben. Schweiß war etwas Sinnliches. Aber es war auch möglich, dass die Sinnlichkeit des Bildes der entrückte Ausdruck in den Augen der Frau schuf.
Gretchen fand sich in diesem entrückten Ausdruck wieder. Es war der Blick einer Frau, deren Gedanken um die Art Liebe kreisten, von der sie selbst so viele Jahre ihres Lebens geträumt hatte. Bei Ben hatte sie sie gefunden. Bei ihm fühlte sie sich so sinnlich und lebendig, wie sie die Frau auf dem Bild empfand. Nach seinem Tod hatte sie für kurze Zeit geglaubt, sie noch einmal gefunden zu haben, doch das war ein Irrtum gewesen. Aber das machte nichts – ihr Baby brauchte keinen Vater. Es hatte eine Mutter, die es lieben würde, eine Mutter, die ihm Geborgenheit geben und es in finanziell gesicherten Verhältnissen aufwachsen lassen könnte.
Bens Söhne würden nicht begeistert sein, wenn sie erführen, dass sie schwanger war. Beide älter als Gretchen und Familienväter, waren sie schon nicht begeistert gewesen, dass Ben ihr einen so großen Teil seines Vermögens hinterlassen hatte. Nun hätten sie einen neuen Grund, sich aufzuregen. Sie würden wissen wollen, wer der Vater war. Sie würden behaupten, dass sie schon zu Bens Lebzeiten ein Verhältnis mit dem Mann hatte. Sie würden sich moralisch aufplustern und Gretchen eine Schlampe schimpfen. Das wäre nichts Neues für sie. Als sie ihre Anspannung bei diesem Gedanken zurückkehren spürte, atmete sie tief durch und konzentrierte sich wieder auf »La Voisine«.
Selbstgenügsam. Auch darin fand Gretchen sich wieder.

Ben hatte oft gesagt, sie sei selbstgenügsam, und das hatte sie schon früher gehört. Selbstgenügsam, distanziert, abweisend. Viele Menschen sahen sie so.
Aber für Gretchen war Selbstgenügsamkeit nur ein anderes Wort für Einsamkeit, und damit hatte sie reichlich Erfahrung. Sie hatte sich von ihrem neunten Lebensjahr an einsam gefühlt, als ihr Vater nachts in ihr Bett gekommen war und ihre Mutter sie bezichtigte, ihn dorthin gelockt zu haben. Selbstgenügsamkeit war ein Deckmantel für Furcht, und die hatte sie viele Jahre danach mit sich herumgeschleppt.
Ben hatte sie davon befreit. Er hatte ihr seinen Namen gegeben, finanzielle Sicherheit – und Liebe. Sie wünschte sich, ihm auch dieses Baby zu verdanken. Nun – in gewisser Weise war es so.

*

Amandas Gespräche mit den Eltern verliefen produktiver als die mit den Schülern. Im Laufe des ersten Gesprächs konnte sie ein Ehepaar dazu bewegen, ihr zu gestatten, sich mit der Tochter zusammenzusetzen, die kurz vor dem Übertritt ins College deutliche Anzeichen von Stress erkennen ließ. Im zweiten konnte sie ein frisch getrenntes Elternpaar dazu bewegen, einen außenstehenden Therapeuten für ihren minderjährigen Sohn zu suchen, dessen Noten seit der Trennung ins Bodenlose gestürzt waren. Die Eltern miteinander zu erleben, hatte ihr geholfen, die häusliche Situation der Schüler einzuschätzen und ihr Verhalten besser zu verstehen. Und so fühlte sie sich auch wesentlich besser, als sie die Schule an diesem Tag zum zweiten Mal verließ, aber ihr Selbstvertrauen fiel in sich zusammen, als sie zu Hause ankam und feststellte, dass Graham noch nicht da war. Er hatte ihr eine Nachricht auf dem Anrufbeantworter hinterlassen, aber in einem neutralen Ton, der keinen Hinweis auf seine Gemütsverfassung enthielt.

»Hi«, sagte er. »Ich bin auf dem Weg nach Providence. Heute früh hat ein potenzieller Kunde angerufen, der ein Einkaufszentrum baut und jemanden sucht, der den Innenhof entwirft und bepflanzt. Das könnte eine interessante Aufgabe werden. Ich denke, die Besprechung wird ein, zwei Stunden dauern, und dann brauche ich ja noch ein paar Stunden für die Rückfahrt, also warte nicht mit dem Essen auf mich. Es kann spät werden.«

Die Bandaufnahme war gerade eine halbe Stunde alt, was bedeutete, dass es *sehr* spät werden würde.

Es war auch eine Nachricht von Emily auf dem Band, die Antwort auf Amandas kurze Nachricht, die sie ihr am frühen Nachmittag hinterlassen hatte. »Hi, Amanda. Ich habe Ihre Nachricht erhalten. Ihre Enttäuschung ist verständlich, aber wir sind noch lange nicht am Ende. Rufen Sie mich morgen an, dann beratschlagen wir den nächsten Schritt.« Amanda löschte das Band. Sie hatte keine Lust, an Emily oder an die Klinik oder »den nächsten Schritt« zu denken. Sie hatte genug durchgemacht. Immerhin gab es auch noch die Möglichkeit einer Adoption. Dazu würde sie weder ärztliche noch medikamentöse und auch keine medizinisch-technische Hilfe benötigen.

Ohne Appetit, aber um ihren nervösen Magen zu beruhigen, aß sie eine Portion Cornflakes als Abendessen und ging dann in das kleine Arbeitszimmer hinauf, wo sie es sich mit der Wolldecke und der Fernbedienung auf dem Sofa gemütlich machte. Zwei Stunden lang zappte sie von einem Kanal zum anderen, bis sie schließlich bei einer Reportage über eine Wolfsfamilie hängen blieb. Als sie zu Ende war, hatte sich die Nacht auf Woodley herabgesenkt. Amanda machte den Fernseher aus und wartete im Dunkeln auf Graham.

Als sie seinen Pick-up in die Zufahrt einbiegen hörte, war es kurz vor zehn. Atemlos begleitete sie ihn anhand der Geräusche von der Küche in die Halle. Dort blieb er stehen, sicher, um die Post durchzusehen, die auf dem Tischchen für ihn bereitlag. Er rief weder »Hallo!« noch ihren Namen. Nach einer Weile ging er die Treppe hoch und kam den Flur herunter. Amanda hielt den Atem an, als er in der Tür zum Arbeitszimmer erschien. Sie lag noch immer im Dunkeln, und die Lampe, die er beim Betreten des Schlafzimmers angemacht hatte, beleuchtete ihn nur von hinten, so dass sie sein Gesicht nicht sehen konnte. Entweder sah er ihres auch nicht oder er wollte nicht reden. Er drehte sich um und ging ins Bad. Sie hörte ihn darin rumoren. Dann hörte sie ihn in dem begehbaren Schrank rumoren. Sie hörte, wie er sich ins Bett legte, und dann erlosch das Licht.

Sie rührte sich noch immer nicht.

*

Georgia streckte den Kopf ins Zimmer ihrer Tochter. »Du telefonierst jetzt schon seit Stunden!«, ermahnte sie das Mädchen.

Allie hob die Hand, murmelte etwas in den Apparat, das Georgia nicht verstand, und legte auf. »Das war Alyssa.«
»Ging es wieder um Quinn?«
»Nein, nein.« Sie strich ihre Haare mit Daumen und Zeigefinger aus dem Gesicht, eine Geste, die bei den Teenagern momentan Mode war. »Um den Schulball.«
»Was für einen Schulball?«
»Von der Oberstufe. Ich habe dir doch davon erzählt.«
»Ist das der, zu dem du nicht gehen wolltest?«
»Ja – aber ich habe es mir anders überlegt. Unsere ganze Clique geht hin.«
»Mit Jungs?«
»Ja. Aber sie sind nicht unsere Freunde, verstehst du?«
»Du meinst, ihr geht zusammen hin, aber ihr seid nicht zusammen.«
»Genau«, nickte Allison. »Nach dem Ball wollen wir bei Melissa durchfeiern.«
»Nur Mädchen?«
»Nein – wir alle. Darf ich?«
»Ist Melissa nicht Quinns Freundin?«
»Ja. Aber wir anderen sind solo.«
»Und Quinns Eltern lassen ihn nach dem gestrigen Vorfall die Nacht durchfeiern?«
»Dass gestern war doch gar nichts. Der Coach war einfach schlecht drauf.«
»Immerhin ist Quinn betrunken zum Training erschienen.«
»Er war nicht betrunken.«
»Du sagtest gestern, er sei ›total blau‹ gewesen.«
»Ich habe mich geirrt. Darf ich auf die Party, Mom?«
»Nein.«

»Warum nicht?«, fragte Allison mit einem Gesicht wie sieben Tage Regenwetter. »Alle gehen hin! Kannst du dir vorstellen, wie peinlich es für mich ist, wenn ich absagen muss?«

»Willst du mir erzählen, dass Alyssas Mom ihr grünes Licht dafür gegeben hat?«

»Äh … na ja … noch nicht. Aber sie wird es tun!«

»Ich verstehe. Sie wird es erlauben, wenn ich es erlaube. Aber das kann ich nicht. Du bist vierzehn, Allie, und damit ein bisschen zu jung, um eine Nacht durchzumachen.«

»Hast du Angst, dass sich auf der Party alle voll laufen lassen?«

»Die Sache gestern hat mir zu denken gegeben – das musst du verstehen.«

»Aber es gibt gar keinen Alkohol auf dem Fest!«

»Warum willst du überhaupt unbedingt die ganze Nacht bleiben? Bis Mitternacht dürfte doch genügen. Ich würde dir sogar bis ein Uhr Ausgang geben. Und dann könnten Dad oder ich dich abholen.«

Allison riss entsetzt die Augen auf. »Niemand von uns wird von den Eltern hingebracht oder abgeholt, Mom! Dafür haben wir eine Limo gemietet!«

Jetzt riss Georgia die Augen auf. »Eine Limo? Und wer bezahlt die?«

»Wir sind zu zehnt, und wir teilen uns die Kosten – dann ist es ein Klacks.« Das Telefon klingelte. Sie nahm den Hörer ab.

»Hallo?«

Nachdem sie ein paar Sekunden gelauscht hatte, deckte sie mit der Hand die Sprechmuschel ab und sagte zu Georgia: »Können wir später weiterreden?«

»Sind deine Hausaufgaben fertig?«

»Fast. Ich mache den Rest dann gleich.« Ihr Blick wurde flehend.

»Bitte Mom!«

Es passte ihr zwar nicht, von ihrer vierzehnjährigen Tochter weggeschickt zu werden, aber andererseits hatte sie auch in diesem Alter bereits ein Recht auf ihre Privatsphäre. »Okay«, gab sie nach. »Aber das mit dem Durchfeiern kannst du vergessen. Die Limo-Idee werde ich vielleicht akzeptieren – mal sehen, was dein Vater dazu meint –, aber was die Party angeht, ist ein Uhr mein letztes Wort.«

Sie verließ das Zimmer und schaute bei Tommy hinein. Er lag fest schlafend quer in seinem Bett, die Decke auf dem Boden. Als er noch klein war, hatte sie ihn in einem solchen Fall wieder richtig gelegt, doch nun beschränkte sie sich darauf, ihn zuzudecken. Dann machte sie sich auf die Suche nach Russ. Er saß in seinem Arbeitszimmer am Computer. Sie trat hinter ihn, stützte das Kinn auf seine Schulter und las, was auf dem Bildschirm stand. »Entscheidend ist, zu erkennen, wann man sich geschlagen geben muss. Wenn alles Entfusseln nicht hilft, bleibt einem nichts anderes übrig, als von vorne anzufangen.«

»Was für ein symbolträchtiger Text«, sagte sie lächelnd.

»Absolut nicht.« Sie merkte, dass auch er lächelte. »Es geht um ein Hausfrauenproblem, mit dem ich in dieser Woche Bekanntschaft machte. Offenbar hatte ich in einer der Hosentaschen ein Zellstofftuch übersehen, und das löste sich dann im Laufe des Waschgangs in eine Million Fusseln auf. Gehen wir ins Bett?«

»Um dich das zu fragen, bin ich hergekommen.«

»Ich lese nur noch schnell Korrektur und fax es rein. Geh schon vor. Ich beeil mich.«
Georgia nahm ein Bad, trug Bodylotion auf, putzte die Zähne, bürstete ihre Haare und versorgte ihr Gesicht in Form einer schnell einziehenden, leichten Creme mit der Feuchtigkeit, nach der es am Ende eines stressigen Tages verlangte. Dann ging sie ins Schlafzimmer hinüber, machte die Nachttischlampen an, trat ans Fenster und kam gerade recht, um Grahams Pick-up die Sackgasse herauffahren zu sehen.
»Hallo, Schönheit«, sagte Russ von der Tür her. Georgia hörte, wie er sie schloss und den Raum durchquerte. Gleich darauf schlang er von hinten die Arme um ihre Taille und begann an ihrem Nacken zu knabbern.
»Hat Allie dir etwas von einem Schulball erzählt?«, fragte sie.
»Mmm.«
»Sie will die Nacht danach bei Melissa durchmachen.«
Russ drehte sie zu sich herum. »Nicht jetzt«, flüsterte er. »Im Moment interessiert mich etwas ganz anderes.«
Georgia ging bereitwillig darauf ein. Sie schlang die Arme um seinen Hals und überließ sich seinem Kuss. Kurz darauf sanken sie nackt und eng umschlungen auf das Bett. Sechzehn Jahre Ehe hatten Russ' Leidenschaftlichkeit nicht gemindert. Georgias hatte sich hingegen verändert. Sie genoss nicht nur den körperlichen Akt, sondern auch die Gefühle, die sie dabei empfand. Für sie war die Vereinigung immer wieder eine Bestätigung dafür, dass Russ ihr Mann war, ihr Anker, ihr Zuhause.
Sie hatte Verständnis dafür, dass Russ' Verlangen schnell gestillt war – schließlich hatte es sich tagelang

aufgestaut –, und es machte ihr auch nichts aus, dass er ihr keine Gelegenheit gab, ihrerseits zum Höhepunkt zu kommen, und unmittelbar nach seinem in Tiefschlaf fiel. Das kleine Lächeln auf seinem Gesicht, die entspannten Züge und Glieder zu betrachten, war ebenso befriedigend für sie wie ein Orgasmus.

Russ war ein ausgeglichener Mensch, gelassen und heiter, und all das sah sie, als sie ihn jetzt anschaute. Er war zufrieden mit seinem Leben – so sehr, dass sie sich manchmal fragte, ob er sie vermisste, wenn sie nicht da war. Er sagte, er tue es, aber nur auf ihr Drängen hin.

»Hast du mich vermisst?«, fragte sie dann.

»Und wie.«

»Ich muss Montag wieder weg.« Jedes Mal hoffte sie im Stillen, dass er sagen würde, er wünschte, sie könne bleiben.

Stattdessen lächelte er: »Ich halte die Stellung.«

»Es gefällt mir nicht, so viel unterwegs zu sein.«

»Aber deine Arbeit gefällt dir.«

Das stimmte – doch plötzlich wurde ihr bewusst, dass Russ ihre Arbeit auch gefiel. Vielleicht vermisste er sie tatsächlich, aber er kam in ihrer Abwesenheit gut zurecht. Er hatte sich daran gewöhnt, den Haushalt zu führen, die jeden Tag erforderlichen Entscheidungen zu treffen, und bestimmt genoss er es, vormittags in aller Ruhe Zeitung lesen zu können oder im Liegestuhl an einer Kolumne zu arbeiten. Die Kinder waren den ganzen Tag in der Schule, und so konnte er schalten und walten, wie er wollte. Heute zum Beispiel hatte er mit seinem Redakteur zu Mittag gegessen und war erst spät nach Hause gekommen, was Georgia, wäre sie noch verreist gewesen, gar nicht wüsste. Was wusste sie sonst noch alles nicht? Nutzte er den Vorteil, in ihrer Abwesenheit niemandem Rechenschaft schuldig zu sein, um sich mit Gretchen zu vergnügen? In deren Haus? Oder – der Gedanke ließ sie erstarren – hier in *ihrem* Haus? Georgia rief sich zur Ordnung. Sie sah Gespenster. Wenn da wirklich etwas liefe zwischen den beiden, müsste es Hinweise darauf geben. Außerdem empfing Russ sie, wenn sie von einer Reise heimkam, sexuell jedes Mal ausgehungert, dass die Vermutung, er halte sich anderswo schadlos, ihr jetzt, da sie nüchtern darüber nachdachte, abwegig erschien.

Er war ihr Mann. Er betrog sie nicht.

Noch nicht, zumindest. Aber wenn sie ihre Arbeitsweise beibehielte – wie würde es dann in fünf Jahren aussehen? Allison wäre irgendwo auf dem College, und Tommy hätte einen Führerschein und bräuchte keinen Chauffeur mehr. Würde Russ sich, wenn er als Hausmann und Vater nur noch in geringem Umfang gefordert wäre, nicht einsam fühlen und langweilen? Natürlich wusste sie es nicht – aber die Angst war da.

*

Karen stieß wie jeden Abend einen Seufzer der Erleichterung aus, als endlich Ruhe im Haus einkehrte. Julie schlief bereits seit einer Stunde, die Zwillinge, die bedeutend mehr Lärm machten, waren eben erst eingeschlafen. Jordies Tür war geschlossen, doch sie wusste aus Erfahrung, dass er um zehn noch wach war. Sie klopfte leise an. Als kein »Herein« erfolgte, öffnete sie die Tür und schaute ins Zimmer. Jordie saß mit angezogenen Beinen und Kopfhörern auf den Ohren an die Wand gelehnt auf dem Boden. Seine Augen waren geschlossen, und sein linker Fuß wippte im Rhythmus irgendeiner Musik auf und ab.

Dankbar für die Gelegenheit, betrachtete sie ihn. Was seine Gesichtszüge betraf, hatte er schon gleich nach der Geburt Lee geähnelt, und nun als Teenager war er mit dem eckigen Kinn, der geraden Nase und den blauen Augen die jüngere Ausgabe seines Vaters. Er hatte auch die gleichen dicken Haare. Allerdings waren seine lang und noch naturblond, Lees hingegen blondiert und gelstachelig. Karen gefielen beide Frisuren nicht, doch das war ihre geringste Sorge. Worüber sie sich Gedanken machte, war Jordies häufig ernste Miene. Auch jetzt wieder.

Er musste gemerkt haben, dass ihn jemand ansah, denn er machte plötzlich die Augen auf. Einen Moment lang starrte er sie schweigend an, dann zog er einen Kopfhörer vom Ohr. »Was ist?«

»Ich hab nur mal so vorbeigeschaut«, meinte sie lächelnd.

»Ist Dad schon da?«

»Noch nicht.«

»Wo ist er denn?«

»Im Büro. Es müssen Unterlagen und Geräte in die neuen Räume gebracht werden, die sie angemietet haben, und er muss den Umzug überwachen. Ich dachte, das hätte ich beim Abendessen erklärt.« Jordie warf einen Blick auf seine Uhr. »Das dauert so lange?«

»Wahrscheinlich sind es eine Menge Unterlagen und Geräte, und die müssen ja auch noch angeschlossen werden.«

Ihr Sohn sah nicht aus, als ob er ihr das abkaufte, und es klang auch in Karens Ohren wenig glaubhaft, aber es blieb ihr ja nichts anderes übrig, als Lees Version seiner Abendgestaltung weiterzugeben. Immerhin erschien sie ihr wenigstens insofern nachvollziehbar, als sie wusste, dass Lee tatsächlich neue Räume gemietet, seine Büros um die einer kürzlich frei gewordenen Anwaltskanzlei erweitert hatte. Wochenlang hatte er über den Lärm und den Staub gejammert, die die Renovierungsarbeiten mit sich brachten.

»Hast du ihn angerufen?«

»Nein. Ich dachte, wenn ich ihn störe, dauert es noch länger. Wolltest du etwas Bestimmtes von ihm?«

»Ich? Nein?« Der Kopfhörer kehrte an seinen Platz zurück.

Karen fiel noch etwas sein. »Jordie?«, ging sie mit erhobener Stimme gegen die Musik an.

Sichtlich genervt machte ihr Sohn ein Ohr wieder frei. »Was?«

»Ist mit Quinn alles okay?«

»Was für eine Frage! Er ist für die Saison gesperrt!«

»Und wie verkraftet er das?«

»Gut. Quinn schmeißt nichts um.«

»Bist du böse auf mich?«

»Nein.«

Sie hoffte, er würde weitersprechen, denn sie merkte, dass ihn etwas belastete, doch es kam nichts mehr, und sie wollte ihn nicht bedrängen. Und so sagte sie: »Okay – ich überlasse dich wieder der Musik. Hast du deine Hausaufgaben gemacht?«

»Ja.«

»Na, dann gute Nacht. Schlaf schön.«

Mit einem leisen, dumpfen Klapp! des Kopfhörers wurde aus Mono wieder Stereo.

Karen hatte das Gefühl, eine Niederlage erlitten zu haben. Es wäre besser gewesen, wenn Lee mit Jordie gesprochen hätte, Jungen seines Alters brauchten ihren Vater. Allerdings war Lee kein guter Gesprächspartner für seine Kinder. Lee war nur ein guter Spielkamerad.

Geduscht und eingecremt, öffnete Karen kurz darauf die Schlafzimmerfenster, machte das Licht aus, schlüpfte ins Bett, ließ sich in die Kissen sinken und fragte sich, während sie in der Dunkelheit an die Decke starrte, wo ihr Mann sein mochte. Nach ein paar Minuten hörte sie einen Wagen kommen, doch es war nicht Lees, sondern unverkennbar Grahams Pick-up. Grillen zirpten, und plötzlich zerriss ein Knall, wie ein Pistolenschuss, die nächtliche Stille, als in dem Wald hinter den Häusern ein Ast zerbrach. Dann raschelte es im Unterholz. War da ein Tier unterwegs oder ein Mensch?

Karen überlegte gerade, ob sie aufstehen und nachsehen sollte, als sie den Motor von Lees Miata schnurren hörte. Vielleicht hatte ihr Mann auf der anderen Seite des Waldes geparkt, war zu Fuß zu Gretchen gegangen, hatte sein Auto später, wiederum zu Fuß, abgeholt und war um den Wald herum nach Hause gefahren. Mit einem Kopfschütteln verwarf Karen das in Sekundenschnelle entworfene Szenario. So konnte es unmöglich gewesen sein – das Timing passte nicht. Aber angesichts der wachsenden Anzahl geheimnisvoller Telefonate, die er von seinem Handy aus führte, war es kein Wunder, dass ihre Phantasie mit ihr durchging. Karen drehte sich auf die Seite, zog die Bettdecke über die Schulter und schloss die Augen.

Es dauerte eine ganze Weile, bis Lee heraufkam. Als er die Tür öffnete, flüsterte er ihren Namen, wie er es immer tat, um festzustellen, ob sie wach war und den Zeitpunkt seiner Rückkehr registrierte.
Wie immer in letzter Zeit stellte sie sich schlafend.

8

Als Amanda am nächsten Morgen erwachte, war Graham bereits aufgestanden. Auch im Bad war er nicht mehr. Die Tür der Duschkabine war nass gespritzt, die Handtücher hingen schief auf den Stangen. Plötzlich kam ihr der Gedanke, dass er vielleicht seine Sachen gepackt hatte und gegangen war. Ihr Herz hämmerte vor Angst, als sie den Spiegelschrank über dem Waschbecken öffnete. Unendlich erleichtert sah sie, dass noch alles an seinem Platz stand. Sie duschte, zog sich an, legte Make-up auf und frisierte sich, und die ganze Zeit ging sie davon aus, dass er das Haus bereits verlassen habe, und versuchte, sich darüber klar zu werden, wie sie das empfand. Doch als sie in die Küche hinunterkam, lehnte er mit überkreuzten Füßen an der Anrichte. Trotz dieser lässigen Körperhaltung wirkte er alles andere als entspannt. Die Fingerknöchel der Hand, in der er einen Kaffeebecher hielt, traten weiß hervor, und seine grünen Augen waren dunkel wie stets, wenn ihn etwas innerlich aufwühlte.

Amanda versuchte es mit einem Lächeln. »Hi«, sagte sie gewollt heiter.

»Du bist letzte Nacht schon das zweite Mal hintereinander nicht ins Bett gekommen.«

Da war er, der Fehdehandschuh – doch Amanda hob ihn nicht auf.

»Tut mir Leid – ich bin auf dem Sofa eingeschlafen.«
Sie war ein paarmal wach geworden, hatte jedoch nicht gewagt, hinüberzugehen. Sie wartete darauf, dass er sie holte, dass er ihr zeigte, dass er ihr nicht die Schuld an ihrer Kinderlosigkeit gab, dass er sie liebte und nicht im Traum daran dachte, sich einer anderen Frau zuzuwenden. Doch all das behielt sie für sich, denn in diesem Moment wollte sie nur den Frieden zwischen ihnen wiederherstellen. Die Spannungen begannen ihr an die Substanz zu gehen, weil sie sie an die Atmosphäre erinnerten, in der sie aufgewachsen war. Niemals hätte sie gedacht, diesen Zustand auch in ihrer Ehe mit Graham zu erleben, und es war eine Qual für sie.
Und so wechselte sie auf ungefährliches Terrain. »Wie lief deine Besprechung gestern?«
»Gut«, antwortete Graham knapp. »Hast du mit Emily gesprochen?« Offenbar war ihm nicht an Frieden gelegen.
»Ja. Ich sagte ihr, dass ich mich in einem Monat wieder bei ihr melden werde.«
»Und was meinte sie dazu?«
»Sie sagte, es sei okay.«
»Sie war mit der Pause einverstanden?«
»Sie konnte nachvollziehen, warum ich mich dazu entschlossen habe.«
»Dann war sie also einverstanden?«
Amanda brachte es nicht fertig, ihn anzulügen. »Nein. Sie war eigentlich dafür, gleich den dritten Versuch zu starten.«
»Dafür bin ich auch.«
Bei der bloßen Vorstellung sträubten sich Amanda die

Haare. »Ich kann nicht, Graham. Nicht jetzt. Ich brauche diese Pause.«
»Geht es dabei um dich oder um dich und mich?«
»Um mich«, antwortete sie, doch das stimmte nicht ganz. Nicht mehr.
Auch Graham wusste das. Er schüttelte den Kopf, trank seinen Kaffee aus und stellte den Becher ins Spülbecken. Ohne sich umzudrehen, eröffnete er ihr: »Ich fahre heute Nachmittag noch mal nach Providence. Es kann wieder spät werden.«
Sie hatten einander einmal versprochen, es nie zwei Abende hintereinander spät werden zu lassen, doch in letzter Zeit kam das bei Graham immer häufiger vor. Heute war Amanda besonders unglücklich darüber, denn sie hätte gerne beim Essen mit ihm gesprochen.
Graham verließ ohne ein weiteres Wort die Küche. Die Fliegentür fiel klappernd zu. Amanda öffnete sie wieder, trat in den Durchgang hinaus und beobachtete, wie ihr Mann den Pick-up rückwärts auf die Straße hinauslenkte und davonfuhr.
Momentan ratlos, blieb sie stehen, bis der Schulbus kam. Als er mit zwei Langes und vier Cotters an Bord wieder losratterte, lief sie die Einfahrt hinunter und auf Georgia zu, die von der Haltestelle zurückkam.
Ein kurzer Blick genügte ihrer Nachbarin, um zu erkennen, dass etwas nicht in Ordnung war. »Hast du Zeit für eine Tasse Kaffee?«, fragte sie.
Amanda schüttelte den Kopf. »Die Pflicht ruft. Ich möchte mich nur kurz ausweinen.«
»Ist es das Baby, was dich so fertig macht?«
»Welches meinst du?«, fragte Amanda sarkastisch. »Meins oder Gretchens?«

Georgia lächelte. »Deins. Als ersten Versuch.«
»Ja, es macht mich fertig. Graham und ich können uns nicht einigen, was als Nächstes geschehen soll. Früher waren wir uns in allem einig.«
»Will denn einer von euch plötzlich kein Kind mehr?«
»Nein. Es geht um das Wie. Und dann ist da auch noch die Sache mit Gretchen. Ich habe etwas Schreckliches getan, Georgia. Ich habe ihn verdächtigt, der Vater ihres Babys zu sein.«
»Das ist nicht wahr!«
»Doch«, nickte Amanda zerknirscht. »Da predige ich meinen Schülern, keine Anschuldigungen auszusprechen, die sie später vielleicht bereuen müssen, und dann gehe ich hin und tue genau das. Dabei glaube ich eigentlich nicht, dass er es ist. Aber ich frage mich ständig, ob er nicht auch verabscheut, was aus unserem Sexleben geworden ist. Früher war es phantastisch. Jetzt ist es streng reglementiert und terminiert. Wenn wir miteinander schlafen, dann nur nach Vorschrift. Spontaneität ist nicht erlaubt, aber für Graham ist Spontaneität ungeheuer wichtig. Die körperlichen Bedürfnisse der Männer nehmen viel Raum in ihrem Leben ein. Vielleicht ist Gretchen ja nur zur richtigen Zeit am richtigen Ort gewesen, als Graham gerade besonders frustriert war, und da ist es dann eben passiert. Habe ich dir jemals erzählt, dass seine erste Frau wie sie aussieht?«
»Nein.«
»Megans Haare sind eher honig- als weißblond, aber ihr Gesicht ist ebenso herzförmig, und sie hat den gleichen porzellanblassen Teint und die gleichen weit auseinander stehenden Augen. Ihre Mutter ist in der Ehe mit ihrem Vater so irisch geworden, wie es ihr möglich

war, doch was ihr Äußeres betraf, konnte sie ihre skandinavische Herkunft nie verleugnen.«

»Meinst du, dass auch Gretchen von Schweden abstammt?«

»Aussehen tut sie so. Um auf Graham zurückzukommen: Vom Verstand her weiß ich, dass er sich nie mit ihr einlassen würde – und auch mit keiner anderen. Er ist absolut monogam veranlagt.«

»Das ist Russ ebenfalls – aber ich muss gestehen, dass ich mir gestern Abend auch so meine Gedanken gemacht habe. Karen hat Recht: Er ist den ganzen Tag hier. Mein Mann ist vielleicht kein Adonis – aber wenn ich ihn attraktiv finde, könnte es doch durchaus sein, dass Gretchen ihn ihrerseits attraktiv findet.«

»Russ *ist* attraktiv.«

»Na ja – George Clooney ist er nicht.«

»Das allerdings nicht – er sieht eher durchschnittlich aus. Aber er gefällt mir. Er hat was.«

»Auf jeden Fall mehr als der Elektriker«, bemerkte Georgia trocken.

»Nathan ist dreiundsiebzig und leidet an einem Lungenemphysem. Ich kann ihn mir beim besten Willen nicht mit Gretchen vorstellen. Was meinst du zu den anderen?«

Zu allen Häusern in der Straße wurden dieselben Handwerker gerufen, wenn etwas zu reparieren war. »Der Klempner hat letzten Sommer geheiratet und noch immer Sternchen und Herzchen in den Augen, und der Zimmermann ist ein wiedergeborener Christ. Von den beiden sehe ich auch keinen mit Gretchen.«

»Damit bliebe nur noch Lee.«

»Die Möglichkeit ist nicht von der Hand zu weisen.«

»Aber er wollte doch ein neuer Mensch werden.« Amandas Blick enthielt einen deutlichen Zweifel. »Was mache ich nur mit Graham?«, kam sie auf ihr ursprüngliches Anliegen zurück. »Ich brauche einfach eine Pause, und ich habe ihn um einen Monat gebeten. Wie kann ich ihn überzeugen?«

»Was würdest du einem Klienten raten?«

»Es auszudiskutieren. Aber ich kann mit Graham über dieses Thema nicht diskutieren. Es ist zum Verrücktwerden. Früher konnte ich mit ihm über alles reden, aber in diesem Fall kriege ich einfach die Kurve nicht. Gibt es auch Zeiten, in denen du nicht mit Russ reden kannst?«

»Aber ja. Wenn ein Abgabetermin drängt, oder wenn wir beide im Stress sind. Nimm zum Beispiel die Quinn-Geschichte. Ich wollte mehr darüber erfahren, aber Russ war ausgesprochen einsilbig. Den Kindern musste ich auch jedes Wort aus der Nase ziehen. Ist die Sache denn jetzt vom Tisch?«

»Ich denke schon.«

»Diese Trinkerei macht mir Sorgen.«

»Wegen Allie brauchst du dir bestimmt nicht den Kopf zu zerbrechen – sie ist stark.«

»Das ist Quinn auch.«

»Vielleicht nicht in jeder Hinsicht.«

»Weißt du Genaueres?«

»Nur, dass er Probleme hat.« Damit gab sie keine vertraulichen Informationen preis. »Entschuldige – ich weiß, ich bin heute anstrengend, aber ich muss dich noch mal mit meinem Kummer nerven. Gibt es Dinge, über die du und dein Mann euch nicht einigen könnt?«

»Seinen Bruder!«, antwortete Georgia, wie aus der Pistole geschossen. »Der Bursche ist nicht astrein. Er betreibt einen Autohandel in Michigan, hat aber einen Lebensstil, den er meiner Meinung nach damit nicht finanzieren kann, doch jedes Mal, wenn ich das sage, geht Russ an die Decke. Er sagt, er liebe seinen Bruder, und es gehe uns nichts an, wie er bezahle, was er kaufe. Damit hat er natürlich Recht. Sei froh, dass Grahams Brüder anständige Kerle sind.«

»Das sind sie wirklich«, sagte Amanda. »Ich mag alle seine Geschwister. Nur mit seiner Mutter habe ich Schwierigkeiten.«

»Wann hat sie gleich wieder Geburtstag?«

»Am Sonntag. Ich würde mich richtig darauf freuen, die Familie zu sehen, wenn dieser neue Tiefschlag nicht wäre. Was ist, wenn ich nie schwanger werde? Damit wird sich Grahams Verwandtschaft nicht abfinden.«

»Es gibt doch auch noch andere Wege, ein Kind zu bekommen.«

»Wie eine Adoption, meinst du? Ja, ich denke, wir sollten das in Betracht ziehen.«

»Hast du mit Graham schon über diese Möglichkeit gesprochen?«

»Ja – aber er findet, wir sollen erst alle Methoden wahrnehmen, ein eigenes Kind zu kriegen.«

*

Für gewöhnlich hielt Georgia sich das Wochenende frei, doch diesmal musste sie es opfern, denn Bevollmächtigte der Gesellschaft, die sich für ihre Firma interessier-

ten, hatten darum gebeten, sich am Samstag die Fabrik in Florida ansehen zu dürfen.
Um zwei Fliegen mit einer Klappe zu schlagen, beraumte sie für Freitag eine Besprechung mit ihrer Geschäftsführung in Tampa an. Solche Besuche machte sie regelmäßig, denn sie war die Seele des Betriebes und außerdem Perfektionistin, was bedeutete, dass auf allen Gebieten das Bestmögliche geleistet wurde. Natürlich konnte sie sich nicht um jede Kleinigkeit kümmern – dafür hatte sie ihren Stab, aber ihre physische Präsenz tat ihre Wirkung, und darum hatte sie es sich angewöhnt, einmal im Monat in jeder größeren Niederlassung nach dem Rechten zu sehen.
Sie würde heute am späten Nachmittag fliegen, aber vorher müsste sie noch in ihrem Büro in Danbury vorbeischauen. Trotzdem hatte sie sich die Zeit genommen, die Kinder zur Haltestelle zu begleiten und zu warten, bis der Bus mit ihnen abfuhr, und sich dann noch Amandas Kümmernisse angehört, bis ihre Freundin in die Schule fahren musste und sie mit den Ängsten zurückließ, die sie vor jeder Reise quälten. Dann hatte sie Visionen von einem Terroranschlag auf dem Flughafen, dem sie zum Opfer fiel, während sie darauf wartete, an Bord der Maschine gehen zu können, oder sie sah die Maschine im Geist abstürzen. Sie wollte gerade ins Haus gehen, um sich von Russ aufheitern zu lassen, als der altersschwache Lieferwagen des Milchmanns die Sackgasse heraufgerattert kam. Es war Wochen her, dass sie dieses Geräusch gehört hatte. Es weckte Erinnerungen an unkompliziertere, weniger stressige Zeiten.
Die Langes und die Cotters wurden seit Jahren von der-

selben Molkerei beliefert, aber üblicherweise kam Pete am späten Vormittag. Georgia war überrascht, ihn so früh zu sehen, und gleich darauf ein zweites Mal, als er zuerst vor Gretchens Haus anhielt. Er stieg aus und lief mit einem Drahtkorb den Plattenweg hinauf.

Der Milchmann. Auch eine Möglichkeit. Er war in den Vierzigern und Familienvater, doch sein Eifer gab zu denken. Anders als bei ihnen und den Cotters, wo er die bestellten Waren in dem dafür vorgesehenen Deckelkasten an der Hintertür deponierte, klingelte er bei Gretchen, ging mit ihr ins Haus und blieb einige Minuten verschwunden. Georgia wartete, bis er wieder auftauchte. Erst dann ging sie ins Haus. Russ saß, hinter der Zeitung versteckt, am Küchentisch.

»Ich wusste gar nicht, dass Gretchen auch von unserer Molkerei beliefert wird«, sagte Georgia.

Er senkte eine Ecke der Zeitung. »Hmm?«

Seit wann wird Gretchen von unserer Molkerei beliefert?«

»Seit ein paar Monaten. Sie kam eines Tages herüber und bat mich um die Telefonnummer. Warum willst du das wissen?«

»Pit war gerade minutenlang bei ihr im Haus. Vielleicht ist er ja derjenige, welcher.«

Russ verdrehte die Augen.

»Warum findest du das so abwegig?«, fragte Georgia.

Russ sah sie über den Rand seiner Brille hinweg mit hochgezogenen Brauen an. »Der Mann muss den ganzen Tag Waren ausliefern – er hat keine Zeit, sich mit Kundinnen abzugeben. Außerdem kam er im Oktober noch nicht zu ihr – sie hat sich die Nummer erst im Januar geben lassen.«

»Daran erinnerst du dich?«, wunderte sich Georgia in anzüglichem Ton.
Russ ging nicht auf die versteckte Anspielung ein. »Ja, das tue ich«, nickte er. »Ich zeigte ihr nämlich damals den Katalog der Molkerei, und dann ließ ich sie die Weihnachtseisbombe probieren, von der noch ein Rest im Tiefkühler war.«
»Sie hat hier in unserer Küche Eis gegessen?«
»Wir haben nicht gemütlich zusammengesessen, wenn du das meinst. Sie war im Mantel, weil es schneite, und sie hat ihn nicht einmal aufgeknöpft. Es war übrigens ein Mantel von Ben – sie hätte zweimal hineingepasst.« Sein Blick warnte sie, etwas in diesen Kurzbesuch hineinzugeheimnissen.
Georgia ließ den Blick über ihren Mann wandern. Seine Haare waren wie stets zerzaust, die Hände, in denen er die Zeitung hielt, jedoch sorgfältig gepflegt. Man sah ihnen nicht an, dass sie tagein, tagaus mit Spül- und Putzwasser strapaziert wurden. Georgia wurde warm ums Herz. Sie beschloss, ihm für den Moment zu vertrauen und zu glauben, trat zu ihm, drückte einen Kuss auf die lichteste Stelle seines Kopfes und fasste ihn mit der Hand um die Schulter.

*

Karen verbrachte den Vormittag in der Bibliothek der Grundschule mit dem Reparieren von Büchern, einer ihrer ehrenamtlichen Aufgaben. Heute war sie besonders froh darüber, sich dazu bereit erklärt zu haben, denn die Unterhaltung mit den anderen Müttern, die ebenfalls hier arbeiteten, hielt sie vom Grübeln ab.

Lee sprach zur Zeit nur das Nötigste mit ihr. Empört hatte er ihr mitgeteilt, dass ihre Vermutung, er könne der Vater von Gretchens Baby sein, ihn tief verletzt habe, und dann ging er tatsächlich demonstrativ zu Gretchen hinüber, um sie nach dem Vater zu fragen. Angeblich hatte sie auch ihm nicht verraten, wer es war. Aber Karen hatte das Gespräch nicht miterlebt, also wusste sie nicht, wie es in Wahrheit verlaufen war. Wenn er wirklich nichts mit Gretchen hatte, dann aber mit einer anderen Frau – darauf hätte Karen jeden Betrag gewettet.

Als sie mittags nach ihrer Rückkehr vor dem Haus auf der Verandatreppe saß, damit die Wärme der Sonne die Kälte aus ihrem Innern vertriebe, kam der Postbote in seinem Jeep die Sackgasse heraufgefahren. Er hielt bei den O'Learys an und steckte die Post in den Briefkasten neben der Zufahrt, und dann tat er bei den Langes das Gleiche. Die Post für die Cotters drückte er Karen in die Hand. Er erkundigte sich nach ihrem Befinden, machte eine Bemerkung zu den inzwischen fast gänzlich geöffneten Fliederblüten, hob zum Abschied die Hand und setzte seinen Weg fort. Karen war dabei, die Briefe durchzuschauen, die sie auf ihren Schoß gelegt hatte, als sie den Postboten ein fröhliches »Hallo!« rufen hörte. Sie hob den Kopf und sah Gretchen in einer hübschen langen Bluse, die in Falten weit über die elegante Stoffhose herunterfiel, und mit italienisch anmutenden Riemchensandalen an den Füßen die Einfahrt herunterkommen. Ihr Outfit sah teuer genug aus, um von Saks oder Neiman Marcus zu stammen. Karen kaufte bei keinem von beiden ein, weder für sich noch für die Kinder, doch Lee hatte sowohl da wie dort teure Artikel erstanden, und nicht für sich selbst. Das wusste sie, denn nachdem sie die Belastungen auf seiner Kreditkartenabrechnung entdeckt hatte, war sie seinen Kleiderschrank durchgegangen, doch sie fand kein entsprechendes Etikett. Auch keine neuen Manschettenknöpfe, nach denen sie allerdings nur pro forma gesucht hatte, denn da Lees junge Mitarbeiter so etwas nicht trugen, und er ja dazugehören wollte, erwartete sie nicht ernsthaft, fündig zu werden. Eine neue Brieftasche hatte er sich ebenfalls nicht zugelegt. Also musste er jemanden mit aufwendigen Geschenken verwöhnt haben. Trug Gretchen vielleicht eine Kette unter ihrer Bluse oder Ohrringe unter ihren seidigen blonden Haaren oder ein Armband unter einem Ärmel? Sie hielt einen großen braunen Umschlag in der Hand, während sie sich mit dem Postboten unterhielt. Gut möglich, dass das Armband nach hinten gerutscht und deshalb nicht zu sehen war.

Karen stellte fest, dass die beiden ausgesprochen herzlich miteinander umgingen. Nach mehreren Minuten angeregter Unterhaltung und häufigen Lächelns gab Gretchen dem kleinen kugelrunden Mann das große Kuvert und nahm ein dickeres und einige normalformatige Umschläge von ihm entgegen. Als einer der Briefe zu Boden flatterte, bückte Gretchen sich danach, aber der Postbote war schneller, hob ihn auf und reichte ihn ihr mit einem neuerlichen Lächeln. Dann verabschiedete er sich und kehrte zu seinem Jeep zurück. Der Postbote. Die körperliche Diskrepanz zwischen den beiden schloss die Möglichkeit nicht automatisch aus. Karen hatte schon viele große Frauen mit kleinen Männern gesehen und schlanke Frauen mit rundlichen Männern. Das war schließlich eine Frage des Geschmacks.

Lee wiederum sah geradezu unverschämt gut aus – das fand sie nach wie vor, obwohl sie seine gegelten Stacheln verabscheute. Karen und er waren ein schönes Brautpaar gewesen, doch dann hatte der Alltag Einzug gehalten, und die Kinder und ihre vielen anderen Pflichten hatten den Glanz matt werden lassen. Als Lee mit seinen Frauengeschichten anfing, begann Karen sich unzulänglich und unattraktiv zu fühlen.
Sie stand auf, ging ins Haus und machte sich ein Erdnussbutter-Kartoffelchips-Sandwich. Zum Teufel mit dem Cholesterin – sie brauchte jetzt Trost.
Das Sandwich erfüllte diesen Zweck jedoch nur, bis es aufgegessen war. Karen stieg wieder ins Auto und fuhr zu der Frau, die für die Organisation des Abschlussballes verantwortlich war, den die Stadt jedes Jahr für die Abgänger aller Schulen von Woodley veranstaltete. Sie wollten gemeinsam die Liste der Geschäfte durchgehen, mit denen man als Spender für dieses Ereignis rechnen könnte. Karen musste nur darauf achten, rechtzeitig zur Ankunft des Schulbusses zu Hause zu sein.
Nachdem das Sandwich keine nachhaltige Wirkung gezeigt hatte, nahm sie sich vor, später nach Amanda Ausschau zu halten.
Amanda war eine gute Gesprächspartnerin, wenn man Trost brauchte. Außerdem wollte sie ihr von dem Verhalten des Briefträgers erzählen und sie fragen, was sie dazu meinte.

*

Amanda schüttelte entschieden den Kopf, als Karen sie später an diesem Nachmittag bei ihrer Rückkehr von der Schule an ihrem Wagen abfing und ihr den Postboten als möglichen Verdächtigen anbot. »Dominic hätte niemals den Mut, sich Gretchen in dieser Weise zu nähern – aber er käme erst gar nicht auf die Idee, denn sein ganzes Leben dreht sich um seine Mutter.«

»Woher weißt du das?«

»Aus einem Gespräch mit ihm. Ich war eines Tages draußen vor dem Haus, als er kam, und er sah so unglücklich aus, dass ich ihn nach dem Grund fragte. Er wohnt mit seiner Mutter zusammen. Sie ist Halbinvalidin, und er muss sich um sie kümmern. An jenem Tag war er verzweifelt, weil sie eine Zahnbehandlung brauchte, für die er nicht das Geld hatte. Die billige Alternative war, die betreffenden Zähne zu ziehen, und der Gedanke entsetzte ihn.«

»Ein guter Sohn«, murmelte Karen. Sie stemmte die Arme in die Seite und ließ den Blick in die Runde gleiten. »Weiß Graham etwas?«

»Ich glaube nicht.«

»Hat er Gretchen gefragt?«

»Nicht, dass ich wüsste.«

»Russ hat es getan, und Lee ebenfalls. Ist Graham denn überhaupt nicht neugierig?«

Amanda schwieg eine Weile und sagte dann leise: »Ich denke nicht, dass Graham der Vater ist. Wenn er nicht gefragt hat, dann nur, weil er es nicht wichtig findet.«

»Ich finde es schon wichtig.« Russ und Lee wollte sie nicht sagen, von wem das Baby ist. Vielleicht würde sie es Graham verraten. Schau mal«, sie flüsterte plötzlich, »da ist sie!«

Gretchen war mit einem Gartenschlauch hinter ihrem Haus hervorgekommen. Als sie in ihre Richtung blickte, hob Amanda grüßend die Hand. Gretchen reagierte

mit einem knappen Nicken, drehte ihnen den Rücken zu und begann ihre Blumenbeete zu gießen.
»Das war ja sehr freundlich«, meinte Karen bissig.
»Vielleicht benimmt sie sich so, weil sie sich unbehaglich fühlt.«
»Weil einer unserer Ehemänner der Vater ihres Kindes ist?«
»Nein – weil wir befreundet sind und sie nicht dazugehört.«
»Und wessen Schuld ist das?« Karen winkte dem Zeitungsjungen, der mit der aktuellen Ausgabe des örtlichen Wochenblattes in seinem Korb die Sackgasse heraufgeradelt kam.
»Hi, Davey!«, rief sie und sagte zu Amanda: »Ich habe beim letzten Weihnachtsbasar mit seinen Eltern zusammengearbeitet.«
»Hi, Mrs Cotter!«, rief Davey zurück. Er hatte vor dem Haus der Witwe angehalten und streckte Gretchen, die über den Rasen auf ihn zukam, die Zeitung entgegen.
»Ich glaube, ihn können wir als Verdächtigen ausschließen«, murmelte Amanda, doch ihre Aufmerksamkeit galt nicht dem Jungen, sondern dem Lächeln, mit dem Gretchen ihn ansah. Es war gleichzeitig herzlich und schüchtern, und beides hatte Amanda bei ihr noch nie erlebt.
Der Zeitungsjunge fuhr, mit einem Fuß die Fahrbahn streifend, auf sie zu.
»Ich habe deine Eltern lange nicht gesehen«, sagte Karen zu ihm.
»Wie geht es ihnen?«
»Gut.«

»Grüß sie von mir.«
»Mach ich.« Er startete durch, warf mit einem gekonnten Schwung eine Zeitung auf die Verandatreppe der Langes und stob vornübergebeugt davon.
Amanda faltete die Zeitung auseinander und zog scharf die Luft ein.

9

»Baseballstar wegen Trunkenheit gesperrt«, verkündete die Schlagzeile in fetten Lettern. In dem Artikel darunter wurden detailliert die Vorkommnisse am Dienstag geschildert.

»O nein!«, murmelte Amanda bestürzt.

Karen hatte ihr Exemplar ebenfalls auseinander gefaltet und las den gleichen Text. »Na ja – es ist eine Neuigkeit«, meinte sie nüchtern.

»Aber man hätte ihn doch nicht auf Seite eins an den Pranger stellen müssen. Eigentlich gehört diese Geschichte auf die Sportseite.«

»Wenn man ein Star ist, muss man damit rechnen, dass die Medien sich auf so eine Story stürzen.«

Amanda sah Quinn Davis im Geist wieder seine Finger aneinander reiben. Er war kein selbstbewusster, in sich ruhender Star, sondern ein Junge mit massiven Problemen. Sonst wäre er auch niemals betrunken zum Training erschienen. Wie mochte er es verkraften, seine Verfehlung in der Presse breitgetreten zu sehen? Und wie mochten seine Eltern es verkraften, dass ihr Versuch, die Sache unter den Teppich zu kehren, fehlgeschlagen war? Amanda hatte gerade einen Fuß in die Küche gesetzt, als das Telefon klingelte. Es war Maggie Dodd, und auch sie war bestürzt. Die Schulleitung sei zwar zu der Angelegenheit befragt worden, sagte sie, aber sie

hätten keine Einzelheiten preisgegeben. Die müssten vom Coach, Mitgliedern des Teams und Quinns Freunden stammen.
Amanda und sie sprachen gerade über die möglichen Auswirkungen, als Maggie einen Anruf bekam, Amanda jedoch in der Leitung zu bleiben bat. »Das waren Quinns Eltern«, berichtete sie kurz darauf mit gepresster Stimme. »Sie sind außer sich, und sie wollten von mir wissen, wie es dazu kommen konnte, dass ihr Sohn in dieser Weise diffamiert wird.«
Einerseits stimmte Amanda Karens Einschätzung der Situation zu. In den vier Jahren, die sie die *Woodley Weekly* nun schon las, hatten auf der ersten Seite zahlreiche Lobeshymnen auf den einen oder anderen der Familie Davis gestanden. Dass heute eine Skandalstory über ein Mitglied der Familie dort prangte, machte zum einen die Kehrseite des Ruhmes deutlich – zum anderen erfüllte es die Aufgabe einer Zeitung, den Lesern Neuigkeiten zu liefern. Andererseits sorgte sich die Therapeutin in ihr um Quinn. »Lassen sie mich hinfahren und mit ihnen reden«, bat sie Maggie, »falls sie dazu bereit sind.«

*

Sie waren es nicht. »Das wäre reine Zeitverschwendung, Mrs O'Leary«, erklärte Quinns Vater ihr. »Sie hätten uns vorgestern Abend helfen können, aber Sie sind nicht auf unserer Seite.«
»Es geht nicht darum, Partei zu ergreifen«, erwiderte Amanda. »Es geht um Quinn. Ich sorge mich um ihn. Hat er den Artikel gelesen?«
»Natürlich hat er das – die Schlagzeile war ja nicht zu

übersehen. Seine Freunde haben angerufen. Unsere Freunde haben angerufen.«
»Geht es ihm gut?«
»Nein – aber das ist nicht Ihre Sache.«
»Doch, das ist es – für mich als Therapeutin und als Mensch. Ich würde wirklich gerne mit ihm sprechen.«
»Danke – wir kommen ohne Sie zurecht.« Damit legte er auf.

*

Amanda wusste nicht weiter. Sie hätte gerne mit Graham über die Angelegenheit gesprochen. Er verfügte über einen gesunden Menschenverstand und ein gutes Gespür. Vielleicht hätte er einen Vorschlag für sie. Es wäre ein Thema, das nicht sie beide beträfe – darüber könnten sie bestimmt reden.
Als Graham kurz darauf anrief, dachte sie einen Moment lang, ihr Wunsch würde erfüllt.
»Hi«, begrüßte er sie zögernd. Sie hörte, dass er in seinem Pick-up unterwegs war – die Freisprechanlage hatte eine unverwechselbare Akustik.
»Hi. Wo bist du?« Das fragte sie ihn oft, wenn sie wissen wollte, ob er in zwei, zehn oder zwanzig Minuten zu Hause einträfe, doch diesmal lag auch in ihrem Tonfall ein Zögern, was die Frage misstrauisch klingen ließ.
»Auf dem Weg nach Providence«, antwortete er dann auch abweisend. »Warte nicht auf mich.«
Sie ließ ein paar Sekunden vergehen. »Wird das jetzt zur Gewohnheit?«
»Warum soll ich tatenlos zu Hause rumsitzen, wenn du in der Schule bist?«
»Ich bin nicht jeden Abend in der Schule.«

»Dienstag warst du dort.«
»Das war wichtig.«
»Dieser Auftrag ist auch wichtig.« Er stieß einen Fluch aus.
Amanda hörte Hupen und dann wieder Grahams zornige Stimme.
»Dieser Mistkerl ist einfach aus einer Seitenstraße rausgekommen und hat mich zu einer Vollbremsung gezwungen! Um ein Haar hätte es gekracht!«
Wie schnell bist du denn gefahren?«
»Fünfundsiebzig.«
»So schnell fährst du sonst nicht.«
»Ich hab's eilig.«
»Wie war dein Tag?«
»Turbulent.«
»Wann wirst du zu Hause sein?«
»Gegen elf.«
»Okay. Bis dann.«
»Bis dann.«
Amanda legte auf und dachte daran, was sie hätte sagen können, was sie hätte sagen *sollen,* um seinen Panzer aufzubrechen. Graham war ihr fremd geworden. Sie konnte seine Reaktionen nicht mehr voraussagen. Vielleicht war es besser, den Versuch zu unterlassen, sich ihm mit Worten zu nähern.
Sex könnte eine Möglichkeit sein. Körperlich hatten sie sich immer verstanden. Früher zumindest.
Amanda war entschlossen, die alte Vertrautheit wieder aufleben zu lassen – und die alte Leidenschaft. Davon träumte sie, als sie in einem duftenden Schaumbad lag. Danach cremte sie sich mit Bodylotion ein, schlüpfte in eines der gewagten Nachthemden, die Graham ihr am

Anfang ihrer Ehe geschenkt hatte, und erwartete ihren Mann dann versöhnungsbereit im Ehebett.
Alle paar Minuten schaute sie in der Dunkelheit auf das Leuchtzifferblatt des Weckers. Es war schon nach elf, als sie Graham das Haus betreten und gleich darauf die Treppe heraufkommen hörte. Mit wild klopfendem Herzen wartete sie darauf, dass er die Schlafzimmertür öffnen würde, doch er ging ins Arbeitszimmer und machte den Fernseher an. Um Mitternacht schaute sie zu ihm hinein. Er schlief. Im ersten Moment war sie versucht, ihn zu wecken, doch dann entschied sie sich dagegen. Wenn er die Stimmung mit nach Hause gebracht hatte, in der er am Telefon gewesen war, würde er sich nicht verführen lassen und sie würde sich lächerlich vorkommen und sich noch ungeliebter fühlen.
Und so kroch sie in das Ehebett zurück und bemühte sich, die negativen Gedanken aus ihrem Kopf zu vertreiben, doch es gelang ihr nicht, und sie schlief erst ein, als schließlich Müdigkeit sie übermannte. Als Graham am nächsten Morgen um halb sieben hereinkam, war sie bereits wach. Die Lider nur einen Spalt geöffnet, sah sie zu, wie er zum Schrank ging und frische Sachen herausnahm, die getragenen, in denen er geschlafen hatte, auszog und im Wäschekorb versenkte, und dann ins Bad ging. Als das Wasser in der Dusche zu rauschen begann, kam ihr die Idee, ihn in der Kabine zu überraschen, aber sie brachte dann doch nicht den Mut dazu auf.

*

»Hi, Süße«, krächzte Maddie, als Amanda ihr Büro betrat.

»Hi, Süße«, erwiderte Amanda die freundliche Begrüßung, setzte sich aber, ohne einen Abstecher zum Käfig zu machen, an den Computer und schickte Graham eine E-Mail. »Bist du da?« Es war ihr bewusst, dass sie damit die Annäherungsmethode der Feiglinge wählte, aber immerhin ging sie auch darauf ein, wenn ein Schüler in dieser Weise Kontakt zu ihr aufnahm.

Die erste Therapiestunde war gerade zu Ende, als die Antwort kam.

»Ich bin da. Was gibt es?«

»Wir müssen reden«, schrieb sie zurück. Da sie befürchtete, dass Grahams Erwiderung auch diesmal auf sich warten lassen würde, beschloss sie, sich abzulenken. Im Lehrerzimmer traf sie auf Grahams Englischlehrerin, die ihr berichtete, dass Quinn an ihrem Unterricht teilgenommen und den Eindruck vermittelt habe, als sei alles in bester Ordnung. Ob er auf die Stunde vorbereitet gewesen sei, könne sie nicht mit Bestimmtheit sagen, denn die Hausaufgabe habe Teile von King Lear betroffen und die Klasse habe sich das Video einer Theateraufführung des Stückes in der Schule angesehen.

Als Amanda eine halbe Stunde später in ihr Büro zurückkam, erwartete Grahams Antwort sie bereits. »Okay – dann sag was.«

»Bist du böse?«, tippte sie.

Diesmal erhielt sie postwendend Antwort. »Ja, ich bin wütend. So hatte ich mir unsere Ehe nicht vorgestellt.«

»Unsere Ehe ist immer großartig gelaufen.« Sie unterstrich und fettete »großartig«. Wir haben zum ersten Mal ein Problem.«

»Meinst du damit das Baby- oder das Vertrauensproblem?«
»Beides«, tippte sie.
»Aber bei dem Babyproblem geht es nicht um Vertrauen«, wandte er ein.
»Doch«, widersprach sie. »Was ist, wenn sich herausstellt, dass wir definitiv kein Kind bekommen werden? Kann ich dann darauf vertrauen, dass du trotzdem bei mir bleibst?«
»Ich liebe dich«, krächzte Maddie.
Jetzt ging Amanda doch zu ihr. »Du bist ein liebes Ding«, sagte sie mit einem traurigen Lächeln und gab dem Vogel einen Leckerbissen. Dann setzte sie sich wieder an den Schreibtisch.
»Das ist eine ungeheuer beleidigende Frage«, stand auf dem Bildschirm. »Ungeheuer« war unterstrichen und gefettet.
»Aber ich weiß doch, wie sehr du dir ein Kind wünschst«, erklärte sie ihren Gedankengang. »Und ich weiß, wie sehr deine Familie darauf wartet. Du liebst deine Familie. Aber ich weiß nicht, ob du *mich* noch liebst.«
»Was soll das?«
»Ich könnte deine Unterstützung brauchen. In letzter Zeit fühle ich mich nicht besonders weiblich.«
»Und ich mich nicht besonders männlich. Dass du im Arbeitszimmer schläfst, baut mich nicht gerade auf.«
»Die letzte Nacht hast *du* dort verbracht«, mailte sie zurück und schickte sofort noch einen Nachsatz hinterher: »Bitte fass das nicht falsch auf – es ist nicht als Angriff gemeint. Ich weiß einfach nicht, was du empfindest.«

»Ich fühle mich abgelehnt«, schrieb er.
Es muss etwas geschehen, dachte Amanda. »Können wir heute miteinander zu Abend essen? Ich besorge Steaks und Salat, und wir reden.
Gottlob war eine Therapiestunde angesetzt, denn der Bildschirm blieb leer. Danach ging sie in die Cafeteria, wo eine Gruppe aus der Unterstufe saß, deren gemeinnütziges Projekt sie betreute. In ihr Büro zurückgekehrt, musste sie noch eine halbe Stunde totschlagen, die sie für das Protokoll der letzten Therapiestunde nutzte, bis Graham endlich auf ihren Vorschlag reagierte.
»Du redest nicht – du klagst an und entziehst dich dann.«
»Das ist mir vorgelebt worden«, rechtfertigte sie sich, hätte es jedoch beinahe wieder gelöscht. Ihren Eltern die Schuld zu geben, würde das Problem nicht lösen. Es war an der Zeit, dass sie die Verantwortung für ihre Verhaltensweise übernahm. Andererseits erklärte es, warum sie tat, was sie tat. Also ließ sie es stehen, setzte aber hinzu: »Hilf mir, mich zu ändern, Graham.«
»Ich bin zum Abendessen zu Hause«, antwortete er.

*

Als katholisch erzogenem Menschen war Graham schon allein das Wort Scheidung ein Gräuel, doch nachdem er die Prozedur bereits einmal hinter sich gebracht hatte, gehörte es unwiderruflich zu seinem Vokabular. Wenn seine Ehe mit Amanda scheiterte, würde ihn das zum zweiten Mal zum Verlierer stempeln. Weit größere

Angst hatte er jedoch davor, sich von diesem emotionalen Tiefschlag vielleicht nie mehr erholen zu können. Was denkst du denn da für einen Mist?, rief er sich zur Ordnung. Du liebst deine Frau doch. Die Krise würde vorübergehen. Er wusste nur nicht, was er dazu beitragen könnte. Ihr Verhalten hatte ihm vermittelt, dass sie in Ruhe gelassen werden wollte, und so hatte er sie in Ruhe gelassen.

Wenn sie allein schlafen wollte – auch gut. Er ließ sie gewähren. Es gefiel ihm zwar nicht, aber er war nicht bereit, sich zu erniedrigen, indem er sie anbettelte. Vielleicht befürchtete sie in Wahrheit gar nicht, dass er, falls sie kein Baby bekämen, nicht bei ihr bleiben würde – vielleicht wollte sie selbst die Ehe beenden. Vielleicht war er untauglich als Ehemann. Vielleicht war er untauglich als *Mann*.

Sie hatte ihm vorhin etwas gemailt und ihn dann gebeten, es nicht falsch zu verstehen. Darum müsste er sie eigentlich ständig bitten. Mit seinen Brüdern redete er über alles, ohne sich Gedanken darüber zu machen, wie der eine oder der andere dieses oder jenes auffassen könnte. Bei Amanda musste er sich Gedanken darüber machen, denn es stand viel auf dem Spiel, aber trotzdem kam oft falsch bei ihr an, was er richtig gemeint hatte. Jetzt erwartete sie ihn zum Abendessen – und zum Reden. Er wünschte, er hätte davor noch schnell in einem Crashkurs lernen können, mit seiner Frau zu kommunizieren. Er wünschte, er verstünde mehr von der Ehe.

Von seiner Arbeit verstand er eine Menge, und das zahlte sich aus. Er konnte sich vor Aufträgen kaum retten. Wäre Amanda schwanger gewesen, hätte er den

Job in Providence nicht übernommen. Er war zwar reizvoll und forderte sein ganzes Potenzial, doch er war auch zeitraubend.
Aber Amanda war nicht schwanger, und so begrüßte er es, einen beruflich bedingten Grund zu haben, ihr nach Möglichkeit aus dem Weg zu gehen.
Heute jedoch waren sie verabredet, und so hatte er den Nachmittag mit Papierkram im Büro zugebracht. Auf dem Heimweg malte er sich aus, sie in die Arme zu nehmen, wenn alles besprochen wäre. Sie war noch nicht da, als er heimkam.
Er überlegte, ob er ins Büro zurückfahren sollte, damit sie nicht merkte, wie früh er gekommen war, weil er es nicht hatte erwarten können, sie zu sehen, doch das wäre albern gewesen. Er würde schon etwas finden, womit er sich die Zeit vertreiben könnte. Er war dabei, seinen Pick-up zu waschen, als plötzlich Jordie Cotter auftauchte. »Darf ich helfen?« – »Gerne.«
Graham warf ihm einen Lappen zu. »Schau dir die Rillen um die Scheinwerfer an«, sagte er. »Da sammelt sich immer Dreck. Ich war zwar schon mit dem Schlauch dran, aber es ist bestimmt noch was drin. Es wäre großartig, wenn du die Reste rausbekämst. Hi – ist heute nicht ein Spiel?«
Viele Eltern sahen sich die Baseballspiele am Freitagnachmittag an, und seit Graham wusste, dass Jordie zu einem der Teams gehörte, schaute auch er oft dort vorbei.
»Heute hatten wir nur Training«, sagte der Junge. »Das Spiel war gestern. Wir haben verloren.«
»Oje. Hoch?«
»Zwölf zu drei.«

»Ist ja übel!«
»Nur weil Quinn nicht mitmachte!«, fuhr Jordie auf. »Das hätte Mr Edlin bedenken sollen, bevor er ihn sperrte. Findet Amanda die Sperre okay?«
»Weiß ich nicht – aber irgendwie musste er doch bestraft werden. Es geht nun mal nicht, dass ein Schüler betrunken zum Training erscheint. Die Mannschaft ist jetzt bestimmt frustig.«
»Kann man wohl sagen.« Jordie polierte mit schwindender Begeisterung die Rücklichter. »Es sind wieder Steine aus dem Turm rausgebrochen.«
»Ich hab's gesehen, als ich neulich im Wald spazieren ging.«
Kurz nachdem Graham und Amanda in die Sackgasse gezogen waren, hatte Jordie ihnen den Turm gezeigt, und danach hatten sie hin und wieder gemeinsam an seinem Fuß gesessen, Spekulationen über seinen Ursprung und einstigen Zweck angestellt und dabei einige ziemlich haarsträubende Theorien entwickelt.
Seit dem letzten Mal war schon eine ganze Weile vergangen, aber Graham hatte den Jungen des Öfteren allein im Wald verschwinden sehen.«
»Meinen Sie, er wird einstürzen?«, fragte Jordie in seine Erinnerungen hinein.
»Irgendwann sicher.«
»Wissen Sie, dass Gretchen ein Baby bekommt?«
Graham war gerade dabei, verkrusteten Schlamm von der Stoßstange zu kratzen. »Mmm. Hab ich vor ein paar Tagen erfahren. »Und?«
»Was und?«
»Wer ist der Vater?«
»Keine Ahnung.«

»Ich habe meine Mom darüber reden hören. Sie denkt, es sei mein Vater.«

Graham hielt inne und schaute den Jungen an. »Zu wem hat sie das gesagt?«

»Zu sich selbst. Sie führt immer Selbstgespräche, wenn sie wütend ist. Dann knallt sie mit Schranktüren und so was und schimpft vor sich hin. Heute früh habe ich es mitgekriegt, als sie die Betten machte. Sie hatten gestern Abend Streit. Mom hat es ihm zwar nicht auf den Kopf zugesagt, aber es war nahe dran. Glauben Sie, es stimmt?«

»Nein«, antwortete er pflichtschuldigst, denn Jordies Vater war sein Freund – und außerdem deutete nichts darauf hin. »Er liebt deine Mutter.«

»Das hat ihn die anderen Male auch nicht daran gehindert, sie zu betrügen«, murmelte der Junge, und Graham wurde bewusst, wie erwachsen er seit ihrem letzten Ausflug in den Wald geworden war. Jordie lehnte sich mit dem Rücken an den Pick-up und schaute zum Haus der Witwe hinüber. »Sie beobachtet uns.«

»Tatsächlich?« Graham folgte seinem Blick.

»Sie steht im Esszimmer und guckt über die Scheibengardine. Was will sie von uns?«

»Ich denke, sie würde gerne dazugehören – als Nachbarin, meine ich.«

Ein knallroter BMW Roadster kam die Straße herauf. Als Jordie ihn sah, war er wie ausgewechselt. »Sehen Sie sich das an!«, rief er aufgeregt. Graham sah es sich an. Er sah einen Halbwüchsigen, der ihm zu jung dafür erschien, am Steuer eines Wagen zu sitzen, den er ganz bestimmt nicht selbst gekauft hatte. »Wer ist das?«

»Alex Stauer. Ich muss los.« Er drückte Graham den

Lappen in die Hand, rannte zu dem Cabrio hinüber und sprang über die Tür auf den Beifahrersitz. Der Flitzer hatte dazu auf Schritttempo heruntergebremst. Jetzt röhrte er davon.

Er bog in dem Moment aus der Sackgasse, als Lee Cotter einbog.

»War das mein Sohn?«, rief er Graham zu, als er an ihm vorbeifuhr.

»Ja«, antwortete Graham, der zu seiner Arbeit zurückgekehrt war, nachdem er den roten Traum aus den Augen verloren hatte.

Lee parkte und kam rübergeschlendert. Eine tolle Karre was«, schwärmte er. Am Steuer saß Alex Stauer. Ist das nicht einer der Jungs aus Quinns Team, die wie er gesperrt wurden?«

»Allerdings.«

»Meinst du, seine Eltern haben ihm das Spielzeug zum Trost geschenkt?«

Lee schüttelte den Kopf. »Nein. Es gehört seiner Mutter. Die ist eine ganz Wilde.«

»Woher weißt du das?«, fragte Graham, doch im nächsten Moment hob er die Hand, denn er hatte das Blitzen in Lees Augen gesehen.

»Nein, sag's mir nicht. Ich will es gar nicht wissen. Dann kann ich nichts ausplaudern, falls mich jemand foltern sollte.«

Lee lachte schallend. Dann wurde er wieder ernst. »Apropos: Ich möchte dich bitten, mir den Rücken zu stärken, falls Karen mit ihrer Geschichte über mich und die Witwe zu dir kommen sollte.« Als Graham ihn verständnislos ansah, setzte er erklärend hinzu: »Sie glaubt, ich sei der Vater von Gretchens Baby.«

»Und – bist du's?«
»Wie war das eben mit der Folter?« Lee grinste, wurde jedoch gleich wieder ernst. »Halt mir einfach die Stange in dieser Sache. Früher konnte ich Karen zeigen, dass ich sie liebte, indem ich ihr ein Kind machte – oder zwei, wie beim vorletzten Mal, aber vier Kinder sind wirklich genug.«
Graham verspürte einen Anflug von Abneigung. »Karen hätte einen besseren Mann verdient«, sagte er.
»So schlecht geht es ihr nun auch wieder nicht«, begehrte Lee auf. »Sie hat ein schönes Haus, sie hat ihre Kinder, wir machen zweimal im Jahr gemeinsam Urlaub – alles in allem kann sie sich nicht beklagen. Also, hilfst du mir in dieser leidigen Gretchen-Geschichte, ja, okay? Du könntest doch Amanda bitten, Karen ihren Verdacht auszureden.«
Graham würde nichts dergleichen tun. Erstens billigte er Lees Lebenswandel nicht, und zweitens hatte er weiß Gott Wichtigeres mit seiner Frau zu besprechen.

*

Auf dem Heimweg besorgte Amanda zwei *Filets mignon*, einen Kopfsalat, eine riesige Fleischtomate, je eine grüne, rote und gelbe Paprikaschote und die Zutaten für das Himbeerdressing, das Graham so gerne aß. Als sie die Sackgasse hinauffuhr, sah sie Gretchen in ihrem Garten die Blumen gießen und Karen auf ihrer Veranda stehen, doch für die eine hatte sie nur einen flüchtigen Blick und für die andere nur ein kurzes Winken, denn ihre Aufmerksamkeit galt Graham, der – ein Bild der Normalität und Entspanntheit – seinen Pick-up po-

lierte. Das Verlangen, das bei seinem Anblick in ihr aufstieg, war so heftig, dass sie sich wie ein Schulmädchen erröten spürte, und ihren Mann vor Verlegenheit kaum in die Augen zu schauen wagte, als sie ausstieg.
»Soll ich was reintragen?«, fragte er, als er die Tüten sah. Sie schüttelte den Kopf, schenkte ihm ein schnelles Lächeln und ging ins Haus, wo sie den Tisch im Esszimmer mit dem teuren Porzellan, Tafelsilber und Kristall deckte, alles Hochzeitsgeschenke, die sie nur zu ganz besonderen Anlässen aus dem Schrank holte. Nachdem sie in der Küche die Steaks und den Salat vorbereitet hatte, wollte sie gerade hinaufgehen, um sich frisch zu machen und etwas anderes anzuziehen, als das Telefon klingelte. Hoffentlich war es nicht jemand, der ein berufliches Anliegen an Graham hatte, dachte sie – das könnte ihren schönen Versöhnungsplan ruinieren.
»Hallo?«, meldete sie sich zögernd.
»Hier ist Maggie.« Amanda fiel auf, dass die Stimme der stellvertretenden Rektorin merkwürdig hölzern klang. Die Erklärung dafür folgte auf dem Fuße. »Quinn hat Selbstmord begangen.«

10

Selbstmord. Das Wort hallte in Amandas Kopf wider wie ein Echo im Gebirge, und es wurde von quälenden Bildern begleitet. Amanda schüttelte den Kopf, um sich davon zu befreien, doch sie konnte nur mit Mühe aufnehmen, was Maggie ihr berichtete.

»Er hat sich im Umkleideraum erhängt«, hörte sie wie durch Watte.

»Der Hausmeister hatte ihn dort lange nach dem Training als Einzigen noch angetroffen und ihn gebeten, auch nach Hause zu gehen. Quinn wiederum hatte ihn gebeten, noch etwas bleiben und dort seine Hausaufgaben machen zu dürfen, da er, wie er meinte, sich in diesem Raum am besten konzentrieren könne. Und Mr Dubcek, dem der Junge wegen der Sperre und des ganzen Wirbels Leid tat, erlaubte es und ging dann. Als er eine Stunde später zurückkam, fand er ihn. Er versuchte, ihn wiederzubeleben, doch es war zu spät, Quinn war tot … Ist tot.«

Zu spät, zu spät, zu spät, hämmert es in Amandas Kopf. Quinn ist tot. Ihr war, als gefriere ihr das Blut in den Adern. Sicher, sie empfand die Tatsache jeder nicht zustande gekommenen Empfängnis auch als eine Art Tod, aber das hier war etwas anderes. Quinn Davis war ein Mensch, ein fast erwachsener Mensch gewesen, er hatte einen Namen gehabt und eine Persönlichkeit besessen, und angesichts seines sportlichen Könnens und seiner Führungsqualitäten war er ein geschätztes Mitglied der Gemeinschaft gewesen.

»Tot«, flüsterte Amanda. Ihre Machtlosigkeit schmerzte sie beinahe körperlich. »Ich wusste, das ihn etwas bedrückte, aber ich hätte nie gedacht, dass es ihn so weit treiben würde.« Dann kam ihr ein Gedanke. »Ist ein Fremdverschulden ausgeschlossen?«

»Ja. Er hat Abschiedsbriefe hinterlassen – für seine Eltern und seine Freundin.«

»Wie muss er sich gequält haben«, sagte Amanda tonlos.

»Wir wussten nichts davon, Amanda – keiner von uns. Aber so schrecklich es auch ist – wir müssen vorausdenken. Er war bekannt und beliebt. Selbst Schüler, die nicht zu seinen Freunden zählten, wird sein Freitod berühren. Für die meisten bedeutet er den ersten konkreten Hinweis auf ihre Sterblichkeit.«

Amanda war klar, wovon Maggie sprach. Sie war Psychologin – eigentlich hätte sie es ansprechen müssen. Aber sie war gar nicht richtig da.

»Die Auswirkungen«, murmelte sie. »Es geht um die Auswirkungen.« Angstzustände, Depressionen, Nachahmungstaten – all das könnte die Folge sein, und all das war der Alptraum jedes Schulpsychologen. Mit einem Schlag war sie wieder bei der Sache. »Wer weiß es?«, fragte sie.

»Seine Familie. Seine Freunde. Zwei von ihnen waren bei ihm zu Hause, als wir anriefen. Sie werden es inzwischen anderen erzählt haben, und die wiederum anderen, und so wird es bald die Runde gemacht haben. Wie gehen wir vor?«

Amanda verbannte Quinn aus ihren Gedanken und konzentrierte sich auf die Hinterbliebenen. »Wir müssen das Kriseninterventionsteam zusammentrommeln.« Sie fischte ihre Agenda aus dem Aktenkoffer, den sie beim Hereinkommen auf einem Küchenstuhl abgestellt hatte; darin waren die Namen mit Telefonnummern aufgelistet. »Wir müssen besprechen, was zu tun ist. Wer von den Schülern es heute nicht mehr erfährt, wird es morgen früh in der Schule erfahren. Kann Fred dableiben?«

»Er hat es eingeplant. Schicken Sie alle in sein Büro.«

Amandas Verstand funktionierte jetzt mit der Präzision eines Uhrwerks. »Ich möchte auch eine Trauerberaterin anrufen. Sie leitete ein Seminar über das Thema ›Selbstmord in der Schule‹, das ich im letzten Herbst besuchte, und sie wohnt nicht weit von Woodley. An sich ist es ja in einer solchen Situation besser für die Kids, mit Menschen zu sprechen, die sie kennen, aber die Frau ist eine besonders warmherzige Person, und ich hätte sie gerne für alle Fälle zur Verfügung.«

»Und was kann ich tun?«

»Es wäre gut, wenn Sie die Fachbereichsleiter informieren, damit die ihrerseits ihre Lehrer informieren können. Wenn sie alle morgen Früh in die Schule kommen, sagen wir um neun, können wir ihnen die Ergebnisse unserer heutigen Abendkonferenz mitteilen.«

»Wann werden Sie hier sein?«

Auf dem Weg zur Uhr an der Wand streifte Amandas Blick die für das geplante romantische Versöhnungsdinner bereitstehenden Zutaten. Graham würde verstehen müssen, dass es ausfiel. Der Freitod eines Schüler war

das Schlimmste, womit sie in ihrem Berufsleben konfrontiert werden konnte.
Es war kurz vor sechs, und sie müsste einige Telefongespräche führen, ehe sie aufbräche. »Ich denke, bis sieben schaffe ich es.«

*

Sie hatte gerade das erste Telefonat beendet, als Graham mit einem Wildblumenstrauß hereinkam, den er offenbar hinten im Garten in seinem »Reservoir«, wie er es nannte, gepflückt hatte.
»Ich bin angerufen worden«, sagte sie. »Quinn Davis hat Selbstmord begangen.«
Die Hand mit dem Blumenstrauß fiel regelrecht herunter. Alle Farbe wich aus Grahams Gesicht. »Er hat sich umgebracht?«
Amanda nickte, und noch einmal traf es sie wie ein Schlag. »Erhängt. Im Umkleideraum der Schule.«
»Ich fasse es nicht.« Er schüttelte ungläubig den Kopf.
»Es ist auch nicht zu fassen. Er war intelligent, er sah gut aus, er war sportlich, er war beliebt, er hatte eine großartige Zukunft vor sich«, zählte Amanda die Punkte auf, die aus ihrer Sicht Quinns Leben lebenswert gemacht hatten. »Was hat ihn nur zu dieser Verzweiflungstat getrieben? Ich kann mir nicht vorstellen, dass die Strafe für einen Alkoholexzess ihn so tief getroffen haben könnte.«
Graham fuhr sich mit der Hand durch die Haare. »Ich weiß nicht«, überlegte er laut. »Für die gesamte Spielzeit gesperrt zu sein, war bestimmt demoralisierend für ihn, und dann machte die Zeitung auch noch

eine Titelgeschichte daraus. Er war Baseballspieler mit Leib und Seele. Hat er sich also das Leben genommen, weil er sechsmal nicht hätte mit auf den Platz dürfen?«

Amanda presste die Hand auf ihren Magen, der sich krampfte. »Nein – es steckte mehr dahinter. Wenn wir miteinander hätten sprechen können, wäre er vielleicht bereit gewesen, mit mir darüber zu reden, und dann hätte ich ihm vielleicht helfen können.«

»O Mandy.« Graham nahm sie in die Arme. »Mach dir keine Vorwürfe. Es ist wirklich nicht deine Schuld, dass er das getan hat.« Sie antwortete nicht gleich. Es war so schön, endlich wieder einmal Grahams Wärme zu spüren – und nicht nur die körperliche –, dass sie den Augenblick auskosten wollte. Doch schon nach ein paar Sekunden meldete sich ihr Gewissen, und sie machte sich los. Jetzt war nicht der richtige Zeitpunkt, an sich zu denken. Sie löste sich aus der tröstenden Umarmung und trat einen Schritt zurück.

»Quinn ist … war eine Führernatur. Viele sahen in ihm ein Vorbild. Wir müssen irgendwie verhindern, dass er jetzt zum Helden hochstilisiert wird und Nachahmer findet.«

»Das wäre ja aberwitzig.«

»Selbstmord ist auch aberwitzig.« Sie verschränkte die Arme.

»Die ganze Situation ist aberwitzig. Da versuchen wir mit aller Gewalt, ein Kind in die Welt zu setzen, und ein anderes Kind verlässt sie. Freiwillig. Einfach so. Was für eine Verschwendung.« Graham ging an ihr vorbei, legte die Blumen auf die Anrichte und blieb mit dem Rücken zu ihr davor stehen, und plötzlich hatte sie das Bedürfnis, mit ihm zu sprechen. Darüber, wer was verdiente, was gute Eltern ausmachte und dass sie beide die besten Eltern überhaupt sein könnten, wenn man sie nur ließe. Sie wollte über die Dinge sprechen, die Beziehungen zerstören konnten, und darüber, wie man sie im Keim erstickte. Sie wollte über die Träume sprechen, die sich in Rauch aufzulösen schienen. Aber sie hatte keine Zeit dazu. Sie musste noch einige Telefonate erledigen und dann in die Schule fahren und an der Sitzung des Kriseninterventionsteams teilnehmen. Teilnehmen? Nein – sie würde sie leiten müssen. Es war ihre Aufgabe, zu entscheiden, wie die Woodley High diese Katastrophe angehen sollte, und die Verantwortung lag wie eine Zentnerlast auf ihren Schultern.

»Es tut mir Leid, dass wir das Abendessen ausfallen lassen müssen«, sagte sie.

Er hob wegwerfend die Hand, drehte sich aber nicht um. »Das macht nichts. Ich habe ohnehin zu tun.«

»Ich weiß nicht, wann ich zurück sein werde.«

»Ich auch nicht.«

»Du arbeitest nicht hier?«

»Nein. Ich werde ins Büro fahren – dort kann ich mich besser konzentrieren.«

Er ging zum Kühlschrank und nahm eine Flasche Milch heraus. Amandas Blick fiel auf den Strauß. »Die Blumen sind wunderhübsch – aber warum hast du keine aufgeblühten gepflückt?«

»Ich dachte, die Knospen wären ein schönes Symbol für einen Neubeginn«, antwortete er, während er ein Glas aus dem Küchenschrank holte.

Amanda war ohnehin zum Weinen zumute, doch jetzt konnte sie die Tränen kaum noch zurückhalten. »Wir

setzen uns nachher zusammen, okay?«, schlug sie mit zitternder Stimme vor.
»Klar«, erwiderte er. Es klang erschreckend gleichgültig.

*

Graham verstand natürlich, dass Amanda in dieser Situation nicht zu Hause bleiben konnte, dennoch verübelte er ihr, dass sie ihn allein ließ. Natürlich war Quinns Selbstmord eine schreckliche Tragödie, natürlich konnten sie auch später miteinander sprechen, natürlich wusste er, dass er sich unmöglich benahm – aber das alles sagte ihm seine Vernunft. Seine Gefühle sagten etwas anderes. Wieder einmal fühlte er sich abgelehnt. Graham war wütend; wütend über sie und über sich. Er wartete, bis Amanda weggefahren war, und ging dann über die Straße, um zu Gretchen Tannenwald zu gehen. Er nahm den Weg durch ihren Garten zur Hintertür, sah weder die russischen Olivenbäume, die er in ein immergrünes Bodendeckermeer gesetzt hatte, noch die Wacholderbüsche und den Hartriegel. Er sah nicht einmal die grob beschlagenen blauen Tonsandsteinplatten, aus denen er einen Weg um das Haus gestaltet hatte. Er klopfte gedankenverloren und klingelte Sekunden später ungeduldig.
»Ich hatte mich schon gefragt, wann Sie kommen würden«, sagte Gretchen statt einer Begrüßung, als sie ihm öffnete.
Graham trat in die Küche. »Ich kann Ihnen nicht folgen.«
»Russ und Lee waren bereits hier.«
»Na ja – die Gemüter in der Straße sind ein wenig er-

hitzt. Ich für meinen Teil muss nicht wissen, wer der Vater Ihres Kindes ist. Wie fühlen Sie sich?«

»Okay.«

»Kann ich irgendetwas für Sie tun?«

Sie dachte einen Augenblick nach und zuckte dann mit den Schultern.

»Nein – im Moment nicht. Möchten Sie vielleicht einen Kaffee?

»Nein, danke. Ich will mich nicht lange aufhalten. Bestimmt hat mich jemand herkommen sehen, und ich möchte dem Gerede so wenig Stoff liefern wie möglich.« Er hatte dabei Karen im Sinn. Wenn sie es Lee erzählte, würde der es mit Wonne weitertratschen, um den Verdacht gegen sich zu entkräften.

»Warum beschäftigt meine Schwangerschaft denn alle?«, fragte Gretchen.

»Weil es bedingungsloses Vertrauen wohl nur im Roman gibt.« Graham neigte den Kopf und rieb sich den Nacken. Dann blickte er seufzend auf. »Ich weiß nicht, was die anderen gesagt haben – aber ich bin jederzeit für Sie da, falls Sie Hilfe brauchen.« Er hob zum Abschied die Hand, drehte sich um, ging den Weg zurück, den er gekommen war, stieg in seinen Pick-up und fuhr in die Stadt.

*

Karen sah Graham aus Gretchens Haus kommen. Sie glaubte nicht ernsthaft, dass er eine Affäre mit der jungen Witwe hatte – für sie war Lee der Hauptverdächtige. Aber warum lief Graham zu ihr hinüber, kaum dass Amanda weggefahren war?

Sie fragte sich noch immer, was das bedeuten und ob er

etwas erfahren haben mochte, als das Telefon klingelte. Sie nahm den Hörer ab und stellte fest, dass Jordie den Anruf bereits an einem anderen Apparat entgegengenommen hatte. In den ersten paar Sekunden verstand sie nicht, was ihrem Sohn da erzählt wurde, war nur erschrocken über die offensichtlich hocherregte Stimme, doch dann begriff sie, worum es ging.

»Das kann doch nicht sein!«, mischte sie sich entsetzt in die Unterhaltung ein.

Nach einer Schrecksekunde antwortete der Anrufer ihr: »Doch, Mrs Cotter – es ist wahr! Quinn hat sich umgebracht. In der Schule.«

»Aber … aber womit … wie …?«

»Er hat Tranquilizer genommen.« Die Stimme war jetzt ruhiger geworden, und Karen erkannte, dass sie Rob Sprague gehörte, der im selben Baseballteam spielte wie Jordie. Und wie Quinn.

»Wie ist er denn an die gekommen?«, fragte sie.

»Das war kein Problem – sein Vater hat das Zeug tonnenweise zu Hause liegen. Der nimmt die Dinger ständig. Ein paar von den Jungs warteten bei ihm daheim auf ihn, als die Cops kamen – sie hatten sich verabredet. Jetzt treffen sich alle dort. Soll ich dich abholen, Jordie?«

Karen konnte es nicht glauben. Sicher, Quinn neigte offenbar zu Alkoholexzessen, aber sie wäre nicht im Traum darauf gekommen, dass seine psychische Störung so schwerwiegend war, dass sie ihn in den Freitod trieb.

»Jordie?«, sagte Rob fragend, doch er erhielt keine Antwort. Karen war gerade der alarmierende Gedanke gekommen, dass ihr Sohn vielleicht auch ernste Probleme hatte, als sie hinter sich ein Geräusch hörte. Sie drehte sich um. Jordie stand in der Tür. Er war aschfahl, und in den unnatürlich groß wirkenden Augen stand eine solche Verzweiflung, dass sie ohne ein weiteres Wort zu Rob den Hörer auflegte und in dem Bemühen, ihren Ältesten aufzubauen, sagte: »Lass uns das überprüfen. Vielleicht ist es ja nur ein Gerücht.«

Jordie schüttelte den Kopf bereits, bevor sie den Satz beendet hatte. Sein Adamsapfel hüpfte, als er krampfhaft schluckte.

»Warum sollte Quinn sich umbringen?«, fragte sie. »Er hatte doch allen Grund, mit seinem Leben zufrieden zu sein.«

Wieder schüttelte Jordie den Kopf. In seinen Augen glänzten die Tränen, die er zu unterdrücken versucht hatte.

Karen ging zu ihm hinüber, aber als sie vor ihm stand, wusste sie nicht recht, wie sie sich verhalten sollte. Wäre er jünger gewesen, hätte sie ihn in die Arme genommen, doch es war Jahre her, dass er ihr das gestattet hatte. Also streckte sie nur die Hand aus, um seine Wange zu streicheln.

Er wich einen Schritt zurück und schaute stirnrunzelnd an ihr vorbei ins Leere, als denke er angestrengt nach – und dann machte er plötzlich auf dem Absatz kehrt und lief los.

»Wo willst du hin?«, rief sie ihm nach.

Sie folgte ihm bis in die Garage. »Bleib hier, Jordie. Lass uns telefonieren. Lass uns herausfinden, was an der Sache dran ist.« Sie keines Wortes würdigend, stieg er auf sein Zehngang-Rad, für das er in letzter Zeit keinen Blick mehr übrig gehabt hatte, weil es nur ein zweiräd-

riges Fortbewegungsmittel war, und fuhr die Zufahrt hinunter.
»Was soll ich Rob sagen, falls er noch mal anruft?«, wollte sie wissen.
»Dass ich auf dem Weg bin!«, rief er über seine Schulter.
»Und wohin?«
»Zu den Davis'.«

*

Georgia war mit ihrem Mietwagen auf dem Rückweg vom Flughafen in Tampa, wo sie die beiden Abgesandten ihres potenziellen Käufers abgeholt hatte. Der eine war einer der Vizepräsidenten, der andere der Geschäftsführer. Sie würde die beiden im Hotel absetzen, damit sie sich vor dem geplanten Arbeitsessen frisch machen könnten. In Gedanken bei den für morgen angesetzten Besprechungen und der Werksführung erschrak sie dermaßen, als ihr Handy klingelte, dass sie um ein Haar das Steuer herumgerissen hätte.
»Hallo?«, meldete sie sich atemlos.
»Mom!« Allisons unnatürlich hohe Stimme verhieß nichts Gutes.
»Ist etwas passiert?«
»Quinn hat sich umgebracht!«
Georgia traute ihren Ohren nicht. »Er hat *was?*«
»Er hat sich die Pulsadern aufgeschnitten. In der Schule. Mr Dubcek hat ihn gefunden, aber da war er schon verblutet.«
Georgia begann am ganzen Leib zu zittern. »Woher weißt du das?«
»Von Brooke. Sie hat mich gerade angerufen. Es muss

eine riesige Blutlache gewesen sein. Quinn ist tot, Mom. Er ist tot.«

»Großer Gott!«, murmelte Georgia. Ohne ein erklärendes Wort zu den Männern im Fond lenkte sie das Auto an den Straßenrand und hielt an. »Das ist ja entsetzlich, Allie. Warum kann er das getan haben?«

»Wegen des Artikels in der Zeitung, sagt Brooke.«

»Wegen welchen Artikels?« Wieder einmal fühlte Georgia sich außen vor. »Die *Woodley Weekly* hat gestern seine Sperrung auf der ersten Seite gebracht. Brooke sagt, das hätte ihn total fertig gemacht, aber Melissa sagt, es hätte ihn total fertig gemacht, wie seine Eltern sich aufführten. Sie telefonierte abends mit ihm, und sie kamen alle paar Minuten rein und redeten über Internate und Gerichtsverfahren.« Ihre Stimme war immer zittriger geworden, und jetzt fing sie an zu weinen.

»Schhhh«, versuchte Georgia ihre Tochter zu beruhigen, wie sie es getan hatte, als Allison noch klein gewesen war. »Es wird alles wieder gut, Schatz.«

»Nein, das wird es nicht«, schluchzte das Mädchen, und ihre Verzweiflung zerriss Georgia fast das Herz. »Heute Nachmittag habe ich ihn noch gesehen. Ich stand mit Kirsten und Melissa auf dem Flur, und er kam zu uns und fragte, wann Melissa beim Friseur angemeldet sei. Sie ließ sich gerade die Haare schneiden, als er es tat. Er hat ihr einen Liebesbrief hinterlassen. Aber wenn er sie wirklich geliebt hätte, dann hätte er das doch nicht getan, oder? Wie kann überhaupt jemand das tun, Mom?«

Georgia wusste, dass sie ihre Worte jetzt besonders sorgfältig wählen musste. »Ich weiß es nicht, Schatz. Und warum Quinn es getan hat, weiß ich auch nicht. Er

war offenbar nicht so stark, wie wir alle glaubten – mehr kann ich dazu nicht sagen. Ist dein Vater bei dir, Süße?«
Allison schniefte. »Er ist zu den Cotters rübergegangen, um zu fragen, ob die mehr wissen.
»Hast du mit Jordie gesprochen?«
»Nein. Es ist so schlimm, ich kann dir gar nicht sagen, wie schlimm es ist.«
»Der Tod ist immer schlimm.«
»Nein – ich meine, für Jordie.« Ihre Stimme war schrill geworden.
»An dem Tag, als Quinn sich betrunken hat, da tranken sie Wodka – und die Flasche hatten sie von Jordie!«
»O Gott!«
»Aber das darfst du keinem sagen! Schwöre, dass du es niemandem sagst! Jordie würde nie mehr ein Wort mit mir reden, wenn er wüsste, dass ich es dir erzählt habe. Verstehst du jetzt, warum es so schlimm für ihn ist?«
Georgia konnte sich vorstellen, welche Schuldgefühle den Jungen quälen mussten. »Ja, ich verstehe es. Wo ist er denn im Moment?«
»Zu den Davis' gefahren. Das ganze Team ist dort. Und was soll *ich* machen?«
Als Erstes sollte sie ihren Vater nach Hause holen, dachte Georgia. Sie konnte nicht begreifen, dass Russ das Kind in dieser Situation allein gelassen hatte. Allie brauchte Trost, sie brauchte Unterstützung.
Sie brauchte ihre Mutter – das vor allem. Quinns Tod war nicht nur eine Tragödie – er würde ihrer Tochter auch die Vergänglichkeit an sich bewusst machen. Allison hatte im Laufe der letzten Jahre zwar ihre beiden

geliebten Großeltern verloren, dieser Todesfall war also nicht der erste in ihrem Leben, aber Quinn war nur wenig älter als sie gewesen. Über seinen Tod nachzudenken, würde sie auf ihren eigenen bringen, und das wäre beängstigend für eine Vierzehnjährige am Beginn der Pubertät, die sich auf ein langes Leben freute, die Träume hatte.

»Zunächst einmal gehst du deinen Vater holen«, sagte Georgia. »Sag ihm, dass du ihn jetzt brauchst.«

»Ich meinte eigentlich, ob ich auch zu den Davis' fahren soll.«

»Heute Abend nicht – außer, die anderen Mädchen fahren auch hin. Klär das erst mal ab.« Georgia warf einen Blick auf ihre Armbanduhr. »Hör zu, Schatz – ich werde versuchen, noch heute Abend zurückzukommen. Sobald ich weiß, ob es klappt, rufe ich an, okay?«

»Okay.«

»Kümmere dich um deinen Bruder, ja?«

»Okay.«

»Ich habe dich lieb, Schatz.«

»Ich dich auch, Mom.«

Georgia hatte Tränen in den Augen, als sie das Gespräch beendete und sich plötzlich an ihre Gäste erinnerte und daran, was von deren Besuch alles abhing. Die Herren interessierten sich für ihre Qualifikation als Geschäftsfrau, nicht für ihre mütterliche, aber das half jetzt nicht.

»Ich kann nicht bleiben«, erklärte sie. »Es handelt sich um einen Notfall – ich muss dringend nach Hause.«

»Eines Ihrer Kinder hat einen Freund verloren?«, fragte der Vizepräsident.

»Er hat sich das Leben genommen«, sagte Georgia, und

während sie es aussprach, war es ein erneuter Schock für sie. »Meine Tochter ist völlig durcheinander.«

»Ist denn Ihr Mann nicht zu Hause?«, fragte der Geschäftsführer.

»Doch – aber sie braucht mich jetzt auch.« Georgia legte den Gang ein und fuhr an. »Ich bringe Sie ins Hotel und arrangiere gleich von dort aus, dass sich mein Bezirksleiter morgen Ihrer annimmt. Es kann Ihnen alles genauso gut zeigen.«

»Aber wir sind gekommen, um Sie zu sehen – nicht Ihren Bezirksleiter«, sagte der Vizepräsident. »Sie sind ein wichtiger Bestandteil des Pakets.«

Bestandteil. Was für eine seelenlose Bezeichnung. Georgia war kein Bestandteil – sie war ein Elternteil. Sicher, sie war auch die Präsidentin einer Firma – ihrer eigenen Firma –, doch das kümmerte sie im Moment herzlich wenig.

Während sie weiterfuhr, überlegte sie, wie sie den Männern auf dem Rücksitz ihren Standpunkt klar machen könnte, ohne sie zu verprellen.

Schließlich sagte sie: »Wir sehen uns heute doch nicht zum ersten Mal – Sie hatten bereits mehrmals Gelegenheit, sich ein Bild von mir zu machen. Außerdem haben Sie alles über mich gelesen, was es über mich zu lesen gibt, Sie haben meine Kreditwürdigkeit und meinen Leumund überprüft, Sie kennen meine berufliche Seite in- und auswendig. Doch ich habe auch eine private Seite, und die hat in diesem Moment Vorrang. Der Tod ihres Mitschülers hat meine Tochter tief getroffen, und ich muss ihr in dieser Krise beistehen. Ich verstehe Ihre Enttäuschung, aber es ist nicht zu ändern – ich muss weg.«

Es war schon kurz vor Mitternacht, als Amanda nach Hause kam. Physisch und psychisch erschöpft, kuschelte sie sich an Grahams Rücken. Sie spürte, dass er wach war, aber er sagte nichts, und sie schwieg ebenfalls. Sie gestattete sich nicht, an ihre privaten Probleme zu denken, sich daran zu erinnern, dass sie sich vor einem Monat um diese Zeit darauf eingestellt hatte, mit der Einnahme von Clomifen zu beginnen. Sie hatte heute Abend stundenlang gesprochen, und morgen würde es so weitergehen. Für heute fuhr sie den Computer in ihrem Kopf herunter und konzentrierte sich auf die Nähe und Wärme des Körpers ihres Mannes.

Trotzdem schlief sie nicht gut. Am nächsten Tag würden ihre beruflichen Fähigkeiten auf einen Prüfstand gestellt wie nie zuvor, und im Gegensatz zu ihrem Gehirn ließ sich ihr Magen nicht abschalten. Alle paar Stunden weckte er sie mit Krämpfen. Obwohl Samstag war, stand sie um halb sechs auf. Als sie aus der Duschkabine trat, sah sie Graham in der Badezimmertür stehen – die Haare vom Kopfkissen verlegen und die Augen von zu wenig Schlaf gerötet, aber mit einer Anteilnahme im Blick, die ihr unsagbar gut tat.

»Wie fühlst du dich?«, fragte er besorgt.

Sie begann sich abzutrocknen. »Wie durch den Wolf gedreht.«

»Wie sieht der Tag heute aus?«

»Die Lehrer versammeln sich um neun in der Schule. Ich werde sie informieren, was genau passiert ist und wie viel davon wir den Kids sagen. Ann Kurliss, die Trauerberaterin, wird erläutern, welche Gefühle die Tragödie in den Kindern auslösen kann und wie die Lehrer damit umgehen sollen. Die Schultore werden

den ganzen Tag über offen bleiben und die Lehrer auf Rotationsebene als Ansprechpartner zur Verfügung stehen. Die Kinder, die sie als besonders angeschlagen erleben, schicken sie zum Kriseninterventionsteam, das sich dann weitergehend um sie kümmert.«

»Was sagt man Kindern in einem solchen Fall?«

»Nicht viel. Hauptsächlich hört man zu.« Sie hängte das nasse Handtuch über die Stange und griff nach ihrer Unterwäsche. »Sie müssen ihre Ängste aussprechen, und wir geben ihnen die Gelegenheit, das zu tun – und zu trauern. Sie werden uns sagen, was sie brauchen. Wir hören es uns an und gehen, so gut wir können, darauf ein.«

»Wann ist die Beerdigung?«

»Montagvormittag. Den Schülern ist es freigestellt, ob sie an diesem Tag den Unterricht besuchen wollen oder nicht.« Sie nahm sich ein anderes Handtuch und trocknete damit ihre Haare.

»Ich dachte, sie würden den Unterricht ausfallen lassen«, sagte Graham.

»Einige waren dafür.« Sie angelte sich ein drittes Handtuch, beugte sich vornüber, wickelte es um ihre Lockenflut und richtete sich mit Schwung wieder auf. Sie fühlte sich jetzt frischer. Stärker. Mit Graham zu sprechen, zu spüren, dass er ein Verbündeter war, stärkte sie. »Wir haben lange darüber diskutiert. Alle Schüler der Woodley High wissen, wer Quinn war, aber nicht alle kannten ihn, und die werden wahrscheinlich nicht zu seiner Beerdigung gehen. Außerdem würde bei einer Schließung der Schule die Gefahr bestehen, dass Quinns Freitod als Heldentat missverstanden werden könnte.« Sie trat vor den Spiegel und begann sich zu schminken.

»Weiß man schon etwas über sein Motiv?«
»Nein.«
»Seine Eltern haben sich nicht dazu geäußert?«, fragte er weiter.
»Nein.«
»Na ja – das muss man akzeptieren. Sie werden die Welt nicht mehr verstehen. Und … viele Kinder haben ein sehr viel schlechteres Zuhause und leben trotzdem weiter.« Er lächelte traurig. »Wer weiß, ob wir bessere Eltern wären.«
»Ich weiß es.« Amanda schaute ihn zwischen zwei Wimperntuschestrichen im Spiegel an. »Wir wären gute Eltern.«
»Glaubst du das wirklich.«
»Du nicht?«
»Früher glaubte ich es – aber inzwischen sieht es nicht so aus, als ob wir noch Gelegenheit bekämen, es unter Beweis zu stellen.«
»Du meinst, wegen des letzten gescheiterten Versuches?«
»Nein – ich meine, wegen des Stadiums, in das unsere Ehe geraten ist.«
»Das sehe ich nicht so – immerhin halten wir an ihr fest.«
»Sollten wir nicht etwas mehr tun?«
Sie begegnete im Spiegel seinem Blick. »Wir hatten ja vor zu reden, aber im Moment kann ich das einfach zeitlich nicht, und wenn der heutige Tag so schlimm wird, wie ich es erwarte, dann werde ich es auch heute Abend nicht können.«
»Was ist mit morgen?«
»Vormittags bin ich wahrscheinlich wieder in der

Schule, und am Nachmittag ist die Geburtstagsfeier deiner Mutter.«
»Du willst tatsächlich hingehen?«
»Natürlich.«
»Aber du wirst erschöpft sein.«
»Ich schaffe das schon.«
»Du behauptest immer, du ließest nicht zu, dass deine Arbeit dir unter die Haut geht – in diesem Fall klappt das offenbar nicht.«
»Nein«, gab sie zu. »Aber das ist auch ein Sonderfall.«
»Da trifft es sich ja, dass du das Baby-Thema zu den Akten gelegt hast«, meinte er trocken und ging ins Schlafzimmer zurück. »Du bist schon gestresst genug.«
»Ich habe das Baby-Thema nicht zu den Akten gelegt«, erinnerte sie ihn. »Ich gönne mir lediglich eine Atempause.«
Er blieb unvermittelt stehen, senkte den Kopf; nach einer Weile seufzte er tief, hob den Kopf und drehte sich um. »Soll ich dir einen Kaffee machen?«
»Danke, ja – das wäre lieb.«

*

Graham nahm sich vor, den Tag im Büro zu verbringen. Da Samstag war, wäre außer ihm niemand dort, was bedeutete, dass er konzentriert arbeiten könnte. Er hatte begonnen, Entwürfe für das Providence-Projekt zu zeichnen, und freute sich darauf, damit weiterzukommen. Diese kreative Seite seines Berufes liebte er am meisten.
Doch heute wanderten seine Gedanken bereits um die Mittagszeit ab. Und eine innere Unruhe ergriff von ihm

Besitz. Er sah nichts Neues oder Aufregendes auf dem Bildschirm seines Computers erscheinen, das seinem Ego Auftrieb gegeben hätte. Unzufrieden mit sich, fuhr er den Rechner um zwei herunter, überprüfte noch den Stand der Projekte, an denen seine Assistenten arbeiteten, und machte sich auf den Heimweg. Unterwegs hielt er kurz an und kaufte ein Dutzend Schalen Springkraut.

Zu Hause angekommen, zog er sich um, trug die Schalen in den Vorgarten und begann die Pflanzen einzusetzen. Nach einer Weile, T-Shirt und Shorts waren bereits durchgeschwitzt, kam Russ mit zwei Büchsen Bier zu ihm herüber und setzte sich ins Gras. Graham trank einen großen Schluck. Das Bier war kalt und erfrischend.

»Wo sind die Kids?«, fragte er und drückte die Dose an die Schläfe.

»Tommy ist bei Freunden und Allie in der Schule.« Russ deutete auf die Rabatten. »Warum lässt du das nicht Will und seine Jungs machen? Pflanzen ist doch ihr Job.«

»Das ist nicht Pflanzen, das ist Gärtnern«, belehrte Graham ihn. »Gärtnern ist etwas Individuelles und hat darüber hinaus einen therapeutischen Effekt. Außerdem«, er schaute zum Wald hinüber, »war ich im Büro heute nichts wert.«

»Kann ich dir nachfühlen. Die Sache mit Quinn ist wirklich schrecklich.«

Graham nickte und trank noch einen Schluck.

»Wie hält sich Amanda?«, erkundigte sich Russ.

»Die Geschichte nimmt sie ungeheuer mit, aber sie beißt die Zähne zusammen. So makaber es klingen mag – es wird ihr gut tun, sich in dieser Krise beruflich beweisen zu können. In letzter Zeit liegt ihr Ego total darnieder.«

»Du meinst, weil sie nicht schwanger wird?«

»Ja – aber auch, weil sie die Erwartungen meiner Familie nicht erfüllt. Und meine. So gesehen, geht es mir allerdings nicht viel besser. Ich tue mein Bestes, aber es ist nicht gut genug. Das frustriert.«

»Inwiefern?«

Graham zögerte, sich Russ so weit zu öffnen, doch dann konnte er nicht widerstehen, die Gelegenheit zu ergreifen, sein Herz auszuschütten. »Wie viel weißt du über meine erste Ehe?«

»Na ja, nur, dass ihr euch damals in Freundschaft getrennt habt.«

»Amanda hat dir nicht mehr darüber erzählt?«

»Na ja – sie sagte, dass die Frau eine gute Freundin der Familie sei. Aber das erzählte sie mir bloß, um zu erklären, warum deine Ex eines Tages hierher kam, um ein Geburtstagsgeschenk von deiner Mutter für dich abzugeben. Natürlich wollte ich mehr wissen«, gestand Russ mit einem verlegenen Lächeln, »doch Amanda rückte keine weiteren Einzelheiten raus. Aber welche Frau redet auch gerne über ihre Vorgängerin?«

»Megan ist mehr als eine gute Freundin«, sagte Graham. »Ihr Elternhaus stand neben dem meinen, und ich kenne sie, seit ich denken kann. Wir sind miteinander aufgewachsen. Abgesehen von meinen Geschwistern bin ich mit niemandem so viele Jahre befreundet. Wir spielten miteinander und gingen miteinander zur Schule. Sie war meine erste Liebe und ich ihre, und wir blieben auch in der Highschool und während der Collegezeit zusammen. Alle gingen davon aus, dass wir heiraten würden, und das taten wir auch. An dem Wochenende nach der Abschlussfeier.«

»Wow!«, staunte Russ lächelnd. »Warum hat die Ehe nicht gehalten?«

»Sechs Jahre hat sie das – bis Megan mir eröffnete, dass sie lesbisch sei.«

»Grundgütiger!«, japste Russ. »Das ist ja ein Ding!«

Graham musste lachen, als er das verdatterte Gesicht seines Freundes sah. »Kann man wohl sagen.«

»Und du hattest keine Ahnung?«

»Natürlich nicht – sonst hätte ich sie wohl kaum geheiratet. Wir waren auf verschiedenen Colleges gewesen, und in den letzten zwei Jahren wohnte sie auf dem Campus mit ihrer Freundin zusammen. Ich dachte, sie seien ganz normal befreundet.«

»Aber mit dir schlief sie ebenfalls.«

»Ja.«

»War sie gut?«, fragte Russ in vertraulichem Von-Mann-zu-Mann-Ton. Als er Grahams befremdeten Blick sah, setzte er hinzu: »Entschuldige – Neugier ist eine Berufskrankheit der Journalisten.«

Durch diese Erklärung besänftigt, entschloss Graham sich, zu antworten. »Manchmal war sie gut, manchmal war sie nicht ganz bei der Sache. Ich nahm damals an, dass das bei allen Frauen so sei.« Bis zu Amanda. Mit ihr hatte die Chemie immer gestimmt – bis der Kinderwunsch zur Manie geworden war.

»Wieso hat Megan dich überhaupt geheiratet, um Himmels willen?«, riss Russ' Stimme ihn aus seinen Gedanken.

»Sie mochte mich ja, und mich zu heiraten, vereinfachte ihr Leben. Ihre Familie hätte ihre Veranlagung niemals akzeptiert, und mit unserer Hochzeit machte sie alle glücklich.«

»Aber sie kann nicht glücklich gewesen sein.«

»Sicher nicht. Im Laufe der Zeit entfernte sie sich zusehends von mir. Sie leitete damals eine kleine Buchhandlung in der Stadt und verbrachte immer mehr Zeit dort. Aber wahrscheinlich hätte sie unsere Ehe noch eine ganze Weile aufrechterhalten, wenn ich nicht auf ein Kind gedrängt hätte.« Graham lachte freundlos auf. »Ist das nicht verrückt? Das gleiche Problem droht jetzt Amanda und mich auseinander zu bringen.«

»Nicht ganz«, widersprach Russ. »Amanda will doch auch ein Kind.«

»Sie hat die Nase voll von den Versuchen«, sagte Graham.

»Zumindest hat sie gerade eine Pause verlangt.«

»Heißt das, sie schläft nicht mehr mit dir?«

Graham schnitt eine Grimasse. »Im Moment haben wir beide keine Lust. Kannst du dir vorstellen, wie es sich auf die Libido auswirkt, wenn man sich nur nach einem bestimmten Zeitplan lieben darf?«

»Ich kann es mir vorstellen.«

»Glaub mir – du kannst es nicht. Und die Samenspende-Prozedur ist absolut erniedrigend. Aber das Allerschlimmste ist, dass wir mit keiner Methode ein Baby zustande bringen. Ich fühle mich etwa so männlich wie damals, als Megan ihre Bombe platzen ließ.« Plötzlich hatte er das Gefühl, zu viel preisgegeben zu haben. »Ich sollte dir das eigentlich gar nicht erzählen.«

»Was? Dass deine Ehe nicht perfekt ist? Welche ist das schon?«

»Eure.«

»Träum weiter! Georgia drohte mir sogar einmal, mich zu verlassen.«

»Das ist nicht dein Ernst!«

»Und ob. Das war, bevor wir hierher zogen. Ich versuchte mich beruflich zu etablieren, aber es klappte nicht so richtig, und du kannst dir denken, dass ich dementsprechend unzufrieden mit mir war. Das ließ ich an ihr aus.«

»In welcher Weise?«

»Ich war unleidlich, ging wegen jeder Kleinigkeit an die Decke, meckerte an ihr herum.«

»Wie reagierte sie?«

»Sie sagte, dass ich unfair sei. Dass sie sich unsere Ehe so nicht vorgestellt habe. Dass sie gerade ihrer alten Highschool-Flamme wieder begegnet und er alles sei, was sie bei mir vermisse.«

»Das hat sie gesagt?«, staunte Graham.

»Allerdings. Aber sie sagte auch, dass sie mich liebe und sich wünsche, dass unsere Beziehung funktioniere. Dass sie mir den Highschool-Typen servierte, war eine Warnung, und ich nahm sie mir zu Herzen.«

»Georgia ist viel unterwegs. Hast du da keine Bedenken?«

»Wegen anderer Männer, meinst du? Nein – ich vertraue ihr.«

Graham fragte sich, ob Georgia Russ ebenfalls vertraute oder ob auch sie ihren Mann verdächtigte, der Vater von Gretchens Baby zu sein.

»Jede Ehe ist Prüfungen unterworfen«, sagte Russ.

»Prüfungen? Ja, das ist das treffende Wort.« Graham setzte die Büchse an, legte den Kopf in den Nacken und trank von dem inzwischen merklich wärmer gewordenen Bier. »Aber unsere Prüfungsarbeit ist fürs Erste verschoben«, spann er den Faden dann weiter. »Im Moment ist Amanda vollauf mit der Quinn-Tragödie beschäftigt.« Er drehte die Dose so tief in die Erde, dass sie sicher stand, und fuhr sich mit der Hand durch die Haare. »Es war ein harter Schlag für mich, als Amanda mir erklärte, sie müsse sich dringend von dem Baby-Stress erholen – aber vielleicht ist das gar nicht so schlecht. Vielleicht wird es ja zwischen uns wie früher, wenn wir uns wieder Spontaneität erlauben dürfen.«

»Ihr müsst von vorne anfangen«, sagte Russ.

»Die Gefühle aus der Versenkung holen.«

»Prioritäten setzen. Prioritäten setzen ist das A und O, sagt Georgia immer.«

*

Welche Prioritäten galt es, in Grahams Leben zu sortieren? Da waren Sex, Amanda, Kinder und der Beruf – aber in welcher Reihenfolge? Amanda kam an erster Stelle. Ohne sie waren die drei anderen Dinge nicht denkbar für ihn. Er wollte nur mit ihr Sex haben. Er wollte nur mit ihr Kinder haben. Natürlich könnte er Gärten, Innenhöfe von Einkaufszentren und Bürohäusern und auch die Straßenränder von Highways auch ohne sie gestalten – aber was hätte das für einen Sinn? Wofür würde er das damit verdiente Geld ausgeben, wenn nicht für Amanda und ihre gemeinsamen Kinder? Amanda war der Dreh- und Angelpunkt, alles andere hing von ihr ab.

Allerdings hasste er es, wenn sie sich zurückzog und ihn ausschloss, denn dann erinnerte er sich daran, wie er sich gefühlt hatte, als Megan sich ihm gegenüber als lesbisch outete – unzulänglich, gedemütigt, machtlos. Wenn Amanda das nicht verstand, wenn sie ihre beruflichen Fähigkeiten auf ihn nicht insoweit anwenden konnte, dass sie seine Vorgeschichte berücksichtigte, wenn sie nicht ihrerseits bereit war, ihn an die erste Stelle in ihrer Prioritätenliste zu setzen, wenn sie, verdammt noch mal, nicht aufhörte, ihn als Vater von Gretchens Baby in Betracht zu ziehen, dann, ja, dann gab es keine Hoffnung mehr für ihre Ehe. Falls sie scheiterte, konnte jedenfalls niemand ihm die Schuld geben – er hatte sich weiß Gott redlich bemüht.

*

Als Amanda spätabends endlich nach Hause kam, machte Graham Tee für sie und ließ ihr ein Bad ein. Sie schlief schon fast, als ihr Kopf das Kissen berührte, aber er nahm sie in die Arme – und fand eine Befriedigung darin, die ihn überraschte. Zum ersten Mal seit langer Zeit wünschte er sich nicht verzweifelt die alte Leidenschaft zurück. Er genoss es, einfach nur für seine Frau da zu sein, ihr Geborgenheit zu geben – auch wenn sie es nicht bewusst erlebte.

11

Amanda war von einer Sekunde zur anderen so fest eingeschlafen, dass sie es nicht mehr registrierte, als der Mann, der ihr alles bedeutete, sie in die Arme nahm. Die vielen Stunden mit den Schülern, bei denen Quinns Tod Schuldgefühle und das Bedürfnis, sich ihre Verfehlungen von der Seele zu reden, ausgelöst hatte, waren physisch und psychisch ungeheuer strapaziös gewesen. Ein Schüler gestand, bei einer Schulaufgabe gespickt zu haben, ein anderer, seine Mutter mit ihrem Liebhaber beobachtet zu haben, ein dritter, Koks geschnupft zu haben, und jedes dieser Vergehen erschien dem jeweiligen Sünder als ein viel schwereres Verbrechen als betrunken zum Baseballtraining zu erscheinen, was Quinns Bestrafung und seinen Tod nach sich gezogen hatte. Amanda tat ihr Bestes, um beides voneinander zu trennen, um deutlich zu machen, dass Quinn sich nicht wegen seiner Bestrafung das Leben genommen hatte. Sie schickte einige der Schüler zu den geistlichen Beratern in ihrem Kriseninterventionsteam, doch die Last des Gehörten war ihr damit nicht von den Schultern genommen.

Sie nahm die Schuldgefühle ihrer Schützlinge mit in den Schlaf, und so dachte sie, als sie am Morgen in Grahams Armen erwachte, dass er nur bei ihr im Bett lag, um sein Gewissen zu beruhigen, sie nur aus Schuldgefühl an sich gedrückt hielt. Und wieder einmal ertappte sie sich dabei, wie ihre Mutter zu denken. Das aber erfüllte sie ihrerseits mit Schuldgefühlen. Vorsichtig löste sie sich aus der Umarmung, glitt aus dem Bett und ging in die Küche hinunter, wo sie das Trifle für die Geburtstagsparty seiner Mutter in Angriff nahm. Als es fertig war, kochte sie Kaffee und legte die Sonntagszeitung auf den Tisch, doch aus dem geplanten gemeinsamen Frühstück wurde nichts, denn als er herunterkam, war es höchste Zeit für sie zu duschen, wenn sie pünktlich in der Schule sein wollte.

*

Als Graham sie wegfahren sah, fragte er sich, ob er vielleicht so lange geschlafen hatte, um dem Unbehagen zwischen ihnen zu entgehen. Falls es sich so verhielt, dann war es feige und ganz und gar nicht das, was er sich nach dem Gespräch mit Russ vorgenommen hatte. Beschämt schwor er sich, den Stier bei der nächsten Gelegenheit bei den Hörnern zu packen, doch als Amanda nach Hause kam, stand er mit ihr in der Küche und wusste nicht, wie er anfangen sollte.

»Das Trifle sieht gut aus«, begann er lahm. »Danke, dass du es gemacht hast.«

»Keine Ursache«, erwiderte sie mit einem höflichen Lächeln.

Graham suchte verzweifelt nach einer Möglichkeit, ein Gespräch in Gang zu bringen. »Ich hatte heute früh eigentlich vor, Mom anzurufen, aber dann entschied ich mich dagegen, denn ich kann ihr ja nachher persönlich gratulieren«, sagte er schließlich.

»Ich habe von der Schule aus versucht, sie zu erreichen«, nahm Amanda den Faden auf. »Sie war im Bad. Ich habe ihr eine Nachricht hinterlassen.«
»Du bemühst dich als Schwiegertochter mehr um sie, als ich es als Sohn tue«, sagte er lächelnd.
»Nur, weil ich erreichen möchte, dass sie mich mag.«
»Sie mag dich doch.«
Amandas Blick sagte ihm, dass sie wusste, dass er log. Weil ihm nichts einfiel, was er darauf hätte erwidern können, verfiel er in Schweigen.

*

Die Ankunft bei den O'Learys war wie immer eine überschwängliche Angelegenheit mit heftigen Umarmungen und lautstarkem Willkommen. Graham hatte sie vor ihrem allerersten Besuch darauf vorbereitet, doch sie war trotzdem überwältigt gewesen. Aber in positivem Sinn. Sie genoss die in ihrem Elternhaus nie gekannte überströmende Herzlichkeit.
Auch heute wurde sie auf diese Weise begrüßt, nur konnte sie es diesmal nicht genießen. Das Wiedersehen mit Grahams Familie – mit Grahams fruchtbarer Familie – stellte ihr vor Augen, dass sie wieder nicht mit einer Schwangerschaft aufwarten konnte. Während sie lachte und lächelte und Umarmungen erwiderte, glaubte sie zu hören, was die anderen dachten, dass sie ihr die Schuld an ihrer Kinderlosigkeit gaben, denn an Graham konnte es ja unmöglich liegen.
Um sich abzulenken, stürzte sie sich ins Geschehen, ließ sich von den Kindern hierhin und dorthin verschleppen, die sie im Krabbelalter kennen gelernt hatte und

die inzwischen sechs, sieben und acht waren. Sie vergötterten sie, was nicht verwunderte, denn sie ließ sich sehr viel leichter als die anderen Erwachsenen zum Vorlesen oder Spielen überreden.
»Du bist die hübscheste Tante«, strahlte sie eine der Nichten zahnlückig an. »Ich will nicht, dass du Kinder kriegst – ich will dich für mich allein haben.«
Da Amanda nicht wusste, was sie darauf antworten sollte, wechselte sie hastig das Thema.
Das Trifle kam sehr gut an, obwohl das meiste Lob MaryAnne einheimste, und das verdientermaßen, denn sie hatte das Fest organisiert. Dorothy dankte Amanda mit keinem Wort für das Trifle, sie erwähnte es nicht einmal, obwohl sie zweimal dazu Gelegenheit bekam, als Amanda sich auf einen Schwatz zu ihr setzte. Stattdessen redete sie über den Gartenbauverein, die Historische Gesellschaft und sogar über Megan, alles Themen, von denen sie wusste, dass sie die Frau ihres Jüngsten nicht interessierten. Doch Amanda ertrug es mit untadeliger Höflichkeit, lächelte, nickte und stellte Fragen. Dorothy stellte ihr keine einzige, und irgendwann schlief die Unterhaltung ein.
Beim zweiten Mal wurde Amanda von Malcolm in letzter Sekunde gerettet.
»Tut mir Leid, Mutter – ich muss dir meine Schwägerin entführen. Joseph!«, rief er einem der Neffen zu, »komm und erzähle deiner Großmutter etwas.«
Er legte einen Bärenarm um Amandas Schulter und dirigierte sie geschickt durch das Gedränge.
»Wo ist Graham?«, fragte sie. »Ich habe ihn den ganzen Nachmittag kaum gesehen.«
»Er spielt draußen Volleyball. Gut, dass Mutter ei-

nen großen Garten hat. Den haben wir als Kinder gebraucht, und jetzt brauchen wir ihn erst recht. Wie geht's dir?«

»Gut«, meinte Amanda und lächelte.

»Da habe ich von Gray aber was anderes gehört. Er sagt, du nimmst den letzten Misserfolg sehr schwer. Wir fühlen alle mit dir, Amanda. Ich weiß, wie sehnlich du dir ein Baby wünschst, und ich kann mir vorstellen, wie enttäuscht du bist.«

Das bezweifelte Amanda entschieden. »Wenn die Zeit reif ist, wird es schon klappen.«

»Ich habe da von einem Burschen in Washington D.C. gehört, der wahre Wunder vollbringen soll. Natürlich ist er ausgebucht, aber wir haben für das Haus seiner Schwester in Hartford die Fliegentüren gemacht, und wenn sie ihn anruft, hast du in null Komma nichts einen Termin bei ihm. Was sagst du dazu?«

Amanda hatte Mühe, ihre Beherrschung zu bewahren. »Hast du das Graham schon erzählt?«

»Ja. Er meinte, ich solle es dir gegenüber nicht erwähnen, aber, zum Teufel, Amanda, wenn deine Ärztin nicht dahinter kommt, was los ist, dann solltest du vielleicht doch noch jemand anderen konsultieren. Ich rufe die Frau sofort an, wenn du mir grünes Licht gibst.«

»Danke, Malcolm – aber ich fühle mich wirklich gut aufgehoben.«

»Okay. Falls du es dir anders überlegen solltest – ein Anruf genügt. Graham kann es nicht erwarten, Vater zu werden.« Kurze Zeit später hörte sie die gleichen Worte noch einmal aus dem Munde von Megan Donovan, Grahams erster Frau. Als lebenslange Nachbarin

kannte sie natürlich alle O'Learys und wurde, obwohl sie nicht mehr zur Familie gehörte, noch immer wie ein Familienmitglied behandelt.
Zu ihren Gunsten musste gesagt werden, dass sie mit Rücksicht auf Amanda unauffällig kam und ging und sich auch während ihrer Anwesenheit im Hintergrund hielt. Heute umarmte sie Amanda herzlich, sagte ihr, wie hübsch sie aussehe, und fragte teilnahmsvoll nach ihrer Arbeit, worauf Amanda sich nach Megans Buchhandlung erkundigte, einem kleinen Laden, der angesichts der Übermacht großer Ketten und des Online-Versandhandels schwer zu kämpfen hatte. Megan antwortete frei heraus, fundiert und fesselnd, und Amanda dachte – nicht zum ersten Mal –, wie sympathisch diese Frau doch war. Aber dann lenkte sie die Unterhaltung plötzlich in eine unerwünschte Richtung.
»Gray sagt, es tut sich nichts.«
»Noch nicht«, erwiderte Amanda lächelnd, »aber es wird schon werden.«
Sie hatte gehofft, das Thema damit abzuwürgen, doch Megan erwies sich als hartnäckig. »Es muss schlimm für euch sein. Graham kann es gar nicht erwarten, Vater zu werden. Er wollte ja schon immer Kinder. Ich wollte keine, und daran ist unsere Ehe schließlich gescheitert.«
»Bei uns ist es anders – wir wollen beide ein Kind.«
»Ich würde euch gerne helfen«, sagte Megan.
Amanda wusste nicht recht, ob sie befremdet oder amüsiert sein sollte. »Ich wüsste nicht, wie.«
»Ich könnte zum Beispiel Eizellen zur Verfügung stellen oder meinen Uterus für neun Monate …«

Als Amanda sich auf dem Beifahrersitz anschnallte, hatte sie brüllende Kopfschmerzen, einen Stein statt ihres Magens im Leib, einen Muskelkater vom krampfhaften Lächeln und einen Geschmack wie von Gift im Mund.
Graham kochte innerlich, das merkte sie schon, als er einstieg. Sie waren noch keine zwei Blocks weit gefahren, als er fragte: »Hasst du meine Familie?«
Sie wandte sich ihm entgeistert zu. »Natürlich nicht. Wie kommst du denn darauf?«
»Du hast dich schrecklich bemüht, freundlich zu sein. Das war deutlich zu spüren.«
Amanda richtete den Blick wieder nach vorne. Es gab so vieles, was sie gerne gesagt, so vieles, was sie gerne herausgeschrien hätte, dass sie nicht wusste, wo sie anfangen sollte.
»Was stimmt nicht mit meiner Familie, Amanda?«
»Gar nichts.«
»Warum leidest du dann, wenn du mit meinen Leuten zusammen bist? Du hast Kopfschmerzen, das sehe ich deinen Augen an. Warum macht meine Familie dir Kopfschmerzen? Ist es der Lärm? Der Trubel? Das Gelächter? Ich dachte, das alles gefiele dir.«
»Das tut es ja auch. Ich habe nur einfach das Gefühl, nicht dazuzugehören.«
»Ich weiß, meine Mutter ist nicht gerade der warmherzigste Mensch von der Welt …«
»Sie ist sehr wohl warmherzig – nur nicht mir gegenüber. Sie hat sich nicht einmal für das Trifle bedankt!«
»Und darum bist du so aufgebracht?«
»Überrascht dich das? Ich habe dieses Trifle gemacht, obwohl ich nicht wusste, wo mir der Kopf stand, und

sie hält es nicht für nötig, sich ein kleines Danke abzuringen! Findest du das nicht auch extrem unhöflich?« – »Sie wusste doch nicht, welcher Belastung du momentan ausgesetzt bist«, verteidigte er Dorothy. »Und außerdem wusstest du schon vor unserer Hochzeit, dass du es nicht leicht mit ihr haben würdest. Es war heute nicht schlimmer als sonst – sie hat sich nicht geändert.«

»Aber meine Bedürfnisse haben sich geändert. Ich hätte mir gewünscht, dass sie mir den Rücken stärkt.«

»Wegen des Babys? Das kannst du nicht von ihr erwarten, Amanda.«

»Vielleicht nicht. Aber von dir.« Sie hatte sich ihm wieder zugewandt. »Wo warst du den ganzen Nachmittag? Du hast mich den Wölfen zum Fraß vorgeworfen. Ich musste allein Rede und Antwort stehen. Auch wenn sie es in Mitgefühl verpacken – keiner aus deiner Familie zweifelt auch nur im Entferntesten daran, dass ich die Schuld an unserer Kinderlosigkeit trage. Megan hat mir sogar angeboten, Eizellen zu spenden oder als Leihmutter zu fungieren.«

»Wie lieb von ihr.«

»Sie ist deine Exfrau!«, schrie Amanda. »Das wäre wohl der Gipfel an Seifenoper, wenn wir das durchzögen! Wenn die Schwester einer Frau sich dafür zur Verfügung stellt oder meinetwegen auch die Mutter, dann sehe ich das ja noch ein – aber die Exfrau? Ich bitte dich! Doch mir stößt da noch etwas anderes auf. Wie kommt sie darauf, dass meine Gebärmutter das Problem ist? Emily denkt das nicht. Ihrer Meinung nach kann es ebenso an dir liegen, dass ich nicht schwanger werde, wie an mir, das weißt du. Hast du das deiner Familie gegenüber mal erwähnt, oder bist du ganz glücklich darüber, dass in den Augen aller der schwarze Peter bei mir liegt?«

Erschrocken über den hässlichen Klang ihrer Stimme, brach sie ab. Eine Weile war nur das Motorengeräusch zu hören.

Als Amanda sich wieder gefasst hatte, sagte sie in gemäßigtem Ton: »Ich hasse deine Familie nicht. Ich leide nur darunter, dass ich dich jedes Mal verliere, wenn wir dort sind.«

»Das ist nicht wahr«, protestierte er.

»Kaum, dass wir das Haus betreten, lässt du mich allein. Immer redest du mit einem deiner Brüder oder spielst mit einem deiner Neffen oder gibst einer deiner Schwestern oder Schwägerinnen einen Rat für ihren Garten. Oder du unterhältst dich mit Megan.«

»Ich hatte mich schon gefragt, wann du darauf kommen würdest«, murmelte Graham. »Mein Gott, Amanda – Megan ist meine älteste Freundin. Ich kenne sie mein ganzes Leben lang. Wir haben uns in bestem Einvernehmen getrennt. Ich freue mich, wenn ich sie sehe. Und ich freue mich, wenn ich meine Familie sehe.«

Amanda schwieg.

»Soll ich sie von jetzt an allein besuchen?«

Sie schloss die Augen. Er verstand nicht, worauf es ihr ankam.

»Nein.«

»Was willst du von mir?«

Sie wollte von ihm schwanger werden. Sie wollte, dass er sie als Mittelpunkt seines Universums sah. Früher hatte er das getan. Heute, auf dem Geburtstagsfest seiner Mutter, hatte er sie überhaupt nicht gesehen.

»Sag's mir, Amanda.«
»Ich möchte, dass du mir beistehst, wenn wir dort sind. Damit ich mich nicht als Fremdkörper fühle. Dass du bei mir bleibst und nicht irgendwohin verschwindest, als schämtest du dich meiner. Dass du Malcolm sagst, dass wir kein Interesse an dem Wunderdoktor haben, von dem er gehört hat. Dass du meine Partei ergreifst. Dass du mir hilfst. Dass du mich unterstützt.« Sie schöpfte Atem und setzte hinzu: »Am schönsten fände ich, wenn du ihnen sagen würdest, dass sie sich um ihre eigenen Angelegenheiten kümmern sollen. Ob wir ein Kind bekommen oder nicht und was wir tun, um unser Ziel zu erreichen, ist allein unsere Sache, es geht sie überhaupt nichts an. Ich weiß ja, dass sie sich sorgen, aber das macht es nicht einfacher für mich. Alle sagen mir ständig, wie sehr du dir ein Kind wünschst – das brauchen sie mir nicht zu sagen. Hat deine Familie noch nie etwas von Privatsphäre gehört? Wissen deine Leute nicht, dass es Dinge gibt, die man nicht in der Öffentlichkeit breittritt?«
»In meiner Familie wurde seit jeher über alles offen gesprochen«, entgegnete Graham hölzern.
»Vielleicht könntest du sie dazu bewegen, zu respektieren«, hörte Amanda sich schon wieder heftig werden, »dass ich eine andere Einstellung habe. Ich bin deine Frau – du solltest ihnen vermitteln, dass ich in deinem Leben an erster Stelle stehe. Falls es so ist.«
Als er sie ansah, waren seine Augen dunkel vor Zorn. »Du willst, dass ich mich zwischen dir und meiner Familie entscheide.«
Amanda schüttelte den Kopf. »Nein – ich möchte nur, dass du dich wie ein Ehemann verhältst.«

»Das versuche ich ja. Das versuche ich weiß Gott. Aber mit deiner Eifersucht auf Megan, auf meine Familie – und auf Gretchen! – machst du es mir nicht gerade leicht. Du willst, dass ich mich wie ein Ehemann verhalte? Dann verhalte du dich wie eine Ehefrau. Vertrau mir.«

*

Als sie in ihre Sackgasse einbogen, war Gretchen dabei, die Tulpen in ihrem Vorgarten zu gießen. Im weichen Licht der untergehenden Sonne wirkte die Szene idyllisch wie ein impressionistisches Gemälde, und plötzlich sah Graham die junge Witwe als Verkörperung all ihrer Eheprobleme.

Er hätte gerne mit Amanda darüber gesprochen, doch er wusste, das das unweigerlich in Streit ausarten würde. Also folgte er ihr schweigend ins Haus und respektierte ihren offensichtlichen Wunsch, in Ruhe gelassen zu werden.

*

Amanda erwachte am Montagmorgen mit einem dumpfen Kopfschmerz und einem Gefühl drohenden Unheils. Sie versuchte es mit positivem Denken zu verscheuchen, doch das war am Begräbnistag eines Teenagers nicht einfach. Sie nahm Grahams Angebot an, vor ihm zu duschen, und dankte ihm, als er ihr beim Verlassen der Kabine ihr Handtuch reichte. Zu ihrer Erleichterung strich sein Blick nicht über ihren Körper, sondern war auf ihr Gesicht gerichtet, und die Besorgnis um sie, die sie darin las, war wohltuend. Er fragte sie, ob er in irgendeiner Weise helfen könne, und erklärte sich, als sie ihn darum bat, sofort bereit, ein Dutzend Doughnuts für die Frühankömmlinge ins Lehrerzimmer zu bringen.

»Hast du eine Besprechung?«, fragte sie ein wenig später im Schlafzimmer, als er einen Anzug aus dem Schrank holte. Manchmal überwand er sich für einen Kunden zu dieser »Verkleidung«, wie er es nannte, doch das letzte Mal war schon eine ganze Weile her.

»Ich gehe auf die Beerdigung«, antwortete er. »Vielleicht hilft es dir ein wenig, mich im Hintergrund zu wissen.«

Es dauerte einen Moment, bis sie die Bedeutung seiner Worte erfasste, und dann brach sie in Tränen aus.

»Du liebe Güte«, murmelte er. »Ich dachte, ich könnte dir damit etwas Gutes tun.«

»Das hast du ja«, schluchzte sie. Seit Quinns Selbstmord hatte sie sich mit aller Gewalt aufrecht gehalten, obwohl ihr Gewissen sie mit der Frage marterte, ob sie seinen Tod hätte verhindern können, wenn sie seinen Eltern gegenüber energischer aufgetreten wäre, als sie sie am Telefon kurzerhand abfertigten, oder wenn sie den Jungen am nächsten Vormittag in der Schule zu einem Gespräch in ihr Büro geholt hätte. Er wollte doch ursprünglich mit ihr reden. Was um Himmels willen hatte ihn davon abgebracht? Auch in der Schule hatte sie sich zum Durchhalten gezwungen, war den Schülern, die zu ihr kamen, der Halt gewesen, den sie bei ihr suchten. Jetzt gab Graham *ihr* Halt und damit die Gelegenheit, schwach zu sein, und als sie sich das gestattete, kamen die Tränen. Sie kämpfte nicht dagegen an, sondern schlang die Arme um den Hals ihres Mannes und ließ ihrer Verzweiflung freien Lauf. Als sie ihre Kräfte zurückkehren spürte, hob sie den Kopf und tauchte tief in Grahams grüne Augen.

»Ich danke dir«, sagte sie leise und küsste ihn leicht auf den Mund. Zu ihrer Überraschung weckte die zarte Berührung trotz des Drucks, unter dem sie stand, Erregung in ihr. Da sie keine Zeit hatte, diesem Gefühl nachzugeben und auch nicht wusste, wie sie damit umgehen sollte, löste sie sich aus der Umarmung, streifte ihr verweintes Gesicht, das ihr aus dem Spiegel entgegenschaute, mit einem entsetzten Blick, und ging ins Bad zurück, um ihr Make-up zu erneuern.

*

Der Trauergottesdienst fand in der weiß getünchten Kirche mit dem spitzen Turm im Stadtzentrum statt. Das Blumenmeer und die vielen Fotos von Quinn zeigten, dass sein Ansehen durch seinen Freitod keinen Schaden genommen hatte. Obwohl viele Eltern da waren, blieben die Schüler unter sich, saßen ohne Ausnahme zusammen. Amandas Platz war beim Lehrerkollegium. Als sie sich einmal umdrehte, um verstohlen nach Graham zu schauen, entdeckte sie ihn auch. Als sie die Kirche verließ, war er schon gegangen.

Sie rief sich sein Gesicht im Laufe des Tages immer wieder ins Gedächtnis, wenn sie Trost brauchte, und den brauchte sie jedes Mal, wenn wieder ein Schüler, der mit verweinten Augen in ihr Büro gekommen war, die Tür hinter sich geschlossen hatte. Quinns engste Freunde waren nicht zum Unterricht erschienen, sondern nach der Beerdigung zu den Davis' gegangen. Das Sporttraining und ein Lacrossematch waren im Geden-

ken an Quinn abgesagt worden. Um drei, die Schulbusse waren abgefahren und nur noch ein paar Übriggebliebene saßen in kleinen Gruppen auf der Wiese vor der Schule, setzte sich Amanda auf die unterste Stufe der Freitreppe des Gebäudes. Zwei Mädchen kamen zu ihr herüber. Sie sagten nicht viel, schienen einfach nur die Nähe eines Erwachsenen zu suchen, der mit dem Tod vielleicht besser umzugehen wusste als sie. Amanda blieb sitzen, bis sie gingen. Dann kehrte sie in ihr Büro zurück und starrte, an ihrem Schreibtisch sitzend, vor sich hin, bis Fred Edlin hereinschaute, um sich zu bedanken und ihr ein Kompliment für ihr Kriseninterventionsteam zu machen. »Die Leute waren großartig«, sagte er. »Halten Sie schriftlich fest, wie sie vorgegangen sind. Jede Schule in unserem Land sollte ein solches Team haben.«
»Das Konzept ist nicht neu«, erwiderte sie. »Seit den jüngsten Tragödien an unseren Schulen, haben immer wieder landesweit solche Teams gearbeitet.«
Außerdem war sie nicht auf Ruhm und Ehre aus. Sie wollte den Schülern schlichtweg helfen. Das war schließlich ihr Job. Dass ihre Mannschaft gute Arbeit geleistet hatte, bedeutete eine große Erleichterung für sie, doch die Erschütterung über Quinns Tod erlaubte kein Gefühl der Befriedigung.
»Gute Arbeit«, krächzte Maddie, als der Rektor den Raum verlassen hatte.
»Danke«, lächelte Amanda, ging zu dem Vogelkäfig hinüber und fischte einen Leckerbissen aus der darunter liegenden Tüte. Der Papagei nahm ihn manierlich entgegen und führte ihn zum Schnabel. »Gutes Essen«, lobte er nach dem ersten Bissen. »Du bist so leicht zu-

frieden zu stellen«, sagte Amanda mit einem traurigen Lächeln. »Ich glaube, das ist das Schöne an Haustieren. Sie freuen sich über Kleinigkeiten, und sie sind herrlich unkompliziert.« Sie drehte sich um, als sie Schritte auf dem Flur hörte.

»Da kommt Johnny«, kündigte Maddie an, und tatsächlich erschien gleich darauf Mr Dubcek in der Tür. Seinen braunen Beerdigungsanzug hatte er gegen seine grüne Arbeitskleidung getauscht, doch seine Miene war noch immer dieselbe kummervolle.

»Wie ging's denn heute, Mrs O'Leary?«, erkundigte er sich mit seiner heiseren Stimme.

»Ganz gut. Der Schock lässt allmählich nach. Aber es wird noch eine Weile dauern, bis alle über diesen Tod hinweggekommen sein werden.« Sie würde auch weiterhin gemeinsam mit der Lehrerschaft die Schüler auf Warnzeichen hin beobachten, vor allem diejenigen, die sich sehr schwer taten, dieses Erlebnis seelisch zu verkraften. Sie hatten eine Liste angelegt. Es durfte nichts übersehen werden. Nicht noch einmal. Die Falten auf der Stirn des alten Mannes wurden noch tiefer. »Jetzt arbeite ich schon fünfzig Jahre hier, aber so etwas hat es noch nicht gegeben. Ich habe erlebt, dass Kinder ohnmächtig wurden oder epileptische Anfälle hatten. Es sind Kinder bei Autounfällen ums Leben gekommen, und ein Schüler starb bei einem Flugzeugabsturz. Es haben sich auch schon Kinder umgebracht – aber noch nie im Schulhaus. Ich hätte ihm nicht erlauben dürfen zu bleiben. Ich hätte ihn heimschicken sollen.«

Amanda verstand sehr gut, dass er sich Vorwürfe machte. Sehr gut. »Dann hätte er sich vielleicht draußen im Wald erhängt«, gab sie zu bedenken. »Wer weiß, wie

lange es gedauert hätte, bis er dort gefunden worden wäre.«
»Wenn ich gleich, nachdem er es getan hatte, zurückgekommen wäre, hätte er gerettet werden können. Das haben die Sanitäter gesagt.«
»Glauben Sie mir – auch ich quäle mich mit Selbstvorwürfen herum. Ich hätte ihn suchen und in mein Büro holen sollen, anstatt ihm eine E-Mail zu schicken. Ich hätte meine Besorgnis der Verwaltung oder seinem Trainer mitteilen sollen. Ich hätte bei seinen Eltern nicht lockerlassen dürfen. All das weiß ich jetzt. Vor Quinns Tod wusste keiner von uns, wie schlimm es um ihn stand. Wir ahnten nicht, was er vorhatte. Niemand wäre auch nur im Traum darauf gekommen, dass ein Junge mit seinen Fähigkeiten und Möglichkeiten seinem Leben ein Ende setzen würde. Der Hausmeister schüttelte den Kopf. »Was für eine Verschwendung«, meinte er. »Was für eine schreckliche Verschwendung.« Damit machte er kehrt und schlurfte den Flur hinunter.
»Scheiße«, krächzte Maddie.
»Du sagst es«, seufzte Amanda.

*

Sie blieb bis um fünf in der Schule und war in dieser Zeit hauptsächlich mit Anrufen von Eltern beschäftigt, die besorgt um ihre Kinder und nicht sicher waren, wie sie mit ihnen umgehen sollten. Zwischendurch kam einer von Quinns Lehrern vorbei. Auch er blickte zurück, suchte im Nachhinein nach Anzeichen und fragte sich, ob er etwas versäumt habe.

Als sie beim Heimkommen Grahams Pick-up in der Auffahrt stehen sah, wurde ihr warm ums Herz – und noch wärmer, als sie auf dem Weg zur Küche einen Blick in den Garten warf. Jenseits des überdachten Durchgangs stand, mit Hemlocktannen und Kiefern als malerischem Hintergrund, der schmiedeeiserne Tisch mit den beiden hübschen Stühlen im Gras, liebevoll gedeckt mit Leinensets, -servietten und Kerzenleuchtern.
Gerührt stieg sie die Stufen hinauf. Graham stand am Herd und studierte die Kochanweisung auf einer Risotto-Schachtel. Neben ihm auf der Anrichte lagen die beiden Steaks auf einem Teller, die es eigentlich schon am Freitagabend hätte geben sollen.
»Ich dachte, wir versuchen es noch einmal«, meinte er, stellte die Schachtel beiseite, holte eine Flasche Wein aus dem Kühlschrank, füllte zwei bereitstehende Gläser und reichte ihr eines. »Es ist eine Weile her.«
Sie nickte. In den letzten Monaten, als sie so versessen darauf gewesen war, schwanger zu werden, hatte sie alles verweigert, was auch nur Spuren von Alkohol enthielt.
»Gelohnt hat es sich nicht«, murmelte sie und hob ihr Glas.
»Auf das Leben«, sagte er.
Einen besseren Trinkspruch hätte Amanda angesichts der letzten Tage, ja, der letzten Jahre, auch nicht finden können. »Auf das Leben.« Sie stießen darauf an, und dann nippte sie an dem Wein und behielt ihn auf der Zunge,während sie das aus dem Glas aufsteigende Bouquet einatmete.
»Du siehst besser aus«, bemerkte Graham.
»Ich fühle mich auch besser.«

»Irgendwelche größeren Probleme nach der Beerdigung?«
»Nicht mit Schülern. Einige Eltern machen mir Sorgen. Sie sind so intelligent und dabei so engstirnig. Eine Mutter sprach mich auf der Beerdigung an. Sie ließ kein gutes Haar an Quinns Eltern und behauptete steif und fest, dass keines ihrer Kinder sich jemals etwas antun würde. Als ich erwiderte, dass keine Familie dagegen gefeit sei, widersprach sie mir vehement. Ich bin sicher, dass sie total ablehnend reagieren wird, falls ihre Tochter wegen Quinn zu ihr kommen sollte. Also wird das Mädchen ihren Kummer zu Freunden tragen, die ihr ebenso wenig weiterhelfen können wie sich selbst.«
»Aber wenigstens werden sie einander trösten.«
»Ja, da hast du Recht – und zu wissen, dass andere Menschen das Gleiche empfinden, ist schon eine gewisse Hilfe. Aber ich finde es auch gut, wenn Leute wie ich als Ansprechpartner verfügbar sind. Ich habe zwar auch keine Patentlösungen, aber ich bin erwachsen und biete ihnen die Möglichkeit, sich anzulehnen.«
Graham runzelte die Stirn. »Du musst dich ausruhen.« – »Das mache ich nächstes Wochenende. Für die Kinder da zu sein, ist auch eine Hilfe für mich. Ich fühle mich genau so elend wie sie.«
»Du musst eine Grenze ziehen, Abstand gewinnen.«
»Das ist immer schwierig, aber in diesem Fall ganz besonders. Wenn es uns Außenstehenden schon so schlecht geht – wie muss es dann erst Quinns Eltern gehen!«
»Ungefähr so wie mir, als du vergangene Woche deine Periode bekamst. Wir verloren ein Kind. All unsere Hoffnungen und Pläne wurden in den Abfluss gespült.«
Amanda hätte andere Worte gewählt. Das Bild, das er

da gezeichnet hatte, war ihr zu seelenlos. »Wir werden es weiter versuchen«, sagte sie weich.
»Du hast es ja nicht eilig damit. Wirst du wirklich in einem Monat dazu bereit sein?«
Was blieb ihr anderes übrig? Auf die althergebrachte Weise wurde sie offenbar nicht schwanger. Aber es graute ihr schon jetzt davor, sich wieder dieser Prozedur unterziehen zu müssen. »Ich habe es versprochen.«
»Hi.« Er hob die Hand. »Wenn du es nur mir zuliebe tun willst, dann solltest du es lassen. Ein Kind bedeutet eine lebenslange Verpflichtung. Wenn du die nicht übernehmen möchtest, sag es einfach.«
»Und was dann?«, platzte sie mit der Frage heraus, die sie seit Monaten im Hinterkopf hatte. Als sie seine Augen kalt werden sah, wünschte Amanda einen Moment lang, sie hätte sie nicht gestellt, doch dann war sie froh darüber, sich selbst überrumpelt zu haben. Sie musste endlich die Antwort hören.
»Willst du in Wirklichkeit überhaupt keine Kinder?«, fragte er. »Hast du das alles von Anfang an nur mir zuliebe getan?«
»Ich habe dir gesagt, dass ich Kinder will, und so ist es auch – aber was ist, wenn wir keine bekommen?«
Er war sichtlich durcheinander.
»Was wird, wenn wir nie ein Baby bekommen?« Die Strapazen der vergangenen Tage forderten ihren Tribut: Sie war zu müde, um diplomatisch vorzugehen. »Was wirst du dann empfinden?«
»Ich bin nicht bereit, mich mit dieser Möglichkeit zu befassen. Noch nicht, zumindest.«
»Ich schon. Ich befasse mich damit ständig. Oft liege ich nachts deswegen wach. Was wird aus uns, wenn

wir nie ein Baby bekommen? Wirst du mir die Schuld geben? Wirst du dir die Schuld geben? Was wird deine Familie denken? Was werden sie *sagen?* Werden sie mich noch weniger mögen als jetzt? Wie sehr wünscht du dir ein Baby? Ist es psychisch unverzichtbar für dich? Hängt deine Männlichkeit in deinen Augen davon ab? Wenn die nächste Insemination wieder nicht klappt und die In-vitro-Methode anschließend auch nicht – was dann? Wirst du trotzdem bei mir bleiben, oder wirst du es lieber mit einer anderen versuchen wollen?« Außer Atem hielt sie einen Moment inne. »Über diese Fragen denke ich nach, Gray«, fuhr sie dann fort. »Sie verfolgen mich.«

Er schaute sie zwar an, doch sie konnte seinen Ausdruck nicht deuten. Presste er die Lippen aufeinander, weil er zornig war oder erschüttert? Stand Erschrecken in seinen Augen oder Überraschung? Und war sein Schweigen so zu verstehen, dass er auf ihre Fragen nicht antworten konnte oder dass er es nicht wollte?

Als plötzlich jemand an den Rahmen der Fliegentür klopfte, fuhren sie beide erschrocken zusammen. Amanda drehte sich um. Gretchen Tannenwald stand draußen. Graham rührte sich nicht, also musste wohl oder übel Amanda aufmachen gehen. Während sie die Küche durchquerte, fragte sie sich, wie lange ihre Nachbarin dort schon stehen und wie viel sie gehört haben mochte. Als sie die Tür öffnete, verflog ihre Sorge, denn Gretchens heftiger Atem zeigte ihr, dass die junge Witwe gerannt war. »Ist etwas passiert?«, erkundigte sie sich unwillkürlich besorgt.

»Ja.« Gretchens Stimme zitterte. »Bitte, ich brauche Graham!«

12

Ich brauche Graham.

Der Satz erschien Amanda als die Bestätigung ihrer schlimmsten Befürchtungen. In diesem Moment war sie nicht nur davon überzeugt, dass Graham der Vater des Babys war, sondern auch, dass Gretchen und ihn eine leidenschaftliche Liebe verband. Dass Gretchens Augen, Gretchens riesige blaue Augen, an ihr vorbei zu Graham glitten, untermauerte ihre Theorie. Die Frau wirkte verzweifelt. Amanda schaute genauer hin. Nein, nicht verzweifelt. Verängstigt.

Graham trat zu ihnen. »Was ist los?«

»Ich … äh … es muss jemand in meinem Haus gewesen sein«, sagte Gretchen, um Fassung ringend, mit seltsam monotoner Stimme. »Es ist etwas kaputtgemacht worden. Ich habe es gerade gesehen, als ich nach Hause kam – und ich weiß nicht, ob die Person noch da ist.«

Wie konnte jemand bei Gretchen eingebrochen haben, in einer Straße wie dieser, in der Familien wohnten, von denen irgendein Mitglied immer da war? Amanda konnte sich die Geschichte nicht erklären.

»Was ist kaputtgemacht worden?«, erkundigte sich Graham.

»Bens Gemälde. Mein Gemälde. Ich hatte die Alarmanlage nicht eingeschaltet und auch nicht die Hintertür abgeschlossen, weil ich nur schnell Obst kaufen wollte.

Außerdem hätte ich nie gedacht, dass am helllichten Tag so etwas passieren könnte.«

Graham schob Gretchen sanft beiseite und ging die Stufen hinunter.

»Ich werde mal nachsehen.«

Als sie ihm folgen wollte, hielt Amanda sie am Arm zurück. »Lassen Sie ihn allein gehen – nur für alle Fälle.«

Gretchen schluckte. »Vielleicht sollte er das lieber nicht tun. Er könnte verletzt werden. Vielleicht sollte ich lieber die Polizei rufen.«

Aber es war zu spät, Graham zurückzuhalten – er musste schon fast drüben sein. Amanda zog ihre Nachbarin in die Küche, setzte sie auf einen Stuhl und rief selbst die Polizei an. Dann ging sie mit der verstörten jungen Frau zur Straße hinunter, um auf den Streifenwagen zu warten. Graham war inzwischen so lange weg, dass Amanda anfing, sich Sorgen zu machen.

Julie Cotter spielte auf der Verandatreppe ihres Hauses mit einer Puppe; die Zwillinge, Jared und Jon, schossen auf Rollschuhen die Sackgasse rauf und runter.

Amanda überlegte, sie hineinzuschicken, damit sie nicht am Ende von einem Irren, der, von Graham gestört, aus dem Tannenwald'schen Haus gestürzt käme, als Geiseln genommen würden, doch dann ermahnte sie sich im Stillen, keine Panik zu verbreiten, denn damit würde sie den Verbrecher vielleicht erst zu einer solchen Maßnahme animieren.

»Es tut mir Leid«, sagte Gretchen, der es hier draußen im Freien ihrerseits nicht geheuer zu sein schien. »Ich habe Sie gestört. Aber Ihr Mann war der erste Mensch, der mir in meinem Schreck einfiel.«

Da war er wieder, der nagende Zweifel. Trotzdem erwiderte Amanda: »Seien Sie nicht albern. Dafür sind Nachbarn doch da. Wurde etwas gestohlen?«

»Das weiß ich nicht. Als ich das kaputte Bild in der Halle sah, machte ich auf dem Absatz kehrt und rannte raus.«

»Das war richtig«, versicherte Amanda ihr. »Ich hätte das Gleiche getan.« Aber ihre Sorge wurde immer größer. Sie sah Graham nach einer Attacke des Einbrechers, der sich in einem Wandschrank versteckt hatte, in seinem Blut liegen. Dann rief sie sich zur Ordnung. Sicher durchsuchte er nur gründlich alle Räume. Das Haus war ihm ja vertraut. Er und Amanda waren häufig bei Ben und June zu Gast gewesen, und später war Graham oft allein rübergegangen. Zu Gretchen. Gretchen legte ihre schlanken Hände vor den Mund. Sie überragte Amanda um einen halben Kopf, wirkte aber trotz ihrer Größe und des gewölbten Leibes zerbrechlich. Als Amanda ihren Blick auf ihren Leib richtete, stieg Neid in ihr auf. Sie kämpfte ihn energisch nieder und fragte sachlich: »Auf welche Weise wurde das Gemälde zerstört?«

»Es wurde offenbar mit einem Messer bearbeitet«, kam Gretchens Antwort hinter ihren Händen hervor.

Wieder sah Amanda ihren Mann im Geiste lebensgefährlich verletzt.

»Mein Gott!«

»In letzter Zeit klingelte oft das Telefon, und wenn ich mich meldete, wurde aufgelegt. Ich nahm an, dass einer von Bens Söhnen dahinter steckt – aber ich glaube nicht, dass sie etwas zerstören würden, das ihr Vater liebte. Und ich sehe sie auch nicht im Wald darauf lauern, dass ich das Haus verlasse.«

Amanda war den Söhnen ein paar Mal begegnet. Sie passten zwar altersmäßig besser zu Graham und zu ihr, aber Ben hatten sie entschieden lieber. Er nahm das Leben leicht. Seine Söhne wirkten dagegen verbissen.

Ganz auf das Tannenwald'sche Haus konzentriert, zuckte Amanda zusammen, als sich plötzlich etwas Warmes, Weiches an ihre Hüfte drückte. »Julie!«, seufzte sie erleichtert, als sie nach unten schaute, und legte die Hand auf den Kopf des Kindes. »Du hast mich erschreckt.«

»Warum steht ihr hier?«, wollte die Kleine wissen.

»Wir warten auf Graham.« Amanda legte den Arm um die schmale Kinderschulter, drückte sie kurz an sich und ließ sie dann wieder los, doch das Mädchen machte keine Anstalten, auf die Verandatreppe zurückzukehren. »Darf ich mit euch warten?«

»Hilfst du deiner Mom nicht immer, das Abendessen vorzubereiten?«

»Das ist schon alles fertig. Ich wollte, dass sie mir was vorliest, aber sie sagte, sie kann nicht. Ich weiß nur nicht, wieso – sie sitzt bloß da und starrt vor sich hin.«

»Wahrscheinlich ist sie tief in Gedanken«, meinte Amanda leichthin, obwohl sie sich vorstellen konnte, welcher Art diese Gedanken waren. Es war anzunehmen, dass sie sich um die Frau zu ihrer Linken drehten.

»Vielleicht ist sie inzwischen fertig mit Nachdenken«, startete Amanda einen neuen Versuch, das Mädchen zum Gehen zu veranlassen. »Schau doch mal nach.«

Julie zog die Nase kraus. »Sie wird sagen, dass ich mit Samantha spielen soll.« Samantha war ihre Puppe, die auf der Cotter'schen Vordertreppe saß. »Das sagt sie immer. Wo ist Graham denn?«

»In Gretchens Haus.«
»Warum?«
»Er tut ihr einen Gefallen.«
Julie musterte Gretchen mit einem neugierigen Blick. Amanda befürchtete, dass weitere Fragen folgen würden, doch plötzlich sagte das Kind: »Aha. Okay«, und hüpfte davon.
»Sie können gut mit ihr umgehen«, bemerkte Gretchen, ohne den Blick von ihrem Haus zu lösen.
»Es ist leicht, mit ihr umzugehen«, antwortete Amanda und murmelte dann: »Wo bleibt Graham nur?«
»Und wo bleibt die Polizei?«, ergänzte Gretchen.
Beide Fragen wurden in der nächsten Minute beantwortet. Graham kam in dem Moment aus der Vordertür, als ein Streifenwagen in die Sackgasse einbog. Erleichtert lief Amanda zu ihrem Mann hinüber. Gretchen folgte dichtauf.
»Es ist niemand drin«, berichtete Graham, als sie sich auf dem Bürgersteig trafen. Er winkte den Streifenwagen heran. »Ich habe mir alles genau angesehen. Der einzige Schaden, den ich feststellen konnte, betrifft Gemälde.«
Gretchens Augen weiteten sich vor Entsetzen. »Mehrere?«, hauchte sie. »Nicht nur das in der Eingangshalle?«
»Auch die beiden im Wohnzimmer.«
Gretchen rannte los und hetzte die Stufen hinauf. Mit einem unterdrückten Fluch heftete Graham sich an ihre Fersen. Amanda war nicht bereit, allein zurückzubleiben, und lief ihm nach, durch die Haustür, vorbei an dem in der Mitte durchtrennten Ölbild, das in der Halle an der Wand hing, und weiter ins Wohnzimmer.

Gretchen stand, die Fäuste auf der Brust geballt, vor einem der zerstörten Kunstwerke. Tränen rannen über ihre bleichen Wangen. Amanda schaute zu dem kleineren Gemälde hinüber. Auch dort hatte der Eindringling sein Messer angesetzt, doch bei weitem nicht in dem Maße wie bei »La Voisine«. Hier hatte er sich regelrecht ausgetobt, das Gesicht der Frau, die Amanda als atemberaubend schön beschrieben worden war, war bis zur Unkenntlichkeit verstümmelt.

»Hallo?«, rief eine Männerstimme von der Haustür.

»Wir sind im Wohnzimmer«, antwortete Graham. Als die beiden Männer eintraten, begrüßte er sie mit Namen, schüttelte ihnen die Hand und machte sie mit den Frauen bekannt. Amanda waren die Gesichter vertraut, aber nur vom Sehen. Der ältere Beamte, Dan Meehan, war in den Fünfzigern und ganz entspannt. Sein Partner, Bobby Chiapisi, gut und gerne zwanzig Jahre jünger und offenbar noch nicht lange dabei, denn seine Uniform sah aus wie frisch appretiert, und er wirkte angespannt.

Graham zeigte den Polizisten »La Voisine«.

»Wow«, staunte Dan. »Da war aber jemand wütend. Drei Gemälde sind also zerstört?« Er wandte sich an Gretchen. »Sonst noch etwas?« Gretchen machte sich nicht die Mühe, die Tränen abzuwischen. Auch sie sah zerstört aus, dachte Amanda, und empfand wider Willen Mitleid.

»Ich weiß es nicht«, flüsterte die junge Witwe und ließ sich, ohne den Blick von dem großen Bild zu wenden, auf das Sofa sinken.

»Mir ist nichts aufgefallen, als ich durchs Haus ging«, sagte Graham. »Aber ich habe auch nur nach Offensichtlichem gesucht. Der Vandalismus des Täters scheint nicht blindwütig gewesen zu sein. Ob er etwas gestohlen hat, muss Mrs Tannenwald erst noch überprüfen.«

»Ich war gar nicht lange weg«, warf Gretchen tonlos ein.

»Wie lange?«, erkundigte sich der junge Beamte, Block und Kugelschreiber fest im Griff.

»Zwanzig Minuten, denke ich.«

»Und Sie haben in dieser Zeit keinen Unbekannten bemerkt?«, wollte Dan von Graham und Amanda wissen. Sie schüttelten gerade die Köpfe, als Karen mit Julie und den Zwillingen im Schlepptau hereinkam. »Was ist passiert?«, fragte sie mit schreckgeweiteten Augen.

»Es ist jemand ins Haus eingedrungen«, erklärte Dan. »Sie sind Mrs Cotter, stimmt's?« Karen nickte. »Wohnen Sie auch hier in der Straße?«

»Gleich nebenan.«

»Haben Sie in der letzten Stunde jemanden kommen oder gehen gesehen?«

»Nur Mrs Tannenwald.« Sie betrachtete »La Voisine« erschüttert.

»Was für ein Jammer.«

Plötzlich tauchten Georgia und Russ hinter ihr auf. »Was macht denn die Polizei hier?«, fragte Russ.

Graham erklärte es den beiden, während Dan vor Gretchen in die Hocke ging. Sie sah so schrecklich verloren aus, wie sie da mit verweintem Gesicht auf dem Sofa saß, dass Amanda sich spontan zu ihr setzte.

»Wollen Sie jetzt vielleicht nachsehen, ob etwas gestohlen wurde?«, fragte der Officer in väterlichem Ton.

Gretchen schüttelte den Kopf. »Das einzig Wertvolle,

das ich besitze, sind mein Ehering und die Ohrringe, die ich trage.« Es waren Diamant-Ohrstecker, die in Form und Schliff zu dem edlen Schmuckstück an ihrer schmalen Hand passten.

»Haben Sie Bargeld im Haus?«

»Nein.« Gleich darauf verbesserte sie sich: »Doch – aber wenn er das genommen hat, kümmert es mich nicht. Was ist schon Geld? Ich kann mir nicht erklären, was ihn zu dieser Tat getrieben hat.«

»Haben Sie einen Verdacht, wer es gewesen sein könnte?«

Gretchen schüttelte den Kopf.

»Wer außer Ihnen hat einen Schlüssel zu dem Haus?«, fragte er weiter.

»Ich hatte nicht abgeschlossen.«

»Haben Sie einen Freund?«

»Nein.«

»Was ist mit dem Vater des Babys?«

»Nein.«

»Nein, was?«

»Der Vater des Babys würde so etwas niemals tun.«

»Vielleicht nennen Sie uns trotzdem seinen Namen ...«

»Das ist unnötig«, sagte Gretchen leise, aber sehr bestimmt.

Amanda hatte das dringende Bedürfnis, dem Gespräch eine andere Wendung zu geben. »Können Sie nicht nach Fingerabdrücken suchen oder so was?«, fragte sie den Officer.

»Das werden wir natürlich tun.« Dan schaute zu seinem Kollegen hinüber.

»Wenn er welche an dem Türknauf hinterlassen hat, dann ist davon nichts mehr übrig«, meinte der frustriert. »Die halbe Nachbarschaft hatte ihn in der Hand.«

Das stimmte allerdings. Eben waren auch noch Allison und Tommy gekommen, und kurz hinter ihnen trat Lee ins Zimmer. »Was ist denn hier für eine Versammlung?«, wunderte er sich. Dann fiel sein Blick auf »La Voisine«, und er schnappte hörbar nach Luft.

»Großer Gott!«

Seine Bestürzung wirkte echt. Trotzdem hätte Amanda gerne gewusst, wo er in der letzten Stunde gewesen war und wer sich für ihn verbürgen könnte.

Dan Meehan kam ächzend aus der Hocke hoch und richtete sich dann vorsichtig zu seiner vollen Größe auf. »Vielleicht ist der Kerl ja ein Kunstschänder«, sagte er zu Gretchen, die mit noch immer nassen Augen das zerschnittene Gemälde fixierte. »Sie sollten nachsehen gehen, ob er sonst noch etwas ruiniert hat.«

»Dieses Bild ist das Einzige in diesem Haus, das mir etwas bedeutet hat«, murmelte die junge Frau.

»Ich würde Ihnen empfehlen, Ihre Versicherungsgesellschaft anzurufen«, schlug Dan Meehan ein wenig hilflos vor.

Zum ersten Mal schaute Gretchen ihm ins Gesicht. »Die kann mir nur den Geldwert ersetzen«, sagte sie in erstaunlich scharfem Ton. Amanda verstand ihre Reaktion – schließlich konnte ein Blinder sehen, dass das Gemälde einen ideellen Wert für Bens Witwe hatte. Der Officer hatte noch immer nicht begriffen, worum es ihr ging.

»Sie können sich dann aber ein neues Bild kaufen«, meinte er.

»Ich glaube nicht, dass sie ein neues haben möchte«,

mischte Amanda sich ungeduldig ein. »Dieses hatte eine besondere Bedeutung für sie, und wer immer das getan hat, hat sie gewissermaßen auch beraubt. Ich würde Ihnen empfehlen«, griff sie seine Formulierung auf, »alles daranzusetzen, den Kerl zu fassen.«

»Das werden wir tun, Mrs O'Leary«, versprach der Beamte wie ein gemaßregelter Schüler, der Besserung gelobt. »Wir werden uns die Häuser jenseits des Waldes vornehmen. Vielleicht ist dort ja jemandem etwas Ungewöhnliches aufgefallen. Und wir werden dieses Viertel im Auge behalten.«

»Danke«, nickte Amanda gnädig.

*

Amanda verließ das Haus als Letzte der Frauen. Die Polizisten, Graham und Lee verblieben bei Gretchen im Haus. Als sie die Stufen hinunterging, sah sie auf der Cotter'schen Veranda Jordie stehen, der, einen Arm um einen der Pfosten geschlungen, herüberschaute.

»Was hast du denn so lange da drin gemacht, Amanda?«, wollte Karen wissen, die mit Georgia auf dem Bürgersteig stand.

»Ich bin mit Gretchen durchs Haus gegangen, um nachzusehen, ob etwas fehlte. Sie tat mir Leid. Wenn mir das passiert wäre, hätte ich es nicht allein tun wollen. Es war ein ungutes Gefühl.«

»In ihrem Haus zu sein?«

»Zu wissen, dass dort jemand mit einem Messer gewütet hatte. An Gretchens Stelle hätte ich Angst, dass er wiederkommen und sich dann etwas anderes vornehmen würde.«

»Vielleicht die Unterwäsche.« Georgia schüttelte sich. »Schon bei dem bloßen Gedanken packt mich Ekel.«

»Die Tat ist in gewisser Weise mit einer Vergewaltigung zu vergleichen«, sagte Amanda.

»Eigentlich brauchen wir Gretchen nicht zu bedauern«, meinte Karen.

»Schließlich besitzt das Haus eine Alarmanlage. Sie hätte sie einschalten sollen.«

»Ihr habt doch auch eine«, sagte Georgia. »Schaltest du die jedes Mal ein, wenn du wegfährst?«

»Nein. Das geht wegen der Kinder nicht. Sie wären dann ja entweder ein- oder ausgesperrt.« Sie wandte sich wieder Amanda zu. »Hat sie festgestellt, dass etwas fehlt?«

»Nein – aber wir haben in der kurzen Zeit natürlich nur oberflächlich nachgesehen.« Der Abend war warm, doch Amanda fröstelte. Um sich zu wärmen, schlang sie die Arme um ihre Taille. Sie empfand zwar nicht unbedingt Sympathie für Gretchen, aber eine solche Erfahrung hatte sie nicht verdient. Bestimmt würde sie heute Nacht kein Auge zumachen. »Ich sehe immer noch die Leinwandfetzen in dem Rahmen. Wer das getan hat, muss krank im Kopf sein.«

»Hat sie das Bild von der Wand genommen?«

»Nein. Graham fragte sie, ob er es tun sollte, doch sie wollte es später selbst tun.«

»Wenn ihr mich fragt – ich bin sogar erleichtert, dass das Bild kaputt ist«, gestand Karen. »Jetzt müssen wir uns die Schwärmerei unserer Männer wenigstens nicht mehr anhören. Aber komisch ist die Sache schon irgendwie. Ich kann mir nicht vorstellen, dass der Täter es nur aus Zerstörungswut ruiniert hat.«

»Ich auch nicht«, stimmte Georgia ihr zu.
Amanda teilte die Meinung ihrer Freundinnen. »Er hatte es eindeutig darauf abgesehen.«
»Was bedeutet, dass er Gretchen damit bestrafen wollte,« dachte Georgia laut. Ihr Blick wanderte zu Karen. »Du hättest ein Motiv«, sagte sie und lächelte dabei schief.
Früher hätten sie gemeinsam über diese Idee gelacht, doch heute kam sie ihnen nicht spaßig vor.
»Ha, ha«, war alles, was Karen dazu sagte. »Ist euch aufgefallen, wie Bobby Chiapisi sich Gretchen gegenüber verhielt?«
»Er hat sie kein einziges Mal angesehen«, fiel Georgia jetzt im Nachhinein auf.
»Genau. Und er fühlte sich sichtlich unbehaglich in ihrer Gegenwart.«
Georgia runzelte die Stirn. »Glaubst du, dass er und Gretchen ...« Sie brach kopfschüttelnd ab.
Auch Amanda glaubte nicht daran. »Er hat sich nicht Gretchens wegen so seltsam benommen«, sagte sie. »Ich habe ihn schon mehrmals in der Stadt gesehen – er ist immer so verkrampft.«
»Aber er würde altersmäßig zu ihr passen, und er ist Single«, spann Karen ihren Faden weiter. »Er regelt doch den Verkehr im Stadtzentrum. Vielleicht hat sie ihn irgendwann, als sie an der Kreuzung halten musste, zu sich gewinkt, und sie fanden Gefallen aneinander.« Ihre Brauen schossen in die Höhe. »War er nicht einer der Beamten, die zu Bens Beerdigung abkommandiert worden waren?«
»Könnte sein.« Amanda überlegte. »Aber erinnern kann ich mich nicht an ihn.«

»Es wäre gut möglich«, meinte Georgia. »Es gibt ja nur ein paar Polizisten in Woodley.«

Karen wandte sich wieder Amanda zu. »Warst du vorhin auch in ihrem Schlafzimmer?«, wechselte sie das Thema.

»Mmm.«

»Ist es hübsch?«

»Hübsch?« Amanda dachte nach. »Ja. Doch«, antwortete sie schließlich. Aber kein Boudoir, wenn du darauf hinauswillst.«

»Sie sollte heute Nacht vielleicht nicht allein sein«, kam Georgia wieder auf den Eindringling zu sprechen.

»Ich habe sie gefragt, ob sie nicht zu einer Verwandten oder einer Freundin gehen könne«, berichtete Amanda. »Sie sagte, es gebe niemanden.«

»Zu mir kann sie nicht kommen«, erklärte Karen entschieden. »Es wäre ja der reine Selbstmord, sie in unser Haus zu holen.«

Tiefes Schweigen folgte ihren Worten.

Sie wedelte mit der Hand, als wollte sie das Gesagte damit wegwischen. »O ja. Das weckt eine schlimme Assoziation. Lasst sie uns ganz schnell vergessen.«

Wie sollen wir das machen?, dachte Amanda. Immerhin waren sie erst heute Vormittag auf der Beerdigung eines sechzehnjährigen Jungen gewesen. Die Erinnerung daran ließ den Vandalismus in Gretchens Haus zur Nebensächlichkeit verblassen.

Wie sich zeigte, war auch Georgia dieser Ansicht. »Allison ist ganz verstört«, erzählte sie. »Wenn sie zu Hause ist, weicht sie nicht von meiner Seite.« Sie schaute zum Haus der Cotters hinüber.

»Wie verkraftet Jordie es?«

Karen folgte ihrem Blick. »Er spricht nicht darüber. Vielleicht sollte ich noch mal versuchen, ihn zum Reden zu bringen. Es ist nicht gut, wenn er alles in sich reinfrisst.« Sie setzte sich in Bewegung, doch als er sie kommen sah, verschwand er ins Haus. Sie blieb stehen, doch nach kurzem Zögern folgte sie ihm.

»Da gibt es offenbar ein Problem zwischen den beiden«, sagte Georgia leise. »Sicher, die Pubertät ist eine schwierige Phase, aber ich vermute, es steckt noch mehr dahinter.«

Amanda hatte die Cotters seit Weihnachten nicht mehr als Familie erlebt, und so war sie vorsichtig mit ihrer Beurteilung.

»Es könnte sein, dass die Kinder unter den Spannungen zwischen Karen und Lee leiden.«

»Hat sie dir das erzählt?«

»Nein – aber dir ist bestimmt auch schon aufgefallen, wie sie sich verändert hat.«

»Ja. Sie ist überhaupt nicht mehr fröhlich.« Georgia wurde nachdenklich. »Meinst du, Lee ist der Vater von Gretchens Baby? Wenn Karen das glaubt, dann verstehe ich, warum sie diese Bobby-Geschichte an den Haaren herbeigezogen hat: Sie sucht krampfhaft einen anderen Schuldigen.«

»Ich habe Gretchen beobachtet, als Lee hereinkam. Sie hat in keiner Weise auffällig reagiert. Und auf Bobby genauso wenig. Den kann ich mir übrigens absolut nicht als ihren Lover vorstellen.«

»Ich auch nicht«, stimmte Georgia ihr zu. Sie waren langsam den Bürgersteig entlanggewandert und hatten sich dann vor dem Lange'schen Haus nebeneinander auf den Bordstein gesetzt.

»Was ist mit Russ?«
»Inwiefern?«, fragte Amanda verdutzt.
»Könnte er der Vater sein? Immerhin bin ich oft auf Reisen.«
»Dein Mann liebt dich.«
»Das eine schließt das andere nicht unbedingt aus. Ich habe eine Kolumne von ihm im Papierkorb gefunden. Darin ging es um die Einsamkeit des ans Haus gefesselten Elternteils. Er hatte sie ausgedruckt und dann weggeworfen, aber nicht zerrissen oder zerknüllt. Vielleicht wollte er ja, dass ich sie sehe.«
»Hat er sie an die Zeitung geschickt?«
»Nein – sonst hätte er sie mir vorher gezeigt. Das haben wir so ausgemacht. Er zeigt mir jeden Beitrag, in dem es irgendwie um uns geht.«
»Und warum hat er diesen weggeworfen?«
»Gute Frage. Vielleicht fürchtete er, damit zu viel von sich preiszugeben. Oder unmännlich rüberzukommen.«
»Wird es Probleme mit deinem potenziellen Käufer geben, weil du seine Leute in Tampa sitzengelassen hast?«
»Kann sein – aber ich musste es tun. Allison braucht mich, und Tommy auch, denn er kannte Quinn gut genug, um über seinen Tod bekümmert zu sein. Wie tief es bei ihm geht, weiß ich nicht – er ist noch zu klein, um es zu formulieren, aber er hat mich begrüßt, als sei ich ein Jahr weg gewesen, und seitdem erzählt er mir unentwegt, wie schön er es findet, dass ich da bin.«
Amanda bewunderte Georgia. Sie hatte kein Studium benötigt, um ihre Familie und deren Bedürfnisse zu begreifen, und dazu war sie auch noch eine erfolgreiche Geschäftsfrau. Und ihre Erscheinung war stets makellos. Selbst jetzt, am Ende dieses schrecklichen Tages,

wirkte ihre maßgeschneiderte Hose wie frisch gebügelt, die Bluse wie gerade erst angezogen, das Make-up wie eben aufgetragen, und die glatte Kurzhaarfrisur saß tadellos. Amandas geographischer Horizont war eng, Georgias ungleich viel weiter, und wenn Amanda auch nicht mit ihr hätte tauschen wollen, war sie doch tief beeindruckt von dem Potenzial ihrer Freundin. »Wie ist überhaupt der Stand der Dinge, was den Verkauf deiner Firma angeht?«, fragte sie.

»Der Interessent möchte mich für drei Jahre behalten, in denen ich im Grunde das Gleiche tun würde, was ich jetzt tue, nur als bezahlte Angestellte. Das würde bedeuten, dass ich in dieser Zeit genauso viel unterwegs wäre wie bisher, und ich weiß nicht, ob ich das möchte.«

»Und wenn du ihnen das sagst?«

»Dann springen sie vielleicht ab. Sie scheinen zu glauben, dass der Betrieb ohne mich nicht funktionieren würde. Das ist natürlich sehr schmeichelhaft für mich, aber es ist Unsinn. Ich müsste nur jemanden einarbeiten – doch ich glaube, es fiele mir dann schwer, das Feld zu räumen. Du siehst – ich bin hin- und hergerissen.«

»Falls dieser Deal nicht zustande kommt – gibt es noch andere Anwärter?«, wollte Amanda wissen.

»Zwei – aber eigentlich würde ich mein Baby am liebsten diesen Leuten geben. Außerdem müsste ich, wenn daraus nichts würde, wieder einen Tanz um ein anderes goldenes Kalb vollführen, und davor graut mir.«

Amanda lächelte, doch es lag keine Heiterkeit darin. »So hat jeder seine Probleme.«

»Bei dir geht es um das Baby, stimmt's?«

»Und um Graham.« Amandas Blick wanderte zu Gret-

chens Haus hinüber, dessen Konturen im Zwielicht verschwammen.
»Habt ihr immer noch nicht miteinander geredet?«
»Doch. Na ja – wir haben angefangen. Es ist schwierig.«
»Was ist mit Sex?«
Amanda musste lachen. »Du willst es ganz genau wissen, was?« Georgia legte den Arm um sie. »Ich mag dich und Graham eben besonders, und außerdem finde ich, dass ein Mensch wie du, der sich den ganzen Tag die Probleme anderer anhört, auch mal ein offenes Ohr für seine eigenen braucht.«
»Und dafür bietest du dich an?«
»Du hast es erfasst.«
Wäre heller Tag gewesen, hätte Amanda sich wahrscheinlich nicht überwinden können, intime Details aus ihrem Eheleben preiszugeben, doch im Schutz der Abenddämmerung wagte sie es. »Er nimmt mich abends im Bett in den Arm, was mir ein Gefühl von Geborgenheit und Zusammengehörigkeit gibt – aber es fühlt sich auch an, als seien wir ein altes Ehepaar, das keine anderen Bedürfnisse mehr hat als diese Art von Nähe. Doch wir sind kein altes Ehepaar, und wir *haben* andere Bedürfnisse.«
»Und wo liegt das Problem?«
Amanda versuchte es in Worte zu fassen. »Es ist wie eine Blockade ... wir haben so lange Sex auf Kommando betrieben – anders kann man es wirklich nicht formulieren –, dass ich nicht weiß, wie wir unsere Spontaneität wiederfinden sollen.« Amanda sah die Männer aus Gretchens Haustür treten. »Dabei begehre ich ihn wirklich«, fuhr sie in mädchenhaft schwärmerischem

Ton fort. »Sieh ihn dir an.« Georgia folgte ihrem Blick. »Er ist groß, ein dunkler Typ, und er sieht gut aus. Ich finde ihn ungeheuer sexy, und ich liebe seine Augen, ich liebe sein Lächeln, und ich liebe sogar seinen Bart.«

»Russ wollte sich mal einen stehen lassen«, erinnerte sich Georgia in liebevoll-amüsiertem Ton. »Er dachte, er würde cool damit aussehen, aber es wuchsen nur ein paar Inseln. Ich muss sagen, Graham ist durchaus präsentabel.«

»Und er ist ein wundervoller Liebhaber«, schwärmte Amanda, die es inzwischen genoss, einmal über alles reden zu können, weiter von ihrem Mann. »Er ist rücksichtsvoll und zärtlich. Er spürt, was ich möchte, als läse er meine Gedanken. Er versteht es, eine Frau zu befriedigen.« Sie hielt inne, um Atem zu schöpfen. »Ja, so ist er«, sagte sie dann und seufzte verträumt. »In seinen Armen bin ich ganz ich selbst.«

»Das klingt perfekt.«

»Das war es auch – bis letztes Jahr. Wenn wir jetzt miteinander schlafen, sind wir nicht wir selbst. Wir tun es nicht mit Freude, wir erfüllen eine Pflicht.«

»Ich dachte, du wolltest eine Baby-Pause machen.«

»Das tue ich auch«, nickte Amanda. »Einen Monat lang gibt es kein Thermometer für mich, keine Tabellen, keine Tabletten, keine Besuche in der Klinik.« Wieder seufzte sie, diesmal jedoch bekümmert. »Aber es scheint nicht zu helfen. Es ist, als hätten wir verlernt, einander zu genießen. Und im Hinterkopf habe ich immer die Angst, was aus unserer Ehe werden wird, falls sich herausstellen sollte, dass wir die Hoffnung auf ein eigenes Kind begraben müssen.«

»Das muss schlimm sein.« Georgia legte mitfühlend die

Hand auf ihren Arm. »Ich mag mir gar nicht vorstellen, wie ich das erlebt hätte – aber ich habe meine Kinder ja alle zu dem jeweiligen Wunschtermin bekommen.«

Die vier Männer waren die Verandastufen heruntergestiegen und gingen den Plattenweg entlang zur Straße, wo der Streifenwagen parkte. »Du glaubst doch nicht im Ernst, dass Graham was mit Gretchen hat, oder?«, fragte Georgia leise.

Amanda begriff, worauf sie anspielte. »Als sie bei uns auftauchte, war ich im ersten Moment schon reichlich irritiert«, gab sie zu. »Aber dann dachte ich, dass ich an ihrer Stelle auch ihn um Hilfe gebeten hätte. Graham ist ein besonnener Mensch – genau der Richtige in einer solchen Situation.«

»Und – ja oder nein?«

»Nein, ich glaube nicht, dass er der Vater ihres Babys ist.«

»Wer ist es dann?«

*

»Sie schweigt ja wirklich eisern«, sagte Russ eine Stunde später. Die drei Freunde hatten sich in der Einfahrt der Langes getroffen, um im Licht des Schweinwerfers, der vom Garagendach herunterleuchtete, ein paar Körbe zu werfen. Graham nahm Lee den Ball ab und sprintete damit auf den Korb zu, doch Russ versperrte ihm den Weg. Also zielte er von weitem und ließ den Ball fliegen. Er ging in den Korb, ohne das Netz zu berühren.

»Guter Wurf«, lobte Lee, der zur Stelle gewesen war, um sich den vom Boden abprallenden Ball zu schnappen, und begann zu dribbeln. Russ schob mit dem Zeigefinger seine heruntergerutschte Brille nach oben. »Die Polizeibeamten haben sich bestimmt auch gewundert«, knüpfte er an seinen Satz von vorher an. »Wahrscheinlich stellen sie jetzt die wildesten Vermutungen an.«

»So wie du, was?« Lee setzte zum Wurf an.

Graham fing den Ball in der Luft ab, dribbelte zur anderen Seite, nahm Anlauf, sprang und warf einen Korb. Diesmal griff er ihn sich selbst und warf ihn Russ zu. Der fing ihn zwar, rührte sich jedoch nicht vom Fleck. »Es wäre gut möglich, dass der Vater des Babys das Bild zerfetzt hat«, überlegte er laut. »Aus Eifersucht, meine ich. Schließlich bekam sie es von ihrem Mann, den sie liebte und verehrte und den sie noch heute in den Himmel hebt.«

Lee deutete auf den Ball. »Willst du da rumstehen und quatschen oder spielen?«

Graham unterdrückte ein Lächeln. Russ war kein Sportler. Er trug das Boxershirt und die formlosen Nylonshorts nur, weil dieses Outfit nun mal dazugehörte. Auch wenn er mit seiner Größe sehr wohl ein Basketballer hätte sein können – ihm war das Zusammensein mit seinen Freunden viel wichtiger als das Spiel. Von Lee angepflaumt, warf er den Ball Graham zu, der damit auf der Stelle dribbelte. Er mochte das rhythmische Bumm-Bumm-Bumm – es erinnerte ihn daran, wie er als Junge stundenlang mit seinen Brüdern gespielt hatte. Und es war etwas, über das er die Kontrolle hatte.

Er streckte einen Arm aus, um einen Angriff von Lee abzuwehren, und sagte: »Ich denke nicht, dass dieser ominöse Vater der Täter ist. Meiner Meinung nach hat das einer von Bens Söhnen auf dem Gewissen. Sie haben ihr schon das Leben schwer gemacht, als er noch da war, und als er starb, haben sie sich ihr gegenüber regelrecht abscheulich benommen. Es überrascht mich, dass sie das Testament nicht anfochten.« Er zielte und warf. Der Ball prallte vom Korbrand ab. Lee hechtete vor und fing ihn auf. »Das wollten sie ja – aber ich habe sie davon abgebracht.« Er warf, und diesmal ging der Ball in den Korb.

Graham holte ihn sich. Hinter ihm fragte Russ Lee: »Hast du noch Kontakt zu Ihnen?«

»Hin und wieder. Es sind nette Burschen. Manchmal, wenn sie Ben und June besuchen kamen, war ich gerade dort, und dann unterhielten wir uns über Gott und die Welt.«

»Auf wessen Seite steht der Anwalt?«, erkundigte sich Graham. Er zielte, sprang und riss triumphierend die Faust hoch, als der Ball butterweich im Korb landete.

Lee fing ihn ab, täuschte einen Pass zu Russ vor, der natürlich die Arme ausstreckte, drehte sich um die eigene Achse und erzielte mit einem eleganten Wurf einen Treffer. Graham ließ ihn einmal auftippen und begann wieder zu dribbeln. »Deeds steht auf der Seite der Brüder«, beantwortete Lee seine Frage, »aber er ist ein Trottel. Der könnte vor Gericht niemals etwas durchsetzen.«

»Da du Bens Söhne nett findest, wirst du ihnen diese Tat sicher nicht zutrauen«, meinte Graham über das Bumm-Bumm-Bumm hinweg.

»Nein, auf keinen Fall.«

»Wenn sie es nicht waren, dann muss es ein Fremder gewesen sein.«

Graham warf ihm den Ball zu. Lee hatte nicht damit gerechnet, doch er fing ihn, was Graham allerdings nicht überraschte, denn er hatte schon oft erlebt, wie blitzschnell sein Freund reagieren konnte. »Vielleicht war es ein Irrer – und vielleicht nimmt er als Nächstes euer Haus aufs Korn. Stell dir vor, deine Frau ist dann gerade daheim.«

Lee stützte den Ball auf seiner Hüfte ab und sah Graham schweigend in die Augen.

»Herrgott, warum lässt du dich nicht von ihr scheiden?«, fuhr Graham ihn an. »Dann könnte sie ihr Leben vielleicht mal wieder genießen.«

»Warum sollte ich? Mir gefällt es so. Wir haben ein schönes Heim, wir haben eine Familie – und ab und zu auch noch gute Momente miteinander.«

»Aber was ist, wenn die Kinder eines Tages aus dem Haus gehen?«, fragte Russ. »Darüber denke ich oft nach. In sieben Jahren gibt es nur noch Georgie und mich. Was wirst du tun, wenn es nur noch Karen und dich gibt?«

»Es wird nie nur Karen und mich geben«, erklärte Lee und versenkte den Ball mit einem gekonnten Wurf im Korb.

Graham war so verärgert über ihn, dass er den Ball in die Dunkelheit davonhüpfen ließ. »Okay – vergessen wir Karen mal. Was ist mit dir? Bist du glücklich mit deinem Leben?«

»Absolut. Ich sorge für sie, und sie ist beschäftigt. Das verschafft mir die Freiheit, zu tun, was ich will.«

»Für dich ist deine Freiheit das Wichtigste?«

»Absolut. Karen weiß das, und sie akzeptiert es.«

»Und was ist mit den Kindern?«

»Was soll mit ihnen sein? Sie lieben mich, wie ich bin.«

Die Kleinen sicher noch, dachte Graham, aber Jordie machte keinen glücklichen Eindruck. Kinder sollten in einem harmonischen Elternhaus aufwachsen. So war es bei ihm gewesen, und so wünschte er es sich auch für seine Kinder. Was wird, wenn wir nie ein Baby bekommen?, hatte Amanda gefragt. Wenn die nächste Insemination wieder nicht klappt und die In-vitro-Fertilisation anschließend auch nicht – was dann? Wirst du trotzdem bei mir bleiben?

Sie hatte die Sache nur von einer Seite betrachtet. Er hätte genauso gut fragen können, was *sie* in diesem Fall tun würde. Seine Familie schloss die Möglichkeit zwar aus, aber medizinisch gesehen konnte das Problem ebenso bei ihm liegen. Sollte sich das erweisen, würde vielleicht sie sich von ihm abwenden. Der Gedanke machte ihm Angst.

Wäre er mit Russ allein gewesen, hätte er sich ihm anvertraut und bestimmt ein wenig Feedback erhalten, aber Lee war dabei, und mit ihm sprach er nie über private Dinge.

Plötzlich war ihm die Lust am Spielen vergangen. »Ich muss gehen«, erklärte er abrupt und ließ die beiden einfach stehen.

13

Im Gegensatz zu Gretchen erwachte der Dienstag heiter. Sie hatte kaum geschlafen und fühlte sich wie zerschlagen. Nachdem die Männer am Abend gegangen waren, hatte sie die Alarmanlage eingeschaltet und anschließend ihr Schlafzimmer so gründlich geputzt, als sei es verseucht, obwohl nichts darauf hindeutete, dass der Eindringling es betreten hatte. Danach wusch sie alle waschbaren Kleidungsstücke und legte die anderen für die chemische Reinigung zurecht. Sie hatte zu hart daran gearbeitet, den Schmutz aus ihrem Leben zu entfernen, um jetzt auch nur eine Spur davon darin zu dulden.

Irgendwann fiel sie ins Bett, doch bei Morgengrauen war sie bereits wieder auf den Beinen. Sie holte ein paar Fliederzweige für die Küche herein und einen Arm voll rosafarbener, roter und gelber Tulpen, die sie bunt gemischt im Haus verteilte. Um halb acht setzte sie sich in den Schaukelstuhl, der auf ihrer Veranda stand, atmete die Frühlingsdüfte ein, die die weiche Brise zu ihr herübertrug, und lauschte der morgendlichen Geräuschvielfalt in der Straße. Vögel zwitscherten in den Bäumen, Bienen umsummten die Rhododendronblüten, aus offenen Küchenfenstern drangen Stimmen und Frühstücksgeklapper und -geklirr. Georgia kam mit Allison aus dem Haus. Sie hatte den Arm um die Schulter ihrer Tochter gelegt. Gretchen hätte mit vierzehn alles dafür gegeben, wenn ihre Mutter das einmal bei ihr getan hätte. Lee öffnete das Tor der Garage, verschwand darin und begann zu rumoren.

Bei den O'Learys rührte sich noch nichts, doch das war nicht ungewöhnlich. Graham hatte ihr erzählt, dass sie sich bemühten, ein Baby zu bekommen. Gretchen drückte ihnen die Daumen. Es wäre schön, für ihr Kind ein etwa gleichaltriges in der Nachbarschaft zu haben. Vielleicht kämen sie sich ja dadurch näher.

Als habe sie sie mit ihren Gedanken herausgelockt, erschien plötzlich Amanda in ihrer Zufahrt. Sie trug ein lindgrünes Shirt und passende Hosen und sah darin so hübsch und zerbrechlich aus, dass Gretchen einen Anflug von Neid verspürte. Amanda öffnete die Fahrertür ihres Wagens, tauchte hinein und stellte ihren Aktenkoffer auf den Beifahrersitz; doch anstatt einzusteigen, schloss sie die Autotür wieder und ging zur Straße hinunter. Gretchen dachte, sie würde sich zu Georgia und Allison gesellen, die inzwischen an der Haltestelle auf den Schulbus warteten, doch zu ihrer Verwunderung steuerte Amanda auf *sie* zu. Sie war zwar gestern freundlich gewesen, aber Gretchen hatte trotzdem Herzklopfen.

»Hi«, rief Amanda, als sie in ihren Plattenweg einbog.

»Hi«, erwiderte Gretchen.

»Wie geht es Ihnen?«

»Ganz gut.«

Amanda blieb am Fuß der Verandatreppe stehen. »Konnten Sie schlafen?«

»Ein bisschen. Ich habe die Alarmanlage eingeschaltet, sobald ich allein war.« Gretchen erwartete, dass

Amanda noch irgendetwas Nettes sagen und sich dann verabschieden würde, aber sie blieb, die Hand auf dem Geländer, wo sie war, und betrachtete die Blumenrabatten. Also fragte Gretchen: »Möchten Sie vielleicht einen Kaffee?«

Amanda wandte sich ihr zu. »Nein, danke«, gab sie lächelnd zurück. »Ich habe heute früh schon mehr getrunken, als mir gut tut.«

»Dann vielleicht …«, Gretchen überlegte fieberhaft, »… ein paar Tulpen? Ich könnte Ihnen einen Strauß für Ihr Büro in der Schule abschneiden.«

»O nein, bitte machen Sie sich keine Mühe.«

»Aber Sie haben keine Tulpen im Garten.«

»Seltsam, wenn man bedenkt, womit mein Mann sein Geld verdient, nicht wahr?«

»Das war nicht als Kritik gemeint«, beteuerte Gretchen hastig. Es lag ihr fern, Amanda kränken zu wollen. »Er hat Ihre Beete doch wunderhübsch bepflanzt. Ihr Garten gefällt mir sehr.«

Amanda deutete eine scherzhafte Verneigung an. »Danke. Ihrer mir auch.«

»Ihr Mann ist ausgesprochen begabt.« Gretchens Blick wanderte über die Straße. In diesem Augenblick tauchte Graham aus dem überdachten Durchgang auf und ging mit großen Schritten auf seinen Pick-up zu. Er schaute herüber und winkte auf eine typisch männliche Weise.

Gretchen ließ ihre Hände im Schoß liegen und Amanda allein zurückwinken. Als sie beobachtete, wie Amanda ihren Mann beim Einsteigen beobachtete, brandete Neid in ihr auf. »Sie können glücklich sein, ihn zu haben.«

Amanda wartete, bis der Pick-up um die Kurve gebogen war, und erwiderte dann: »Und Sie können glücklich sein, ein Baby zu bekommen. Wir möchten auch gerne eines, aber es zieht sich.« Sie schaute auf Gretchens Bauch. »Wie fühlen Sie sich?«

»Fett!«, antwortete Gretchen mit Inbrunst.

»In der Schwangerschaft ist fett schön.«

»So kommt es mir aber nicht vor.«

»Ich finde, die Schwangerschaft ist das schönste Stadium für eine Frau.«

Gretchen brauchte nicht mit Amanda befreundet zu sein, um ihre Gedanken lesen zu können. »Es tut mir Leid für Sie, dass Sie mich so sehen müssen.«

Amanda stieg zwei Stufen hinauf und lehnte sich an das Geländer.

»Ist das Baby lebhaft?«

»Ja. Hauptsächlich nachts. Letzte Nacht war mir das gar nicht recht. Jedes Mal, wenn ich gerade eingeschlafen war, weckte es mich, und ich erinnerte mich wieder daran, was passiert war.«

»Haben Sie noch immer keinen Verdacht, wer der Vandale gewesen sein könnte?«

Gretchen schüttelte den Kopf. Um sich abzulenken, schaute sie zu Amandas Garten hinüber. »Sie haben Berglorbeer. In Maine, wo ich aufgewachsen bin, hatten wir Massen davon.«

»Wo in Maine war das denn?«

Unbehagen stieg in Gretchen auf. »In einem kleinen Ort. So klein, dass er auf keiner Landkarte verzeichnet ist.«

»Soll Graham Ihnen vielleicht Berglorbeer pflanzen?«, fragte Amanda.

»Er hatte es vorgeschlagen, weil er meinte, er würde gut zu den Koniferen passen, aber ich wollte es nicht.« Als Amanda sie verdutzt ansah, setzte sie erklärend hinzu: »Schlimme Erinnerungen.«

»Oh.«

Gretchen wünschte, sie hätte das nicht gesagt. »Es ist lange her. Na ja – eigentlich noch nicht lange, aber es kommt mir so vor. Wie auch immer – es ist Geschichte.« Ben hatte ihr versichert, dass die Frauen in der Nachbarschaft sie mögen würden, sobald sie sie näher kennen gelernt hätten. Nun gab Amanda ihr mit diesem Überraschungsbesuch die Chance, sich mit ihr bekannt zu machen.

»Meine Familie war nicht sehr nett«, platzte sie heraus. »Es geschahen schlimme Dinge in dem Ort. Als ich damals wegging, sagte ich niemandem, wohin.«

Amanda runzelte betroffen die Stirn. »Haben Sie sie nicht einmal zu Ihrer Hochzeit eingeladen?«

»O nein! Ich war ja froh, dieses Kapitel abgeschlossen zu haben. Aber im Hinterkopf hatte ich immer die Angst, dass sie mich doch irgendwann finden würden, und das war einer der Gründe dafür, dass wir in Paris heirateten.« Wieder war Amanda verdutzt. Gretchen seufzte. »Ich weiß, dass Sie alle glaubten, Ben habe mich Hals über Kopf geheiratet, doch so war es nicht. Wir hatten es sorgfältig durchdacht. Seine Söhne wären ohnehin nicht gekommen, und meine Familie wollte ich, wie gesagt, nicht dabeihaben.«

Amanda stieg noch eine Stufe höher. »Halten Sie es für möglich, dass einer von ihnen das Gemälde zerstört hat?«

»Dass Bens Söhne dahinter stecken, glaube ich irgend-

wie nicht, aber ansonsten habe ich keine Feinde. Außer meiner Familie.«
Ängstlich forschte sie in Amandas Gesicht nach Ablehnung. »Es ist abartig, so über die eigenen Leute zu sprechen, nicht wahr?«
Amanda wirkte eher besorgt als ablehnend. »Ich habe schon Schlimmeres gehört. Wenn Sie zur Polizei gehen, wird von dort entsprechend nachgeforscht.«
»Dann erfährt meine Familie, wo ich bin. Aber vielleicht wissen sie das ja bereits. Ich bekomme, wie gesagt, so seltsame Anrufe. Andererseits wissen sie es vielleicht doch nicht, und in diesem Fall möchte ich nichts tun, was mich verraten würde.«
»Ich verstehe. Was die Anrufe betrifft, sollten Sie sich eines dieser Geräte anschaffen, die bei jedem ankommenden Gespräch die Telefonnummer des Anrufers anzeigen.«
»Hi, Amanda!« Julie Cotter kam über den Rasen gelaufen. »Ich kriege ein neues Fahrrad!«
»Das ist ja toll!« Amanda nahm sie unter den Arm.
»Mein Daddy macht Stützräder dran – aber davor muss er das Rad zusammenbauen, und er kann das richtige Werkzeug nicht finden.«
»Oje.«
»Darf ich ein bisschen hier bleiben?«
»Ja – aber wirklich nur ein bisschen. Dann musst du in deine Schule, und ich muss in meine Schule. Zeigst du Gretchen deine Zahnlücke?«
Julie rollte die Oberlippe ein.
»Zwei fehlen?«, fragte Gretchen.
Die Kleine nickte stolz.
»Das ist beachtlich.«

»Bekommen Sie ein Baby?«
»Ja.«
»Meine Mommy sagt, es muss einen Vater haben.«
Gretchen schluckte. »Nun ... äh ... im Augenblick hat es nur mich.«
»Meine Mommy sagt, es *muss* einen Vater haben.«
»Den hat es ja auch«, gab Gretchen nach und wappnete sich für die nächste Frage.
Aber Julie wandte sich wieder Amanda zu. »Vielleicht geht das mit dem Fahrrad schneller, wenn du Daddy hilfst«, meinte sie mit einem flehenden Blick.
»Ich habe eine bessere Idee«, antwortete Amanda. »Wenn dein Daddy es nicht allein schafft, dann bitten wir Graham, ihm zu helfen. Er versteht viel mehr davon als ich. Okay?«
»Okay.«
»Und jetzt lauf – der Bus wird bald da sein.«
Als das Kind losrannte, sagte Amanda zu Gretchen: »Ich muss mich auch auf den Weg machen. Wir sehen uns.«

*

Gretchen war gerade in der Küche, als es nachmittags bei ihr klingelte. Auf dem Weg zur Tür schaute sie im Esszimmer über die Scheibengardine. Das Auto, das vor ihrem Haus parkte, war so neu und teuer, dass es unmöglich einem Mitglied ihrer Familie gehören konnte. Gleich darauf stand sie einem Mann und einer Frau gegenüber, die sie beide noch nie gesehen hatte.
»Mrs Tannenwald?«, fragte die Frau. Als Gretchen nickte, fuhr sie fort: »Wir kommen von der Gesellschaft, die die Kunstwerke Ihres Mannes versichert hat.«

»Meine Kunstwerke«, korrigierte Gretchen leise.
»Wir erhielten einen Anruf von David Tannenwald. Er möchte den Schaden schätzen lassen.«
David war der jüngere von Bens Söhnen, aber trotzdem noch zehn Jahre älter als Gretchen. »Ich weiß nicht, wie er dazu kommt. Die Gemälde gehören mir.« Plötzlich fiel ihr etwas ein. »Wie hat er von der Tat erfahren?« – »Das entzieht sich meiner Kenntnis. Ich weiß nur, dass er angerufen hat. Wir bekamen außerdem einen Anruf von seinem Anwalt Oliver Deeds, der der gewünschten Schätzung zustimmte.«
»Wir möchten uns den Schaden ansehen, einige Fotos machen und Ihnen ein paar Fragen stellen«, meldete sich der Mann zu Wort. Es widerstrebte Gretchen, die Leute ins Haus zu lassen, aber da ihre restlichen Wertgegenstände bei ihnen versichert waren, wollte sie sie nicht vor den Kopf stoßen. Außerdem könnten sie, wenn sie sie den Schaden besichtigen ließe, David Tannenwald und Oliver Deeds davon berichten, und das würde ihr ersparen, sich mit ihnen auseinander setzen zu müssen.
Also würde sie die Leute hereinlassen. Aber sie war kein Dummkopf. »Können Sie sich ausweisen?«
»Wir arbeiten für die Connecticut Comprehensive«, erklärte die Frau indigniert.
Gretchen schwieg und blieb wie angewurzelt stehen, bis die Frau endlich mit einem Unmutslaut in ihre Handtasche griff und der Mann in seine Jackentasche. Erst nachdem sie die Firmenausweise eingehend studiert hatte, schloss sie die Fliegentür auf und trat beiseite. Einsilbig zeigte sie den beiden das Gemälde in der Eingangshalle und die zwei Bilder im Wohnzim-

mer. Nachdem sie »La Voisine« eine Weile betrachtet hatte, sagte die Frau: »Seltsam. Das ist am wenigsten wert.«
»Ja – aber für mich ist es von großer Bedeutung.«
»Die Bedeutung können wir nicht erstatten.«
»Ich habe Sie nicht gebeten, mir irgendetwas zu erstatten.«
»Soll das heißen, dass Sie keine Ansprüche geltend machen werden?«, fragte der Mann verblüfft.
»Ich weiß nicht … wahrscheinlich schon. Mein Mann würde es so wollen. Darum hat er die Stücke versichern lassen.«
Der Mann zückte seine Kamera. »Wer hat die Bilder noch gesehen?« Der Auslöser klickte.
»Die Polizei. Und meine Nachbarn.«
»Nein – davor«, sagte die Frau. »Wer weiß, dass sie hier hängen?« Der Auslöser klickte erneut. Und dann noch einmal.
»Jeder, der in den letzten zwei Jahren hier war«, antwortete Gretchen, die sich den Sinn dieser Frage nicht erklären konnte.
»Können sie uns eine Liste geben?«
»Nein. Am Tag der Beerdigung waren Dutzende von Leuten hier, die ich überhaupt nicht kannte.« Sie trat einen Schritt zurück, als der Mann ihr bedeutete, dass er das Gemälde von der Stelle aus fotografieren wollte, an der sie stand. Er machte noch ein paar Aufnahmen davon und nahm sich dann das kleinere, nicht so schlimm zugerichtete Bild vor.
»Okay«, seufzte die Frau gottergeben. »Dann nennen Sie uns die Namen häufiger Besucher.«
»Warum?«

»Weil es uns vielleicht dabei hilft, einzuschätzen, ob Sie einen berechtigten Anspruch haben.«

Gretchen wurde allmählich unbehaglich zumute. Die Firmenausweise hatten zwar echt gewirkt, aber irgendetwas machte sie misstrauisch. »Ich verstehe nicht. Die Kunstwerke waren versichert. Jetzt sind sie zerstört. Spielt es eine Rolle, wer das getan hat?«

»Durchaus«, nickte die Frau. »Wenn Sie es selbst waren, schulden wir Ihnen nichts.«

»Wenn ich was?«

»Wenn Sie es selbst getan haben ...«

Gretchen war fassungslos. »Sie halten es für möglich, dass ich etwas zerstört habe, an dem mein Herz hing?«

»Ich halte grundsätzlich alles für möglich.«

»Aber ich liebte dieses Bild! Es war das Schönste, was mein Mann mir hinterlassen hat. Ich hätte es niemals zerschnitten. Mir dreht sich jedes mal der Magen um, wenn ich es ansehe.«

»Wir versuchen nur die Berechtigung Ihres Anspruchs zu klären.«

»Ich denke, Sie sollten jetzt gehen«, sagte Gretchen eisig.

»Wenn wir das tun, muss jemand anderer kommen. Es ist eine notwendige Voraussetzung für den Erstattungsantrag.«

»Bitte gehen Sie!«, wurde Gretchen energischer. Ein Räuspern ließ sie zur Tür herumfahren. Oliver Deeds stand dort, einer der Partner in der Kanzlei, die Ben zur Vertretung seiner Interessen ausgewählt hatte, und sein Testamentsvollstrecker.

»Wie sind Sie hereingekommen?«, fuhr Gretchen ihn

an. Schon wieder war jemand in ihr Haus eingedrungen!
»Die Eingangstür stand offen«, erklärte der Anwalt. »Entschuldigen Sie – ich wollte Sie nicht erschrecken«, setzte er verlegen hinzu.
Sie hatte die Eingangstür offen gelassen! Gretchen fiel von einem Entsetzen ins nächste. »Sie hätten sich bemerkbar machen können«, sagte sie in einem ihr selbst fremden scharfen Ton.
»Ich kann mich nur noch einmal entschuldigen«, erwiderte der Mann zerknirscht. Er war nicht größer als Gretchen und trug einen dunklen Anzug und eine schlichte Krawatte. Gretchen wusste, dass er Anfang vierzig war, doch die schütteren grauen Haare, die ihm in die Stirn fielen und sein von Überarbeitung gezeichnetes blasses Gesicht ließen ihn wesentlich älter erscheinen. Die traurig dreinblickenden, rot geränderten Augen und die nach unten gebogenen Mundwinkel taten ein Übriges. Wenn er lächelte, sah er ganz gut aus, aber er lächelte selten.
Auch jetzt nicht. »Gibt es ein Problem?«, erkundigte er sich mit seiner leisen Stimme.
»Das gibt es allerdings«, beschloss Gretchen, Oliver Deeds einzubeziehen, denn schließlich war er jetzt auch ihr Anwalt. »Diese Leute sind von der Versicherung. Ich habe sie nicht hergebeten, und sie weigern sich, mein Haus zu verlassen. Könnten Sie bitte dafür sorgen?«
Wie sich zeigte, kannte die Frau ihn. »Mr Deeds«, sagte sie genervt, »Mrs Tannenbaum will scheinbar nicht begreifen, dass wir nur unsere Pflicht tun.«
Gretchen hatte sich abgewandt und beobachtete den

Mann mit der Kamera. »Gerade haben Sie aber nicht eines der Bilder fotografiert«, protestierte sie.
»Ich versuche lediglich, einen Eindruck von dem Raum zu vermitteln, in dem die Gemälde hängen«, rechtfertigte er sich.
»Jetzt ist Schluss!«, entschied sie. »Keine Fotos mehr! Ich möchte, dass Sie gehen. Beide.« Sie warf Oliver Deeds einen flehenden Blick zu.
»Ich könnte ihn im Auge behalten, während er seine Arbeit beendet«, bot der Anwalt ihr an.
»Nein! Sie haben die Bilder gesehen, sie haben Fotos, die Polizei hat ein Protokoll aufgenommen. Das muss der Versicherung genügen, um ihre Entscheidung zu treffen. Ich möchte, dass *alle* mein Haus verlassen.« Demonstrativ verließ sie den Raum und ging zu der tatsächlich offen stehenden Eingangstür. In diesem Moment bog Amanda auf der anderen Straßenseite in ihre Zufahrt ein.
Vor Zorn am ganzen Leibe zitternd, hastete Gretchen die Verandatreppe hinunter, den Plattenweg entlang und über die Fahrbahn.

*

Amanda war eben aus dem Auto gestiegen, als sie Gretchen, sichtlich vor Wut kochend, auf sich zusteuern sah. Für einen Sekundenbruchteil dachte sie, ihre Nachbarin käme, um wegen Graham reinen Tisch mit ihr zu machen, doch dann fiel ihr Blick auf den unbekannten Wagen vor Gretchens Haus, der einen anderen Grund für ihren Besuch vermuten ließ.
»Ich habe sie nicht hergebeten, und ich glaube nicht,

dass sie das Recht hatten, in meinem Haus herumzuschnüffeln!«, sagte Gretchen aufgebracht.
»Von wem sprechen Sie?«, fragte Amanda verwirrt.
»Vorhin standen plötzlich Leute von der Versicherung vor meiner Tür und behaupteten, sie müssten den Schaden begutachten. Und kurz danach tauchte Bens Anwalt auf. Ich bat alle drei zu gehen, aber ich konnte mich nicht durchsetzen.«
Erleichtert, dass die junge Witwe sie nicht Grahams wegen aufgesucht hatte – und von Scham erfüllt, weil sie das überhaupt für möglich gehalten hatte –, sagte Amanda: »Kommen Sie«, und machte sich auf den Weg zu Gretchens Haus. In der Schule war der Teufel los gewesen. Noch heute hatten Eltern angerufen und gebeten, ihnen zu raten, was sie ihren Kindern zu Quinns Selbstmord sagen sollten, und Lehrer hatten sie gefragt, wie sie bezüglich dieses Themas mit ihren Schülern umgehen sollten. Jetzt ihrer Nachbarin beizustehen, bildete einen passenden Ausklang des Tages.
Als sie ihr Ziel erreichten, erkannte Amanda Oliver Deeds auf den ersten Blick. Sie hatte ihn nach Bens Tod mehrmals kommen und gehen sehen. Er unterhielt sich mit einer Frau und einem Mann, offenbar den Beauftragten der Versicherungsgesellschaft. Gretchen räusperte sich. Die drei schauten auf.
»Soviel ich weiß, hat Mrs Tannenwald Sie gebeten zu gehen«, übernahm Amanda die Führung.
»Sind Sie eine Freundin von ihr?«, fragte die Frau.
»Eine Nachbarin«, kam der Anwalt Amanda zuvor. »Mrs O'Leary, nicht wahr?«
»So ist es.« Sie war überrascht, dass er sich an sie erinnerte. Sie hatten sich auf der Beerdigung kennen ge-

lernt, doch da war sie nur eine von vielen Trauergästen gewesen.

»Die Herrschaften haben sich gerade verabschiedet«, erklärte Oliver Deeds Gretchen, und die Versicherungsleute steuerten nach einem knappen Nicken auf die Haustür zu.

»Haben Sie Visitenkarten?«, hielt Amanda sie auf und streckte die Hand aus. Als ihr zwei Karten übergeben wurden, reichte sie sie an Gretchen weiter, die sie zwar nahm, ihren Blick aber auf Deeds richtete. »Sie sagten, David habe bei ihnen angerufen, und Sie hätten seinen Wunsch, den Schaden schätzen zu lassen, für berechtigt erklärt. Wie hat er von dem Vorfall erfahren?«

»Er bekam einen Anruf von einem Ihrer Nachbarn.«

»Von welchem?«

»Das kann ich Ihnen nicht sagen.«

»Haben Bens Söhne mit der Sache zu tun?«

»Auf keinen Fall«, verneinte Deeds entschieden. »So etwas würden sie Ihnen niemals antun.«

»Die Versicherung scheint es aus irgendeinem Grund für möglich zu halten, dass ich die Bilder selbst zerschnitten habe«, berichtete Gretchen empört.

»Was für eine Idee!« empörte sich auch Amanda. Sie durchquerte den Raum, um sich »La Voisine« noch einmal anzusehen. Der Anblick war erschütternd. Doch dann fiel ihr plötzlich etwas auf: Aus einem bestimmten Winkel betrachtet, schienen die Messerspuren im oberen Teil ein Muster zu bilden, doch sie konnte es nicht deuten. Hinter ihr fuhr Gretchen fort: »Diese beiden Leute haben nach Hinweisen darauf gesucht. Darum haben sie auch andere Dinge fotografiert. Sie versuchten, Beweise für meine Schuld zu finden.« – »Das wird nicht mehr vorkommen«, versicherte der Anwalt ihr. »Dafür verbürge ich mich. Ich werde Ihnen sagen, wer David angerufen hat. Es war Lee Cotter.«

»Lee Cotter?«, echote Gretchen. »Warum er?«

»Mr Cotter steht wohl in losem Kontakt mit Bens Söhnen. Er wollte offenbar wissen, ob sie etwas mit dem Anschlag zu tun hätten. David war sehr aufgebracht darüber. Mr Cotter hat ihm erzählt, dass Sie schwanger sind. Das hätten Sie mir sagen sollen.«

»Weshalb?«

»Als Ihr Anwalt ist es meine Aufgabe, Ihre Interessen zu vertreten. Wenn ich von der Schwangerschaft gewusst hätte, wäre ich in der Lage gewesen, mir für den Fall, dass David mich darauf anspräche, Argumente zurechtzulegen.«

»Meine Schwangerschaft geht David doch überhaupt nichts an.«

Amanda drehte sich gerade um, als Oliver Deeds den Blick senkte. Als er ihn wieder hob, schaute er zuerst Amanda an und dann Gretchen. »Das sollten wir allein besprechen.«

»Ich habe keine Geheimnisse vor Amanda«, erklärte Gretchen zu deren Erstaunen.

Deeds zuckte mit den Schultern. »In Ordnung. David und Alan haben die Nachricht von Ihrer Schwangerschaft nicht positiv aufgenommen. Sie glauben …«

»Sie glauben«, fiel Gretchen ihm ins Wort, »dass ich schon zu Bens Lebzeiten ein Verhältnis hatte. Das überrascht mich nicht, aber ich werde es mir nicht bieten lassen. Wenn sie diese Verdächtigung nicht zurücknehmen, werde ich sie verklagen.«

»Weswegen?«

»Sie sind der Anwalt – lassen Sie sich etwas einfallen. Ich habe genug Geld, um das durchzuziehen. Wenn sie keine Ruhe geben, werden sie mich kennen lernen!«
Amanda hätte sich gerne »La Voisine« noch einmal angesehen – die Anordnung der Schnitte hatte etwas zu bedeuten, da war sie ganz sicher –, doch andererseits konnte sie sich nicht von Gretchen und ihrem Auftritt losreißen, zeigte sich diese junge Frau, die ihr in jeder Hinsicht immer zerbrechlich erschienen war, plötzlich als bemerkenswert stark.
»Ich werde mich bemühen, die Wogen zu glätten«, versprach Deeds.
»Das hoffe ich.«
»Ben hat sein Vertrauen in mich gesetzt, und er erwartete, dass ich mich um Sie kümmere. Brauchen Sie irgendetwas?«
»Nein«, erwiderte Gretchen mit noch immer fester Stimme, doch Amandas geschultes Ohr nahm ein feines Zittern darin wahr. »Ich komme sehr gut zurecht.«
Der Anwalt musterte sie nachdenklich und meinte dann verhalten: »Schön, aber lassen Sie es mich wissen, falls sich etwas ergibt. Ich kann jederzeit so viel Geld aus dem Treuhandfonds nehmen, wie Sie brauchen.«
»Ich komme sehr gut zurecht«, wiederholte sie.
Er verabschiedete sich und ging auf die Tür zu, doch plötzlich hielt er inne und drehte sich um. »Soll ich vielleicht einen Privatdetektiv auf die Sache ansetzen?«, fragte er mit einem Blick zu den zerschnittenen Bildern.
»Nein.«
»Soll ich mit der Polizei reden?«
»Das ist nicht nötig. Die verdächtigen mich nicht.«

»Ich dachte nur, die Stimme eines Mannes hätte vielleicht mehr Gewicht.«
»Mein Mann wird dafür sorgen, dass die Untersuchung vorrangig behandelt wird«, hörte Amanda sich zu ihrer Verblüffung sagen. »Er kennt die Beamten, die hier waren.«
»Oh.« Oliver wirkte seltsam enttäuscht. »Dann gibt es im Moment wohl nichts mehr für mich zu tun.« Er wandte sich wieder Gretchen zu: »Aber falls Sie etwas brauchen sollten – das Vermögen steht Ihnen zur Verfügung.«
Er war kaum aus der Tür, als Gretchen auffuhr: »Das Vermögen steht mir zur Verfügung! Dass ich nicht lache! Wenn Bens Söhne ihn darum bäten, würde er alles daransetzen, mich auszubooten!« Sie schaute Amanda herausfordernd an. »Ist Ihnen aufgefallen, wie er sich gewunden hat? Ben sagte, ich könne mich auf ihn verlassen, aber er steht eindeutig auf der Seite der Söhne!«
Plötzlich wich alle Farbe aus ihrem Gesicht. Sie drückte das Rückgrat durch, presste beide Hände auf ihren Leib und atmete tief ein.
»Was ist los?«, fragte Amanda besorgt.
Gretchen ließ sich auf dem Sofa nieder und rieb sich den Muskelstrang, der das Baby stützte, wobei sie eine offenbar erlernte Atemtechnik praktizierte.
»Was war denn?«, wollte Amanda wissen, als sie sah, dass Gretchen sich entspannte.
»Braxton-Hicks-Kontraktionen«, erklärte sie. »Der Arzt sagt, ich müsse mir deswegen keine Gedanken machen.«
»Kann ich irgendetwas für Sie tun?«
»Nein, danke. Sie haben schon genug getan.« Sie stand

auf und steuerte auf die Küche zu. Amanda fühlte sich stehen gelassen und verspürte plötzlich die gleiche Feindseligkeit, die sie oft von der jungen Witwe zu spüren bekommen hatte. Doch dann stiegen Zweifel in ihr auf. War es wirklich Feindseligkeit gewesen oder vielleicht einfach nur Zurückhaltung – oder pure Vorsicht? Wenn man bedachte, mit wie viel Ablehnung sie und ihre Freundinnen Bens zweiter Frau bisher begegnet waren, hätte sie allen Grund gehabt, Vorsicht walten zu lassen.

Noch immer besorgt um sie, folgte Amanda ihr. Als sie die Küche betrat, ließ Gretchen gerade Wasser aus dem Spender an der Kühlschranktür in ein Glas laufen. Auf dem Tisch lagen aufgeschlagene Bücher und Schreibutensilien. Amanda trat näher und warf einen Blick darauf.

»Das ist ja Französisch«, staunte sie.

»Ich möchte es lernen.« Gretchen errötete wie ein verlegenes Schulmädchen. »Die Sprache hat mir so gefallen, als ich mit Ben in Paris war. Aber es ist nicht einfach.« Sie trank einen Schluck. »Möchten Sie vielleicht einen Ananassaft?«, erinnerte sie sich daran, dass sie einen Gast hatte.

»Nein danke. Ich muss dringend nach Hause und Protokolle schreiben.«

Gretchen brachte sie zur Tür. »Ich habe mir heute Vormittag das Gerät gekauft, von dem Sie sprachen«, erzählte sie. »Das, bei dem man die Telefonnummer des Anrufers ablesen kann. Es hat noch niemand angerufen, seit ich es angeschlossen habe, aber die Idee war auf jeden Fall gut.«

»Vielleicht erweist sie sich ja irgendwann als nützlich.«

»Danke, dass Sie mir beigestanden haben.«
»Dafür sind Nachbarn doch da.« Amanda schaute auf Gretchens Bauch hinunter. »Ist wieder alles okay?«
Die junge Frau nickte und öffnete die Fliegentür. »Nochmals danke, dass Sie gekommen sind.«

*

Amanda war ziemlich stolz auf sich, als sie über die Straße nach Hause ging. Gretchen die Hand gereicht zu haben, tat ihr aus mehreren Gründen gut. Sie konnte es kaum erwarten, Graham davon zu erzählen.

14

Karen stand mit einer brennenden Zigarette in der herunterhängenden Hand auf ihrer Veranda, als Amanda aus Gretchens Haus kam und die Straße überquerte. Was ging da vor? Unbehagen erfasste sie. Nach einem letzten Zug drückte sie die Zigarette an der Unterseite des Geländers aus, warf den Stummel ins Gebüsch und stieg die Stufen hinunter.

»Mommy?«, rief Julie aus ihrem Fenster im ersten Stock.

»Ich lauf nur mal schnell zu Amanda rüber, Süße!«, rief Karen hinauf.

»Was ist mit unserem Kuchen?«

»Ich komme gleich wieder!« Eigentlich hatte sie überhaupt keine Lust zu backen, aber im Supermarkt hatte es herrliche Blaubeeren im Sonderangebot gegeben, und ihre Familie liebte selbst gebackenen Kuchen. In diesem Fall würde sie allerdings nur begrenzten Beifall ernten – von Julie und den Zwillingen. Jordie konnte sich im Moment über gar nichts freuen – er lief seit Quinns Tod wie ein Zombie herum –, und Lee verabscheute Blaubeerkuchen ebenso wie Blaubeerpfannkuchen.

Aber das machte nichts – dann müssten die Kinder sich nicht zurückhalten.

Lee hatte ihr mitgeteilt, dass er heute länger arbeiten müsse. Ob das stimmte, wusste sie natürlich nicht.

Seine Handyrechnung zu überprüfen, half nichts, denn daraus war selbstverständlich nicht zu ersehen, wo er sich befand, wenn er jemanden anrief. Gretchens Nummer war darin nicht verzeichnet, und in der Rechnung für den Festanschluss waren Ortsgespräche nicht aufgeführt. Vielleicht rief er sie aus dem Büro an. Dieser Gedanke warf ein neues Licht auf seine Abende dort. Telefonsex musste etwas ganz Tolles sein – das konnte man überall lesen. In ihren Augen war diese Methode der gleiche Betrug wie der tatsächliche Akt. Trotz allem kam es ihr gelegen, dass er heute Abend nicht zu Hause war. Sie würde mit einer Reihe von Eltern telefonieren müssen, um sie dafür zu gewinnen, bei dem Mittagessen anlässlich der Abschlussfeier der Oberstufe mitzuhelfen. Sie hätte gar keine Zeit für Lee. Im Grunde hatte sie auch keine Zeit zum Kuchenbacken. Und dafür, zu Amanda hinüberzulaufen, erst recht nicht.

*

»Hi«, begrüßte Amanda sie mit einem freundlichen Lächeln, als Karen die Fliegentür öffnete. Auf dem kleinen Küchentisch lagen eine braune Papiertüte und ein Stapel Post.

»Ich hab dich aus Gretchens Haus kommen sehen«, sagte Karen. »Sie hatte ja viel Besuch heute.«

Amanda nahm einen Salatkopf und eine Paprikaschote aus der Tüte.

»Wer war denn da?«, hakte Karen nach.

»Zwei Leute von der Versicherung und Oliver Deeds. Es ging um die Gemälde.«

»Und warum brauchte sie dich dafür?«

»Zur moralischen Unterstützung. Sie ist es nicht gewöhnt, sich mit solchen Leuten auseinander zu setzen.«
»Was wollten sie denn von ihr?«
»Den Schaden in Augenschein nehmen und sie befragen. Es sind Nachforschungen üblich, bevor über einen Erstattungsantrag entschieden wird.«
»Sie will also Geld«, konstatierte Karen. »Da fragt man sich doch, wie groß ihr Kummer über die Zerstörung des Bildes in Wirklichkeit ist – und wer das Messer geschwungen hat.«
Amanda hatte gerade ein Bündel Spargel aus der Tüte genommen und erstarrte mitten in der Bewegung.
»Was meinst du damit?«
»Na ja – sie wäre nicht der erste Mensch, der etwas, das ihm gehört, kaputtmacht, um bei der Versicherung abzukassieren.«
Amanda hatte sich vorhin bei Gretchen über diesen Verdacht empört, und sie hielt ihn noch immer für hanebüchen. Gretchen mochte keine Skrupel haben, einen verheirateten Mann zu verführen, aber kriminell war sie sicher nicht. »Ich halte es für ausgeschlossen, dass sie das getan hat«, sagte sie zu Karen und legte den Spargel auf den Tisch. »Du hättest sehen sollen, wie geschockt sie war. Außerdem hat sie überhaupt nicht bei der Versicherung angerufen. Das war David Tannenwald – nachdem er von Lee erfahren hatte, was passiert ist.«
Karen starrte sie entgeistert an. »Von Lee? Wie kommt denn Lee dazu, David anzurufen?«
»Das darfst du mich nicht fragen.« Amanda nahm einen Brokkoli aus der Tüte.
»Hat die Polizei schon was rausgefunden?«, wollte Karen wissen. Amanda schüttelte den Kopf. »Graham hat

mir vormittags eine Nachricht auf dem Anrufbeantworter hinterlassen. Er war auf dem Revier und hat mit den Beamten gesprochen. Es hat keine ähnlichen Vorfälle in der Stadt gegeben. Den Leuten jenseits des Waldes ist nichts Ungewöhnliches aufgefallen.«

»Soll das heißen, dass der Täter auf *unserer* Seite zu suchen ist?«, schlussfolgerte Karen alarmiert.

»Nein«, versuchte Amanda sie zu beruhigen. »Es heißt lediglich, dass sie noch keine Anhaltspunkte haben.«

»Was ist mit Fingerabdrücken?«

»Sie haben es versucht – aber es hatten zu viele Leute die Türknäufe im Haus angefasst.«

»Wird Gretchen sich dahinter klemmen, dass die Beamten am Ball bleiben?«

»Das wird Graham übernehmen.«

»Meinst du, dass sie wegzieht?«

»Wegen dieser Geschichte?«, fragte Amanda überrascht, doch dann dachte sie darüber nach. »Nein – ich glaube nicht. Zumindest hat sie nicht davon gesprochen.«

»Und wovon hat sie gesprochen?«

»Von dem Baby.«

Wie sich zeigte, fand Karen auch daran etwas auszusetzen. »Sie spricht über ihr Baby, obwohl sie weiß, wie sehr du dir eines wünschst? Das ist gemein. Aber dir scheint es ja nichts auszumachen. Du warst in zwei Tagen dreimal bei ihr drüben. Ist sie dir plötzlich sympathisch?«

Amanda versuchte, ihre Gefühle in Worte zu fassen, während sie das Gemüse im Kühlschrank verstaute. »Sie war mir nie unsympathisch. Ich kannte sie ja gar nicht. Sie erschien mir abweisend.«

»Wirst du dich mit ihr anfreunden?«, fragte Karen in einem Ton, als halte sie das für Hochverrat.
Amanda verstand das. Wenn sie mit Lee verheiratet wäre, würde sie es vielleicht auch so sehen. Aber sie war mit Graham verheiratet, und Graham war kein notorischer Weiberheld.
»Ich weiß nicht, ob wir Freundinnen werden«, antwortete sie. »Ich weiß nur, dass sie anders ist, als wir alle glaubten.«
Amanda dachte an die Französischbücher, doch sie beschloss, Karen nichts davon zu erzählen, denn sie wollte nicht, dass ihre Freundin auch diese Information nutzte, um der jungen Witwe etwas am Zeug zu flicken. Also setzte sie nur hinzu: »Gretchen hat Schlimmes erlebt, und wie ich es sehe, würde sie jede nachbarliche Unterstützung dankbar annehmen.«
»Du hältst es nicht für möglich, dass sie ihre Hilflosigkeit nur spielt?«
»Warum sollte sie das tun?«
»Um sich als harmloses Schäfchen hinzustellen, das kein Wässerchen trüben kann. Wir wissen immer noch nicht, wer der Vater ihres Babys ist, vergiss das nicht. Warum macht sie so ein Geheimnis daraus? Wenn es ein Fremder wäre, könnte sie es doch sagen, oder?«
»Vielleicht schweigt sie, um den Mann zu schützen.«
»Genau!«
»Nein – so habe ich es nicht gemeint. Es kann doch sein, dass wir den Mann gar nicht kennen und ganz andere Umstände sie veranlassen, seinen Namen nicht preiszugeben.« Vielleicht hing es irgendwie mit Gretchens Familie zusammen. Amanda fragte sich, was wohl zu dem Zerwürfnis geführt haben mochte. Aber

auch davon erzählte sie Karen nichts. »Vielleicht tut sie es sogar aus Selbstschutz.«
Karen sah nicht so aus, als ob sie das für möglich hielte.
»An deiner Stelle würde ich sie mit Vorsicht genießen.«
»Es müsste doch in deinem Sinne sein, dass ich sie besser kennen lerne.« Amanda faltete die jetzt leere, große braune Tüte zusammen. »Dann vertraut sie sich mir vielleicht an.«
»Oder sie erzählt dir einen Haufen Lügen.«
Amanda seufzte. »Ich finde es jedenfalls richtig, ihr ein wenig Mitgefühl zu zeigen.«
»Tust du das Graham zuliebe?«
»Wie kommst du denn auf die Idee? Nein – ich tue es mir zuliebe. In letzter Zeit habe ich mich schrecklich unfähig gefühlt, als könne ich niemandem helfen, als habe ich nichts unter Kontrolle. Gretchen zu unterstützen, baut mich auf. Da kann ich mich nützlich machen, verstehst du?« Sie dachte an Quinn, dem sie weder eine Hilfe noch von Nutzen gewesen war. Und sie dachte an Jordie, der heute nicht zur Therapie erschienen war. Therapie? Nein – dieses Wort vermied sie bei ihm sorgfältig. Er kam, um mit ihr Dame zu spielen, und dabei redeten sie über dies und das. »Wie geht's Jordie?«, fragte sie.
»Er ist okay«, antwortete Karen, doch der Unterton in ihrer Stimme ließ etwas anderes ahnen. »Warum fragst du?«
»Er hat ein Idol verloren. Ich habe mit vielen Freunden von Quinn gesprochen, und sie haben große Schwierigkeiten, in den Alltag zurückzufinden.«
»Jordie trauert natürlich – aber er ist okay.«

*

Als Georgia am späten Nachmittag aus Kansas anrief, hörte sie schon an Allisons »Hallo?«, dass etwas nicht stimmte. Am Morgen war sie noch zu Hause gewesen und hatte ein Gespräch mit ihrer Tochter geführt, ein gutes Gespräch, aber angesichts der Ereignisse der vergangenen Woche schrillten die Alarmglocken in ihrem Kopf. »Was ist, Schatz? Ist schon wieder etwas passiert?« – »Ich hatte gerade einen Streit mit Jordie. Er findet es unmöglich, dass alle wieder tun, was sie immer getan haben, als hätte es Quinn nie gegeben. Aber was sollen wir machen, Mom? Keiner von uns hat Quinn vergessen, wir reden viel über ihn – aber wir haben auch Unterricht und noch andere Dinge im Kopf. Man kann doch nicht unentwegt über den Tod sprechen.«

»Hast du ihm das gesagt?«

»Ja – und da hat er mich als eiskalt beschimpft. Bin ich eiskalt?«

»Aber nein, Schatz – du bist einer der warmherzigsten Menschen, die ich kenne.«

»Jordie ist total von der Rolle, manchmal richtig weggetreten. Dann kriegt er gar nicht mit, dass man mit ihm spricht. Für ihn war Quinn der Größte. Aber hätte er sich umgebracht, wenn er das gewesen wäre?«

»Nein.«

»Quinn war ein netter Kerl. Absolut. Er war intelligent, er war ein klasse Baseballspieler – aber er war nicht perfekt. Wie kann ich das Jordie klar machen?«

»Hast du schon versucht, es ihm so zu erklären, wie du es gerade mir erklärt hast?«

»Klar. Und weißt du was? Er sagte, ich hätte keine Ahnung, und ließ mich einfach stehen. Ist das nicht schlimm? Ich wollte ihm doch nur helfen. Dazu sind

Freunde schließlich da, oder? Einem zu helfen, wenn es einem dreckig geht.«

»So ist es«, stimmte Georgia ihr mit schlechtem Gewissen zu. Ihre Tochter steckte mitten in der Pubertät – sie hätte ihre Mutter gebraucht. Als mütterliche Freundin. Doch sie hatte kaum Zeit für sie.

»Dad sagt, es gehe da um männlichen Stolz und ich müsse die Sache von dieser Seite anpacken, aber ich habe keine Ahnung, was er damit meint.«

»Sprich mit Amanda – sie wird dir bestimmt einen Rat geben können.« – »Wenn sie nicht wieder bei Gretchen drüben ist. Was bedeutet das eigentlich? Ist es auf einmal okay, mit Gretchen zusammen zu sein?«

So formuliert und aus dem Munde ihrer Tochter, bereitete die Frage Georgia Schuldgefühle. »Es war immer okay, mit Gretchen zusammen zu sein.«

»Aber du warst es nie. Du magst sie nicht.«

»Ich habe sie nie kennen gelernt. Vielleicht tut Amanda es jetzt. Ich finde das gut. Amanda kann mit Menschen umgehen. Sprich mit ihr, Schatz – wegen Jordie, meine ich.«

»Ich wünschte, du wärst hier.«

Das wünschte Georgia auch. Diesmal hatte sie ihren Anwalt dabei. Die letzten Vertragsbedingungen wurden ausgehandelt. Falls sie zustimmte, die Firma auch weiterhin zu leiten, wäre der Deal noch diese Woche unter Dach und Fach. Wenn sie kniffe, würde er platzen, und sie müsste mit einem anderen Interessenten ganz von vorne anfangen. Nach all der Zeit und Mühe, die sie investiert hatte, um mit diesem dahin zu kommen, wo sie jetzt stand, graute ihr bei dem Gedanken. Ich wünschte, du wärst hier.

Georgia verspürte das altvertraute Heimweh, und dabei war sie erst an diesem Morgen abgereist. »Das wünschte ich auch – aber diesmal bin ich nicht lange weg. Nur bis morgen Abend. Gibst du mir deinen Dad, Schatz? Ich möchte ihm noch schnell hallo sagen.«

*

»Hi«, sagte Graham.

Amandas Herz machte einen Satz, als sie seine Stimme hörte. »Hi. Bist du auf dem Heimweg?« Sie steckte mitten in den Vorbereitungen eines Abendessens, bei dem sie etwas Wichtiges mit Graham besprechen wollte. Diesmal allerdings ging es ihr nicht darum, getröstet zu werden, weil sie wieder nicht schwanger geworden war, und auch nicht, weil sie den Selbstmord eines Schülers nicht hatte verhindern können. Diesmal ging es ihr um die Zukunft. Ihre gemeinsame Zukunft. Sie konnte diesen leeren Bildschirm nicht länger ertragen.

Doch Graham antwortete: »Nein. Ich fahre in die entgegengesetzte Richtung«, und nahm ihr damit den Wind der Zuversicht aus den Segeln.

»Wieder nach Providence?«

»Nein. Nach Stockbridge.«

Dort hatte er zu Frühlingsbeginn den Park eines Museums entworfen, und der Entwurf war so schön geworden, dass er bereits gerahmt im Büro über der Garage hing.

»Ich dachte, Stockbridge wäre abgehakt«, sagte Amanda.

»Das dachte ich auch – aber jetzt gibt es Ärger wegen meines Honorars.«

»Das ist doch vertraglich festgelegt.«
»Ja schon – aber sie sagen, dass alle Subunternehmer ihre Kostenvoranschläge überschritten hätten und sie einfach nicht mehr so viel zahlen könnten. Also trage ich meine Ansprüche heute dem Aufsichtsrat vor.«

*

Was Graham zu Amanda gesagt hatte, stimmte nur zum Teil. Die Direktoren des Museums hatten tatsächlich plötzlich Schwierigkeiten wegen seines Honorars gemacht, aber er hatte seine Ansprüche dem Aufsichtsrat schon am Nachmittag vorgetragen – im Rahmen einer Konferenzschaltung. Und so fuhr er jetzt nicht nach Stockbridge.
Nein. Er war mit seinem Bruder Peter, dem Priester, zum Abendessen verabredet, aber für Amanda war seine Familie in letzter Zeit ein solches Reizthema, dass er vorgezogen hatte, es ihr zu verschweigen. Und er hatte seinen Bruder gebeten, ihr Treffen auch der Familie zu verschweigen, wozu Peter sich bereit erklärt hatte, ohne nach dem Grund zu fragen.
Sie trafen sich auf dem Parkplatz des abgelegenen Imbisslokals, das Graham für das Gespräch ausgewählt hatte, umarmten sich zur Begrüßung und gingen hinein, wo sie sich in eine Nische im hinteren Teil des Gastraumes setzten und beide Hackbraten und Bier bestellten. Während des Essens unterhielten sie sich über Nichtigkeiten. Als die Kellnerin die Teller abgeräumt hatte, kam Graham zur Sache.
»Ich muss mit dir über die Familie reden«, sagte er. »So kann es nicht weitergehen.«

»Du meinst wegen des Babys, nicht wahr?«, bewies Peter wieder einmal sein Einfühlungsvermögen.
Graham ließ dem Ärger, der sich in Wochen in ihm aufgestaut hatte, freien Lauf. »Sie reden ständig darüber. Sie fragen ständig danach. Sie erzählen mir, wie sehr Mom sich einen Enkel von mir wünscht, als verweigere ich ihn ihr. Andauernd muss ich mir Vorschläge anhören, was wir tun sollten, damit Amanda endlich schwanger würde, als täten wir entweder nichts dazu oder als taugte unsere medizinische Beraterin nichts.«
»Sie sind besorgt. Sie versuchen, euch zu helfen.«
»Aber es funktioniert nicht. Im Gegenteil – es treibt einen Keil zwischen Amanda und mich. Einmischung seitens der Familie kann eine Ehe zerstören. Wir machen eine schwere Zeit durch. Amanda steht ohnehin unter Druck wegen des Babys – und nun auch noch, weil sie glaubt, dass ich mich auf die Seite meiner Familie schlage.«
»Und – tust du das?«, fragte Peter ihn das, was er sich in den letzten paar Tagen Dutzende von Malen gefragt hatte.
»Ich weiß es nicht. Ich will es nicht. Aber ich befinde mich in einer schrecklichen Zwickmühle. Ihr alle seid meine Vergangenheit, meine Heimat. Ich liebe euch. Ich respektiere eure Ansichten. Doch ich bin mit Amanda verheiratet. Sie ist meine Gegenwart. Sie ist meine Zukunft.« Wieder einmal hallten ihre Worte durch seinen Kopf. *Was ist, wenn wir nie ein Baby bekommen? Was wird dann aus uns?*
»Du machst nicht den Eindruck, als seiest du überzeugt davon«, sagte Peter.

Graham wollte protestieren, aber die Worte blieben ihm im Halse stecken. Er dachte darüber nach, warum das so war, und antwortete schließlich mit gesenktem Blick: »Ich mache mir Sorgen. Diese Baby-Geschichte hat unsere Beziehung derart strapaziert, dass ich nicht weiß, ob sie jemals wieder so gut werden kann, wie sie war.«

»Liebst du Amanda?«

Graham hob den Blick. »Ja.«

»Warum?«

»Was meinst du mit ›warum‹?«

»Was liebst du an ihr?«

Graham lehnte sich zurück. Wo sollte er beginnen? Plötzlich sah er Amanda vor sich, wie er sie damals vor sechs Jahren in Greenwich zum ersten Mal gesehen hatte. »Ich liebe ihre Zierlichkeit. Sie ist so feminin. Und es gefällt mir, dass sie klein ist – dadurch fühle ich mich groß. Maskulin.« In Anbetracht seiner ersten Ehe war ihm das besonders wichtig, und er entschuldigte sich nicht dafür. »Ich liebe ihre Beine – und die Art, wie ihre Haare sich locken«, führte er seine Aufzählung fort.

»Das sind äußerliche Dinge«, sagte Peter.

»Die Locken nicht. Nicht nur«, widersprach Graham. »Sie versucht sie immer wieder zu bändigen, indem sie sie zusammenbindet, aber es finden jedes Mal ein paar den Weg in die Freiheit – und auch Amanda hat so was Ungebärdiges.«

Peter lächelte. »Zeigt sich das noch in anderer Weise?«

»O ja.« Graham spürte Stolz in sich aufsteigen. »Früher gingen wir oft in die Berge. Wenn sie da über einen Stein stolperte, rappelte sie sich immer lachend wieder auf. Beim Kajakfahren war es genauso. Sie kenterte alle naselang, aber das konnte ihr den Spaß daran nicht verderben. Sie ist ungeschickt, aber abenteuerlustig, stets bereit, etwas Neues auszuprobieren. Das liebe ich an ihr. Und dann ist da noch ihre sensible Seite …«

»Ich habe sie mit Neffen und Nichten gesehen«, nickte Peter. »Sie versteht es wunderbar, mit ihnen umzugehen. In der Schule habe ich sie noch nie in Aktion gesehen.«

»Ich schon – und nicht nur einmal.« Graham erinnerte sich lebhaft daran. »Sie findet bei jedem Kind den richtigen Ton und bringt mit wenigen Worten rüber, was sie vermitteln will. Das hatte ihn mit tiefer Bewunderung erfüllt. »Sie ist belesen, und sie ist intelligent, und sie verfügt über einen gesunden Menschenverstand. Das mag ich an ihr.« Graham kehrte im Geist nach Greenwich zurück. Stirnrunzelnd in seinen Kaffee starrend, versuchte er, seine Gedanken in Worte zu fassen. »Ich glaube, das Erste, was mir an ihr gefiel, war die Art, wie sie mich ansah«, sagte er schließlich bedächtig. »Wir waren zu sechst dabei, Pflanzlöcher für Büsche auszuheben, aber sie schaute *mich* an. Als sei ich der Einzige dort. Damit gab sie mir das Gefühl, etwas Besonderes zu sein. Das hat sie mir seitdem oft gegeben.« Er hob den Blick, um zu sehen, ob Peter lachte. Will hätte vielleicht gelacht. Auch Joseph oder Malcolm. Aber Peter war ernst. Nachdenklich.

»Du sagtest, ihr wäret früher viel in die Berge gegangen und Kajak gefahren. Tut ihr das denn nicht mehr?«

»Nein. Schon seit einer ganzen Weile.«

»Warum nicht?«

»Keine Zeit. Wir haben beide viel zu tun. Und außerdem wollen wir nicht riskieren, eine Schwangerschaft damit zu verhindern.« In seinen Schläfen begann es zu pochen. »Die Schwangerschaft beherrscht unser ganzes Leben – besser gesagt, der Wunsch danach.« Er erwartete, dass Peter, der Priester, ihn dafür loben würde, doch der Priester sagte: »Kinder zu bekommen, ist nur ein Teil einer Beziehung.«

Graham schnaubte. »Sag das Mac. Sag das James oder Joseph oder Will. Sag das MaryAnne und Kathryn.«

»Das tue ich, wenn du es möchtest. Ich werde dir helfen, so gut ich kann, das weißt du, Gray.«

Ja, das wusste Graham. Darum hatte er mit Peter sprechen wollen. »Es ist mir klar, dass sie mich lieben und mich glücklich sehen wollen – aber sie machen eine schlimme Situation noch schlimmer. Mit Megan hattet ihr alle keine Probleme – und sie hatte keine mit euch. Ihr kanntet sie bereits seit einer Ewigkeit, als ich sie heiratete, sie gehörte schon lange davor zur Familie. Amanda ist ganz anders als ihr und Megan – da gibt es nicht diese selbstverständliche Vertrautheit, wenn wir alle zusammen sind, und ich fühle mich hin- und hergerissen zwischen meiner Frau und meiner Familie. Wie kann ich da eine Brücke schlagen?«

Peter dachte nach.

»Ich kenne die Antwort«, sagte Graham. »Wenn wir ein Kind hätten, gäbe es kein Problem mehr. Aber was geschieht, wenn wir keines bekommen? Werden sie Amanda dafür verantwortlich machen? Werden sie sie dann auf Abstand halten? Oder werden sie sich damit abfinden? Wenn sie das nicht tun, stehe ich mit dem Rücken an der Wand. Ich will mich nicht zwischen Amanda und ihnen entscheiden müssen.«

»Und – soll ich nun mit ihnen reden, oder nicht?«

»Nur, wenn die Sprache darauf kommt.«

»Und was soll ich dann sagen?«

»Dass sie Ruhe geben sollen«, begann Graham und ratterte dann alles herunter, was ihm auf der Seele lag. »Dass sie sich um ihre eigenen Angelegenheiten kümmern sollen. Dass ich schon ein großer Junge bin. Dass ich mehr über Befruchtungsmethoden weiß als sie. Dass ich mir ein Baby wünsche, dass aber ihr ständiges Genörgel nicht hilfreich ist. Sag ihnen, wenn sie wirklich helfen wollen, dann sollen sie Amanda das Gefühl geben, eine von uns zu sein. Ach, zum Kuckuck, Peter – sag ihnen, was du willst. Ich bin sicher, sie werden auf dich hören.«

»Was ist mit Mom?«

»Mit Mom kläre ich das selbst«, antwortete Graham. Er wusste zwar nicht, wie, aber er würde es schaffen, das hatte er sich fest vorgenommen. Jetzt hatte er nur noch eine Bitte an seinen Bruder, den Priester, und die lag ihm ganz besonders am Herzen. »Sag mir, dass es okay ist, wenn wir keine Kinder bekommen.«

»Oh, ihr werdet Kinder bekommen – wenn nicht auf biologischem Weg, dann adoptiert ihr eben welche. »Das war nicht der Punkt. »Sag mir, dass es okay ist, wenn Amanda und ich keine eigenen Kinder bekommen«, präzisierte Graham seine Frage.

»Selbstverständlich ist das okay. Sogar mehr als okay: Wenn ihr keine Kinder bekommt, dann ist es Gottes Wille.« Peter schaute seinem Bruder in die Augen: »So sehe ich das. Wie siehst du es?«

*

Amanda saß im Büro über der Garage an einem Protokoll, als das Telefon klingelte.

»Hallo?«, meldete sie sich.
»Könnte ich Graham O'Leary sprechen?«
»Es tut mir Leid – er ist nicht hier. Wer spricht denn da?«
»Stuart Hitchcock. Ich rufe aus Stockbridge an. Ich wollte ihm für das Gespräch heute Nachmittag danken. Er hat seine Ansprüche fundiert vorgebracht. Ich wünschte, wir hätten ihm einen endgültigen Bescheid geben können, als er anrief, aber sieben der zehn Aufsichtsratsmitglieder hatten Pläne für den Abend, und so konnten wir nur bis um sechs tagen. Wir werden uns nächste Woche wieder treffen. Bitte richten Sie ihm aus, dass wir uns dann bei ihm melden, falls sich noch irgendwelche Fragen ergeben sollten.«
»Das werde ich gerne tun«, antwortete Amanda artig und fragte sich dabei, wo ihr Mann heute Abend war. In Stockbridge jedenfalls nicht.

15

Amanda hörte Graham am Dienstagabend zwar heimkommen, denn sie lag hellwach auf dem Sofa im kleinen Arbeitszimmer, war aber so zornig, dass sie fürchtete, weit übers Ziel hinauszuschießen, wenn sie ihn jetzt zur Rede stellte, und so blieb sie, wo sie war. Am nächsten Morgen schrieb sie Stuart Hitchcocks Nachricht auf einen Zettel und legte ihn beim Frühstück wortlos neben seinen Teller.

Graham las ihn und starrte dann eine qualvolle Ewigkeit auf das Blatt Papier hinunter. Schließlich hob er den Blick, und das Schuldbewusstsein darin ließ Amanda das Schlimmste vermuten, doch dann hörte sie ihn sagen: »Ich habe mich mit Peter getroffen. Ich musste mit ihm reden, aber ich dachte, es wäre dir nicht recht.«

Hatte ihn die Rücksicht auf ihre Gefühle oder hatte die Angst vor einer Auseinandersetzung mit ihr sein Verhalten veranlasst? Wie auch immer – Tatsache war, dass er ihr nicht die Wahrheit gesagt hatte.

»Du hast nicht die Wahrheit gesagt.«

»Ich dachte, es wäre das Beste.«

»Das Beste? Du verlangst, dass ich dir vertraue, aber wenn du schon wegen einer solchen Lappalie nicht die Wahrheit sagst, wie soll ich dir dann bei wichtigen Dingen glauben?«

»Großer Gott! Du bist doch nicht etwa noch immer auf dem Gretchen-Trip?«
»Ich bin auf dem Was-bedeute-ich-dir-Trip. Wirst du auch bei mir bleiben, wenn wir nie ein Kind bekommen?«
»Wir werden ein Kind bekommen«, antwortete er. »So oder so.«
Das beantwortete ihre Frage nicht, und sie wusste auch nicht, was sie sich unter »so oder so« vorstellen sollte. Er sah aus, als läge ihm etwas auf der Seele, und auch das war nicht dazu angetan, ihre Stimmung zu heben.
»Ich muss los.« Sie griff sich ihren Aktenkoffer. Auf dem Weg zur Tür hoffte sie, er würde sie zurückhalten und ihr endlich die Sicherheit geben, die sie so brauchte. Es wäre genug Zeit dafür gewesen, zu sagen, warte einen Moment. Es tut mir Leid, dass ich dich so lange hingehalten habe. Ich möchte den Rest meines Lebens mit dir verbringen, auch wenn wir niemals ein Kind bekommen, und es würde mir nie einfallen, mich für eine andere Frau zu interessieren. Ich liebe nur dich, und das wird immer so sein. Aber er tat es nicht.

*

Am Vormittag war Amanda derart eingespannt, dass ihr keine Zeit für private Gedanken blieb. Zwischen drei Therapiesitzungen wurde sie von Anrufen in Trab gehalten. Eine Mutter machte sich Sorgen wegen der schlechter werdenden Noten ihrer Tochter, eine andere wollte wissen, ob es für einen Schüler der Oberstufe normal sei, einen unsichtbaren Freund zu haben, die Dritte war besorgt über den Umgang ihres Sohnes, und die Vierte wollte Amanda darüber informieren, dass sie und ihr Mann sich scheiden lassen würden und ihre Tochter dementsprechend durcheinander sei und sich vielleicht an sie wenden würde. Und noch immer riefen einige wegen Quinns Selbstmord an und wollten sich vergewissern, dass die Schule wachsam bliebe.

Das alles behandelte Amanda streng professionell, doch dann stand plötzlich Allison Lange in der Tür, verlegen und unsicher, wie viele der Schüler, die sich von Amanda Hilfe erhofften, aber zu Allison hatte sie eine persönliche Beziehung. Wie zu Jordie. Seinetwegen machte sie sich allmählich Sorgen. Sie hatte ihm am Morgen eine E-Mail geschickt, jedoch keine Antwort erhalten. Amanda stand von ihrem Schreibtisch auf, durchquerte das Büro, zog Allison ins Zimmer und schloss die Tür.

»Hi«, krächzte Maddie.

»Du siehst aus, als könntest du einen Freund gebrauchen«, sagte Amanda.

Allison fühlte sich nach wie vor sichtlich unbehaglich. Sie fixierte den Papagei, als sie sagte: »Meine Mom meint, ich soll mit Ihnen reden.« Sie machte einen Schritt auf den Käfig zu. »Ich wollte ja eigentlich gestern Abend zu Ihnen kommen, aber dann hätte ich zu Hause erklären müssen, was ich bei Ihnen wollte.«

»Ich liebe dich«, ertönte es aus dem Vogelkäfig.

»Und – worum geht's?«, fragte Amanda behutsam.

»Um Jordie.«

Amanda klemmte eine lange Haarsträhne hinter das Ohr des Mädchens und legte leicht eine Hand auf ihre

Schulter. »Ich mache mir auch Gedanken über ihn. Ich glaube, er hat mit einigen Problemen zu kämpfen.«
Allison wandte sich ihr zu. Sie schien erleichtert, dass Amanda das auch erkannt hatte – als gebe ihr das quasi die Erlaubnis, über ihren Freund zu sprechen. »Er hat sich total verändert, macht kaum noch den Mund auf, und wenn ich ihn frage, was los ist, schnauzt er mich an. Aber so benimmt er sich nicht nur mir gegenüber. Auch hier in der Schule.« Sie schwieg einen Moment und setzte dann hinzu: »Allerdings ist er heute nicht da.«
»Ist er krank?«
»Er ist mit mir im Bus hergefahren, und ich habe ihn ins Klassenzimmer gehen sehen. Aber im Matheunterricht in der letzten Stunde war er nicht. Ich habe rumgefragt. Nach der ersten Stunde hat ihn niemand mehr gesehen.«
»Hast du eine Ahnung, wo er sein könnte?«
Das Mädchen schüttelte den Kopf.
»Vielleicht ist ihm schlecht geworden, und er wurde heimgeschickt.«
»Zu Hause ist er nicht. Ich habe zweimal angerufen. Es hat niemand abgenommen.«
»Vielleicht hat die Schwester ihn auf der Krankenstation behalten, weil sie seine Mutter nicht erreichen konnte.«
Allisons zweifelnder Blick zeigte ihr, dass das Mädchen auch auf diese Idee gekommen war. »Du warst dort.«
»Als ich gerade reingehen wollte, läutete es zur nächsten Stunde, und ich hatte keine Zeit mehr.«
»Wo solltest du jetzt eigentlich sein?'«
»Im Studiersaal.«

Amanda schrieb ihr eine Entschuldigung. »Gib das der Aufsicht, dann bekommst du keine Schwierigkeiten.«

»Was soll ich sagen, wenn mich jemand fragt, warum ich bei Ihnen war?«

Diese Frage hörte Amanda oft. Die Schüler mochten sie – sie wollten nur nicht zugeben, dass sie sie brauchten.

»Deine Freunde wissen doch, dass wir Nachbarn sind, und sie wissen sicher auch von dir, dass deine Mom verreist ist. Sag einfach, sie habe dich gestern Abend am Telefon gebeten, mir etwas auszurichten.«

Amanda reichte Allison die Entschuldigung.

»Was machen Sie jetzt wegen Jordie?«, wollte das Mädchen wissen.

»Als Erstes frage ich auf der Krankenstation nach.«

»Und wenn er da nicht ist?«

»Dann versuche ich es zu Hause. Vielleicht ist er inzwischen dort.«

»Und wenn nicht?«

»Dann versuche ich, seine Eltern zu erreichen.«

»Ich will nicht, dass er meinetwegen Ärger bekommt. Es ist nur … ich mache mir Sorgen um ihn … wegen … wegen der Sache mit Quinn.« Auch Amanda machte sich deswegen Sorgen um ihn. Jordie war mit Quinn befreundet gewesen, obwohl die beiden kaum verschiedener hätten sein können. Quinn war ein Einserschüler gewesen, Jordie bewältigte den Stoff nur mit Müh und Not. Quinn war der aufgehende Stern an Woodleys Baseballhimmel gewesen, Jordie saß meistens auf der Ersatzbank. Quinn war der Oberstufensprecher gewesen, Jordie war ein Unterstufenschüler ohne politische Ambitionen. Wenn Amanda gefragt worden wäre, welcher von Quinns Freunden ihn ihrer Meinung nach am ehesten als Vorbild sehe, hätte sie Jordie genannt.

*

Jordie war nicht auf der Krankenstation. Er war auch nicht dort gewesen.

Zu Hause war er ebenfalls nicht – oder er nahm den Hörer nicht ab.

Amanda holte sich Maggie Dodd zu Hilfe, und gemeinsam machten sie sich daran, unauffällig das Schulhaus zu durchsuchen. Jordie war nicht im Umkleideraum, er war nicht hinter der Bühne der Aula, er war nicht in der Bücherei.

Während Maggie sich weiter umsah, wählte Amanda Karens Handynummer, musste sich jedoch damit begnügen, ihr eine Nachricht zu hinterlassen. Das Gleiche galt für Lees Büroanschluss.

Von Bildern eines Blutbades im Haus der Cotters gepeinigt, stieg sie in ihren Wagen. In der Sackgasse angekommen, sah sie zu ihrer Erleichterung kein Auto in der Zufahrt der Cotters stehen, womit sie die befürchtete Familientragödie vergessen konnte. Doch nun malte sie sich in den düstersten Farben aus, was Jordie sich selbst alles angetan haben könnte. Sie musste ihn suchen, und dafür brauchte sie Hilfe.

Graham war nicht da, aber Russ. Zumindest stand sein Wagen in der Auffahrt. Die Hintertür war unverschlossen, aber als Amanda durch die Küche in die Halle ging und seinen Namen rief, bekam sie keine Antwort. Blieb nur noch Gretchen. Die junge Frau begrüßte sie mit einer Mischung aus Freude und Erstaunen. Amanda war gerade dabei, ihr die Situation zu erklären, als Russ hinter Gretchen auftauchte. Er trug wie üblich T-Shirt und Shorts, und seine Haare waren wie üblich zerzaust. Hätten Amandas Gedanken nicht um Jordie gekreist, hätte sie sich vielleicht zu Schlussfolgerungen hinreißen lassen, doch wie die Dinge lagen, war sie einfach nur froh, dass er da war.

Russ ging mit ihr zu den Cotters hinüber. Als ihr Klingeln und dann auch ihr Klopfen niemanden auf den Plan rief, holte Amanda den Reserveschlüssel aus dem Versteck, das Karen ihr für Notfälle gezeigt hatte, und schloss die Tür auf.

»Jordie?«, rief sie in der Eingangshalle. »Jordie? Ich bin's – Amanda.«

Totenstille.

Sie warf Russ einen angstvollen Blick zu, und dann durchsuchten sie in aller Eile das Haus. Die Zeit drängte. Wenn Jordie sich etwas angetan hatte, konnten Minuten über Leben und Tod entscheiden.

Nachdem sie ihn im Parterre nicht gefunden hatten, sahen sie sich im ersten Stock um, in seinem Zimmer, im Elternschlafzimmer, im Zimmer der Zwillinge, in Julies Zimmer, in allen Bädern und in den begehbaren Schränken. Nichts. Auch auf dem Dachboden und im Keller war der Junge nicht. Als sie das Haus wieder verließen, wurden sie von Gretchen erwartet. Sie überlegten gerade gemeinsam, wo Jordie sein könnte, als Karen angefahren kam. Sie hielt an, stieg aus und fragte, die Hand noch auf der Tür: »Was ist denn hier los?« Amanda ging zu ihr: »Hast du deine Mailbox nicht abgehört?«

Ihre Freundin schüttelte den Kopf. »Nein. Wieso!«

»Ich habe dir eine Nachricht darauf gesprochen. Lee

musste ich ebenfalls eine hinterlassen, er war nicht im Büro. Jordie ist nicht in der Schule. Die erste Unterrichtsstunde hat er besucht, aber danach hat ihn keiner mehr gesehen. Maggie und ich haben das ganze Gebäude durchsucht. Kein Jordie. Also dachte ich, er sei vielleicht hier.« Karen war blass, aber das war sie immer. Sie starrte Amanda ausdruckslos an, richtete ihren ausdruckslosen Blick dann auf Russ und schließlich auf Gretchen. Amanda war dieses Verhalten ein Rätsel. Wäre Jordie ihr Sohn, würde sie sich angesichts des Dramas in der letzten Woche zu Tode ängstigen. Aber Karen zeigte keine Reaktion.

»Ich bin in großer Sorge«, bemühte Amanda sich, sie aus ihrer Teilnahmslosigkeit zu reißen.

»Warum?«, fragte Karen seltsam tonlos.

»Jordie hat Quinns Tod sehr mitgenommen.«

»Und darum machst du die Pferde scheu? Müsstest du nicht eigentlich in der Schule sein?« Immer noch diese tonlose Stimme.

»Jordie liegt mir am Herzen! Ich kenne ihn, und ich habe Angst um ihn!«

Karen streifte Russ und Gretchen mit einem schnellen Blick und wandte sich dann wieder Amanda zu. Endlich zeigte sie eine Regung. Allerdings keine, die Amanda erwartet hätte. »Es besteht nicht der geringste Anlass, sich um ihn zu ängstigen«, erklärte sie indigniert. »Jordie geht es gut. Er kommt klar mit Quinns Tod. Ich habe mit ihm gesprochen. Er ist völlig okay.«

Wenn das tatsächlich Karens Meinung war, dann trug sie Scheuklappen, dachte Amanda.

»Weißt du, wo er ist?«, meldete sich Russ zu Wort.

»Allerdings«, erwiderte Karen spitz. »Er ist mit Lee un-

terwegs.« Sie beugte sich in den Wagen hinunter, zog den Zündschlüssel ab und schlug die Tür zu.
»An einem Schultag?«, fragte Amanda verblüfft. »Hat Lee ihn abgeholt? Hat er jemandem in der Schule Bescheid gesagt?«
Karen ging auf ihr Haus zu. »Das weiß ich nicht – ich war nicht dabei.«
Sie hielt das Gespräch offenbar für beendet, doch Amanda ließ nicht locker. »War das denn geplant?«
»Ja. Ich denke, Jordie wollte einfach mal mit seinem Vater reden.« Nach ein paar Schritten blieb sie plötzlich stehen und drehte sich um. Mit blankem Entsetzen in den Augen schaute sie wieder zuerst Russ und Gretchen an, ehe sie sich Amanda zuwandte.
»Hast du etwa die ganze Schule rebellisch gemacht?«
»Nein.«
»Gott sei Dank! Das hätten wir brauchen können, dass alle denken, er sei drauf und dran, sich umzubringen, obwohl er völlig okay ist!« Sie setzte ihren Weg fort. »Ich werde Lee anrufen. Er hat bestimmt jemandem gesagt, dass er Jordie mitnimmt – es ist bloß untergegangen. Ich kenne den Betrieb gut genug, um zu wissen, wie dort in solchen Fällen geschlampt wird. »Jordie geht es gut. Fahr in die Schule zurück und sag das allen, die du in Panik versetzt hast!«
Damit ließ sie Amanda stehen.

*

Eine Stunde und vier Zigaretten später erreichte Karen endlich ihren Mann. Das Gute war, dass sie sich diesmal nicht zu fragen brauchte, ob er ein Rendezvous mit

Gretchen gehabt habe. Das Schlechte war, dass er Jordie nicht bei sich hatte.

»Wo kann er sein?«, fragte Lee aufgeregt.

»Ich bin sicher, er ist mit Freunden unterwegs«, antwortete sie. So musste es sein. Es wäre nicht das erste Mal, dass er, ohne sich abzumelden, verschwunden war. Allerdings hatte er es noch nie während der Unterrichtszeit getan – aber es gehörte nun einmal zu diesem Alter, gegen Zwänge zu rebellieren.

»Hat Amanda sich erkundigt, ob auch andere Kinder abgängig sind?«, wollte Lee wissen.

»Ich nehme es an.«

»Du nimmst es an? Hast du sie nicht gefragt? Das wäre meine erste Frage gewesen.«

»Spiel dich nicht so auf – du warst ja nicht einmal zu erreichen. Wo bist du denn gewesen?«

»Beim Mittagessen.«

»Soso.«

»Was soll denn das heißen?«, fuhr er auf.

Es hieß, dass sie ihm nicht glaubte – und das wusste er. In diesem Fall konnte sie ihm allerdings nicht beweisen, dass er sie hintergangen hatte. Ganz anders verhielt es sich mit der Kreditkartenabrechnung, in der das Honorar für einen Gynäkologen aufgeführt war, dessen Namen Karen noch nie gehört hatte. Es wäre interessant zu erleben, wie Lee sich da rauszuwinden versuchte, dachte Karen, doch im Augenblick beschäftigte sie Wichtigeres.

»Vergiss es«, sagte sie. »Ich werde jetzt einen Rundruf bei seinen Freunden starten.«

»Lass es mich sofort wissen, wenn du etwas erfährst, ja?«

Karen versprach es. Ein Blick auf die Uhr zeigte ihr, dass sie mit ihrem Rundruf noch eine Stunde würde warten müssen, denn erst dann träfen die Schüler allmählich zu Hause ein – es sei denn, sie hätten Training oder andere Pläne.
Einige seiner Freunde erreichte sie schließlich, doch keiner von ihnen wusste, wo er steckte.
Karen malte sich alle möglichen Schreckensszenarien aus, unter anderem auch, dass die Polizei Jordie aufgegriffen und in eine Zelle gesperrt hatte. Das war natürlich absurd. Erstens hätte man sie in diesem Fall sofort benachrichtigt, und zweitens konnten sie unmöglich etwas von dem Messer wissen.
In ihrer Angst rief sie noch einmal ihren Mann an. »Ich habe ein ungutes Gefühl.«
»Du machst dir doch ständig Sorgen.«
»Jordie ist plötzlich so anders.«
»In der Pubertät sind Stimmungsschwankungen völlig normal.«
»Und wenn es was Ernstes ist?«
Karen hörte eine ganze Weile gar nichts, dann einen unterdrückten Fluch, und schließlich seufzte Lee gottergeben. »Also schön – ich komme nach Hause. Ruf inzwischen noch ein paar Freunde an, okay? Irgendwo muss er ja sein.«

*

Amanda konnte die Sache nicht einfach auf sich beruhen lassen. Sie glaubte nicht, dass Jordie bei Lee war. Sie glaubte, dass Karen das erfunden und keine Ahnung hatte, wo er war. Sie hatte schon mit Eltern gearbeitet, die sich zu sehen weigerten, dass ihre

Kinder sich mit ernsten Problemen herumschlugen. Die Eltern von Quinn Davis waren ein Paradebeispiel dafür.

Von diesem Gedanken verfolgt, fuhr Amanda in die Schule zurück und nahm ihre Detektivarbeit wieder auf. Sie erfuhr, dass Jordie an diesem Morgen bis um zehn in der Schule gewesen und seitdem nicht mehr gesehen worden war. Ohne ihre Befürchtungen durchblicken zu lassen, befragte sie einen Freund hier und einen Freund da, den Baseballtrainer und Jordies Spanischlehrer. Als sie schließlich alle Informationsquellen ausgeschöpft hatte, war es fast fünf Uhr. Sie rief bei den Cotters an.

Karen meldete sich bereits nach dem ersten Klingeln mit einem atemlosen: »Hallo?«

»Ich bin's«, sagte Amanda, »ist er aufgetaucht?«

»Nein. Er ist übrigens nicht bei Lee. Ich muss die Tage verwechselt haben. Wir nehmen an, dass er mit Freunden unterwegs ist.«

Das nahm Amanda nicht an. Sie befürchtete das Schlimmste.

»Hast du die Polizei angerufen?«

»Warum sollte ich die Polizei anrufen?«

»Um deinen Sohn als vermisst zu melden.«

»Er ist noch nicht lange genug weg, um als vermisst zu gelten.«

»Nicht dem Gesetz nach, das ist richtig – aber wir leben in einer Kleinstadt«, sagte Amanda. »Die Polizei weiß von Quinns Selbstmord, und vielleicht …«

»Du kannst doch Jordie nicht mit Quinn in einen Topf werfen!«, fiel Karen ihr ins Wort. »Jordie würde so was niemals tun. Niemals.«

»Ich glaube auch nicht, dass er so weit geht«, log Amanda, »aber er kann in seinem Kummer alles Mögliche getan haben. Wenn er sich in einem Ausnahmezustand befindet und nicht mehr klar denken kann …«

Wieder fiel Karen ihr ins Wort. »Warum gibst du keine Ruhe, Amanda? Du machst alle verrückt, und dabei ist Jordie sicherlich nur mit Freunden unterwegs. Und in dem Fall kannst du davon ausgehen, dass er nicht in Woodley zu finden ist. Wenn er mit Freunden losgezogen ist, dann sind sie in Darien oder Greenwich oder sogar in Manhattan. Die Polizei zu informieren, würde also nichts bringen außer einem Artikel in der nächsten Ausgabe unserer Zeitung, der Jordie entsetzlich in Verlegenheit brächte. So war es auch mit Quinn. Sehen wir doch der Tatsache ins Auge: Der Zeitungsartikel hat den Jungen in den Selbstmord getrieben. Ohne diese öffentliche Demütigung würde er heute noch leben. Warum beharrst du darauf, dass ich die Polizei anrufen soll? Ich weiß nicht, was du willst.«

Amanda dachte, dass man bei einem einmaligen Vorschlag wohl kaum von »beharren« sprechen konnte, aber Karen war aufgeregt, und so erwiderte sie ruhig: »Ich mache mir Sorgen um Jordie.«

»Das weiß ich zu schätzen«, sagte Karen, »aber wir müssen uns deine Vorgeschichte vergegenwärtigen. Du warst nicht in der Lage, Quinn zu retten. Darum fühlst du dich schuldig, und weil du dich schuldig fühlst, machst du jetzt aus einer Mücke einen Elefanten. Ich verstehe das, Amanda – aber Jordie ist okay. Glaub mir – er ist okay.«

*

In gewisser Weise hatte Karen Recht. Amanda fühlte sich schuldig, weil sie Quinn nicht hatte helfen können – aber sie sorgte sich um Jordie, weil sie schon vor Quinns Tod gemerkt hatte, dass ihn etwas bedrückte, und als er dann auch noch seinen Freund auf so tragische Weise verlor, war der Leidensdruck, wie der Fachausdruck lautete, vielleicht zu groß geworden. Sie konnte sich unmöglich entspannt zurücklehnen und abwarten.

Nach dem Gespräch mit Karen verließ sie die Schule. Sobald sie im Auto saß, versuchte sie, Graham zu erreichen. Ihr Abschied am Morgen war zwar nicht harmonisch verlaufen, und sie hatten seitdem nicht miteinander gesprochen, doch sie wusste, dass auch er Jordie besonders mochte. Und sie musste seine Meinung hören.

Er war nicht im Büro, aber sie erreichte ihn auf dem Handy. Nachdem sie ihm die Situation geschildert hatte, fragte sie:

»Glaubst du, ich sehe Gespenster?«

Zu ihrer Erleichterung war Graham nicht annähernd so gelassen, wie Karen sich gab. »Absolut nicht. Ich kenne Jordie auch, und ich würde sein Verschwinden sehr ernst nehmen, wenn er mein Sohn wäre.«

Amanda hatte das Gefühl, als drücke ihr eine Faust das Herz zusammen. Plötzlich sah sie ihr Baby vor sich, gerade geboren, und sie legte es Graham in den Arm, und seine Augen leuchteten vor Glück.

Es fiel ihr nicht leicht, das Bild und die neu erwachte Sehnsucht beiseite zu schieben, doch jetzt war keine Zeit für Träumereien.

»Verstehst du Karen?«, fragte sie. »Wie bringt sie es fertig, einfach nur abzuwarten?«

»Vielleicht rechnet sie mit dem Schlimmsten und fürchtet sich davor, es zu erfahren.«

Das konnte Amanda nachempfinden. So war es ihr mit Graham auch schon manchmal gegangen. Das war einer der Gründe, warum sie ihn nicht zur Rede gestellt, ihn nicht gezwungen hatte, ihre Fragen zu beantworten.

»Aber vielleicht kann man das Schlimmste ja noch verhindern«, konzentrierte sie sich wieder auf Jordie. »Ich rede noch mal mit ihr. Vielleicht kann ich sie ja doch dazu bringen, etwas zu unternehmen. Was denkst du – wo könnte der Junge sein?«

»Sicher nicht mit Freunden zusammen«, antwortete Graham. »Ich glaube nicht, dass er bei Freunden Trost finden könnte. Es sei denn, es gibt da noch andere, von denen wir nichts wissen.«

Verlierer, dachte Amanda.

»Verlierer«, sagte Graham. »Das ist eine grausame Überlegung – aber die würden zu Jordie aufblicken.«

Amanda kannte die Schüler und wusste, wer mit wem befreundet war. »In der Schule habe ich ihn nie mit solchen Jungs gesehen. Also – wo, glaubst du, ist er hingegangen?«

Graham dachte eine Weile nach, und dann kam es – bedächtig, aber mit einem Zittern in der Stimme, das seine Aufregung verriet: »In den Wald. Zum Turm. Da war ich früher oft mit ihm, weißt du noch? Es gefiel ihm dort, weil es so still und so friedlich ist. Hör zu: Ich habe eigentlich einen Termin in Danbury und bin schon auf dem Weg dorthin, aber ich werde absagen und nach Hause kommen.«

Amanda wäre ihm am liebsten um den Hals gefallen. Trotz ihrer Angst um Jordie durchströmte sie in diesem

Moment ein Glücksgefühl. Sie waren wieder ein Team, befanden sich wieder auf der gleichen Wellenlänge. »Das ist lieb von dir! Vielleicht machen wir uns ja auch grundlos Gedanken. In dem Fall werden wir später über uns lachen. Aber ich tue lieber des Guten zu viel als zu wenig. Quinns Selbstmord hat gezeigt, dass man mit allem rechnen muss. Ich will bei Jordie kein Risiko eingehen – und bemängele jetzt nicht meine fehlende professionelle Distanz. Die kann ich in diesem Fall nicht aufrechterhalten.«

»Ich weiß«, sagte Graham sanft. »Das ist eines der Dinge, die ich an dir liebe.«

Amanda kamen die Tränen, und es dauerte eine ganze Weile, bis sie ein ersticktes »Danke« herausbrachte, und noch einmal eine Weile, bis sie sich in der Lage fühlte, mehr sagen zu können, doch zu diesem Zeitpunkt kündigten atmosphärische Störungen an, dass die Verbindung jeden Moment zusammenbrechen würde. Sie konnte nur noch bruchstückhaft verstehen, dass Graham sie bat, zu Hause auf ihn zu warten, dann war die Leitung tot. Als sie in die Sackgasse einbog, bot sich ihr ein Bild des Friedens. Die Cotter-Zwillinge rasten auf ihren Rollschuhen im Kreis, während Julie gemächlich auf ihrem neuen Fahrrad mit den Stützrädern dahinzockelte. Bei den Langes trainierte Tommy, von Russ angeleitet, mit einem Baseball in den Trainingshandschuh zu treffen, der am Garagentor lehnte.

Amanda parkte ihren Wagen und machte sich auf den Weg zu den beiden. Russ kam ihr auf halbem Weg entgegen.

»Gibt's was Neues?«, erkundigte er sich so leise, dass sein Sohn es nicht hören konnte.

»Noch nicht.« Sie schaute zum Haus der Cotters hinüber. Es sah aus wie immer, als sei alles in bester Ordnung.
»Wegen vorhin bei Gretchen«, murmelte Russ, wobei er seinem Sohn den Rücken zuwandte und sich zu Amanda vorbeugte. »Du hast dich vielleicht gewundert, mich dort zu sehen. Ich war nur schnell rübergegangen, um sie zu fragen, wie es ihr geht. Das war keine fünf Minuten, bevor du kamst.«
»Schau mal, Amanda!«, rief Julie, und sie sahen beide zu ihr hinüber. Während die Kleine mit geweiteten Augen den Bürgersteig vor sich fixierte, ließ sie für den Bruchteil einer Sekunde den Lenker los. Dann packte sie ihn wieder mit beiden Händen und strahlte triumphierend herüber.
»Das war toll!«, lobte Amanda sie. »Sehr mutig.« Und dann fragte sie Russ leise: »Bist du der Vater ihres Babys?«
»Nein.«
»Dann muss es dir nicht unangenehm sein, dass ich dich bei ihr gesehen habe.« Wieder schaute sie zu den Cotters hinüber.
»Karen hat solche Angst, ins Gerede zu kommen«, sagte sie.
»Wenn Jordie mein Sohn wäre, hätte ich schon Himmel und Hölle in Bewegung gesetzt«, meinte Russ.
»Gray und ich sehen das genauso. Ich werde noch mal versuchen, zu ihr durchzudringen. Bis später.«
Sie betrat das Haus durch die Küchentür. Karen telefonierte. Lee lehnte mit überkreuzten Füßen und verschränkten Armen an der Anrichte.
Amanda schaute ihn mit fragend hochgezogenen Brau-

en an. Er schüttelte mit zusammengepressten Lippen den Kopf.
»Wo könnte er sein?«, fragte Karen ihren Gesprächspartner. Sie lauschte einen Moment und seufzte dann tief. »Okay, danke. Falls er doch noch auftauchen sollte, richten Sie ihm bitte aus, dass er sich bei mir melden möchte.« Ein paar Sekunden später legte sie auf und wandte sich Amanda zu. »Er ist nicht zum Baseballtraining erschienen, aber das heißt gar nichts. Wer nicht im Unterricht war, darf an diesem Tag nicht spielen – so lautet die Regel.« Sie lehnte sich an die Wand und presste die Fingerspitzen auf ihren Mund.
»Keine Hinweise?«, erkundigte sich Amanda bei Lee.
»Nein.« Er stieß sich von der Anrichte ab und schnappte sich im Vorbeigehen seine Autoschlüssel vom Küchentisch. »Ich werde jetzt mal ein bisschen herumfahren.«
»Wohin denn?«, wollte Karen wissen.
»Überallhin, wo mein bescheuerter Sohn sein könnte«, antwortete er und ließ die Tür hinter sich ins Schloss fallen.
In der tiefen Stille, die dem Krachen folgte, ließ Karen langsam ihre Hände sinken. »Das ist alles seine Schuld«, sagte sie mit zornbebender Stimme. Jordie ist nicht blind, Lee hat vielleicht nichts mit Gretchen, aber ganz bestimmt mit einer anderen.«
»Und du denkst, Jordie weiß das?«
»Es würde mich nicht überraschen.«
»Könnte er deswegen weggelaufen sein?«
»Er ist nicht weggelaufen.« Karen hatte die Fingerspitzen wieder an die Lippen gelegt. Amanda sah, dass sie zitterten.

Sie trat zu ihr und umfasste ihre Schultern. »Ruf die Polizei an«, beschwor sie sie.
»Nein.«
»Nur, damit sie Ausschau nach ihm halten.«
»Wir brauchen die Polizei nicht. Das gäbe ein Riesentamtam.«
»Wieso denn das?«, wunderte sich Amanda.
»Ach, vergiss es«, wiegelte Karen hastig ab. »Ich fände es einfach total übertrieben, die Polizei einzuschalten.«
»Wenn wir davon ausgehen, dass er die Schule um zehn verlassen hat, ist er inzwischen seit fast acht Stunden verschwunden.«
»Wenn er Hunger hat, wird er schon heimkommen.«
»Mom!«, rief eine helle Jungenstimme von draußen, und gleich darauf drückte Jared sich die Nase an der Fliegentür platt. »Jon ist in mich reingefahren! Mit Absicht!«
»Dann sag ihm, er soll sich entschuldigen.«
Jared drehte sich um und schrie im höchsten Diskant: »Mom sagt, du musst dich entschuldigen!« Dann wandte er sich wieder der Tür zu und sagte in normaler Lautstärke: »Wir haben Hunger. Wann gibt's Essen?«
»Wenn ich es gemacht habe«, antwortete Karen. »Ich fange bald damit an.«
»Lee ist mit dem Wagen unterwegs – Graham und ich werden unser Glück zu Fuß versuchen«, kündigte Amanda an.
»Graham ist schon zu Hause?«, wunderte sich Karen.
»Nein – aber er kommt. Ich habe ihn angerufen.
»Und wo wollt ihr hin?«
»In den Wald.«

»Da ist Jordie bestimmt nicht.«
Amanda sah keinen Sinn darin, ihr zu widersprechen. »Ich nehme mein Handy mit. Rufst du mich an, falls er auftaucht?«
Karen nickte. Plötzlich hatte sie Tränen in den Augen. »Du glaubst doch nicht, dass er sich etwas antun könnte, oder?«
»Nein«, log Amanda. »Aber er hat große Probleme.«
»Machst du dir um Jordie mehr Sorgen als um die anderen Kinder?«
»Im Moment, ja. Er hat mit vielem zu kämpfen. Du hast selbst gesagt, dass er die Schwierigkeiten zwischen dir und Lee mitkriegt, und er ist alt genug, um dadurch in einen Konflikt zu geraten.«
»In einen Konflikt?« Amanda nickte.
»Er wird versucht sein, Partei zu ergreifen, es aber nicht wollen. Er wird sich einreden, dass zwischen dir und Lee alles in Ordnung ist, es aber nicht glauben. Er wird frustriert sein und sich hilflos fühlen.«
Karen schlang die Arme um sich. »Glaubst du, er ist selbstmordgefährdet?«, fragte sie mit dünner Stimme.
»Nein – aber ich möchte ihn trotzdem finden. Hör mal – komm doch mit!«
»Lieber nicht. Wenn er tatsächlich im Wald sein sollte und mich sieht, fühlt er sich von mir kontrolliert, und dann eskaliert das Ganze vielleicht. Nein – ich bleibe hier und rufe noch ein paar Leute an.«

*

Amanda ging nach Hause und tauschte ihre Straßenkleidung gegen Jeans und eine Jacke. So warm es auch war – abends würde es kühl, und außerdem sah es nach Regen aus. Sie steckte ihr Handy in die Tasche und hatte eben das Haus verlassen, als Graham angefahren kam.

16

Obwohl nur neunzig Minuten von Manhattan und nur zehn von Woodleys Zentrum entfernt, vermittelte der Stadtwald Amanda das Gefühl, bei seinem Betreten in eine andere Welt zu wechseln. Der Weg begann so schmal, dass sie hintereinander gehen mussten. Ein Teppich aus Tannennadeln und verrottetem Herbstlaub dämpfte ihre Schritte zur Geräuschlosigkeit. Es war so still, als hielte die Natur den Atem an. Keine Eichhörnchen spielten im Geäst, keine Vögel zwitscherten. Seltsam, dachte Amanda. Immerhin war Paarungszeit. Der Gedanke ließ auch in ihr Sehnsucht erwachen. Sie betrachtete Graham, der mit großen Schritten vor ihr herging. Das Polohemd spannte sich über seinem muskulösen Oberkörper, und die Jeans umschlossen eng seine schmalen Hüften und die langen Beine. Schmerzlich wurde ihr bewusst, dass es eines so dramatischen Anlasses bedurft hatte, um sie nach langer Zeit wieder einmal etwas gemeinsam unternehmen zu lassen. Ihre erste Wochenendwanderung fiel ihr ein, und die Sehnsucht wurde stärker. Graham blieb plötzlich so abrupt stehen, dass sie gegen ihn prallte. Er legte die Hände an den Mund und rief den Namen des Jungen.

Nichts.

Graham rief nach links und nach rechts.

Nichts.

»Vielleicht will er nicht antworten«, meinte er.
»Das heißt nicht, dass er nicht gefunden werden will«, sagte sie.
Er drehte sich zu ihr um. Die Wärme in seinem Blick tat ihr gut. Er nahm ihre Hand und setzte sich wieder in Bewegung.
Der Weg begann leicht anzusteigen.
Amanda, die viel kleinere Schritte machte als ihr Mann, kam sich wie ein Kind vor, das vom Vater hinterhergezogen wird. Und wieder fiel ihr etwas ein. »Das erinnert mich an den Mount Jefferson«, sagte sie kurzatmig. »Weißt du noch? Es fing an zu schneien, und wir mussten zu der Hütte zurückrennen.«
»Du bist die meiste Zeit geschlittert, alle paar Meter hingefallen.« Sie hörte ihn lächeln. »Danach warst du am ganzen Körper grün und blau.«
»Aber wir schafften es.« Die Erinnerung ließ wohlige Wärme durch ihren Körper strömen. »Ich vermisse dich, Gray.«
Er drehte sich mit Schwung zu ihr um, nahm sie in die Arme und küsste sie stürmisch. Dann zog er sie weiter. Amanda war bis in die Haarspitzen erregt, doch gleich darauf brach die Realität sich Bahn. Sie waren nicht auf einem romantischen Ausflug, sondern suchten den verschwundenen Sohn ihrer Freundin.
»Jordie!«, rief Graham erneut. »Jordie!«
»Er war ein paar Mal bei mir«, berichtete Amanda. »In der Schule, meine ich. Viel hat er nicht erzählt, aber es genügte, um zu erkennen, dass er unglücklich ist.«
»Wann war er das letzte Mal da?«
»Gestern vor einer Woche.«
»Also vor Quinns Selbstmord.«

»Ja.«

Graham drückte ihre Hand, als wollte er ihr sagen: »Es wird schon nicht so schlimm sein«, und sie fühlte sich sofort ein wenig besser.

Als der Weg breiter wurde, setzte sich Amanda an die Seite ihres Mannes. »Es ist eine Ewigkeit her, dass wir miteinander gewandert sind. Warum, Gray?«

»Weil wir viel zu tun haben.« Er warf ihr einen Blick zu. »Bist du okay?«

»Ich bin okay.« Das war ihr Standard-Wortaustausch beim Wandern.

»Körperlich, meine ich«, sagte er, und sie erkannte an seinem Ton, worauf er anspielte. Ihre Periode war vorbei, und zum ersten Mal seit Monaten nahm sie kein Medikament, um die Heranreifung einer befruchtungsfähigen Eizelle zu stimulieren.

Es war schön für sie, dass er sich um sie sorgte, und es war auch schön, dass seine Stimme einmal nicht zornig klang. »Besser«, antwortete sie, von dem Tempo, das er vorlegte, zunehmend atemlos. »Ich genieße es, wieder der Herr meines Körpers zu sein.«

Ein Wassertropfen hatte den Weg durch das Geäst gefunden und traf sie auf die Nase. »Oje – es fängt an zu regnen«, sagte sie.

»Dann lass uns noch einen Zahn zulegen«, meinte Graham.

»Was ist, wenn er sich etwas angetan hat?«, fragte Amanda angstvoll.

»Mit diesem Thema befassen wir uns, wenn es akut ist«, gab er zurück. »Mach dich nicht verrückt.«

Der Weg wurde wieder schmaler, und sie mussten erneut hintereinander laufen. Wieder einmal bewunderte

Amanda die Grazie, mit der ihr einsfünfundachtzig großer und einhundertachtzig Pfund schwerer Mann sich bewegte. Wenn eine eingefleischte Feministin sie dafür verspottet hätte, dass sie hinter ihrem Mann herlief, hätte sie ihr geantwortet, dass sie nicht wisse, wovon sie rede. Amanda genoss es sogar, hinter ihrem Mann herzulaufen. Er strahlte ein Selbstvertrauen aus, das ihr ein Gefühl der Sicherheit vermittelte, gleichgültig, ob es wie damals am Mount Jefferson darum ging, einem Schneesturm zu entkommen, oder, wie heute, darum, einen psychisch angeschlagenen Jungen zu finden.

Graham hatte zu joggen begonnen, und sie passte sich, den Blick auf seinen Rücken geheftet, dem Tempo an, das er vorgab. Bis sie plötzlich mit einem Aufschrei der Länge nach hinfiel. Ihr Fuß hatte sich in einer quer über den Weg wachsenden Wurzel verfangen. Graham war umgekehrt und half ihr auf, doch diesmal gab es keine Umarmung und auch keinen Kuss.

»Hast du dir wehgetan?«

Sie bewegte probeweise den Knöchel hin und her. »Nein. Alles klar.«

»Na dann.« Er lief wieder los.

Nach einer Weile beschrieb der Pfad eine Rechtskurve – und da stand der Turm, ragte auf der vor ihnen liegenden Lichtung wie ein Mahnmal aus vergangenen Zeiten in den wolkenverhangenen Himmel.

Amanda hatte ihn seit Jahren nicht mehr gesehen, und das Ausmaß seines Verfalls bestürzte sie.

Im Schutz der Bäume hatten sie nur gelegentlich einen Tropfen abgekommen, doch jetzt sahen sie, wie stark es regnete, und als sie aus dem Wald traten, prasselte der Regen in dicken Tropfen auf sie nieder. Graham stieg über eine heruntergebrochene Latte des provisorischen Zaunes. Hatte auch Jordie diesen Weg genommen? Der Eingang des Turmes war mit Brettern vernagelt. Dort drin konnte der Junge also nicht sein. Sie schauten nach oben. Auch dort war er nicht zu sehen.

Vielleicht auf der anderen Seite«, meinte Graham.

Sie umrundeten das Gemäuer.

»Jordie!«, rief Graham, gegen den herunterklatschenden Regen anblinzelnd, nach oben.

Amanda folgte seinem Blick – und schnappte unwillkürlich nach Luft.

Der Junge saß ihnen zugewandt auf dem zerklüfteten oberen Ende des zwölf Meter hohen Turmes, die Beine baumelnd, zwischen zwei hochkantigen, zahnkronengleichen Steinen. Seine Hände krallten sich um die Steinbrocken, von denen nicht unbedingt anzunehmen war, dass sie fest saßen. Sollten sie wegbrechen, würde Jordie vornüber in die Tiefe stürzen oder rückwärts in den offenen Turm.

»Um Himmels willen, Jordie!«, schrie Graham gegen den rauschenden Regen an. »Was machst du da oben? Wir haben dich überall gesucht! Deine Eltern sind in großer Sorge um dich!« Zu Amanda gewandt sagte er leise: »Ruf sie an.«

Amanda drehte sich um, damit der Junge es nicht sähe, und zog ihr Handy aus der Tasche. Mit fliegenden Fingern tippte sie die Nummer der Cotters ein. Gleich darauf fluchte sie unterdrückt. »Ich fasse es nicht! Kein Empfang!«

»Verdammt!« Graham schaute wieder nach oben. »Wir sind schon ganz durchweicht hier unten, Jordie!«, rief er. »Meinst du, du schaffst es, herunterzuklettern?«

Amanda fand es klug von ihrem Mann, nicht zu fragen, ob der Junge herunterkommen *wollte,* denn damit baute er ihm eine Brücke. Allerdings war es fraglich, ob er darauf eingehen würde, und selbst wenn, wäre damit noch kein Sieg errungen, denn der Abstieg versprach angesichts der regennassen und sicher an vielen Stellen lockeren Steine höchst problematisch zu werden. Jordie antwortete nicht, und er rührte sich nicht.
»Wie bist du raufgekommen?«, rief Graham. Magst du, dass wir dir beim Abstieg helfen, indem wir dir sagen, wie du die Füße setzen musst?«
Jordie schüttelte entschieden den Kopf.
»Komm schon!«, rief Graham. »Das hat bisher noch keiner ohne Leiter geschafft! Das wäre eine Bombenleistung! Und ewig kannst du sowieso nicht da oben bleiben – und auf dem Turm zu hocken, löst deine Probleme nicht!«
Statt einer Antwort ließ der Junge einen der Steine los und schob die Hand unter sein T-Shirt. Amanda und Graham schnappten gleichzeitig nach Luft, als sie die Pistole sahen, die er hervorzog.
»Wo hast du die denn her?«, schrie Graham.
Jordie richtete die Waffe weder auf sich noch nach unten. Er legte sie auf seinen Schoß – als Zeichen seiner Macht.
»Die gehört bestimmt Lee«, sagte Amanda. »Karen hat mal erwähnt, dass er eine besitzt.« Ohne den Jungen aus den Augen zu lassen, der unverwandt in die Ferne starrte, fragte sie: »Wie kriegen wir ihn runter?«
»Wir? Gar nicht. Das muss der Rettungstrupp machen.«
»Ich laufe zurück und sage Bescheid.«

»Nein – ich gehe. Ich kann schneller laufen. Bleib du hier und versuche, ihn zum Reden zu bringen.«
Ihre Blicke begegneten sich. Er berührte ihre Lippen mit den Fingerspitzen. Einen Moment lang versank die Welt um sie.
Dann war der Moment vorbei, und Graham machte sich auf den Weg. Ohne ihn fühlte Amanda sich plötzlich schwach und verloren. Du bist erwachsen!, schalt sie sich. Und der arme Junge dort oben braucht deine Hilfe.
»Ich habe gestern auf dich gewartet!«, rief sie zu der kerzengerade dasitzenden Gestalt hinauf. »Du wolltest doch bei mir reinschauen!«
»Warum ist Graham nicht mehr da?«, rief der Junge misstrauisch zurück.
»Er sagt deinen Eltern Bescheid, dass wir dich gefunden haben! Sie waren außer sich vor Sorge!«
»Das glauben Sie ja wohl selbst nicht!«, kam es vom Turm. Amanda wusste, wie es war, mit ständig streitenden Eltern zu leben. Sie erinnerte sich noch sehr genau, wie ihr jedes Mal gegraut hatte, wenn sie das Haus betrat, das eigentlich ein sicherer Hafen für sie hätte sein sollen.
»Sie lieben dich!«, rief sie, doch sie war nicht sicher, ob er es gehört hatte, denn es regnete plötzlich noch stärker. So hatte das keinen Sinn. Der Junge musste sich seine Wut und seine Ängste von der Seele reden, aber auf diese Entfernung war ein Gespräch nicht möglich.
Sie musste zu ihm nach oben. Auf der Wetterseite war das unmöglich. Vielleicht war ein Aufstieg auf der gegenüberliegenden Wand möglich. Sie beschloss, ihr Glück zu versuchen.

»Kommen Sie ja nicht rauf!«, rief der Junge in warnendem Ton, als sie aus seinem Blickfeld verschwand.

Am Fuß der fraglichen Mauer angekommen, ließ sie prüfend den Blick daran emporgleiten. Es sah ganz gut aus. Sicher, die Steine waren auch hier nass und würden entsprechend rutschig sein, aber die Sohlen ihrer Wanderschuhe müssten trotzdem Halt finden. Sie kratzte mit einem spitzen Stein die nassen Blätter von den Sohlen ab und wagte den ersten Schritt auf einen aus dem Mauerwerk vorspringenden Stein, wobei sie sich an zwei anderen in der Höhe ihres Kopfes festklammerte. Zu ihrer Erleichterung hielt er ihrem Gewicht stand. Mehr tastend als sehend, arbeitete sie sich langsam voran wie eine in Zeitlupe gefilmte Eidechse. Plötzlich rutschte ihr linker Fuß weg. Mit wild klopfendem Herzen verharrte sie einen Moment auf dem rechten, dann suchte sie erneut Halt. Da war ein Vorsprung!

»Ich springe, wenn Sie raufkommen!«, hörte sie Jordie von oben drohen. Er saß auf der anderen Seite, konnte sie also nicht sehen. Die Zeit drängte. Doch Amanda hütete sich, ihrer Ungeduld nachzugeben. Ein vorsichtiger Blick nach unten zeigte ihr, dass sie sich bereits in beträchtlicher Höhe befand – hoch genug, um sich bei einem durch mangelnde Vorsicht provozierten Sturz ernsthaft zu verletzen.

»Amanda?«, rief der Junge. Klang er ängstlich oder zornig? Jedenfalls irritierte es ihn offenbar, dass er nicht wusste, wo sie war.

»Ich bin auf dem Weg!«, antwortete sie.

»Ich mein's ernst!«, warnte er. »Wenn Sie hier oben auftauchen, springe ich!«

»Wenn du springst, werde ich vor Schreck abstürzen,

und dann hast du meinen Tod auf dem Gewissen!«, rief sie.
»Wenn ich springe, werde ich sterben, und dann habe ich kein Gewissen mehr!«, gab er wegwerfend zurück.
»Aber du willst doch gar nicht sterben!« Sie musste einfach daran glauben. »Dazu gibt es zu vieles in deinem Leben, das du liebst!« Sie hoffte, ihm damit einen Denkanstoß gegeben zu haben – dann wäre er vielleicht abgelenkt, bis sie die Mauerkrone erreichte. Sie nahm die Tatsache, dass er nicht antwortete, als gutes Zeichen.
Je höher sie stieg, umso leichter tat sie sich, wobei sie nicht sagen konnte, ob sie an Geschicklichkeit gewann oder ob einfach im oberen Teil der Mauer mehr Trittsteine zur Verfügung standen. Ihre Zuversicht erhielt jäh einen Dämpfer, als ein Stein, den sie als zuverlässig eingeschätzt hatte, aus der Mauer brach. Er polterte in die Tiefe und landete mit einem dumpfen Laut auf dem nassen Erdboden. Am ganzen Leibe zitternd, presste Amanda sich an die glitschige Mauer. Du musst weiter!, beschwor sie sich. Wer weiß, wie lange der Junge da oben die Nerven behält! Der ins Leere hängende Fuß fand neuen Halt, und sie setzte ihren Aufstieg fort. Jetzt dachte sie nicht mehr daran, wie tief sie fallen könnte – sie dachte nur noch daran, möglichst schnell zu Jordie hinaufzukommen.
Nach einer Weile rief sie seinen Namen.
»Was ist?« Seine Stimme klang gereizt, aber nicht mehr weit entfernt.
»Ich wollte nur wissen, ob du noch da bist!«
»Wo sollte ich sonst sein?«, blaffte er.
Er musste auch an ihrer Stimme hören, dass sie in seiner

Nähe war. Dass er seine Drohung, zu springen, nicht wiederholte, ließ Amanda hoffen. Halt suchend glitt ihre rechte Hand aufwärts – und ins Leere! Vorsichtig wagte sie einen Blick, und ihr Herz machte einen Satz. Sie hatte die Mauerkrone erreicht! Sie konnte zu Jordie hinübersehen! Er hatte sich in die Richtung gedreht, aus der sie, wie er annahm, kommen würde. »Sie sind verrückt«, konstatierte er. »Danke, gleichfalls«, gab Amanda keuchend zurück, während sie sich hochstemmte und sich dann erschöpft über die Mauerkrone lehnte, um ihre Beine zu entlasten. Sie hing da wie ein über die Schulter geworfener Kartoffelsack, und jeder Muskel schien zu zittern, doch sie war oben, aber wie sollte es nun weitergehen? Schließlich konnte sie hier nicht hängen bleiben. Zum x-ten Mal, seit sie ihren Fuß auf den ersten Stein gesetzt hatte, verwünschte sie ihre Eigenmächtigkeit. Hätte sie doch auf Graham gehört und der Rettungsmannschaft überlassen zu tun, wofür er sie holen gegangen war. Aber dann wäre Jordie vielleicht inzwischen gesprungen. Oder er hätte die Pistole benutzt.

»An der Innenwand verläuft etwa einen halben Meter unter der Krone ein Sims: Auf den vorspringenden Platten kann man stehen«, bot der Junge ihr eine Möglichkeit, ihre missliche Position zu ändern. Sein Ton war zwar abweisend, aber immerhin hatte er sich bereit gefunden, ihr zu helfen. Ein weiterer Anlass zur Hoffnung. Langsam, ganz langsam verlagerte Amanda, auf dem Bauch liegend, ihre Position, bis sie ein Bein ins Turminnere hängen konnte. Langsam richtete sie sich auf, bis sie mit der Schuhspitze den Vorsprung berührte. Er war schmal, wirkte jedoch stabil. Sie richtete ihren Oberkörper weiter auf, und als sie so gut wie aufrecht saß, einen Fuß abgestützt, den anderen baumelnd, rutschte sie rittlings wie auf einem Balken Zentimeter für Zentimeter auf Jordie zu. Als sie nur noch etwa ein halber Meter voneinander trennte, stoppte sie. Zu ihrer Erleichterung hatte er die Waffe weggesteckt. »Graham wird mir den Kopf abreißen«, sagte sie. »Die Steine sind glitschig wie Schmierseife. Ich wäre ein paarmal fast abgestürzt.«

»Ich wollte ja nicht, dass Sie raufkommen«, verteidigte er sich, obwohl ihr Ton keinen Vorwurf enthalten hatte.

»Und ich wollte nicht, dass du dich hier oben einsam und verlassen fühlst«, erwiderte sie.

»Woher wissen Sie, wie ich mich fühle?«, fuhr er auf.

»In meinem Beruf muss ich mich in Menschen hineinversetzen können«, antwortete sie. »In diesem Fall ist es allerdings besonders leicht. Bist du wegen Quinn so unglücklich?«

Jordie starrte eine Weile schweigend in die Ferne. Dann brach es plötzlich aus ihm heraus: »*Ich* habe ihm den Wodka gegeben. Er sagte, er brauche ihn für eine Party, und ich brachte ihm eine Flasche aus dem Vorrat mit, den mein Dad im Keller hat.«

»Und darum hast du Schuldgefühle.«

»Wenn ich den Stoff nicht geliefert hätte, wäre er nicht betrunken zum Training gekommen. Wenn er nicht betrunken zum Training gekommen wäre, hätte man ihn nicht gesperrt, und dann hätte nichts darüber in der Zeitung gestanden, und er hätte sich nicht umgebracht.« Jordie hatte das alles hervorgesprudelt, ohne ein einziges Mal Luft zu holen.

»Oh, Jordie«, sagte Amanda weich, »er hat sich nicht

nur wegen des Zeitungsartikels umgebracht. Da spielten auch andere Dinge eine Rolle.«
»Ja, ich weiß«, nickte er. »Seine Eltern zum Beispiel. Aber die sind wenigstens zusammen.«
»Deine Eltern sind auch zusammen«, ging sie auf seine Andeutung ein.
»Sie streiten sich ständig. Das verstehe ich nicht unter zusammen sein.«
»In jeder Ehe gibt es schwierige Zeiten.«
»Schwierige Zeiten?«, echote er mit einer Mischung aus Hohn und Verzweiflung. »Die beiden hassen einander!«
Amanda erinnerte sich schmerzlich daran, wie sie unter dem Krieg zwischen ihren Eltern gelitten hatte. Anfangs war sie bemüht gewesen, sie zu verstehen, doch irgendwann hatte sie es aufgegeben und sich damit abgefunden, dass Harmonie in ihrem Zuhause ein Fremdwort bleiben würde. Aber das war ein rationaler Prozess gewesen – emotional hatte sie es nie verwunden. »Auch wenn es so sein sollte – euch Kinder lieben sie. Das weißt du, oder?«
Jordie antwortete nicht. Nach einer Weile wandte er sich ihr zu und stieß hervor: »Warum musste er was mit Gretchen anfangen?«
Amanda verlagerte vorsichtig ihr Gewicht, um sich etwas bequemer hinzusetzen. Zu ihrem Schrecken löste sich daraufhin dicht unter ihr ein Stein aus der Mauer und rollte an der Schräge entlang abwärts. Voller Entsetzen sah Amanda im Geiste sich und Jordie das gleiche Schicksal ereilen. In den folgenden Sekunden wagte sie kaum zu atmen.
Wo ist Graham?, fragte sie sich im Stillen. Warum

braucht er bloß so lange? Doch dann gewann ihre Vernunft wieder die Oberhand. Ihr Mann musste ja nicht einfach nur hin- und zurücklaufen, wobei er selbst dafür etwa eine halbe Stunde gebraucht hätte, er musste auch die Rettungsmannschaft zusammentrommeln. Also würde sie Jordie noch eine Weile beschäftigen müssen.

»Bist du denn sicher, dass er etwas mit Gretchen angefangen hat?«

»Es wäre nicht das erste Mal, dass er meine Mom betrügt – und sagen Sie nicht, dass ich mich irre. Ich habe sie deswegen streiten hören. Wenn Sie wollen, kann ich Ihnen Namen nennen.«

»Hat dein Dad zugegeben, dass er was mit Gretchen hat?«

»Nein – aber meine Mom ist davon überzeugt. Wenn sie ihn anschreit, bekomme ich richtig Angst. Es ist dann, als ob sie ein anderer Mensch wäre. Ich sage Ihnen, sie hasst ihn – und das ist Gretchens Schuld. Sie hätte nach Bens Tod wegziehen sollen. Was hielt sie denn noch hier? Aber wenn sie schon bleiben wollte, hätte sie ihren Kram allein machen sollen, anstatt ständig meinen Dad und Graham und Russ für sich einzuspannen. Wenn sie sie in Ruhe gelassen hätte, wäre das alles nicht passiert.«

»Was alles?«

»Die Streitereien meiner Eltern«, antwortete er, doch Amanda hatte das Gefühl, dass da noch mehr war.

»Du kannst Gretchen nicht allein für ihre Probleme verantwortlich machen«, sagte sie. »Genauso wenig wie den Zeitungsartikel für Quinns Selbstmord. So einfach ist das nicht.«

»Warum hat er sich dann umgebracht?«

»Ich denke, er hat den Erfolgsdruck nicht mehr ertragen.«

»Alle Schüler stehen unter Erfolgsdruck«, wandte Jordie ein.

»Bei ihm war er aber besonders stark.«

»Meinen Sie, wegen seiner Brüder?«

»Unter anderem. Es wurde von ihm erwartet, der Beste zu sein.«

»Er war doch der Beste.«

»Er sollte es nicht nur *sein* – er sollte es *bleiben,* und das bedeutete, dass der Druck niemals nachließ. Quinn tat, als mache ihm das nichts aus, spielte den Selbstbewussten, doch dahinter verbarg sich ein unsicheres Kind.«

Jordie dachte darüber nach und sagte dann: »Sie meinen, er hat sich umgebracht, weil er nicht perfekt war? Was sollen wir anderen denn dann tun? Wir sind himmelweit davon entfernt, perfekt zu sein.«

»Kein Mensch auf der Welt ist perfekt, Jordie, doch Quinn versuchte krampfhaft, es zu werden. Bis es zu viel für ihn wurde und er aufgab. Er hatte keine Kraft mehr. Aber du bist stark, Jordie – du bist eine Kämpfernatur.«

»Quinn war auch stark – sonst hätte er nicht all das werden können, was er geworden ist«, widersprach der Junge.

»Klassensprecher und Star unserer Baseballmannschaft zu werden und den Eindruck zu erwecken, man schaffe alles mit links, erfordert zwar auch Stärke, aber nicht die Art, die ich meine. Wer wirklich stark ist, flüchtet sich nicht in den Tod.«

Jordie setzte gerade zu einer Erwiderung an, als von unten Graham Amandas Namen rief.
»Ich bin hier oben!«, rief sie durch den inzwischen nur noch spärlichen Regenschleier. Aufgrund der dunklen Wolken hatte die Dämmerung früher eingesetzt als sonst im Mai, und Amanda sah die am Fuß des Turms versammelten Menschen nur undeutlich.
»Jordie?« Das war Karen, und sie klang ängstlich.
»Was machst du da oben, Junge?«, folgte Lees Stimme.
»Der Rettungstrupp ist gleich hier!«, rief Russ und danach Graham: »Soll ich raufkommen, Mandy?«
»Nein!«, schrie sie. »Bleib um Himmels willen, wo du bist! Wir sitzen hier ganz gut.«
»Ich kann nicht wieder runter«, flüsterte Jordie heiser.
»Warum denn nicht?«
»Weil sie mich umbringen, wenn sie erfahren, was ich getan habe!«
»Sprichst du von dem Wodka? Niemand wird dich deswegen verurteilen. Schließlich hast du Quinn nicht gezwungen, das Zeug zu trinken.«
»Es geht nicht um den Wodka!« Jetzt schwang Panik in seiner Stimme mit. »Es geht um Gretchen!«
Im Bruchteil einer Sekunde war Amanda alles klar. Plötzlich sah sie gestochen scharf vor sich, was mit dem Messer in den oberen Teil von »La Voisine« eingeritzt worden war: Das Wort Hure.
»Du warst das!«
»Ja!«, stieß Jordie hervor. »Ich hasste dieses Bild. Und ich hasse sie! Ich will, dass sie verschwindet. Wenn sie wegzieht, vertragen sich meine Eltern wieder.«
Auch in diesem Fall sah er die Sache zu einfach. Welchen Schaden hatte ihr Misstrauen gegenüber ihrem

Mann ihrer Ehe zugefügt! Und dabei war dieses Misstrauen völlig unbegründet. Im Fall der Cotters war es berechtigt. Die Ehe war schon vor Gretchens Auftauchen belastet gewesen, und Amanda glaubte nicht, dass sie besser würde, wenn die junge Witwe die Sackgasse verließe.

»Ich hätte es nicht tun dürfen«, murmelte der Junge. »Aber ich war so wütend, und meine Anrufe nutzten ja nichts.«

»Anrufe?«

»Ich rief bei ihr an, meldete mich aber nicht, weil ich ihr Angst machen und sie vergraulen wollte, aber das funktionierte nicht. Es war blöd von mir. Blöd. Blöd.«

»Es war nicht blöd von dir, wütend zu sein«, widersprach Amanda ihm sanft. »Du hast ein Recht darauf, wütend zu sein – aber nicht auf Gretchen. Du kannst auf deine Eltern wütend sein, weil sie dir mit ihren Eheproblemen das Leben schwer machen. Ich weiß, wie das ist, weil ich mit meinen Eltern das Gleiche erleben musste. Ich fürchtete, wenn ich sie zur Rede stellte, würde alles nur noch schlimmer. Also igelte ich mich ein und wurde immer zorniger, aber gleichzeitig hatte ich ein schlechtes Gewissen wegen meines Zorns. Es vergingen Jahre, bis ich begriff, dass ich das Recht hatte, zornig zu sein, bis ich mir gestattete, zornig zu sein.«

»Und dann?«

»Dann habe ich meinem Zorn Luft gemacht.«

»Haben Ihre Eltern danach eine bessere Ehe geführt?«

»Nein – aber ich fühlte mich besser. Sehr viel besser.« Jordie schaute nach unten. »Da ist ja inzwischen die halbe Stadt versammelt«, sagte er entsetzt.

Amanda folgte seinem Blick. »Aber nein«, versuchte sie, ihn zu beruhigen. »Soviel ich sehe, sind nur vier Männer dazugekommen. Sie haben eine Leiter mitgebracht. Das muss der Rettungstrupp sein.«
»Es weiß doch niemand etwas – außer, dass wir hier raufgeklettert sind und nicht mehr allein runterkönnen.«
»Was soll denn jetzt werden?«, fragte er mit leiser Stimme.
»Ich will nicht ins Gefängnis!«
»Das musst du auch nicht, Lass mich nur machen. Ich werde mit Gretchen sprechen.«
»Was soll das bringen?«
»So wie ich sie inzwischen kennen gelernt habe, denke ich, dass sie deine Beweggründe verstehen wird.«
»Aber die Polizei ist doch schon an der Sache dran.«
»Wenn sie die Beamten bittet, ihre Nachforschungen einzustellen, dann tun sie das.«
Er schnaubte. »Auch wenn sie mich davonkommen lässt, bleiben noch immer meine Eltern.«
»Ich glaube nicht, dass du da Schlimmes zu befürchten hast«, sagte Amanda. »Natürlich werden sie zuerst entsetzt sein und schimpfen, aber wenn du ihnen erklärst, warum du es getan hast, werden sie bestimmt einsehen, dass sie nicht unschuldig daran sind, dass es so weit gekommen ist. Und vielleicht kannst du ihnen sogar damit helfen, dass du ihnen deutlich machst, wie sehr dich ihre Eheprobleme belasten. Vielleicht bringt es sie dazu, einmal in Ruhe miteinander zu reden.«
Von unten drang Stimmengewirr herauf. Gleich darauf kratzte misstönend Metall über Stein: Die Ausziehleiter wurde angelegt. Amanda hatte die Retter sehnlichst er-

wartet, aber jetzt befürchtete sie plötzlich, dass das Mauerwerk unter dem Gewicht nachgeben und Jordie und sie mit in die Tiefe reißen würde. Aber ihre Angst erwies sich als unbegründet.

»Du hast nichts getan, wofür du dich schämen müsstest, Jordie!«, rief Karen herauf. »Du konntest nichts dafür!«

»Wir machen alle Fehler!«, setzte Lee hinzu.

»Ihr werdet gleich geholt, Mandy!«, rief Graham. »Halte durch, Schatz!«

Beim Klang seiner Stimme ging ihr das Herz auf, und Tränen mischten sich in den Regen auf ihrem Gesicht, doch jetzt war nicht der geeignete Zeitpunkt für Rührseligkeit. Mit lautem Klirren und Klappern wurde die Leiter zurechtgerückt, und wieder wurde Amanda Angst und Bange, doch die Mauer hielt.

»Meinen sie wirklich, meine Eltern werden mich verstehen?«, fragte Jordie. In diesem Augenblick sah er wie ein kleiner Junge aus.

»Aber ja«, nickte Amanda, »sie lieben dich doch.«

»Werden Sie ihnen erzählen, worüber wir in der Schule gesprochen haben?«

»Ich habe dir gesagt, dass das der Schweigepflicht unterliegt, und darauf kannst du dich verlassen«, erwiderte Amanda. »Aber du selbst musst unbedingt mit ihnen sprechen.«

»Sie haben leicht reden!«

Wenn er wüsste!, dachte Amanda. Sie hatte in letzter Zeit weiß Gott nichts Großes vollbracht, was die Offenbarung ihrer Gefühle anging.

»Du musst es tun!«, beschwor sie den Jungen. »Damit beweist du Stärke und Reife. Du schaffst das, Jordie, das weiß ich. Und danach wirst du dich viel besser fühlen, das verspreche ich dir.«

Ein rhythmisches, metallisches Klimpern zeigte an, dass jemand die Leiter heraufkam. Gleich darauf sagte eine Männerstimme dicht unter ihnen: »Okay, Jordie – gehen wir's an. Dreh dich vorsichtig um. Ich nehme dich dann bei den Füßen und stelle sie auf die oberste Sprosse. Keine Angst – ich halte dich.«

Jordie schüttelte den Kopf. »Ich kann nicht«, flüsterte er. »Ich habe Angst.« Seinem Gesicht war anzusehen, dass die Angst nicht nur dem Gespräch mit seinen Eltern galt, sondern auch dem bevorstehenden Abstieg.

»Doch, du kannst!«, widersprach Amanda, was sie auf beide Punkte bezog.

»Na, komm, Jordie«, drängte der Mann auf der Leiter.

Der Junge sah offenbar endlich ein, dass er keine Wahl hatte. Amanda hielt den Atem an, während er mit der rechten Hand nach links hinübergriff, seine Finger in einen Stein krallte und vorsichtig prüfte, ob er ihm Halt geben würde. Er saß fest. Unendlich langsam drehte er sich um. Amanda spürte ihn förmlich zittern.

»Gut gemacht!«, lobte die Männerstimme. »Also, dann!« Amanda beugte sich ein wenig vor und beobachtete den Abstieg. Sprosse für Sprosse kamen die beiden dem Boden näher, wobei der Mann einen Schutzschild für den Jungen bildete, um zu verhindern, dass er, falls ihn die Kräfte verließen, nach hinten wegkippte.

Als die Botschaft »Wir sind unten!« zu ihr heraufscholl, hatte Amanda das Gefühl, als fiele ihr eine Zentnerlast von den Schultern.

17

Nur Sekunden später begannen die Ösen der Ausziehleiter erneut zu klingeln. Als Amanda hinunterschaute, sah sie eine Gestalt in einem gelben Gummimantel heraufklettern. Die Kapuze machte es ihr unmöglich, das Gesicht zu erkennen. Als sie nur noch ein paar Sprossen voneinander trennten, legte ihr Retter den Kopf in den Nacken, und sie sah in lächeln, wie nur einer lächeln konnte.

»Graham«, hauchte sie.

»Was machst du nur für Sachen!«, schalt er sie liebevoll. »Jetzt wird es aber Zeit, dass du da runterkommst!«

Sie brachte keinen Ton heraus.

»Rutsche bis dahin, wo Jordie gesessen hat, dann drehst du dich um, wie er es getan hat.«

»Amanda nickte stumm. Indem sie den Fuß auf dem Sims belastete, bewegte sie sich wie vorher zentimeterweise vorwärts, bis Graham rief: »Okay, jetzt dreh dich langsam!«

Mit angehaltenem Atem beugte sie sich vor und führte ihr Standbein so langsam über die Mauerkrone, dass es sich schmerzhaft verkrampfte. Als sie es endlich geschafft hatte, glaubte sie, das Schlimmste hinter sich zu haben, doch plötzlich brach der Stein, an dem sie sich mit der rechten Hand festgeklammert hatte, Richtung Turminneres weg. In einem Sekundenbruchteil sah sie sich hinter ihm her vornüber in den schwarzen Schlund stürzen, Graham in heller Panik die Leiter hinunterklettern, zum Eingang des Turmes hetzen, mit bloßen Händen die Bretter wegreißen, mit denen er vernagelt war, und sich mit einem Aufschrei über ihre Leiche werfen, die wie eine Marionette, deren Schnüre man durchschnitten hatte, mit grotesk verdrehten Gliedmaßen auf dem feuchten Erdboden lag.

Doch sie starb nicht. Wie Eisenklammern schlossen sich Grahams Hände um ihre Knöchel, und wie von weither hörte sie ihn sagen: »Ich hab dich!«, und dann spürte sie, wie er vorsichtig an ihr zog. Wieder lösten sich Steine, doch jetzt machte ihr das keine Angst mehr. Graham würde nicht zulassen, dass ihr etwas geschähe. Gleich darauf hatte sie eine Leitersprosse unter den Füßen, und Grahams Arme sicherten sie auf beiden Seiten ab, während sein Körper sie von hinten stützte.

»Hast du dir wehgetan?«, fragte er dicht an ihrem Ohr.

»Nein«, antwortete sie mit zitternder Stimme. »Ich habe mich nur zu Tode erschreckt.«

»Es ist vorbei«, sagte er sanft, wobei er sich beschützend an sie drückte, während sein Kinn auf ihrer Schulter ruhte.

Erst jetzt gestattete Amanda sich, Schwäche zu zeigen. Sie begann wie ein Kind zu weinen. Graham ließ ihr Zeit. Als der Tränenstrom versiegt war, fragte er: »Geht's wieder?« Sein Atem strich wie ein Streicheln über ihre Haut.

»Ich bin okay«, schniefte sie.

»Dann steigen wir jetzt runter.«

Den ganzen Weg nach unten redete er leise beruhigend auf sie ein. Sie achtete nicht auf die Worte, nur auf den

Klang seiner Stimme, und der gab ihr die Kraft, nach jeder Sprosse die nächstuntere mit dem einen Fuß zu ertasten und dann beide Füße darauf zu setzen.

Als sie nach einer Ewigkeit festen Boden erreichten, gaben ihre Knie nach. Graham fing sie auf und trug sie zum Rand der Lichtung, wo er sich mit ihr auf der nassen Erde niederließ, sie mit in seinen gelben Gummimantel hineinnahm und sie in seinen vom Abstieg zitternden Armen wiegte.

Amanda schmiegte sich an ihn, und eine tiefe Zufriedenheit durchströmte sie.

Irgendwann kam Russ herüber und berichtete, Jordie sei zusammengeklappt und werde ins Krankenhaus gebracht.

Amanda war sofort hellwach. Sie richtete sich auf und fragte besorgt: »Geht es ihm sehr schlecht?«

»Nein, nein«, beruhigte Russ sie. »Es war nur ein bisschen viel für ihn. Aber was ist mit dir?«

»Mir fehlt nichts«, erwiderte sie. »Es ist alles in Ordnung.« Und so empfand sie es auch, denn während sie bis auf die Haut durchnässt und völlig erschöpft an Grahams Brust gekuschelt in seinem Arm gelegen hatte, war ihr klar geworden, dass er nicht der Vater von Gretchens Baby sein konnte. Sie hatte es einfach gespürt.

Auf dem Heimweg durch den Wald spürte sie noch mehr. Das alte Feuer, das all die Untersuchungen und Befruchtungsprozeduren, der Sex nach Zeitplan und die vielen Enttäuschungen zum Erlöschen gebracht hatten, war wieder entzündet, und auch die seelische Harmonie, die von Anfang an zwischen ihnen bestanden hatte, war wiederbelebt, und beides wurde mit jedem Schritt mächtiger.

Dass Graham ebenso empfand, zeigte sich, als er sie, kaum, dass er die Küchentür hinter ihnen geschlossen hatte, auf den Tisch setzte, ihr Gesicht in die Hände nahm und sie mit seit langem nicht erlebter Leidenschaft küsste. Sie griff in seine Haare und erwiderte den Kuss mit ebensolcher Heftigkeit.

»Ich liebe dich«, flüsterte er heiser, als sie sich voneinander lösten, und liebkoste mit den Lippen ihre Kehle, während er sie sanft nach hinten drückte und ihre Jeans aufknöpfte. Der nasse Reißverschluss erwies sich als Herausforderung, doch schließlich wurde Grahams Beharrlichkeit belohnt. Gleich darauf landete die regenschwere Hose mit einem dumpfen Laut auf dem Fliesenboden. Der Slip nahm denselben Weg, und dann fand Grahams Hand den ihren. Amanda war schon vor dieser Berührung so erregt gewesen, dass sie binnen Sekunden zu einem nicht enden wollenden Orgasmus kam. Er war noch immer nicht vorbei, als Graham mit fliegenden Fingern seine Jeans öffnete und sich zwischen ihre Schenkel drängte. Mit einem kraftvollen Stoß drang er in sie ein, und wiederum erreichte sie innerhalb von Sekunden einen Schwindel erregenden Höhepunkt. Drei Stöße später folgte Grahams, von einem gutturalen Aufschrei begleitet.

Das Pulsieren verebbte schließlich, doch er blieb hart und tief in ihr. Erneut senkte er seinen Mund auf den ihren, zupfte mit den Zähnen zart an ihren Lippen und ließ seine Zunge mit ihrer tanzen. Als er den Kuss abrupt beendete, erschrak sie bis ins Mark. Womit hatte sie den Zauber gebrochen?, fragte sie sich angstvoll, doch gleich darauf begriff sie, dass er sich nicht aus Zorn aufgerichtet hatte. Beinahe grob schob

er ihr T-Shirt und ihren Büstenhalter nach oben und begann an einer ihrer Brustspitzen zu saugen. Sie stieß einen leisen Schrei aus, packte ihn bei den Schultern und hob ihm ihr Becken entgegen. Vor Lust leise wimmernd, passte sie sich dem Rhythmus seiner langsamen Bewegungen an, während seine Hände und seine Lippen ein Übriges taten, um sie um den Verstand zu bringen. Auch diesmal erreichten sie den Gipfel nahezu gleichzeitig. Als der Nebel der Ekstase sich lichtete, spürte Amanda Grahams Gewicht auf ihrem Körper und seinen Atem an ihrem Ohr. Irgendwann musste sie die Arme um seinen Hals geschlungen haben. Sie lockerte die Umklammerung und seufzte genießerisch.
Graham hob den Kopf und lächelte mit hochrotem, schweißglänzendem Gesicht auf sie hinunter. »War das gut?«, flüsterte er mit rauer Stimme.
»Mmm«, schnurrte sie. »Aber nicht genug.«

*

Als sich die Gelegenheit ergab, zog er sich in einen entlegenen Winkel zurück und rief bei ihr an. Sie nahm schon nach dem ersten Klingeln den Hörer ab. Offenbar hatte sie neben dem Telefon gewartet.
»Ich kann heute Abend nicht kommen«, erklärte er.
Einen Moment lang herrschte tiefe Stille, dann fragte sie enttäuscht: »Überhaupt nicht?«
»Nein. Ich werde hier gebraucht.«
»Du hast versprochen, dass du mich nie versetzen würdest.«
»Das galt für den Normalfall – aber es ist etwas Schlimmes passiert. Ich muss mich kümmern. Es ist wichtig.«

»Ich dachte, ich sei wichtig.«

»Das bist du ja auch«, erwiderte er, doch er merkte, dass er es nicht so meinte. Nicht mehr. Da sie aber nichts dafür konnte, setzte er besänftigend hinzu: »Natürlich bist du wichtig, Süße – es gibt im Moment nur etwas, das noch wichtiger ist.«

»Mir läuft die Zeit davon. Wenn du nicht bald reinen Tisch machst, wird das Baby noch vor unserer Hochzeit geboren, und ich will keine ledige Mutter sein.«

»Setz mich nicht unter Druck. Nicht heute Abend. Ich bin fix und fertig.«

»Ich stehe selbst unter Druck, und das durch deine Schuld. Warum sollte ich dich schonen?«

Er spielte mit dem Gedanken, ihr zu sagen, dass er seine Vaterschaft anzweifle, aber dann würde sie ihm eine Szene machen, und der wäre er in seiner Verfassung nicht gewachsen. Also beschloss er, sich einen Aufschub zu verschaffen. »Lass uns morgen reden. Ich ruf dich an.«

»Wenn du es nicht tust, wirst du es bereuen«, erwiderte sie in einem Ton, der ihn ein für alle Mal von ihr geheilt hätte, wenn er es nicht schon gewesen wäre.

»Bis morgen.« Er beendete das Gespräch mit einem Tastendruck und konzentrierte sich wieder auf das Wesentliche.

*

Georgia hatte zum Abendessen daheim sein wollen, doch die Maschine landete mit Verspätung. Sie hatte kaum das Flugzeug verlassen und ihr Handy eingeschaltet, als Russ anrief. Als sie hörte, was geschehen war, blieb sie wie angewurzelt stehen. Während sie vol-

ler Entsetzen seinem Bericht lauschte, schoss ihr ein Gedanke durch den Kopf: Was wäre, wenn sich in ihrer Familie eine Notsituation ergäbe, während sie irgendwo weit weg eine Besprechung hätte? Bis vor ein paar Minuten war sie noch hin- und hergerissen gewesen, was ihre berufliche Zukunft betraf.
Jetzt fiel die Entscheidung.

*

Karen hatte die Kleine in der Obhut von Allison gelassen, die sie als äußerst zuverlässig kannte, aber irgendwann entschloss sie sich dann doch schweren Herzens, das Krankenhaus zu verlassen und nach Hause zu fahren. Die Kinder waren zwar schon bettfertig, aber noch hellwach, und bestürmten sie mit Fragen. Sie spielte das Drama so weit wie möglich herunter, gab Ihnen einen Gutenachtkuss, löschte das Licht, ging in die Küche hinunter und wählte die Nummer des Apparates auf Jordies Nachttisch.
»Hallo?«, meldete sich Lee.
»Ich bin's. Wie geht es ihm?«
»Ganz gut. Warte – ich geb ihn dir.«
Einen Augenblick später hörte sie ein gedämpftes: »Hi.«
»Wie fühlst du dich?«, fragte sie betont munter.
»Okay.«
»Ist dir noch schwindlig?«
»Weiß ich nicht – ich liege ja.«
»Du bist bestimmt müde.«
»Mmm.«
»Jordie?« Sie hatte ihm so viel zu sagen, aber sie wusste nicht, wo sie anfangen sollte.

»Ich komme morgen früh hier raus.« Sein Ton machte ihr deutlich, dass er nicht zu einem Gespräch bereit war, wobei sie nicht wusste, ob er zu erschöpft war oder zu aufgewühlt oder ob er nicht reden wollte, weil Lee daneben saß – oder weil es eben nicht seine Art war, sich zu öffnen.
»Ja. Ich weiß, Schatz«, antwortete sie. »Ich hole dich ab. Es ist … ich möchte, dass du weißt, dass ich dich lieb habe …« Schweigen.
»Jordie …« Ihre Augen füllten sich mit Tränen. Es war auch ihre Schuld, dass ihr Sohn jetzt in diesem Bett lag. Eine Familie zusammenhalten zu wollen, war gut und schön, aber es auf Kosten des Seelenfriedens der Kinder zu versuchen, stand nicht dafür.
»Ich hab dich auch lieb, Mom«, flüsterte er mit brüchiger Stimme.

*

»Wir müssen miteinander sprechen«, murmelte Amanda später an diesem Abend. Sie hatten sich in der Duschkabine geliebt und danach im Bett, und jetzt lag sie, eine Hand auf seiner Brust und ein Bein zwischen seinen Knien, neben ihm auf der Seite.
»Später«, flüsterte Graham, wozu er kaum die Lippen bewegte. Seine Augen waren geschlossen. In dem honiggelben Licht, das die Nachttischlampe verströmte, wirkte die sonnengebräunte Haut, auf der seine langen, dichten Wimpern ruhten, noch dunkler.
»Reden ist wichtig«, insistierte sie.
»Aber nicht jetzt.« Ein Lächeln spielte um seine Mundwinkel.
Sie richtete sich auf und zeichnete mit der Fingerspitze

seine Lippen nach. Er schürzte sie zu einem Kuss, doch das war alles an körperlicher Bewegung, wozu er sich bereit fand.

Amanda ließ nicht locker. »Warum haben wir damit aufgehört?« Er schwieg – so lange, dass sie schließlich glaubte, er sei eingeschlafen. Das war üblich bei ihm, wenn sie sich geliebt hatten. Sie hingegen stimulierte Sex. Auch heute. Trotz all der Aufregung, die der Tag ihr gebracht hatte, war sie hellwach.

»Der Alltag«, murmelte er plötzlich.

»Was?«

»Der Alltag hat uns aufgefressen, und ...«

»Und was?«, hakte sie nach, als er abbrach.

»Na ja – dann begannen die Probleme ...« Auch diesen Satz ließ er unbeendet.

»Ich warte noch immer auf deine Antwort«, nutzte sie das Stichwort.

Grahams Lider hoben sich, und er schaute ihr geradewegs in die Augen. »Hier hast du meine Antwort: Ich liebe dich, und wenn wir auf biologischem Weg kein Kind bekommen können, dann werden wir einen anderen wählen.«

Sie las in seinem Blick, dass es ihm ernst war. Er streckte einladend den Arm aus, und sie kuschelte sich hinein. Ihre Wange lag auf seiner Brust, da wo sein Herz schlug. Die kräftigen, regelmäßigen Schläge hatten etwas ungemein Beruhigendes. Trotzdem fragte sie: »Was ist, wenn wieder ein Problem einen Keil zwischen uns treibt?«

»So weit werden wir es nicht mehr kommen lassen.«

»Wie kannst du da so sicher sein?«

»Wir haben doch gelernt, wie wir es nicht machen dürfen – also machen wir es das nächste Mal anders.«

»Es tut mir Leid, dass ich dich verdächtigt habe, der Vater von Gretchens Baby zu sein. Es hat nur alles so gut gepasst. Als sie mir sagte, sie sei im siebten Monat, habe ich natürlich zurückgerechnet, und im Oktober hat sie dich gebeten, ihren Garten neu zu gestalten, und du warst oft bei ihr drüben. Und außerdem frustrierte es dich, dass ich nicht schwanger wurde, und ich dachte, du hättest bei ihr Ablenkung gesucht.« Als er nichts darauf sagte, hob sie den Kopf. Seine Augen waren wieder geschlossen. »Was glaubst du, wer der Vater ist?«

»Keine Ahnung«, murmelte er.

»Könnte es Lee sein?«

»Ist das ein ›Vielleicht‹?«

»Mmm.«

Amanda betrachtete diese Möglichkeit im Hinblick auf das Gespräch, das sie auf dem Turm im Wald mit Jordie geführt hatte. Wenn Lee der Vater wäre, hätte er sicherlich einen gewissen Einfluss auf Gretchen und könnte sie vielleicht davon abhalten, Jordie wegen der Zerstörung der Gemälde anzuzeigen. »Meinst du, er würde es schaffen?«

»Was schaffen?«

Erst sein verständnisloser Ton machte ihr bewusst, dass sie das alles nur gedacht und nicht ausgesprochen hatte – und dass Graham noch gar nichts von Jordies Geständnis wusste.

*

Am Dienstag rief Gretchen bei Oliver Deeds an. Sie kannte seine Nummer auswendig, denn in den schreck-

lichen ersten Monaten nach Bens Tod war er ihr einziger Halt gewesen.
»Fillham und Marcus«, meldete sich die Singsangstimme der Empfangssekretärin.
»Bitte verbinden Sie mich mit Mr Deeds.«
»Wen darf ich melden?«
»Mrs Tannenwald.«
»Gretchen?«, hörte sie gleich darauf seine Stimme.
»Guten Tag«, sagte sie und ratterte dann den Text herunter, den sie sich zurechtgelegt hatte, wobei sie sich Mühe gab, souverän zu klingen. »Ich möchte Ihnen nur mitteilen, dass sich herausgestellt hat, wer für die Zerstörung meiner Gemälde verantwortlich ist. Der Täter stammt aus meinem Bekanntenkreis, und ich werde deshalb keine Anzeige erstatten. Ich wäre Ihnen dankbar, wenn Sie das an die Versicherungsgesellschaft und an David und Alan weitergäben.«
Einen Moment lang herrschte tiefe Stille in der Leitung. Dann fragte er: »Wer hat es getan? War es jemand, den Sie näher kennen?«
»Wie meinen Sie das?«
»Ein Mann.«
»Ich bin schwanger. Es gibt keinen Mann in meinem Leben.«
»Gretchen …«
»Das war schon alles«, fiel sie ihm ins Wort. »Ich wollte nur Bescheid sagen. Auf Wiederhören, Oliver.«

*

Als Graham die Augen aufschlug, fiel sein Blick auf den Wecker. Es war schon fast Mittag. Er konnte sich nicht erinnern, wann er das letzte Mal so lange im Bett geblieben war. Er konnte sich allerdings auch nicht erinnern, wann sie sich das letzte Mal so ausgiebig geliebt hatten. Als er den Kopf auf dem Kissen drehte, sah er dicht vor sich eine Flut wirrer blonder Locken. Amanda hatte ihm irgendwann im Schlaf den Rücken zugewandt, lag jedoch dicht an ihn geschmiegt, und ihre nackte warme Haut an seiner nackten warmen Haut zu spüren, ließ schon wieder Erregung in ihm aufsteigen. Sie hatten sich beide krankgemeldet – zum ersten Mal seit Jahren.

Graham rollte sich auf die Seite und zog Amanda dicht an sich heran. Genießerisch spürte er das Blut in seine Lenden strömen. Plötzlich wurde ihr Atem unregelmäßig. Gleich darauf wand sie sich in seinen Armen, bis sie ihn ansehen konnte, und begrüßte ihn noch schlaftrunken, aber schon lächelnd, mit einem »Hi«. Er küsste sie auf die Nase. »Gleichfalls Hi«.

»Mmm. Du hast mich seit Monaten nicht auf die Nase geküsst.«

»Du hast auch seit Monaten nicht zum Auf-die-Nase-Küssen ausgesehen.« In diesem Augenblick sah sie keinen Tag älter aus als zwanzig. Nicht, dass er eine Schwäche für junge Frauen gehabt hätte. Na ja – vielleicht hatte er die doch. Jedenfalls gefiel ihm Amandas jungendliche Frische.

Mit einem verträumten Gesichtsausdruck schloss sie die Augen. Nur Sekunden später klappten die Lider nach oben. »Wir müssen bei den Cotters anrufen!«

»Hab ich vorhin schon getan«, beruhigte er sie. »Jordie war über Nacht im Krankenhaus. Karen sagte, es sei ihr empfohlen worden, ihn in Therapie zu schicken.«

»Hast du auch mit Lee gesprochen?«

»Nein – der war nicht da.«
»Wahrscheinlich treibt er sich wieder irgendwo herum.«
»Das glaube ich nicht. Als er euch beide da oben auf dem Turm sah, wirkte er ehrlich besorgt.«
Mit Schaudern erinnerte er sich daran, wie er sich um Amanda geängstigt hatte. Im ersten Moment war er zwar auch zornig gewesen, weil sie seine Warnung in den Wind geschlagen hatte, doch dann war ihm klar geworden, dass er in dieser Situation nichts anderes von ihr hätte erwarten dürfen. Amanda half, wenn sie helfen konnte, und Jordie hatte weiß Gott Hilfe gebraucht.
»Du hast deine Sache gut gemacht«, sagte er zärtlich.
Sie strich mit dem Finger über seine Lippen. »Ich hoffe, Karen und Lee werden ihre Sache auch gut machen.«
»Jetzt werden keine Probleme mehr gewälzt«, entschied er.
»Ich habe Hunger. Ist irgendwas Gutes im Haus?«
»Lass mich nachdenken.« Sie legte die Stirn in Falten. »Also – du hast die Wahl zwischen Hühnchen, Steak und mir. Das Hühnchen und das Steak müsste ich auftauen. Ich bin bereits seit gestern aufgetaut.«
»Das habe ich gemerkt«, lachte Graham leise. Er war schon in ihr, als das Telefon klingelte. Sie ließen es klingeln.

*

Georgia legte den Hörer auf. »Meinst du, da drüben ist alles in Ordnung?«, fragte sie besorgt.
»Da drüben ist alles bestens«, versicherte Russ ihr. »Lass dir ja nicht einfallen, bei ihnen zu klingeln. Die

beiden brauchen Zeit für sich. Das wüsstest du, wenn du gestern Abend dabei gewesen wärst.«

Sie war erst um zehn zu Hause gewesen, und da war das Drama längst vorbei. Zumindest das im Wald. Was die Entscheidung über die Zukunft ihrer Firma betraf, hatte sich der Vorhang für den Schlussakt gehoben.

Das Telefon klingelte. Als sie die Nummer ihres Anwalts auf dem Display sah, nahm sie den Hörer ab. »Ja, Sam?«

»Sie geben nicht nach«, berichtete er, »allerdings sind sie bereit, Sie schon nach zwei Jahren gehen zu lassen. Damit hätten Sie ein Jahr gewonnen.«

»Auch zwei Jahre sind zu viel.«

»Es ist doch ungeheuer schmeichelhaft, dass sie Sie unbedingt behalten wollen.«

»Aber es hilft mir nicht weiter, wenn ich weiß Gott wo bin und meine Kinder mich brauchen.« Sie war es müde, ständig einzupacken und auszupacken, Koffer durch Flughafenhallen zu ziehen und von Gate zu Gate zu hetzen, um die Anschlussflüge nicht zu verpassen, sich zwischen zwei Passagiere zu quetschen, weil der einzige freie Platz der in der Mitte war – und das war nur die Spitze des Eisbergs. Viel schlimmer waren das Heimweh und die ständige Sorge, ob zu Hause auch alles glatt liefe. Allison war mitten in der Pubertät und brauchte mehr von ihrer Mutter als abendliche Ferngespräche, und auch Tommy vermisste sie. Und dann waren da noch Russ und die Angst, was aus ihrer Ehe würde, wenn sie noch lange so weitermachte.

Sie hatte sich verschiedene Szenarien für dieses für sie entscheidende Gespräch ausgemalt. Es in ihrer Küche zu führen, während ihr geliebter Hausmann am Tisch die Socken sortierte, die er kurz zuvor aus dem Wäschetrockner geholt hatte, dieses Szenario war nicht darunter gewesen – aber es hätte nicht besser passen können. Sie musste lachen.

Russ schaute sie verwundert an.

»Was ist denn so komisch?«, frage Sam.

»Das Leben«, antwortete sie. »Hören Sie zu: Ich will die Wäsche meiner Familie wieder selbst waschen. Verstehen Sie das?«

»Ich schon«, erwiderte ihr Anwalt. »Allerdings glaube ich nicht, dass die fraglichen Herren dafür Verständnis aufbringen werden.«

»Sie müssen ja nicht die Wäsche als Argument bringen.« Georgia musste schon wieder lachen. »Sagen Sie ihnen einfach, dass ich nur bereit bin, für sie zu arbeiten, wenn ich es von zu Hause aus tun darf. Reisen sind kein Thema mehr.«

»Dann ist der Deal wahrscheinlich gestorben.«

»In dem Fall versuchen wir es mit dem nächsten Interessenten«, sagte sie ungerührt. »Ich will nicht mehr.«

*

Als Amanda am Freitagmorgen in die Arbeit fuhr, fühlte sie sich so stark wie Georgia. Der Tag mit Graham hatte Wunder gewirkt. Sie hatten keine tiefschürfenden Gespräche über Vertrauen und Kommunikation geführt, nicht über Misstrauen gesprochen, mit keinem Wort Grahams Familie erwähnt und das Thema Nachwuchs, abgesehen von Grahams einem Satz, links liegen gelassen.

Es war ein sinnlicher Tag gewesen. Sie hatten sich nicht die Mühe gemacht, etwas anzuziehen, denn die meiste Zeit verbrachten sie im Bett, liebten sich oder dösten eng umschlungen. Sie duschten miteinander. Sie machten sich eine Tiefkühlpizza warm und aßen sie im Bett. Sie tanzten zu Doc Watson Boogie, splitternackt und Körper an Körper.

Der Sex war so berauschend wie zu Beginn ihrer Beziehung. Die Leidenschaft löschte alles aus, was sie getrennt hatte. Sie fingen wieder von vorne an.

Amanda hätte die Welt gerne noch länger ausgesperrt, doch ihr Pflichtbewusstsein ließ sich nicht länger ignorieren. Ihr Terminkalender war randvoll und Grahams nicht minder. Sie tröstete sich damit, dass das Wochenende bevorstand – den einen Tag würden sie schon durchstehen.

Graham schickte ihr jede Stunde eine E-Mail, rief zweimal vor der Mittagspause an und zweimal danach, und als sie um vier von der Schule nach Hause kam, stand er mit gepackten Koffern vor der Tür.

18

Für einen Sekundenbruchteil dachte sie, er wolle sie verlassen, doch dann belehrte sie sein Lächeln – nicht das respektlose O'Leary-Lächeln, sondern ein zärtliches Graham-Lächeln – eines Besseren. Sie konnte ihn noch zu der Erlaubnis erweichen, sie schnell auf die Toilette zu lassen, aber mehr war nicht drin. Fünf Minuten nach ihrer Ankunft waren sie in seinem Pick-up unterwegs nach Norden.

Das Gasthaus hieß »Frosch-Loch«. Es befand sich in dem winzigen Ort Panama im nördlichsten Zipfel von Vermont, und war, obwohl noch neu, bereits sehr bekannt. Alle Zimmer waren verschieden und sehr gemütlich eingerichtet, doch in jedem kamen in irgendeiner Form Frösche vor.

Die Gegend war malerisch. Es gab einen Teich und Wanderwege und einen altmodischen Dorfladen, der nicht nur die üblichen Süßigkeiten führte, sondern auch Amandas Lieblingskekse. Sie hätte sich kein schöneres Liebesnest vorstellen können. Nur zwei Dinge erregten ihr Missfallen. Erstens hatte man nicht die Möglichkeit, sich das Essen des Fünfsternekochs aufs Zimmer servieren zu lassen, was bedeutete, dass sie sich zu den Mahlzeiten anziehen mussten, und zweitens reagierte Graham, sobald sie ein ernstes Thema anschnitt, mit einem kehligen Quaken.

»Quaak«, machte er, als sie auf Quinns Selbstmord zu sprechen kam.
»Das ist pietätlos«, schalt sie, musste jedoch wider Willen lachen.
»Quaak«, machte er, als sie darauf zu sprechen kam, wie sehr sie beide ihre Arbeit liebten und wie einfach es war, sich darin zu vergraben, wenn es zu Hause kriselte.
»Quaak«, machte er, als sie auf seine Familie zu sprechen kam. Und dann noch einmal, als sie auf Gretchens Baby zu sprechen kam.
»Jetzt lass das mal«, sagte sie ungeduldig. »Dieses Baby hat einigen Aufruhr verursacht. Ich will wissen, wer der Vater ist. Interessiert dich das gar nicht?«
Er zog sie auf seinen Schoß. »Im Moment will ich nicht darüber nachdenken. Auch nicht über meine Familie oder deine Arbeit oder meine Arbeit oder Jordie oder Quinn. Sicher, irgendwann werden wir über all das sprechen müssen. Ich glaube, ich habe nicht ganz begriffen, was du empfandest, als Quinn starb, und ich weiß auch nicht genau, wie sich ein Einzelkind wie du in einem Zimmer voller Geschwister wie den meinen fühlt. Ich kann nicht nachvollziehen, warum ihr Mädels Gretchen als eine solche Bedrohung seht, und ich finde es gut, wenn du mir das alles zu erklären versuchst – aber letztendlich ist nichts davon wichtig. Wir sind wichtig. Das hatten wir aus den Augen verloren.« Seine meergrünen Augen wurden dunkler. »Weißt du, was ich am meisten an dir liebe?«
Sie schüttelte den Kopf.
»Wie sehr du dich von meiner Familie unterscheidest. Ich wollte keine Frau mehr, die so perfekt dazu passt.« Er strich sich über seinen Bart. »Warum, glaubst du,

habe ich mir den stehen lassen?« Sie war nie auf die Idee gekommen, sein Motiv zu analysieren, hatte den Bart einfach als attraktiven Akzent seines attraktiven Gesichts gesehen. Jetzt dachte sie darüber nach. »Aus Trotz?«, fragte sie schließlich.

Er lachte. »So schlimm war es nun auch wieder nicht. Nein – ich hatte einfach den Wunsch, anders auszusehen als sie. Ich wollte anders *sein.*« Er hielt ihren Blick fest. »Und das will ich noch immer.«

*

Amanda ließ es dabei bewenden. Sie verschwendete keine kostbare Minute mehr damit, über seine Familie nachzugrübeln und über den Einfluss, dem er aus dieser Ecke ausgesetzt war. Doch die Atempause währte nur kurz. Sie hatten am Sonntagnachmittag kaum die Heimfahrt angetreten und sich telefonisch wieder erreichbar gemacht, als Grahams Handy auch schon klingelte. Peter rief an, um ihnen mitzuteilen, dass ihre Dorothy einen Schlaganfall erlitten habe.

Amanda kam gar nicht auf den Gedanken, darum zu bitten, sie zu Hause abzusetzen. Dorothy war die Mutter ihres Mannes, und in dieser Notsituation wollte sie selbstverständlich an seiner Seite sein. Graham fuhr den Weg, den sie am Freitag gekommen waren, zurück. Bis er im Süden von Vermont auf einen Highway abbiegen konnte, der östlich von Woodley verlief. Ihre Unbeschwertheit hatte schon durch Peters Anruf ein jähes Ende gefunden, doch je näher sie ihrem Ziel kamen, umso angespannter wurde Graham. Er rief Will an und erfuhr, dass Dorothy den Schlaganfall früh am Morgen erlitten hatte. Von Joseph erfuhr er, dass sie wach und bei sich war. Malcolm erzählte ihm, dass Megan sie gefunden habe. Amanda schwieg, denn sie wusste nicht, wie sie Graham hätte beruhigen sollen. Sie konnte ihm nicht sagen, dass Dorothy wieder gesund würde, weil das völlig aus der Luft gegriffen gewesen wäre. Und so hielt sie, in der Hoffnung, ihm damit Kraft zu geben, nur still seine Hand.

Es war bereits früher Abend, als sie das Krankenhaus erreichten. Graham parkte den Pick-up, und dann hasteten sie im Laufschritt durch die Eingangshalle zu den Aufzügen. Dank MaryAnnes detaillierter Beschreibung wussten sie, in welche Richtung sie sich nach dem Verlassen des Lifts im sechsten Stock zu wenden hatten. Allerdings wären diese Anweisungen gar nicht nötig gewesen, denn die Ansammlung von O'Learys vor einer der Türen auf dem Gang war nicht zu übersehen.

Malcolm kam ihnen ein paar Schritte entgegen. »Sie ist okay«, berichtete er. »Ungeduldig wie eh und je. Sie will nicht hier bleiben, aber sie darf erst nach Hause, wenn eine Reihe von Untersuchungen durchgeführt worden ist. Das Einzige, was auf eine gewisse Schädigung des Gehirns schließen lässt, ist ihr gestörtes Gleichgewicht. Sie krängt nach links. Aber das ist nur eine Bagatelle.«

»Ja, nur eine Bagatelle«, bestätigte MaryAnne, als sie zu ihnen trat. »Sie hatte großes Glück.«

Amanda empfand eine tiefe Dankbarkeit – nicht, weil sie ihre Schwiegermutter liebte, sondern, weil sie Grahams Erleichterung spürte.

»Was hat den Schlaganfall ausgelöst?«, fragte er.

»Das wissen sie noch nicht«, antwortete Mac. »Darum die Untersuchungen. Es könnte einfach eine Altersgeschichte sein.«
»Dann wäre es möglich, dass weitere Infarkte folgen?« Inzwischen hatte sich auch Peter zu ihnen gesellt. »Sie werden ihr Medikamente geben, um diese Gefahr zu minimieren«, sagte er.
»Das könnte sich als schwierig erweisen«, bemerkte Graham sarkastisch.
Sogar Amanda war bekannt, dass Dorothy es hasste, Tabletten zu schlucken.
»In diesem Fall wird ihr kein Protest etwas nützen«, konstatierte Mac trocken. Er nahm Graham beim Arm. »Komm! Sie wird sich freuen, dich zu sehen – sie hat immer wieder nach dir gefragt.«
Als sie das Krankenzimmer betraten, erwachte unwillkürlich Mitleid in Amanda. Dorothy lag wie ein Schatten ihrer selbst in den weißen Kissen. Der Schlaganfall war zwar nicht schlimm gewesen und hatte keine schweren Folgen gezeitigt, aber er hatte der alten Frau ganz offensichtlich einen gehörigen Schreck eingejagt, was daran zu erkennen war, wie die Hand zitterte, die sie nach Graham ausstreckte.
Er umfasste diese Hand und küsste seine Mutter auf die Wange. »Du siehst sehr viel besser aus, als ich mich fühle«, sagte er lächelnd. »Ich bin in den letzten Stunden um zehn Jahre gealtert.«
»Wo warst du?«, fragte sie anklagend und mit einer hohen Kinderstimme. »Sie haben unentwegt versucht, dich zu erreichen.«
Amanda war ans Bett getreten und küsste ihre Schwiegermutter auf die andere Wange. »Er hat Recht«, sagte

sie. »Du siehst wirklich besser aus, als wir uns fühlen. Wir haben uns schreckliche Sorgen um dich gemacht.« Sie hoffte, dass Dorothy nicht auf der Beantwortung ihrer Frage bestehen würde. Die Tage im »Frosch-Loch« waren ihr zu kostbar, um sie durch Vorwürfe entzaubern lassen zu wollen.

Dorothy hatte nur einen flüchtigen Blick für sie, bevor sie sich wieder Graham zuwandte. »Sie wollen mich hier behalten, aber ich will nicht hier bleiben.«

»Du kannst jetzt nicht nach Hause«, antwortete er. »Es müssen noch Untersuchungen durchgeführt werden.«

»Untersuchungen sind tödlich. Sie haben schon deinen Vater umgebracht.«

»Nein, Mom – der Krebs hat ihn umgebracht.«

»Wenn sie die Untersuchungen nicht gemacht hätten ...«

»Er wäre auch ohne diese gestorben – nur hätten wir dann nicht gleich gewusst, woran.«

»Du glaubst, was du willst, und ich glaube, was ich will.«

»Aber du irrst dich, Mom. Untersuchungen sind völlig ungefährlich. Sie bringen niemanden um.«

»Du hast leicht reden«, grollte sie. »Bei dir werden sie ja nicht gemacht. Und die Untersuchungen sind nicht das Einzige, was die Ärzte mir zumuten. Sie sagen, wenn ich rauskomme, darf ich zu Hause nicht mehr allein sein. Sie sagen, ich brauche Hilfe. Aber meine Töchter kann ich nicht bitten, mir ihre Zeit zu widmen. Sie haben Familien, um die sie sich kümmern müssen. Meine Schwägerin hat ein Hüftleiden – sie würde schon die Außentreppe nicht bewältigen, geschweige denn die im Haus. Ich würde ja Megan bitten – sie wäre sofort bereit dazu. Ich würde wahrscheinlich noch immer da-

heim auf dem Fußboden liegen, wenn sie sich nicht Sorgen gemacht hätte, weil ich die Morgenzeitung nicht reingeholt hatte, das gute Mädchen, aber Megan hat ihren Laden. Wen also soll ich mir zur Hilfe holen?«
»Wir werden jemanden einstellen.«
»Jemand Fremdes?« Dorothy starrte ihn entsetzt an. »Kommt nicht in Frage!«
»Wie wäre es mit einer Krankenschwester?«, schlug Amanda in sanftem Ton vor. »Es gibt welche, die auch bereit sind, zu kochen und zu putzen.«
»Das ist eine gute Idee«, fand Graham.
»Es ist die Idee einer Frau, die arbeitet, anstatt ihren Haushalt zu führen, wie es sich gehört«, erwiderte Dorothy verächtlich.
Amanda wollte diese Vorstellung eben berichtigen – schließlich gab es an ihrer Haushaltsführung nichts zu mäkeln –, als Graham ein anderes Argument zu ihrer Verteidigung anführte. »Ihre Arbeit ist wichtig«, sagte er. »Sie hilft Kindern.«
Es war gut gemeint, aber es lieferte Dorothy ein Stichwort. »Sie hilft den Kindern anderer Leute, anstatt selbst welche zu bekommen«, grollte sie.
Amanda spürte ihren Geduldsfaden reißen, doch als sie zum Gegenangriff übergehen wollte, kam eine Schwester ins Zimmer und eröffnete der grimmigen Patientin: »Es ist Zeit, Mrs O'Leary, ich bringe Sie jetzt zur Computertomographie.«
Dorothy schaute Graham flehend an. Als sie begriff, dass er nicht bereit war, einzugreifen, ließ sie sich mit verkniffenem Gesicht rausfahren.

*

Graham verbrachte den ganzen Abend am Telefon, wo er mit seinen Geschwistern hin und her überlegte, wie für Dorothys Betreuung gesorgt werden sollte.
Irgendwann warf Amanda, die mit ihm am Küchentisch saß, im Flüsterton ein: »Ich könnte mich jeden Tag nach der Schule um sie kümmern«, wofür sie ein dankbares Lächeln und ein Kopfschütteln erntete.
Die Zurückweisung schmerzte, aber sie konnte sie ihm nicht verübeln. Sie hatte das Angebot zwar ernst gemeint, aber im Grunde war ihr klar, dass Dorothy niemals Hilfe von ihr annehmen würde.
Im Laufe der Gespräche wurde nacheinander erwogen, die Frauen von Mac, Jimmy, Joe und Will einzuspannen, doch Amanda sparte sich den Vorschlag, derjenigen, auf die die Wahl letztendlich fiele – falls es überhaupt dazu käme –, unter die Arme zu greifen, denn auch Grahams Schwägerinnen kannten Dorothys Einstellung zu ihr und hätten dankend abgelehnt.
Nach einer Weile klinkte Amanda sich aus. In den letzten Tagen hatten Graham und sie sich abgeschottet und sich vorgemacht, dass nichts mehr ihrer Beziehung etwas anhaben könnte. Doch die Nachricht von Dorothys Schlaganfall hatte sie in die Realität zurückkatapultiert, und zumindest, was Grahams Familie anging, war die Belastung präsent wie eh und je. Jedenfalls für Amanda. Ihr Mann nahm sie überhaupt nicht mehr wahr. Bis er das letzte Telefonat beendet hatte und sie ins Schlafzimmer hinaufgingen. Im Bett liebte er sie mit der gleichen Intensität wie jedes Mal, seit er sie im Wald von dem Turm heruntergeholt hatte, aber Amanda konnte ihr Zusammensein nicht mehr vorbehaltlos genießen. Sie hatten das Problem ihrer Kinderlosigkeit,

an dem ihre Ehe fast zerbrochen wäre, bewältigt, aber seine Familie war als Krisenherd bestehen geblieben. Sie war es leid, als Fremdkörper behandelt zu werden, und das hätte sie ihm gerne gesagt. Doch sie tat es nicht, Dorothy war krank, und Graham war besorgt um sie. Es war nicht der richtige Zeitpunkt für eine klärende Auseinandersetzung.

*

Am Montagmorgen war sich auch Karen bewusst, dass es nicht der richtige Zeitpunkt für eine klärende Auseinandersetzung war, doch sie sah keine Möglichkeit, sie hinauszuschieben. Jordie würde wer weiß wie lange eine therapeutische Behandlung brauchen, die Zwillinge spürten, dass etwas im Argen lag, und konzentrierten sich mehr denn je aufeinander, und Julie klebte förmlich an ihr. Ob beim Bettenmachen, beim Kochen oder beim Wäschewaschen – die Kleine wich ihr nicht von der Seite. Nur während sie in der Schule war, konnte Karen sich frei bewegen. Nein – nicht einmal dann, denn aufgrund ihrer jenseits von Haushalt und Familie selbst gewählten, breit gefächerten Verpflichtungen unterlag sie auch in dieser Zeit dem einen oder anderen Zwang.

Amanda und Graham hatten sich eine Auszeit genehmigt. Warum auch nicht? Sie hatten nur einander – sie konnten den Rest der Welt vergessen. Karen konnte das nicht. In der Öffentlichkeit musste sie glaubhaft den Eindruck vermitteln, dass alles in bester Ordnung sei, damit ja niemand auf den Gedanken käme, es wäre vielleicht nicht so, und wenn sie in ihre Straße einbog, schickte sie jedes Mal ein Stoßgebet gen Himmel, dass bitte, bitte nicht Gretchen in ihrem Vorgarten stehen und sie mitleidig oder anklagend ansehen möge.

Die junge Witwe hatte zwar versprochen, keine Anzeige zu erstatten, doch Karen hatte das Messer für alle Fälle in eine Plastiktüte gepackt und mit dem häuslichen Abfall zum Müllplatz gebracht. Schließlich könnte Gretchen es sich noch anders überlegen, oder Jordie könnte, weil ihm sein Gewissen zu schaffen machte, bei der Polizei ein Geständnis ablegen, aber ohne die Tatwaffe wäre seine Schuld nicht beweisbar. Es gab jedoch noch eine zweite Waffe im Haus, und was mit der geschehen sollte, hatte sie noch nicht entschieden. Russ war am Morgen vorbeigekommen und hatte ihr einen großen, braunen Umschlag in die Hand gedrückt. Er war an Lee adressiert, doch das Gewicht und die ertastbare Form des Inhalts hatten Karen veranlasst, ihn zu öffnen.

Die Küchentür flog auf, und Lee kam herein. »Du hast im Büro hinterlassen, dass ich nach Hause kommen soll. Was gibt es denn so Dringendes?«

Wortlos zog Karen die Schublade des Küchentisches auf, nahm die Pistole heraus und richtete sie auf ihren Mann. Ein nie gekanntes Machtgefühl durchströmte sie, als er erschrocken die Augen aufriss und instinktiv einen Schritt zur Seite trat. Eine Sekunde später zeigte die Mündung erneut auf ihn.

»Woher hast du die Waffe?«, herrschte er Karen an, doch sie hörte voller Genugtuung ein Zittern in seiner Stimme.

»Russ hat sie heute Morgen gebracht.«

»Gebracht? Einfach so – in der Hand?«

»Nein. In einem verschlossenen Kuvert.«

»Hat er etwas dazu gesagt?«
»Nur, dass ich es dir geben soll. Es war an dich adressiert.«
»Du öffnest neuerdings meine Post?«, fuhr er auf. Es war eine altbekannte Taktik von ihm, mit einem Angriff vom Thema abzulenken, doch sie spielte diesmal nicht mit. »Es war deutlich zu fühlen, was der Umschlag enthielt«, gab sie äußerlich gelassen zurück.
»Ich verstehe nicht, was das Ganze soll«, sagte er. »Wieso schickt Russ mir eine Waffe?«
»Wahrscheinlich dachte er, du wolltest sie wiederhaben.«
»Wiederhaben? Ich besitze keine Waffe.«
»Das ist aber merkwürdig«, hörte sie sich sarkastisch erwidern. Es war erstaunlich, welche Souveränität ihr das kalte Stück Stahl in ihrer Hand verlieh. »Wie ist sie denn dann in deinen Aktenschrank gekommen?«
»Aktenschrank gekommen? Du warst an meinem Aktenschrank?«, versuchte er noch einmal, empört abzulenken. »Was hattest du da zu suchen?«
»Ach – so dies und das. Und Jordie offensichtlich auch – sonst hätte er sie auf dem Turm nicht bei sich haben können.«
Lee sah ein, dass Leugnen zwecklos war. »Wie ist Russ darangekommen?«, fragte er.
»Ich nehme an, Jordie hat sie ihm gegeben, bevor er ins Krankenhaus gebracht wurde. Dort hatte er sie jedenfalls nicht mehr.«
Lee streckte die Hand aus. »Gib sie mir!«, forderte er Karen auf.
»Noch nicht.«
»Was soll das?«

»Vielleicht kann ich dich damit bewegen, mir zuzuhören.«

Plötzlich ging eine Veränderung mit ihm vor. Er entspannte sich und fragte in nachsichtigem Ton, als spräche er mit einem Kind: »Worum geht es denn?«

Auch diese Taktik kannte sie, und für gewöhnlich nahm er ihr damit den Wind aus den Segeln, aber diesmal nicht.

»Um Lügen. Um Ehebruch. Um Grausamkeit«, zählte sie auf.

Lee seufzte. »Ich bin in unserer Ehe noch niemals grausam gewesen. Du wirst doch wohl nicht behaupten wollen, ich hätte dich misshandelt.«

»Nicht körperlich, nein. Du quälst mich auf andere Weise, und jetzt bin ich mit meinen Nerven am Ende.«

»Dann geh zu einem Seelenklempner. Das habe ich dir schon ein paar Mal geraten.«

»Das wäre rausgeschmissenes Geld, Lee. Ich kann einfach nicht mehr mit den anderen Frauen und den fadenscheinigen Ausreden leben, mit denen du deine langen Abende außer Haus rechtfertigst.«

»Du phantasierst dir da was zusammen«, versuchte er in vertrauter Weise, ihr den schwarzen Peter zuzuschieben.

»O nein«, widersprach sie heftig. »Die Rechnungen, die ich gefunden habe, sind kein Produkt meiner Phantasie! Ein Gynäkologe hat sie gestellt, und du hast sie bezahlt. Eine Frau sucht ihn einmal im Monat auf – und ich bin es nicht!«

»Du warst an meinem Schreibtisch«, sagte er tonlos.

Er hatte sich schon darüber aufgeregt, dass sie in seinem Aktenschrank gestöbert hatte – in seinem Schreibtisch herumzukramen, war ein ungleich schwererer Vertrauensbruch. Den würde er ihr nie verzeihen. Sie spürte die alte Angst in sich hochkriechen – die Angst, ihn zu verlieren, zu einem Niemand zusammenzuschrumpfen, das Leben allein nicht meistern zu können, den Hass der Kinder auf sich zu ziehen. Bisher hatte diese Angst sie jedes Mal, wenn sie drauf und dran war, ihn zu verlassen, davon abgehalten, und einen Moment lang drohte sie wieder zu kapitulieren – doch dann umfasste sie die Waffe fester und zwang sich, stark zu bleiben.

»Allerdings«, entgegnete sie. »Und lass dir ja nicht einfallen, mir deshalb Vorwürfe zu machen. Du hast mich so weit getrieben! Mit graut vor einer Scheidung – darum habe ich deine Entschuldigungen und Besserungsgelöbnisse bisher akzeptiert –, aber jetzt ist Schluss, denn inzwischen leiden auch die Kinder.«

»Den Kindern geht es bestens«, behauptete er.

»Lee!«, rief sie fassungslos. »Bist du so blind, oder willst du es nicht sehen? Julie kann ihre Angst noch nicht in Worte fassen, aber sie hängt buchstäblich an meinem Rockzipfel. Die Zwillinge haben sich in ihre eigene Welt zurückgezogen – und Jordie hätten wir vielleicht verloren, wenn Amanda und Graham nicht gewesen wären. Und was hat er Gretchen angetan! Das wäre nie passiert, wenn du nicht ständig von dem Bild geschwärmt hättest, wenn er nicht geglaubt hätte, dass etwas wäre zwischen dir und ihr.«

»Auf die Idee hast du ihn mit deinem Misstrauen gebracht!«, beschuldigte er sie.

Wie aus dem Nichts schoss ihr plötzlich durch den Kopf, wie lächerlich er mit seinen gegelten, blondierten Haaren aussah.

»Mein Misstrauen ist ein Resultat deiner Lügereien und Seitensprünge«, gab sie zurück.
Er hob die Hand. »Die Retourkutsche kannst du dir sparen.«
»Wir hätten Jordie beinahe verloren!«, schrie sie. »Erschreckt dich das nicht?« Hör auf zu schreien, ermahnte sie sich. Amanda würde in dieser Situation nicht schreien. Georgia ebenso wenig. Sie würden sich selbstbewusst und gelassen geben, auch wenn sie innerlich vor Angst zitterten. »Lass es gut sein«, sagte sie. »Ich will deine Antwort gar nicht hören. Ich will gar nichts mehr hören. Ich will nur noch, dass du nach oben gehst und deine Sachen packst. Die Kinder kommen in einer Stunde aus der Schule. Also sieh zu, dass du in einer Dreiviertelstunde weg bist.«
Er schaute sie verständnislos an. »Wovon redest du?«
Karen schluckte, Amanda und Georgia würden zu einem Entschluss stehen, wenn sie ihn als richtig erkannt hätten, auch wenn ihnen mulmig dabei wäre. »Ich will, dass du ausziehst.«
»Ist das dein Ernst?«
Sie nickte.
»Aber ich bin hier zu Hause.«
»Nicht mehr«, erwiderte sie kalt. »Wir können uns gütlich trennen, aber ich kann dir das Leben auch schwer machen, wenn du auf stur schaltest.«
Lee hob besänftigend die Hände. »Jetzt mach mal halblang, Schatz. Die Sache mit Jordie hat uns beide geschockt, und es ist nur zu verständlich, dass du im Moment noch nicht wieder klar denken kannst.«
»Ich habe selten klarer gedacht als im Moment«, gab Karen zurück.

»Und ich will, dass du ausziehst.«
»Aber wie kommst du ausgerechnet jetzt darauf?«
»Der Krug geht bekanntlich so lange zum Brunnen, bis er bricht – und der Sprung, den er durch deine neueste Weibergeschichte erlitten hat, war einer zu viel. Ich kann so nicht mehr weitermachen.«
Bisher hatte er zunächst jedes Mal die gekränkte Unschuld gespielt, wenn sie ihn einer Affäre bezichtigte, doch diesmal wusste er, dass sie ihm seine Untreue beweisen konnte. Also änderte er seine Taktik. »Ich bin schwach, Karen«, mimte er den Zerknirschten. »Ich mache Fehler – aber sie haben keinerlei Bedeutung.«
»Sie ist schwanger, nicht wahr?«
»Das ist unwichtig. Als ich Jordie da oben auf dem Turm sitzen sah, wurde mir klar, was mir wirklich wichtig ist. Ich habe meine Lektion gelernt. Bitte glaube mir.«
Früher hatte er sie mit diesem flehenden Ton herumgekriegt, doch das war vorbei. Ein für alle Mal. »Geh packen.«
Er starrte sie eine Weile schweigend an. Schließlich fragte er: »Wenn ich es nicht tue – was dann? Willst du auf mich schießen?«
Karen senkte die Pistole – sie brauchte sie nicht mehr, um sich stark zu fühlen. »O nein«, erwiderte sie gelassen. »Ich werde dir nicht die Freude bereiten, mich ins Unrecht zu setzen. Aber es gibt eine Waffe, die ich gegen dich benutzen werde, falls du Schwierigkeiten machen solltest. Du liebst die Kinder, das steht außer Frage, und die Kinder lieben dich – sogar Jordie, obwohl er dich im Augenblick wahrscheinlich hasst. Wenn du dich wei-

gerst zu gehen, werde ich ihnen erzählen, was für ein Mensch ihr Vater ist. Du hast also die Wahl: Entweder du ziehst aus und verlierst nur das Dach über dem Kopf, oder du verlierst auch deine Kinder.

Natürlich war das ein Bluff, denn als liebende Mutter hätte sie es niemals übers Herz gebracht, ihre Kinder in so grausamer Weise mit der Realität zu konfrontieren, doch sie sah Lee an, dass er ihn ihr abkaufte. Zum ersten Mal in ihrer Ehe nahm er sie wirklich ernst. Was für eine Ironie!

*

Amanda fuhr am Montag nach der Schule zu ihrer Schwiegermutter in die Klinik. Sie tat es nicht Graham zuliebe – er wusste gar nichts davon –, sondern um ihrer selbst willen. Vielleicht könnte sie Dorothy bei diesem Besuch doch endlich für sich gewinnen.

Wieder war eine ganze Horde von O'Learys vor dem Krankenzimmer versammelt. Diesmal hatten sie auch Enkel mitgebracht, die mit selbst gemalten »Gute Besserung«-Karten und kleinen Geschenken nacheinander hinein- und hinausgeschleust wurden. Die Kinder begrüßten Amanda mit echter Begeisterung. Nachdem sie die überschwänglichen Umarmungen erwidert hatte, fragte sie Sheila, die Frau von James, die neben der Tür saß: »Wie geht es Dorothy?«

»Nicht schlecht. Sie haben sie schon aufstehen und ein bisschen herumwandern lassen – natürlich nicht ohne Hilfe und sie machte ihre Sache recht gut. Der Gleichgewichtssinn funktioniert schon fast normal, aber sie hat trotzdem noch Angst hinzufallen.«

Als die beiden ältesten Sprösslinge von Will aus dem

Zimmer kamen, fasste Amanda sich ein Herz und ging hinein.
Dorothy lag mit geschlossenen Augen da.
»Hi«, sagte Amanda leise. »Haben die Kinder dich angestrengt?«
Die Lider der alten Frau hoben sich. Ihr Blick streifte Amanda nur und glitt dann an ihr vorbei. »Wo ist Graham?«
»Er hat eine Besprechung mit einem Kunden in Litchfield. Wie geht es dir?«
»Um das zu erfahren, hättest du nicht hereinkommen müssen – du hättest es dir draußen auf dem Flur von meiner Familie sagen lassen können.« Die Lider senkten sich wieder.
Amanda schluckte die Abfuhr tapfer hinunter. »Das habe ich getan«, antwortete sie, »aber ich wollte dich trotzdem sehen. Wie ich hörte, machst du große Fortschritte.« Als Dorothy nicht reagierte, wechselte sie mit einem Blick auf den Nachttisch das Thema.
»Du hast ja ganz reizende Genesungskarten bekommen.«
»Ich habe ja auch reizende Enkel.«
»Das ist wahr – und mit ein wenig Glück kommt bald einer dazu.«
Jetzt öffneten sich Dorothys Augen wieder, und die flammende Anklage darin stand in krassem Gegensatz zu der Hinfälligkeit des greisen Körpers in dem Krankenhausbett. »Mac hat mir erzählt, dass ihr aufgegeben habt.«
»Wir haben nicht aufgegeben«, korrigierte Amanda hastig, »wir legen nur eine Pause ein.«
»Das wäre mir nie eingefallen. Ich liebte meinen Mann.

Kinder zu empfangen und zu gebären, war keine Strapaze für mich, von der ich mich hätte erholen müssen.«
Amanda schaffte es, auch diese bittere Pille mit freundlichem Gesicht zu schlucken. »Du hattet das Glück, Kinder leicht zu bekommen«, erwiderte sie. »Heutzutage haben viele Paare Probleme damit. Vielleicht liegt es daran, dass das Leben nicht mehr so beschaulich ist wie früher.« Sie hatte den letzten Satz noch nicht ganz beendet, als ihr siedend heiß bewusst wurde, dass sie ihrer Schwiegermutter damit die Möglichkeit eröffnete, sie wieder einmal wegen ihrer Berufstätigkeit zu attackieren, doch ihre Unbedachtsamkeit wurde nicht bestraft.
»Jimmy sagt, Graham sei frustriert«, bemerkte die alte Frau vorwurfsvoll.
»Das bin ich auch. Wir wünschen uns beide ein Kind.«
Wieder glitt Dorothys Blick an Amanda vorbei, und gleich darauf erhellte ein Lächeln ihre Züge. »Christine!« Josephs Frau stand in der Tür. »Wie lieb von dir, dass du dir die Zeit nimmst, mich zu besuchen! Du hast doch so viel zu tun!«
Christine trat an das Bett. »Ich wollte unbedingt nach dir sehen, Mom. Wie geht es dir?«
Amanda versuchte, sich an dem Gespräch über Christines Arbeit – ihre Schwägerin organisierte Veranstaltungen – zu beteiligen, doch Dorothy ignorierte sie mit einer Konsequenz, der sie nicht lange standhalten konnte. Als sie nach gewollt munteren Abschiedsworten, auf die nur Christine reagierte, das Zimmer verließ, machte sie auch Josephs Frau für den verunglückten Ausgang ihres Besuches verantwortlich. Sie hätte schließlich ebenso Interesse an ihrer, Amandas, Arbeit bekunden und

Dorothy auf diese Weise zur Aufmerksamkeit zwingen können. Andererseits war sie noch glimpflich davongekommen. Immerhin hätte statt Christine auch Megan erscheinen können, und die Innigkeit, deren Zeuge sie dann geworden wäre, hätte sie um ein Vielfaches demoralisiert.

Lass das, ermahnte sie sich, denk nicht weiter darüber nach. Es hat nichts mit Graham und dir zu tun.

Doch das hatte es. Noch immer.

*

Graham spürte schon bei der Begrüßung, dass Amanda etwas bedrückte, obwohl sie sich redlich bemühte, es zu verbergen. Sie überraschte ihn mit einem köstlichen Abendessen und seinem Lieblingsdessert, einem Erdbeerkuchen. Sie erzählte ihm den neuesten Klatsch aus der Nachbarschaft – dass Georgia ihrem potenziellen Käufer ein Ultimatum gestellt und Karen ihren Mann vor die Tür gesetzt habe. Sie sagte ihm, wie sehr ihr intensives gemeinsames Wochenende ihr dabei geholfen habe, die noch immer belastete Atmosphäre in der Schule zu ertragen. Sie gestand, dass sie sich mehrmals dabei ertappt habe, in Erinnerung daran zu lächeln wie ein verliebter Teenager.

Sie redete ununterbrochen, aber er wurde das Gefühl nicht los, dass sie ihm etwas verschwieg. Und dann erfuhr er spät am Abend am Telefon von Peter, dass sie im Krankenhaus gewesen war.

»Warum hast du es mir nicht erzählt?«, fragte er befremdet. Ihr Schweigen verstieß gegen die Abmachung, die sie am vergangenen Wochenende erneuert hatten.

Sie zuckte wegwerfend mit den Schultern. »Es gibt nichts zu erzählen. Der Besuch war nur ein weiterer Schlag in mein Kontor.«

»O Mandy! Meine Mutter ist alt, und im Moment ist sie zornig und verängstigt. Das musst du bedenken.«

»Ich weiß das alles – aber es hat trotzdem wehgetan. Vielleicht sollte ich sie in Zukunft ›Mom‹ nennen. Vielleicht ist ihr das lieber. Es erscheint mir nur so ... so aufgesetzt. Schließlich ist sie nicht meine Muter, sondern deine.«

*

Mit diesem Satz von Amanda schlief Graham irgendwann in der Nacht ein. Sie ist nicht meine Mutter, sondern deine, hatte sie gesagt und es dabei belassen. Sie hatte ihn nicht aufgefordert, sich hinter sie und gegen Dorothy zu stellen. Sie hatte akzeptiert, dass die alte Frau krank war, und sie schien bereit zu sein, die Kälte der alten Frau mit ihrem Gesundheitszustand zu entschuldigen.

Aber die Kälte war ja nichts Neues, und damit wachte Graham am Dienstagmorgen auf. »Sie ist nicht meine Mutter, sondern deine«, hatte sich in seinem Kopf zu »Sie ist nicht mein Problem, sondern deines« umgewandelt. Er war glücklich über den Neuanfang, zu dem Amanda und er sich aufgerafft hatten.

Amanda arbeitete ebenso tatkräftig daran wie er. Sie wünschten sich beide eine harmonische Beziehung. Was jedoch Dorothy betraf, kämpfte Amanda auf verlorenem Posten, und es war nur eine Frage der Zeit, bis sie aufgäbe.

Im Moment konnte er allerdings nichts für sie tun. Dorothys Schlaganfall war zwar nur leicht gewesen, doch sie musste noch geschont werden. Als er an diesem Abend zu ihr fuhr, schwor er sich, das längst fällige Gespräch bis zu ihrer vollständigen Genesung hinauszuschieben.

Seine Mutter machte ihm einen Strich durch die Rechnung.

19

»Hi, Mom«, sagte Graham leise, als er eintrat. Er hatte am Lift Mac getroffen und von ihm erfahren, dass die anderen sich zum Abendessen verabschiedet hatten. Es war kurz vor sechs. Dorothys Essen stand kaum angerührt auf dem an die Seite geschobenen Betttisch. Der Fernseher lief leise, sie aber hatte den Kopf zum Fenster gewendet, bevor sie ihn lächelnd gewahrte. Er freute sich auf ein ruhiges Zusammensein, doch kaum war er an ihr Bett getreten, wurde die Tür aufgerissen, und Will stürmte herein.

»Ich war zwei Trucks hinter dir und habe wie ein Wilder gehupt«, sagte er zu Graham. »Hast du das nicht mitbekommen? Hi, Mom – wie geht's?«

»Schon besser.« Dorothys Stimme klang schon wieder kräftiger. »Aber manchmal fühle ich mich einsam, und dann frage ich mich, ob das in Zukunft mein Schicksal sein wird.«

»Einsam?«, echote Will belustigt. »Wenn ich meine Frau richtig verstanden habe, ging es hier den ganzen Tag zu wie im Taubenschlag.«

»Mac hat das Gleiche gesagt«, schloss Graham sich an. Er war nicht bereit, sich Schuldgefühle einreden zu lassen. »Ich dachte, ein bisschen Ruhe wäre dir willkommen.«

»Ich habe meine Familie gerne bei mir. Deine Mädchen

waren so lieb«, berichtete sie Will und deutete mit einem dünnen, weißen Zeigefinger auf das Schwarze Brett an der Wand. »Sie haben sich stundenlang die Zeit mit Malen vertrieben.«

Graham ging hinüber und nahm das Gemälde in Augenschein. »Aha. Da liegt Grandma in ihrem Bett, und das daneben ist offenbar eine Krankenschwester.« Auf der Vorderseite der Haube prangte ein großes rotes Kreuz. Die Schwestern in diesem Krankenhaus trugen allerdings keine Hauben. »Und da sind eine Menge medizinischer Geräte und da noch eine Menge Leute. Wer sind die denn alle?«

»MaryAnne ist das und Sheila«, begann Dorothy ihre Gäste aufzuzählen, »ein paar Kusinen – und deine Frau, Will.«

Graham entdeckte eine Frau mit gelben Kringellocken, die nur Amanda gehören konnten, die auch heute, wie er wusste, vorbeigeschaut hatte, und er erwartete, dass seine Mutter fortführe, doch es kam nichts mehr.

»Die hier sieht wie Amanda aus«, meinte er beiläufig. »War sie hier?«

»Vielleicht. Ich bin nicht sicher.«

Will versuchte, ihrem mangelnden Erinnerungswillen die Spitze zu nehmen. »Du stehst unter Medikamenten – da ist es verständlich, dass du dies und das vergisst.«

Graham ärgerte sich sowohl über Will als auch über Dorothy, doch er schluckte den scharfen Kommentar hinunter, der ihm auf der Zunge lag. Du hast dir Geduld geschworen, sagte er sich. Halte dich dran. Also sagte er freundlich: »Ich bin sicher, dass Amanda hier

war, Mom. Sie nimmt sich die Zeit für dich gerne, obwohl sie in der Schule viel um die Ohren hat.«
»Noch immer wegen des Selbstmordes?«, erkundigte sich Will.
»Das auch – aber hauptsächlich, weil es auf das Ende des Schuljahres zugeht. Da haben viele Schüler Probleme wegen der bevorstehenden Zeugnisse.«
»Sie braucht sich nicht die Mühe zu machen herzukommen«, meinte Dorothy. »Ich habe doch meine ganze Familie da.«
Bleib ruhig!, beschwor sich Graham. »Sie empfindet es nicht als Mühe«, erwiderte er. »Amanda sorgt sich genau so um dich wie wir.«
»Aber sie ist nicht wie ihr«, hakte Dorothy mit einer für ihren Gesundheitszustand erstaunlichen Geistesgegenwart ein.
»Es fehlt etwas.«
»Was fehlt?«, wollte Graham wissen.
»Nun ja – zunächst einmal haben alle O'Learys Kinder.«
»Amanda ist ebenfalls eine O'Leary!«, fuhr er auf. »Und wenn dich an ihr stört, dass sie keine Kinder hat, dann muss es dich logischerweise an mir ebenfalls stören!«
»Lass es gut sein, Gray«, sagte sein Bruder leise.
Graham atmete tief durch. Will hatte Recht – er sollte wirklich Rücksicht nehmen –, aber er konnte diesen Angriff auf seine Frau nicht unwidersprochen lassen. »Ich wünschte, du würdest endlich einmal honorieren, wie sehr sie sich um dich bemüht. Sie möchte so gerne helfen. Sie möchte dazugehören.«
»Aber sie gehört nicht dazu«, antwortete Dorothy entschieden.

»Sie ist ganz anders als wir – was nicht heißt, dass wir nicht mit ihr auskommen können. Wenn ich es bedenke, war sie heute wahrscheinlich tatsächlich hier, denn die Kinder benahmen sich mustergültig, und ich habe schon oft festgestellt, dass sie gut mit ihnen umzugehen versteht. Du siehst – ich gestehe ihr durchaus gewisse Qualitäten zu.«

Graham presste die Lippen aufeinander.

»Meine Kinder vergöttern Amanda«, versuchte Will seine Schwägerin aufzuwerten. »Sie wird eine großartige Mutter sein.«

Graham hätte ihm am liebsten den Hals umgedreht.

»Es sieht nicht so aus, als ob sie das irgendwann einmal beweisen könnte«, sagte Dorothy und schloss die Augen.

Graham bedachte seinen Bruder mit einem zornigen Blick.

»Was habe ich denn getan?«, fragte Will verwirrt.

Dorothys Lider hoben sich. »Du hast keinen Grund, wütend auf Will zu sein«, tadelte sie Graham. »Er wollte nur helfen. Immer machst du ein solches Theater um dieses Mädchen – als seien wir ein Rudel Wölfe, vor dem du sie beschützen musst. Na ja, in gewisser Weise verstehe ich das sogar – sie hat so etwas Zerbrechliches. Auch darin unterscheidet sie sich von uns. Und von Megan!«

»Lass Megan aus dem Spiel!«

»Die gute Seele! Heute früh kam sie mit Hörkassetten, und sie brachte auch einen Recorder mit! Ist das nicht rührend?«

»Mom!«

»Sie ist ein wunderbarer Mensch. Ich habe nie verstanden, warum ihr auseinander gegangen seid.«

»Ich habe dir erklärt, warum wir auseinander gegangen sind.«
Grahams Ton veranlasste Will zu einem warnenden: »Gray!«
Aber Graham hatte genug. Wenn es seiner Mutter gut genug ging, um seine erste Frau gegen Amanda auszuspielen, dann brauchte er sie nicht mehr zu schonen. »Megan ist lesbisch, Mom.«
Wie damals, als er ihr das zum ersten Mal erzählt hatte, ging sie darüber hinweg. »Ich bin so stolz auf sie. Wie sie diesen Buchladen führt, ist bewundernswert. Und Ihre Partnerin Brooke ist eine sehr patente Person. Habe ich dir schon erzählt, dass Brooke bei Megan eingezogen ist?«
»Brooke und Megan sind ein Liebespaar, Mom. Megan hat mich verlassen – akzeptiere das endlich.«
»Hast du es denn schon akzeptiert? Ich glaube nicht. Bestimmt trauerst du ihr noch nach – aber das ist ja kein Wunder.«
»Was soll das denn heißen?«
»Nun ja«, meinte Dorothy in zuckersüßem Ton, »mit Megan hättest du längst ein Kind.«
Will legte beschwörend die Hand auf den Arm seines Bruders, doch auch diesmal konnte er ihn nicht bremsen.
»Megan wollte überhaupt kein Kind, Mom«, sagte Graham. »Und es ist ein Glück, dass sie sich nicht von mir dazu hat überreden lassen. Wir waren – und sind – gute Freunde, aber unsere Ehe war von vornherein zum Scheitern verurteilt, und hätten wir ein Baby bekommen, wäre irgendwann eines dieser armen, unglücklichen Scheidungskinder aus ihm geworden. Ich trauere

Megan nicht nach – sie hat mir einen Gefallen damit getan, dass sie sich von mir trennte.«

»Sag das nicht.«

»Es ist so. Mit Amanda verbindet mich echte Liebe. Wir haben nicht geheiratet, weil wir uns von klein auf kannten und es uns und unseren Familien als selbstverständlich erschien.«

»Du warst einsam«, sagte Dorothy.

»Sicher war ich einsam«, nickte Graham. »Aber ich habe mich nicht mit Amanda zusammengetan, um nicht mehr allein zu sein. Sie verkörperte alles, was ich mir bei einer Partnerin wünschte. Es hatte nach Megan einige Frauen in meinem Leben gegeben, aber keine von ihnen bedeutete mir wirklich etwas. Als ich Amanda traf, wusste ich sofort, dass wir füreinander bestimmt waren. Ich zog sie nicht wie ein Los aufs Geratewohl aus dem Hut – ich entschied mich für sie.«

»Und jetzt verlangt sie, dass du dich wieder entscheidest.«

»Wie meinst du das?«

»Du sollst dich zwischen ihr und uns entscheiden.«

»Das verlangt nicht sie – das verlangst du!«, erwiderte Graham heftig.

»Nicht nur ich verlange es«, gab sie zurück. »Wir alle verlangen es. Mac findet, dass sie nicht zu uns passt, MaryAnne findet es und Kathryn und …«

»Mom!«, fiel Will ihr ins Wort. »Es reicht!«

»Verbündest du dich plötzlich mit ihm?«, fragte Dorothy. »Hast du nicht gehört, was er gesagt hat?«

»Er hat gesagt, dass er seine Frau liebt.«

»Das war erst der Anfang«, erklärte Graham und öffnete die Schleusentore. »Ich habe Amanda geheiratet, um mein Leben mit ihr zu verbringen, und wenn sie es mir erlaubt, werde ich genau das tun. Sie ist die einzige Frau, die für mich als Mutter meines Kindes in Frage kommt. Wenn wir selbst keines bekommen können, werden wir eines adoptieren, und falls dieses Baby in meiner Familie nicht mit offenen Armen willkommen geheißen wird, sind wir geschiedene Leute.« Er rieb sich die verspannten Nackenmuskeln. Plötzlich hatte er es satt, seine Liebe und seine Ehe zu rechtfertigen. »Ich muss gehen«, sagte er und drehte sich um. Amanda stand in der offenen Tür. Er ging mit großen Schritten auf sie zu und nahm sie an die Hand. »Komm – machen wir, dass wir Land gewinnen!«

*

Amanda rührte sich nicht vom Fleck. Ihr Blick glitt von seinem zornigen Gesicht zu Wills beunruhigtem und weiter zu Dorothys verdattertem. Was sie eben bei ihrer Ankunft mitbekommen hatte, ließ sie ihren Mann mehr lieben als je zuvor, mehr achten als je zuvor – und um seine Beziehung zu der Familie fürchten.

»Mandy«, grollte er. »Lass uns gehen.«

»Noch nicht.« Sie befreite ihre Hand aus seinem Griff, trat an das Bett, an dem sie eine Stunde zuvor schon einmal gestanden hatte, und sagte nach einem freundlichen Blick für Will zu ihrer Schwiegermutter: »Ich wusste, dass Graham kommen würde, und habe unten im Café gewartet, weil ich ihn überraschen wollte. Gegenüber vom Krankenhaus gibt es ein italienisches Restaurant, und ich dachte, wir könnten dort vielleicht miteinander zu Abend essen. Er hat sich nach all der

Sorge um dich und mich ein wenig Entspannung verdient, denke ich.«

»Es gehört sich nicht zu lauschen«, griff Dorothy sie an.

»Ich habe nicht gelauscht«, erwiderte Amanda. »Die Tür war offen, und ich wollte nicht in das Gespräch hineinfunken. Außerdem wusste ich schon vorher, dass Graham seine Familie ebenso sehr liebt wie mich. Ihn zu zwingen, zwischen uns zu wählen, wäre ein Verbrechen.«

»Ich zwinge ihn nicht dazu!«

»Ich auch nicht«, sagte Amanda. »Ich finde es schön, dass er aus einer großen Familie kommt. Ich akzeptiere seine Familie – und ich möchte, dass seine Familie mich akzeptiert.«

»Das tun wir«, erklärte Will.

Amanda lächelte ihn traurig an. »Ich glaube euch, dass ihr es eigentlich wollt – aber eure Loyalität gegenüber Megan hindert euch daran.« Sie wandte sich wieder Dorothy zu. »Ich mag Megan. Ich halte sie für einen wundervollen Menschen, und ich würde mich freuen, wenn sie unseren Kindern später bei Besuchen Bücher aus ihrem Laden mitbrächte, aber du hast gehört, was Graham sagte. Die Ehe der beiden war zum Scheitern verurteilt, weil keiner dem anderen geben konnte, was dieser sich erwartete. Ich versuche, Graham glücklich zu machen.«

»Dann frage ich mich, warum du nicht endlich schwanger wirst! Graham ist seit Monaten ausgesprochen unglücklich!«

»Mir geht es nicht anders – aber wir sind dabei, die Probleme auszuräumen. Als Frau eines Gärtners«, Amanda warf ihrem Mann ein liebevolles Lächeln zu, »fällt mir als Analogie ein Blumenbeet ein. Man muss das Unkraut entfernen, damit die Pflanzen genügend Nährstoffe erhalten. In unserer Ehe besteht das Unkraut in den Unstimmigkeiten, die sich aus den immer wieder fehlschlagenden Versuchen, ein Baby zu bekommen, ergeben – und aus den immer wieder fehlschlagenden Versuchen, in Harmonie mit der Familie zu leben. Und so haben wir uns daran gemacht, das Unkraut zu beseitigen. Ich vertaue darauf, dass er mich liebt.« Wie könnte sie nach dem, was sie gerade gehört hatte, noch daran zweifeln?

»Und du vertraust darauf, dass er über Megan hinweg ist?« Dorothys Ton war zu entnehmen, dass sie ganz und gar nicht davon überzeugt war.

»Ja«, nickte Amanda. »Auch darauf vertraue ich. Ich weiß, wo ich stehe, und ich weiß, wo Graham steht. Aber wo steht ihr? Ich würde niemals von ihm verlangen, zwischen mir und euch zu wählen. Wenn ihr euch nicht bereit finden könnt, mich zu akzeptieren, wird mir das wehtun – aber Graham fügt ihr damit einen weit größeren Schmerz zu. Ihr liebt ihn doch auch – wollt ihr ihm diesen Schmerz nicht ersparen?«

*

»Sie ist unerträglich!«, schimpfte Graham, als er den Krankenhausflur hinunter zum Lift stürmte.

Amanda hatte Mühe, mit ihm Schritt zu halten. »Deine Mutter hat ganz bestimmte Vorstellungen davon, wie dein Leben aussehen soll. Du hast diesen Vorstellungen nicht entsprochen, und sie kann sich nicht damit abfinden.«

»Sie ist unhöflich und undankbar – und kurzsichtig. Wenn sie glaubt, unsere Kinder werden eine solche Großmutter besuchen wollen ... wenn sie glaubt, wir werden unsere Kinder eine solche Großmutter besuchen *lassen* ...«

»Das werden wir«, sagte Amanda, doch es gab ihr einen Stich, als sie daran dachte, dass sie es in vier Jahren nicht einmal zu *einem* Kind gebracht hatten. »Sie wird sich schon noch besinnen. Im Moment darfst du nichts von ihr erwarten – es geht ihr nicht gut.«

Er schnaubte. »Es geht ihr gut genug, um Gift zu verspritzen!«

Sie hatten den Aufzug erreicht, und Graham schlug mit der flachen Hand auf den Rufknopf. »Im Grunde bin ich auf mich wütend. Ich hätte schon vor Monaten ganz klar Stellung beziehen müssen. Vor Jahren!« Er wandte sich ihr zu. »Ich habe dich im Stich gelassen. Es tut mit Leid.«

Amanda hakte ihn unter. »Du hast heute gesagt, was gesagt werden musste, und dafür danke ich dir.«

Graham und Amanda fuhren schweigend nach unten, in der Liftkabine war gerade noch Platz für zwei Personen gewesen. Als sie ausstiegen, nahm er ihre Hand und fragte beinahe schüchtern: »Gehen wir jetzt essen?«

»Italienisch?«

»Das hattest du doch vor ...«

Er schaute auf ihre miteinander verflochtenen Finger hinunter, hob den Blick wieder auf und fragte unsicher: »Hast du das ernst gemeint – das mit dem Vertrauen?«

Amanda nickte und sah seine grünen Augen dunkler werden, als sein Selbstvertrauen zurückkehrte. Es berührte sie tief, dass sie dieses Selbstvertrauen zu mindern und zu steigern vermochte. Graham O'Leary war ein großartiger Mann. Als er sie so ansah, ohne die Leute wahrzunehmen, die in der Eingangshalle um sie herumgingen, als seien sie eine zur Dekoration aufgestellte Skulptur, hätte sie, ohne auch nur einen Moment zu zögern, ihr Leben in seine Hände gelegt.

Nach einer Weile zog er sie zu sich heran, legte den Arm um ihre Schulter und führte sie durch die breite Glastür auf die Straße hinaus.

*

Zwei Stunden später bogen sie – mit zwei Fahrzeugen, so wie sie zum Krankenhaus gekommen waren – in ihre Straße ein. Sie hatten den Weg zwar räumlich getrennt zurückgelegt, waren aber mental und stimmlich immer wieder per Handy in Kontakt gewesen.

»Der Himmel ist stockfinster«, sagte Graham, als er auf Schritttempo herunterbremste. »Der Mond, falls er scheint, ist hinter Wolken verborgen, die man nicht sehen kann, weil der Mond nicht scheint. Woher wissen wir dann überhaupt, dass da oben Wolken sind?«

Amanda lachte. »Wenn keine Wolken da wären, würde man Sterne sehen.«

»Na, wenigstens ist es hier unten nicht so dunkel«, meinte er.

»Bei den Langes brennt im ganzen Haus Licht. Ist Georgia auch zu Hause?«

»Vielleicht sogar auf Dauer.«

»Bei den Cotters ist es nur noch im Wohnzimmer hell. Wie stehen die Dinge denn dort?«

»Karen sagt, Lee wird bei der Scheidung keine Schwierigkeiten machen. Er ist zu seiner schwangeren Freundin gezogen.«

»Gott sei Dank ist es nicht Gretchen! Apropos: Bei ihr ist alles finster.

Amanda schaute genauer hin. »Nein«, korrigierte sie. Offenbar sitzt sie hinten in der Bibliothek.«

»Dann lernt sie noch«, schlussfolgerte Graham.

»Ich habe neulich Französischbücher bei ihr gesehen«, berichtete Amanda.

»Französisch ist nur ein Hobby von ihr. Sie macht ein Fernstudium, sie will unbedingt einen Collegeabschluss machen.«

»Woher weißt du das?«, fragte Amanda, während sie Graham in ihre Zufahrt folgte.

»Sie hat es mir erzählt.«

Amanda parkte den Kombi neben dem Pick-up, blieb jedoch am Steuer sitzen.

»Mir hat sie es nicht erzählt!«, beschwerte sie sich.

»Wahrscheinlich, weil sie sich dir unterlegen fühlt«, meinte Graham.

»So ein Blödsinn!«, schimpfte Amanda. »Wenn ich mich mit jemandem anfreunden wollte, würde ich ihm so was nicht verschweigen.«

»Sie ist eben nicht so selbstbewusst wie du.«

Als Amanda ausstieg, gestand sie sich ein, dass in Wahrheit nicht Gretchens mangelndes Vertrauen an ihr nagte, sondern – schon wieder – die verdammte Eifersucht. Dabei hatte Graham das wirklich nicht verdient. Er war treu. Er liebte sie. Es bestand nicht der geringste Anlass, ihm zu misstrauen.

Sie hatten das Haus kaum betreten, als das Telefon klingelte.

Amandas erster Gedanke war, dass sich Dorothys Zustand dramatisch verschlechtert hätte, und Grahams Gesichtsausdruck ließ erkennen, dass er das Gleiche dachte.

Er riss den Hörer von der Gabel. »Ja?«

Amanda versuchte aus seiner Mimik zu entnehmen, was die Stimme am anderen Ende der Leitung sagte, und trat beunruhigt näher, als er den Redefluss mit einem alarmierten »Wann war das?« unterbrach.

Amanda klopfte das Herz bis zum Hals. Wenn ihre Schwiegermuter infolge ihrer Worte am Krankenbett einen neuerlichen Schlaganfall erlitten hätte – womöglich sogar einen schwereren –, würde sie sich das nie verzeihen, und Graham, dachte sie voller Angst, ihr vielleicht auch nicht.

»Ich komme«, hörte sie ihn sagen, und dann legte er auf.

»Gretchen hat eine Blutung«, eröffnete er ihr. »Sie befürchtet, dass sie das Baby verliert.«

Amanda brauchte einen Moment, um geistig umzuschalten. Es ging nicht um Dorothy. Es ging um Gretchen. Gretchen hatte Graham angerufen.

Nein, korrigierte sie sich in der nächsten Sekunde. Gretchen hatte bei den O'Learys angerufen – dass Graham den Hörer abgenommen hatte, war reiner Zufall.

»Wir müssen ihr helfen«, sagte er. »Sie hat bei uns angerufen, weil sie sonst niemanden kennt, das arme Ding.«

Nachdem sie ihr Misstrauen beiseite geschoben hatte, reagierte Amanda freundschaftlich. Sie warf Graham ihre Autoschlüssel zu.

»Ich lauf rüber – hol uns ab.«

Als sie die Straße überquerte, sah sie Gretchen aus dem Haus kommen. Sie hielt sich mit beiden Händen den Leib. Amanda eilte ihr zu Hilfe. Die großen blauen Augen der jungen Frau wirkten im Schein der Gaslaterne fast schwarz. Vielleicht lag das aber auch an der Angst, die sich auf dem plötzlich kindlichen Gesicht malte und ihre Stimme zittern ließ, als sie sagte: »Es war alles okay – aber als ich mir in der Küche etwas zu Trinken holen wollte, bekam ich plötzlich Schmerzen, und dann lief mir Blut an den Beinen runter!«
Amanda hatte den Arm um sie gelegt und führte sie zu dem bereits wartenden Kombi. »Haben Sie den Arzt angerufen?«
»Ja. Er sagte, ich solle ins Krankenhaus fahren. Ich hoffe, Sie sind mir nicht böse, dass ich Sie gestört habe. Natürlich hätte ich mir auch ein Taxi bestellen können – aber wer weiß, ob der Fahrer mich in dem Zustand überhaupt mitgenommen hätte. Und außerdem wollte ich keine Zeit verlieren.«
»Selbstverständlich sind wir nicht böse«, beruhigte Amanda sie.
»Es war ganz richtig von Ihnen, sich an uns zu wenden. Haben Sie immer noch Schmerzen?«
»Sie kommen und gehen. Es müssen Wehen sein – aber es ist noch zu früh!«
Als Graham ausstieg und die Tür zum Fond öffnete, flüsterte sie hastig: »Ihr Mann ist nicht der Vater! Wir sind nur Freunde!«
»Ich weiß«, nickte Amanda.
Sie hatten den Wagen fast erreicht.
»Es ist auch nicht Russ oder Lee«, setzte Gretchen leise hinzu. »Ich war wütend, weil Sie und Ihre Freundinnen

mich nicht akzeptierten, und darum ließ ich Sie in dem Glauben, dass es einer Ihrer Ehemänner sei.«

»Ist schon gut.« Amanda half ihr beim Einsteigen, ging um das Heck herum, setzte sich hinter Graham und sagte zu ihm: »Wir können.« Dann streckte sie Gretchen ihre Hand zum Festhalten hin, um sie während der Wehen wenigstens moralisch zu unterstützen. Es gab nur ein Krankenhaus in der Gegend, und Amanda kannte es gut, denn auch die Klinik für Infertilitätsbehandlung war darin untergebracht. Bei dem Gedanken daran zog sich ihr Magen zusammen. Energisch rief sie sich zur Ordnung. Im Moment gab es wirklich Wichtigeres!

»Meinen Sie, ich werde mein Baby verlieren?«, fragte Gretchen mit dünner Kleinmädchenstimme.

Wie sollte sie das wissen? »Ich hoffe nicht, dass es so weit kommt.«

»Ist es denn mit siebeneinhalb Monaten lebensfähig?«

Erleichtert, in diesem Fall eine positive Antwort geben zu können, erkläre Amanda mit Nachdruck: »Absolut!«

»Aber es ist noch nicht ausgewachsen. Das Gehirn könnte geschädigt sein – oder die Lunge.«

»Machen Sie sich nicht verrückt«, wiegelte Amanda ab, obwohl sie sich selbst immer wieder mit diesen Ängsten herumgequält hatte, wenn sie sich ausgemalt hatte, schwanger zu sein, und so konnte sie sich lebhaft vorstellen, was die junge Frau empfand.

»Irgendetwas stimmt da nicht«, flüsterte Gretchen. »Sonst würde das Baby doch nicht jetzt schon kommen.«

»Vielleicht ist es einfach ungeduldig«, versuchte Aman-

da sie zu beruhigen. »Oder vielleicht ist es gar nicht zu früh. Vielleicht haben Sie sich verrechnet.« Das würde aber die Blutung nicht erklären.
»Verrechnet habe ich mich auf keinen Fall«, antwortete Gretchen. »Ich weiß genau, wann es gezeugt worden ist.« Sie lehnte sich zurück und sagte leise: »Ich habe schon so viel in meinem Leben verloren – ich darf dieses Kind nicht auch noch verlieren.«
»Wir sind da!«, verkündete Graham. Er bog in die Zufahrt ein und hielt vor der Notaufnahme und drückte auf die Hupe.
Die Türen flogen auf, weiß bekittelte Männer halfen Gretchen aus dem Fond und setzten sie in einen Rollstuhl, und dann war auch plötzlich ihr Gynäkologe da, legte ihr ermutigend die Hand auf die Schulter und versicherte ihr, dass alles gut werden würde.
Der Verantwortung enthoben, spürte Amanda eine fast körperlich schmerzende Sehnsucht in sich erwachen. Als Graham zu ihr trat, las sie in seinen Augen, was sie dachte: Warum ist es nicht unser Baby, das da gleich geboren wird?

*

Gretchen hatte sich von Anfang an bei ihrem Arzt gut aufgehoben gefühlt, vor allem, weil er Ruhe, Selbstsicherheit und Optimismus ausstrahlte. Das tat er auch jetzt, trotz ihrer Blutung, doch das bedeutete nicht, dass er sich Zeit ließ. Sie wurde stationär aufgenommen und vorbereitet. Dann brachte man sie in einen Raum, wo man sie für den bevorstehenden Kaiserschnitt in Periduralanästhesie vorbereitete, zu dem ihr Gynäkologe sich entschlossen hatte.

Ein aufgespanntes Tuch blockierte ihr die Sicht auf ihre Bauchdecke, doch das Gesicht des hoch gewachsenen Mannes, der ihr Baby holen würde, konnte sie noch ausmachen. Einen Moment lang wirkte seine Miene besorgt, doch gleich darauf erhellte ein Lächeln seine Züge, und dann ertönte ein Schrei, der ihr Glückstränen in die Augen schießen ließ.
»Sie haben einen Sohn«, verkündete der Arzt, »und er sieht kerngesund aus. Er klingt auch so. Hören Sie sich das an!«
In Gretchens Ohren klang das Bähh ... Bähh ... Bähh wie Musik. Sie weinte und lachte, und als sie ihr den Kleinen zeigten, musste sie ein paarmal blinzeln, bis sie ihn deutlich sehen konnte. Wie verzaubert betrachtete sie das verkniffene Gesichtchen, den winzigen Körper, die spindeldürren Ärmchen und Beinchen, und war gerade damit fertig, die Finger und Zehen zu zählen, als ihr Schatz ihr wieder entrissen wurde, um, wie man ihr erklärte, gewaschen, gründlich untersucht und fürs Erste in einen Brutkasten gelegt zu werden.
Nun, da sie ihn in guten Händen wusste, wollte sie wissen, ob sie am Leben bleiben würde.
»Am Leben bleiben?«, echote ihr Gynäkologe. »Ich habe noch keine Patientin wegen einer so kleinen Blutung verloren. Sie hat aufgehört. Wir werden Sie nur zur Sicherheit zunähen. Ob Sie am Leben bleiben? Sie haben viele, viele Jahre mit Ihrem Sohn vor sich.«
Seine Worte verführten zum Träumen. Gretchen schloss die Augen und ließ ihrer Phantasie die Zügel schießen.

*

Amanda und Graham starrten wie gebannt auf das kleine Bündel, das die Schwester jenseits der Glasscheibe der Frühchenstation auf dem Arm hatte und ihnen zeigte. Amanda hatte am ganzen Körper Gänsehaut.

»Meine Güte, ist der winzig!«, staunte sie. »Sieh doch nur!«

Die Schwester lächelte ihnen zu und trug den Kleinen dann zu dem im Hintergrund des Raumes wartenden Arzt.

Amandas und Grahams Blick wanderte über die anderen Frühchen.

Babys, die in diesem Krankenhaus mit ernsthaften gesundheitlichen Problemen zur Welt kamen, wurden in größere Kliniken verlegt, was bedeutete, dass diese Frühchen sehr klein, aber gesund waren. Eines hatte ein rosa Mützchen auf, eines ein blaues und drei waren mit gelben Bändchen gekennzeichnet. An einem der Brutkästen klebte ein Zettel mit dem Namen *Timothy*. Auf einem anderen saß ein Stoffhase.

»Also – was meinst du?«, fragte Graham schließlich. »Wem sieht er ähnlich?«

»Nicht dir, das steht fest«, antwortete sie. »Ich habe deine Babyfotos gesehen, und ich kenne andere O'Leary-Babys. Nein – Gretchens Sohn hat nichts von dir oder deiner Familie.«

»Es könnte doch sein, dass er mehr von Gretchen hat«, neckte Graham sie.

»Nein, nein. Die O'Leary-Gene sind dominant – das zeigt sich bei allen Kindern dieser Familie.«

»Aber es ist ein Frühchen – vielleicht kommt das ja noch.«

Sie schaute zu ihm auf und lachte. »Wem sieht er deiner Meinung nach ähnlich?«
»Ben.«
Jetzt lachte sie schallend, und sie schauten sich an. »Das macht die Glatze!«
Dann wendeten sie sich wieder dem Raum links der Glasscheibe zu. Und auf einmal spürte Amanda ein Gefühl der Leere, und sie fragte sich, ob Graham das Gleiche empfand. Sie fragte sich, ob er beim Anblick des Neugeborenen daran dachte, dass ihre Mütter in der Lage gewesen waren, sie zu empfangen und zur Welt zu bringen. Sie fragte sich, ob er den Tag verwünschte, an dem er sie kennen gelernt hatte. Sie fragte sich, ob er dachte, er habe eine taube Nuss geheiratet. Sie fragte sich …
Halt!, ermahnte sie sich. Diese Grübelei hatte sie schon mehrfach in Teufels Küche gebracht. Es nützte ihr nichts, sich zu martern – sie musste sich Gewissheit verschaffen.
»Was empfindest du?«, fragte sie leise.
Er schaute eine Weile nachdenklich vor sich hin. Dann antwortete er: »Neid.«
Das glaubte sie ihm, denn den empfand sie ebenfalls.
»Was noch?«
»Angst.«
»Wovor?«
»Davor, mit der ganzen Prozedur von vorne anzufangen – und davor, damit zu zerstören, was wir in den letzten Tagen aufgebaut haben.«
»Hi, ihr zwei!«, rief eine sanfte Stimme. Emily, die Leiterin der Klinik für Infertilitätsbehandlung, kam den Flur herunter.

Amanda lächelte ihr, ohne ein Wort zu sagen, entgegen, auch Graham sagte nichts. Die Ärztin deutete mit einer Kopfbewegung auf die Frühchenstation.
»Ist das ein Motivierungsversuch?«
Amanda schüttelte den Kopf. »Das Baby einer Nachbarin liegt da drin. Sind auch Kinder von Ihnen dabei?«
Emily zeige auf die Mitte des Raumes. »Die drei in den Brutkästen mit den gelben Bändchen an den Griffen. Es sind In-vitro-Drillinge – zwei Mädchen und ein Junge. Sie sind sehr klein, aber gesund.« Emily wandte sich ihnen wieder zu. »Der Nachteil Ihres Problems ist, dass wir seine Ursache nicht kennen. Der Vorteil ist, dass wir deshalb alles Mögliche ausprobieren können. Das Einfachste ist die Erhöhung der Clomifen-Dosis.«
Die Vorstellung bereitete Amanda Unbehagen. Die bisherige Behandlung hatte ihr Hitzewallungen, Wasser in den Beinen und Stimmungsschwankungen beschert, abgesehen davon aber ihren Zweck erfüllt, die Follikelreifung zu fördern. Nur war es trotz Eisprung zu keiner Schwangerschaft gekommen.
Da mit einer höheren Dosierung dieser Substanz die Gefahr einer Überstimulierung der Eierstockzellen und der Bildung von Zysten einherging, bedeutete diese Therapie, dass sie unter ständiger Überwachung bleiben, sich beinahe täglichen Untersuchungen in der Klinik unterziehen müsste. Sollte sich eine große Zyste bilden, müsste sie chirurgisch entfernt werden.
»Wir können bei Clomifen bleiben und dazu HCG, humanes Choriongonadotropin, spritzen«, schlug Emily vor. »Das würde am fünfzehnten oder sechzehnten Tag Ihres Zyklus geschehen, die Follikelreifung stimulieren und den Eisprung auslösen.«

»Die Ovulation ist nicht mein Problem«, wandte Amanda ein.
»Nein – aber dies würde die Freigabe der Eizellen aus den Follikeln koordinieren. Die Feuerkraft stärken, wie man so sagt. Oder wir führen mehrere Inseminationen durch – inseminieren täglich oder alle zwei Tage. Oder wir substituieren mit hypophysären Gonadotropinen, entweder allein oder mit HCG.«
Eine Gonadotropinbehandlung war ein aufwändiges und strapaziöses Verfahren, und Amanda schauderte bei der Vorstellung. »Wir können entweder IUI durchführen oder es gleich mit IVF versuchen. Ich wollte nur sagen: Sie haben Möglichkeiten«, fuhr Emily fort.
Amanda wollte keine Möglichkeiten haben. Sie wollte ein Baby haben. Sie sah Graham an, und sie sah, dass er dasselbe wollte.
»Also, was ist?«, fragte Emily. »Packen wir's wieder an?«
Graham sagte kein Wort. Er schaute Amanda nur an, und sie las in seinen Augen, dass er den Weg mit ihr gehen würde – welchen auch immer – und wie lang auch immer –, und sie lächelte ihn an, und sie lächelte Emily an, atmete tief durch und sagte: »Ich bin bereit.«

*

Gretchen schlief so gut wie überhaupt nicht. Sie war aufgeregt, und zusätzlich machten ihr, als die Betäubung nachließ, Schmerzen zu schaffen. Da sie für ihr Baby da sein wollte, lehnte sie starke Mittel ab, die sie nur in einen Dämmerzustand versetzt hätten.
Dem Kleinen ging es offensichtlich gut, denn jedes Mal,

wenn sie nach ihrem Sohn fragte, sagte man ihr, dass alles okay sei, und als sie wieder einmal nach ihm fragte, brachte ihn ihr die Schwester sogar, und sie durfte ihn einen Moment im Arm halten. Er schlief fest. Vorsichtig berührte sie mit der Fingerspitze seinen Mund, seine Nase und seine Wangen, hauchte einen Kuss auf die pulsierende Stelle auf seinem Kopf, legte leicht die Hand auf den kleinen Brustkorb, der sich rhythmisch hob und senkte. Und als sie gegen seine Handfläche tippte, schlossen sich die winzigen Finger um ihren Finger, und wieder kamen ihr die Tränen vor lauter Liebe.

»Weinen? Das ist typisch für junge Mütter«, sagte Amanda lächelnd, als sie Gretchen am nächsten Mittag besuchte. »Zumindest habe ich mir das sagen lassen.« Sie befestigte ihren Luftballonstrauß am Fußteil des Bettes. »Haben Sie schon einen Namen für ihren Sohn?«

»Noch nicht.« Den Namen für eine Tochter hatte sie bereits vor Monaten festgelegt, aber was den möglichen Sohn anging, hatte sie die Wahl vor sich hergeschoben, weil sie insgeheim hoffte, es würde zum Zeitpunkt der Geburt einen Mann in ihrem Leben geben, nach dem sie ihn nennen könnte. »Ich fände Ben am schönsten«, sagte sie, »aber ich wage nicht, mir vorzustellen, was seine Söhne in dem Fall täten.«

»Es ist Ihr Kind – da hat Ihnen keiner Vorschriften zu machen«, ermutigte Amanda sie.

Gretchen liebte sie dafür – und dafür, dass sie sie besuchte. Es fiel ihr bestimmt nicht leicht. »Ist es schlimm für Sie, hierher zu kommen?«

»Aber nein. Ich liebe Babys.«

»Sie werden auch ein Baby bekommen«, sagte Gretchen im Brustton der Überzeugung. »Sie sind ein guter Mensch.«

»Ich versuche es«, quittierte Amanda dieses große Kompliment mit einem verlegenen Lächeln, »aber selbst, wenn Sie Recht hätten – nicht immer bedingt das eine das andere. Ralph Waldo Emerson, einer von Grahams Lieblingsdichtern, empfiehlt, sich ein Beispiel an der Natur zu nehmen – und deren Geheimnis ist laut ihm Geduld. Es ist zwar schwer, geduldig zu sein, aber es bleibt uns gar nichts anderes übrig.«

»Und Ihre Geduld wird belohnt werden – ganz bestimmt«, sagte Gretchen. »Sie bekommen ein Baby!«

»Nun – erst einmal haben Sie Ihres bekommen. Ich habe Georgia und Russ davon erzählt. Sie freuen sich für Sie. Ich soll Sie herzlich grüßen.«

»Das ist lieb. Vielleicht ...« Sie brach ab, als sie aus dem Augenwinkel eine Bewegung an der Tür wahrnahm, und dann geriet ihr Herz ins Stolpern.

Oliver Deeds stand dort, im dunklen Anzug und mit einem großen Blumenstrauß.

20

Gretchen freute sich nicht über Olivers Besuch, denn sein Anblick weckte nur schmerzliche Erinnerungen. An Bens Tod. An die Feindseligkeit seiner Söhne – ihrer Stiefsöhne! –, die sie, wenn sie es vermocht hätten, kaum, dass ihr Vater die Augen geschlossen hatte, erbarmungslos ohne einen Cent vor die Tür gesetzt hätten. Dass sie jetzt ein Kind hatte, würde ihren Groll noch vergrößern. Sie hatte nie verstanden, wie ein so gutherziger Mann wie Ben so hartherzige Söhne haben konnte. Und an noch etwas wurde sie durch Olivers Erscheinen erinnert.

»Ich muss los«, unterbrach Amanda ihr Grübeln.

»O nein!«, versuchte Gretchen sie in aufsteigender Panik zurückzuhalten. »Bitte bleiben Sie noch!«

»Ich wünschte, ich könnte – aber ich muss wieder in die Schule. Brauchen Sie irgendetwas? Soll ich Ihnen etwas von zu Hause mitbringen, wenn ich morgen komme, oder etwas besorgen?«

Gretchen schüttelte den Kopf. »Danke für die Ballons.«

»Keine Ursache«, wehrte Amanda ab und setzte hinzu: »Ich ruf Sie nachher an, okay?«

Als Gretchen diesmal Tränen in die Augen schossen, geschah es aus Dankbarkeit. Sie hatte sich so sehr nach einer Freundin gesehnt, und eine bessere als Amanda hätte sie nicht finden können.

Doch Amanda ging und ließ Gretchen mit Oliver allein, der nach kurzem Zögern einen Schritt weit ins Zimmer trat. »Die Ballons sind hübsch. Eine lustige Idee«, sagte er mit ernster Miene.

Gretchen wischte sich mit den Handflächen die Tränen von den Wangen.

»Ich wollte dich heute früh besuchen«, fuhr er fort. »Russell Lange sah mich vor deiner Haustür stehen und kam herüber. Wenn er es mir nicht erzählt hätte, wüsste ich gar nicht, dass du hier bist. Warum hast du mich nicht angerufen?«

»Weil ich dich nicht brauche«, erwiderte sie mit harter Stimme. Er senkte den Blick und starrte eine Weile schweigend auf seine makellosen, schwarzen Schuhe hinunter. Als er ihn wieder hob, lag etwas darin, das Gretchen nicht deuten konnte. »Ich war auf der Station und habe ihn mir zeigen lassen.« Seine Stimme klang seltsam hölzern. »Er sieht nett aus.«

Nett!, dachte Gretchen bitter. Nein – diesen Vater musste sie ihrem Sohn ersparen! »Mein Baby geht dich nichts an!«, erklärte sie kategorisch.

»Gretchen – lass mich dir erklären …«

»Es gibt nichts zu erklären«, fiel sie ihm ins Wort.

»Du darfst nicht glauben, dass mir unser Zusammensein nichts bedeutete – aber ich hätte nicht tun dürfen, was ich getan habe. Du bist meine Klientin. Es war unethisch.«

Unethisch? Seine Zärtlichkeit, seine Leidenschaft waren unethisch gewesen? Ihr gemeinsames Kind war unethisch? Wie hatte sie nur einen Moment lang denken können, dass dieser Mann sie liebte? Wie hatte sie nur einen Moment lang denken können, dass sie ihn liebte?

Vielleicht las er in ihrem Gesicht, was in ihr vorging – vielleicht fand er auch nur, seiner Pflicht jetzt Genüge getan zu haben. Jedenfalls trat er gerade so weit vor, dass er das Bouquet auf den Beistelltisch legen konnte, machte auf dem Absatz kehrt und steuerte auf die Tür zu. Gretchen wollte eben nach der Schwester klingeln, damit sie die Blumen beseitigte, als Oliver sich plötzlich umdrehte. »Hast du schon einen Namen für ihn?«, fragte er.

»Ja.« Es konnte nur einen geben, das erkannte sie in diesem Augenblick.

»Benjamin.«

Amanda hatte Recht – was Alan und David von ihrer Namenswahl hielten, brauchte sie wirklich nicht zu kümmern. Sie würde ihren Sohn im Gedenken an den Mann aufziehen, der zwar nicht sein Vater war, ihr aber die Möglichkeit gegeben hatte, ihn in finanziell gesicherten Verhältnissen groß werden zu lassen. Der Gedanke machte sie glücklich – und die Tatsache, dass sie Freunde gefunden hatte. Zum ersten Mal in ihrem Leben.

*

Graham weigerte sich, an Emily, die Befruchtungsklinik, Wasser in den Beinen, Stimmungsschwankungen und Masturbation zu denken. Sicher, sie würden auch weiterhin versuchen, ein Kind zu bekommen, doch im Moment konzentrierte er sich ganz darauf, seine Ehe zu genießen wie in ihrem ersten gemeinsamen, damals gewollt schwangerschaftslosen Jahr. Es machte ihm Freude, mit Amanda, der schönen, intelligenten Amanda, auf die er so stolz war, zu kochen und sich anschließend beim Essen mit ihr zu unterhalten. Sie erkundigte sich zum ersten Mal seit langer Zeit nach seiner Arbeit und er sich nach ihrer. Sie hatten wieder zueinander gefunden, waren einander wieder nah. Und diese Nähe würde noch bestehen, wenn die Kinder längst erwachsen und aus dem Haus wären. Wenn er an seine späten Jahre dachte, sah er sich mit Amanda in ihrem Traumhaus am Wasser. Sie saßen in Schaukelstühlen auf der Veranda oder auf der breiten Holztreppe und genossen den Sonnenuntergang. Später schlenderten sie Hand in Hand am Ufer entlang und blieben hin und wieder stehen, um nach Sternschnuppen Ausschau zu halten. Ja – sie hatten wieder zueinander gefunden. Jetzt kam es darauf an, ihre Beziehung zu bewahren, welche Prüfungen die Zukunft und Emily auch für sie bereithalten mochten.

*

Amanda schob den Gedanken an Emily und die Klinik, Tabletten, Tabellen und banges Warten ebenfalls beiseite, was ihr durch die Jahreszeit erleichtert wurde. So kurz vor Schuljahresende häuften sich die Gespräche mit Eltern und Schülern. Nahm man die Lehrerkonferenzen, die Einteilungen zu gemeinnützigen Projekten und die Beratungen von Schulabgängern hinzu, hatte sie tagsüber keine Gelegenheit zum Grübeln, und an den Abenden gestattete sie es sich nicht, denn sie hätte um nichts in der Welt die wieder in ihre Ehe eingekehrte Harmonie gefährden wollen.

Dorothy durfte das Krankenhaus am Donnerstag verlassen, und Amanda fand, dass sie sie besuchen sollten. Graham war dafür, sie eine Weile schmoren zu lassen,

aber Amanda fürchtete, dass die Fronten sich dann verhärten würden, und redete mit Engelszungen auf ihn ein, bis er sich erweichen ließ.
Gretchen durfte das Krankenhaus am Samstag verlassen, und sie holten Mutter und Sohn mit dem Kombi ab. Amanda war ja schon, als sie den Kleinen durch die Glasscheibe gesehen hatte, von ihm hingerissen gewesen, doch als sie ihn jetzt »in natura« erlebte, verfiel sie ihm mit Haut und Haaren. Obwohl die Sehnsucht nach einem eigenen Baby durch ihn zur Qual geriet, brachte sie es nicht fertig, sich von ihm fern zu halten.
Allein die Gerüche in seinem Zimmer, wo sich der würzige Duft der hölzernen Wiege mit dem von Babypuder und -creme mischte, machten sie regelrecht süchtig. Zu ihrem Glück war Gretchen in ihrer Unerfahrenheit und dementsprechenden Unsicherheit dankbar für die Hilfe der zwar ebenso unerfahrenen, aber sehr engagierten Freundin. Amanda und sie wechselten sich beim Wickeln ab, sie badeten Benji, wie Gretchen ihn zärtlich nannte, gemeinsam, und als sie sich vor Erschöpfung nicht mehr auf den Beinen halten konnte, wiegte Amanda ihn in den Schlaf. Aber sie war nicht die Einzige, die der Kleine, ohne es zu wissen, ins Haus lockte. Russ schaute vorbei, Georgia kam und blieb gleich mehrere Stunden, die Kinder aus der Nachbarschaft wollten das neue Baby anschauen. Sogar Karen war neugierig.
»Du hast mir ja erzählt, laut Gretchen sei keiner unserer Männer der Vater«, sagte sie, als sie neben Amanda an der Wiege stand.
»Aber wer ist es dann?«

Amanda hob den Blick und betrachtete sie von der Seite. Seit Lee das Haus verlassen hatte, war sie merklich ruhiger geworden, wurde allmählich wieder zu der Frau, als die Amanda sie damals kennen gelernt hatte. Nein, das stimmte nicht ganz: Sie hatte eine erstaunliche Entschlossenheit und Selbstständigkeit hinzugewonnen. Um sich, ihren Kindern – und sicherlich auch ihrem Exmann – zu beweisen, dass sie ihr Leben als Frau und Mutter ohne männlichen Beistand zu meistern vermochte, hatte sie, was Amanda Hochachtung abnötigte, für die erste Ferienwoche ein Häuschen auf Martha's Vineyard gebucht. »Ich weiß es nicht«, antwortete sie.

*

Amanda wusste es wirklich nicht. Sie hatte allerdings eine Vermutung, doch sie scheute sich davor, Gretchen darauf anzusprechen. Wenn die junge Frau sich erst einmal in ihre neue Rolle hineingefunden hätte, würde sie sie vielleicht ohnehin ins Vertrauen ziehen. Wie sich zeigte, wurde das Rätsel auf andere Weise gelöst. Als Amanda an einem Abend der nächsten Woche wieder in Gretchens Haus war, klingelte es. Oliver Deeds stand vor der Tür. Sie bat ihn herein.

Schon Gretchens abweisende Haltung bei seinem Besuch im Krankenhaus hatte bei Amanda den Verdacht geweckt, dass die Beziehung der beiden über die zwischen Anwalt und Klientin hinausging. Als sie jetzt die Mischung aus Traurigkeit, Unbehagen und Sehnsucht sah, mit der er das Baby auf Grahams Arm betrachtete, wurde ihr Verdacht zur Gewissheit.

»Möchten Sie ihn mal nehmen?«, fragte Graham, und

da wusste sie, dass auch er den Blick richtig gedeutet hatte.
Amanda nahm Oliver die Päckchen ab, mit denen er beladen war, und legte ihm, ehe er etwas sagen konnte, seinen Sohn in den Arm.
Der Anwalt errötete verlegen. »Ich … ich habe noch nie ein Baby gehalten«, gestand er, doch er stellte sich gar nicht ungeschickt an, und der Kleine fühlte sich offenbar wohl bei ihm. Er schlief selig weiter. Seine langen Wimpern lagen wie dunkle Schleier auf den seidenweichen Wangen. »Ich dachte, er müsste noch in der Klinik bleiben – weil er doch eine Frühgeburt ist.« – »Sie haben ihn gründlich untersucht und für gesund befunden«, erklärte Amanda. »Also bestand kein Grund, ihn länger dazubehalten.«
»Aber er ist so winzig.« In diesem Augenblick öffnete Benji die Augen. »Kann er mich sehen?«, fragte Oliver atemlos.
»Nur schemenhaft.«
Das Baby schürzte die Lippen und fuchtelte mit einer kleinen Faust in der Luft herum.
»Er wiegt kaum etwas«, sagte sein Vater.
»Fünf Pfund und zweihundertvierzig Gramm«, kam Gretchens Stimme aus dem ersten Stock.
Aller Blicke schwenkten nach oben.
»Er ist sehr hübsch«, stellte Oliver voller Stolz fest.
Gretchen, die auf der obersten Treppenstufe stand, nickte.
»Trinkt er ordentlich?«
Wieder nickte sie.
»Stillst du ihn?«
»Ja – und darum wollte ich ihn gerade holen. Es ist Zeit

für seine erste Abendmahlzeit.« Sie schickte Amanda einen Blick, der gleichzeitig fordernd und flehend war. Amanda nahm den Kleinen und brachte ihn seiner Mutter, die ihr auf halbem Weg entgegenkam und dann wortlos mit ihm verschwand. Als Amanda die Stufen hinunterstieg, sah sie eine Sehnsucht in Olivers Augen, die sie oft genug bei Graham gesehen hatte, um sie deuten zu können. Sie überlegte gerade, wie sie das Thema in taktvoller Weise zur Sprache bringen könnte, als sie Graham geradeheraus fragen hörte: »Wo waren Sie all die Monate?«

»Im Ungewissen«, antwortete der Anwalt, und wieder lag Traurigkeit in seinem Blick. »Und dass sie schwanger war, erfuhr ich erst, als David mich wegen der zerstörten Gemälde anrief.«

»Sie haben es also einfach ... getan und sich dann aus dem Staub gemacht?«

Oliver runzelte die Stirn. Sein Adamsapfel hüfte über dem untadeligen Knoten seiner farblich nicht zu definierenden dunklen Krawatte auf und ab. »So kann man das nicht sagen.«

»Wie dann?«

»Ihr Mann, mein Freund und Klient, war gerade gestorben. Sie war unglücklich und einsam und sehnte sich nach Zuwendung. Aber ich hätte mich ihr nicht nähern dürfen – schließlich ist sie meine Klientin.«

»Und doch haben sie es getan – und sie dann auch noch sitzen gelassen!« Amanda war ebenso entrüstet wie Graham – allerdings nicht nur, weil sie sein Verhalten gegenüber Gretchen missbilligte. Wenn er sich gleich zu ihr bekannt hätte, wäre den Ehepaaren in der Sackgasse viel Verdruss und Kummer erspart geblieben.

»Ich dachte, sie sähe es auch so«, verteidigte Oliver sich.
»Woraus schlossen Sie das?«, wollte Graham wissen.
»Daraus, dass sie sich nicht bei mir meldete.«
»So schlecht kennen Sie sie? Gretchen würde niemals die Initiative ergreifen. Dazu ist sie viel zu schüchtern im Umgang mit dem anderen Geschlecht.«
Der Anwalt begegnete seinem Blick. »Das bin ich auch.«

*

Kaum dass sich die Haustür hinter Oliver geschlossen hatte, kam Gretchen herunter. Sie hatte das Baby nicht geholt, weil es gestillt werden musste, sondern weil sie nicht ertragen konnte, es auf seinem Arm zu sehen.
Vorsichtig ließ sie sich auf einer der unteren Stufen nieder und legte den Kleinen auf ihre Schenkel. Sein Blick war auf sie gerichtet, ihrer pendelte zwischen Amanda und Graham. Sie hatte befürchtet, Missbilligung in ihren Augen zu lesen, doch alles, was sie sah, war Anteilnahme.
Amanda kam zu ihr herüber, setzte sich auf die nächstuntere Stufe und schaute zu ihr auf. »Es tut mir so Leid, dass Sie diese schwere Zeit ganz allein durchstehen mussten. Wenn wir es gewusst hätten ...«
»Wir kannten uns doch gar nicht«, warf Gretchen ein.
»Da haben Sie Recht«, nickte Amanda. »Aber jetzt kennen wir uns, und wenn man bedenkt, was wir in kurzer Zeit alles miteinander erlebt haben, denke ich, sollten wir uns duzen. Freunde siezen sich schließlich nicht, oder?«

Gretchen nickte. Ihre Augen schwammen in Freudentränen.
»Also – wie war das nun mit Oliver?«
»Er war für mich da«, begann die junge Frau. »Als Anwalt, meine ich. Nach Bens Tod kam er oft her, weil ich seine Hilfe brauchte. Ich wusste ja nicht einmal, wie man mit Schecks bezahlt. Vor meiner Ehe hatte ich nie genug Geld, um mit Schecks zahlen zu dürfen, und dann regelte Ben alle finanziellen Angelegenheiten. Ein ganz schönes Armutszeugnis für einen erwachsenen Menschen, nicht wahr?«
»Ach was«, meinte Graham wegwerfend. »Ich bin auch nicht besser.«
»Bei uns bin ich der Finanzminister«, erklärte Amanda und lächelte ihren Mann liebevoll an.
Dass auch Grahams Selbstständigkeit ihre Grenzen hatte, obwohl er ein Mann und viel älter war als sie, tröstete Gretchen ein wenig. »Es war nur eine Nacht«, erzählte sie weiter. »Natürlich dachte ich danach, er würde sich melden, aber das tat er nicht. Vielleicht hätte ich ihn anrufen sollen – aber das wagte ich nicht, weil ich Angst hatte, verletzt zu werden.«
»Das kenne ich«, nickte Amanda mit einem Blick zu Graham, ging jedoch nicht näher darauf ein.
»Als sich herausstellte, dass ich schwanger war, dachte ich im ersten Moment, jetzt müsse ich ihn anrufen, denn immerhin war er der Vater – aber als ich den Hörer in der Hand hatte, verließ mich der Mut. Im Laufe der Monate war ich wohl hundertmal versucht, es zu tun, doch ich traute mich nie.« Sie berührte Benjis Wange, und er gurrte wohlig. »Wir sahen uns ein paar Mal, aber da ging es um rechtliche Fragen, und er

sprach kein privates Wort mit mir. Dass ich schwanger war, konnte er nicht sehen, denn ich trug ja, wie ihr wisst, immer weite Sachen.«

»Liebst du ihn eigentlich?«, stellte Amanda ihr die Frage, die sie sich selbst wohl schon Dutzende Male gestellt hatte.

»Damals glaubte ich es. Ich dachte, es sei Schicksal – als habe Ben es so gewollt und ihn extra für mich ausgesucht, damit er sich um mich kümmert. Heute weiß ich, dass ich keinen Mann brauche, der sich um mich kümmert.«

»Mit diesem Wissen bist du in einer wesentlich besseren Position«, meinte Graham.

Gretchen verstand nicht, was er damit sagen wollte, und schaute ratlos zu Amanda hinüber.

»Du bist jetzt stärker«, erklärte sie ihr. »Sprich mit ihm. Stell fest, ob da etwas ist, auf dem man aufbauen kann.«

Gretchen fühlte sich überhaupt nicht stark. »Und wenn er sagt, dass da nichts ist?«, fragte sie ängstlich.

»Das wird er nicht.« Graham war überzeugt davon. »Er ist interessiert.«

»Woher weißt du das?«

»Ich weiß es eben.«

»Wir haben gesehen, wie er seinen Sohn angeschaut hat«, ergänzte Amanda.

»Wenn es ihm nur um das Baby geht, hat es keinen Sinn.« Gretchen brauchte einen Mann, der sie liebte. Nein, korrigierte sie sich im Stillen. Sie brauchte keinen Mann – sie wollte einen Mann.

Das war ein Unterschied.

»Du musst mit ihm reden – anders erfährst du es nicht«,

sagte Graham. »Wie heißt es so schön? Wer nicht wagt, der nicht gewinnt.«

*

Ja, darum ging es im Leben, dachte Amanda später, als sie sich für einen Moment gestattete, an die bevorstehende Behandlung bei Emily zu denken. Man musste etwas wagen. Risiken eingehen. Und man musste verhindern, dass das, was man sich wünschte, das zerstörte, was man bereits besaß. In ihrem Fall war das ihre Beziehung zu Graham. Wenn sie sich Karen ansah, die jetzt mit vier Kindern allein dastand und einer wenig rosigen Zukunft entgegensah, wurde ihr bewusst, was für ein Glück sie hatte. Wenn sie sich Gretchen anschaute, die vielleicht von Oliver geliebt wurde, aber vielleicht auch nicht, schätzte sie ihre Ehe umso mehr. Sie hatte schon immer das Gefühl gehabt, mit Graham einen ganz besonderen Mann gefunden zu haben, und jeder Tag, der verging, bestätigte ihr die Richtigkeit dieses Gefühls.

*

Graham konnte Amanda nicht oft genug lieben. Er hatte angenommen, dass dies nach dem Drama mit Jordie aufgeflammte Feuer der Leidenschaft irgendwann erlöschen würde, doch es überdauerte das Debakel mit Dorothy und wurde durch die Freude an ihrem Zusammensein mit Gretchen und dem Baby noch zusätzlich angefacht.

In den letzten Wochen hatte Amanda gezeigt, was in ihr steckte, und das wirkte auf ihn wie ein Aphrodisiakum. Es war total verrückt. Sie kam zur Tür herein, und schon hatte er eine Erektion. Er sah sie die Sackgasse herunterfahren, und schon hatte er eine Erektion. Er bekam sogar eine Erektion, wenn sie anrief und ihm sagte, dass sie gleich in ihre Straße einbiegen würde.

»Es ist wirklich erstaunlich«, sagte er eines Abends nach einem Intermezzo in der Waschküche, wo er sie aufgespürt und beim Beladen des Trockners unterbrochen hatte.

»Du hättest wenigstens hallo sagen können!«, schalt sie, hielt ihn jedoch weiter mit den Beinen umschlungen, obwohl sie beide bereits zum Höhepunkt gekommen waren.

»Du bringst mich um den Verstand – da bleibt keine Zeit für Anstandsregeln«, und er grinste. Ihre Lippen waren feucht und rosig und ihre Wangen beinahe so zart wie die des Babys auf der anderen Straßenseite, aber was ihn am meisten bezauberte – von Anfang an und immer wieder, und dessen war er sicher, in alle Ewigkeit –, war dieser Blick. Wenn sie ihn ansah, als sei er der Mittelpunkt ihres Universums, schlug sein Herz Purzelbäume.

»Habe ich dir heute schon gesagt, dass ich dich liebe?« Sie lächelte träge. »Mmm – aber du darfst es ruhig noch mal sagen.«

»Ich liebe dich. Ich genieße es, dich zu lieben. Es gefällt mir, dass wir nur zu zweit sind. Es ist wieder wie am Anfang unserer Ehe. Nein – besser.« – »Vielleicht sollten wir noch eine Weile so weitermachen.«

»Einverstanden«, und sie lächelte schelmisch.

Graham musste lachen. »Ich sprach eigentlich nicht von diesem Moment – obwohl ich mich natürlich freue, das von dir zu hören. Ich dachte, es wäre vielleicht nicht schlecht, noch einen weiteren Monat zu warten, bis zu der ... du weißt schon.« Er brachte es nicht über sich, auch nur das Wort auszusprechen.

Sie schüttelte entschieden den Kopf. »Ich wollte einen Monat Pause, und der ist jetzt vorbei.«

»Aber ich will noch einen.«

»Weil dir davor graut, dass wir uns wieder an einen Zeitplan halten müssen?«

»Nein – weil ich Angst habe«, antwortete er heftig. »Hast du denn keine?«

Ihr Lächeln erlosch. »Natürlich habe ich auch Angst. Wenn es mit der üblichen künstlichen Befruchtung wieder nicht klappt, müssen wir es mit der nächsten Methode versuchen, und bei dem Gedanken ist mir gar nicht wohl.«

»Ich habe nicht nur Angst, was das betrifft – ich habe auch Angst um uns.«

Sie streichelte seine Wange. »Ich doch genauso. Aber es bringt nichts, wenn wir es Monate oder sogar Jahre vor uns herschieben. Wir wollen beide ein Baby, und deshalb müssen wir jetzt da durch.«

»Wir könnten ein Kind adoptieren. Das würde den Druck von uns nehmen. Ich bin fast sicher, dass du dann schwanger würdest.«

»Ich bin noch nicht bereit zu diesem Schritt.«

Er legte den Kopf in den Nacken. »Du kannst dir nicht vorstellen, wie scheußlich ich mich dabei fühle.«

Amanda brauchte nicht zu fragen, wovon er sprach. Sie umfasste seinen Kopf, bog ihn nach vorne und sagte in seine Augen hinein mit verführerischer Stimme: »Das liegt nur daran, dass du immer auf Magazine angewiesen warst. Das nächste Mal begleite ich dich in das

Zimmer – dann brauchst du keine Fotos mehr, um in Stimmung zukommen.« Sie schob ihre Hand zwischen ihren beiden Körpern nach unten bis zu der Stelle, wo sie noch immer eins waren, und sofort erwachte sein Begehren erneut.
»Versprochen?«, fragte er heiser.
»Versprochen«, nickte sie.

*

Sie einigten sich auf eine Erhöhung der Clomifen-Dosis, eine HCG-Spritze und die Mehrfachinsemination. Amandas Zyklus funktionierte zuverlässig. Sie würde am Mittwoch ihre Periode bekommen, am Donnerstag die Ärztin anrufen und am Freitag zu ihr in die Klinik fahren, um sich das Medikament und genaue Instruktionen zu holen. Danach würden Graham und sie in ein Wochenende starten, für das er diesmal ein Zimmer in einem Landgasthof an der Küste von Maine reserviert hatte. Sie waren entschlossen, sich auf ihre Beziehung zu konzentrieren, während sie Emilys Anweisungen folgten, bei diesem Durchgang alles gemeinsam zu machen, von der Ultraschalluntersuchung über die Führung der Basaltemperatur-Tabelle und die Eisprung-Tests bis zum Abfüllen des Spermas und der nachfolgenden Injizierung.
Im letzten Monat hatte sie sich verzweifelt gewünscht, dass ihre Periode ausbleiben würde – diesmal sehnte sie sie regelrecht herbei. Je eher sie den dritten Versuch in Angriff nehmen könnten, umso besser, dachte sie – aber als sie am Abend ihren Schreibtisch in der Schule aufräumte, hatte sich noch immer nichts getan.

Sie griff sich gerade ihren Aktenkoffer, als die Tür aufging und Jordie erschien.
»Hi, Süßer«, begrüßte ihn Maddie aus ihrem Käfig.
»Hallo«, sagte Amanda. »Nur herein!«
»Sie wollten doch gehen, oder?«
»Für dich habe ich immer Zeit.« Sie winkte ihn heran. Es war ihr erstes Wiedersehen seit dem Abend auf dem Turm. »Ich habe viel an dich gedacht. Wie geht es dir?«
»Nicht schlecht.«
»Und wie stehen die Dinge zu Hause?«
»Merkwürdig.«
»Merkwürdig?«
»Ja. Mein Dad kommt oft, und er ist auf einmal richtig nett zu Mom. Julie meint, dass die beiden sich versöhnen werden.«
»Glaubst du das auch?«
»Nein. Dafür ist zu viel passiert. Manchmal denke ich, dass ich an ihrer Trennung schuld bin.«
»Rede dir das ja nicht ein!«, beschwor Amanda ihn. »Du kannst überhaupt nichts dafür.«
»Vielleicht haben Sie Recht«, er nickte nachdenklich. »Immerhin hatten sie seit langem Probleme. Aber was ich Gretchen angetan habe, war schon ein Hammer. Hasst sie mich?«
»Aber nein«, Amanda lächelte. »Gretchen ist gar nicht fähig, jemanden zu hassen.«
»Obwohl ich ihr geliebtes Bild zerstört habe? Das muss ihr doch jedes Mal wieder einfallen, wenn sie ihr Wohnzimmer betritt.«
»Sie ist so glücklich mit ihrem Sohn – das hilft ihr bestimmt, den Verlust des Gemäldes zu verschmerzen.

Vielleicht wird sie ihn eines Tages malen lassen und das Porträt dann an die Stelle hängen.«

Jordies bedrückte Miene erhellte sich. »Das wäre schön«, sagte er. »Vielleicht können Sie ihr ja sogar den Vorschlag machen.«

»Gute Idee.«

»Maddie schimpft heute gar nicht«, wunderte sich der Junge. Amanda folgte seinem Blick zu dem Käfig. »Sie hat keinen Grund zu schimpfen«, erklärte sie. »Du strahlst keine Aggressionen aus. Wie läuft es denn mit deinem Therapeuten?«

»Er ist okay – aber Sie wären mir lieber.«

»Ich danke dir«. Sie lächelte gerührt.

Ihre Blicke trafen sich. »Ich habe *Ihnen* zu danken«, erwiderte er. »Was Sie neulich getan haben, hat mich echt umgehauen.«

Ihr war klar, dass er von ihrer Kletterpartie im Wald sprach.

»Ich habe getan, was ich tun musste – und nicht nur für dich. Auch für mich.«

»Wegen Quinn?« Als sie nickte, sagte er: »Ich vermisse ihn.«

»Das tun wir alle.«

»Ich werde mein Leben lang nicht vergessen, an welchem Tag er gesperrt wurde, wann er starb und wann die Beerdigung war. Gestern war es vier Wochen her, dass er sich mit dem Wodka betrank, den ich ihm gebracht hatte, aber es kommt mir vor, als sei seitdem ein Jahr vergangen.«

»Es war heute vor vier Wochen«, korrigierte Amanda.

»Nein – es war ein Dienstag. Das weiß ich ganz genau.«

Er hatte tatsächlich Recht! Amanda fragte sich, wie sie

die Tage hatte durcheinander bringen können – und dann begriff sie plötzlich, was es für sie bedeutete.
Ihre Aufregung musste ihr anzusehen sein, denn Jordie fragte besorgt: »Stimmt was nicht?«
Amanda schluckte und antwortete: »Doch, doch, es ist alles okay. Willst du mitfahren?«
»Nein, danke. Mein Dad holt mich ab.«
»Dann lass uns gehen.« Sie konnte es nicht erwarten, in die Apotheke zu kommen. Natürlich hatte sie Schwangerschaftstests zu Hause, aber sie wollte keinen benutzen, der dort schon ewig herumlag.

*

Sie kaufte drei von verschiedenen Firmen. Alle unterschieden sich ein wenig in der Anwendung, aber keiner war an eine bestimmte Tageszeit gebunden, und jeder versprach schon für den ersten Tag nach dem Ausbleiben der Periode ein neunundneunzigprozentiges sicheres Ergebnis.
Als sie heimkam, zitterte sie am ganzen Körper, und in ihrer Aufregung benetzte sie einen Streifen am falschen Ende. Damit blieben ihr noch zwei. Bei dem ersten betrug die Wartezeit fünf Minuten. Obwohl es eine Qual für sie war, die Ruhe zu bewahren und still auf ihrem Platz vor dem Waschbecken stehen zu bleiben, ließ sie den Streifen nicht aus den Augen. Schließlich zeigte sich ein Pluszeichen.
Um sicherzugehen, befreite sie auch noch den letzten mit fliegenden Fingern aus seiner Zellophanhülle. Nach zwei Minuten erschienen zwei rote Linien – das deutete ebenfalls auf eine Schwangerschaft hin. Sie legte die bei-

den Streifen nebeneinander auf den Rand des Waschbeckens, wusch sich die Hände und holte ihr Handy aus dem Aktenkoffer, den sie in ihrer Kopflosigkeit mit ins Bad genommen hatte. Ihre Hände zitterten so sehr, dass sie sich zweimal vertippte.

»Ich bin's«, sagte sie mit bebender Stimme, als sie Graham endlich erreichte. »Du musst nach Hause kommen!«

»Was ist passiert?«, fragte er alarmiert.

Amanda zwang sich, ihre Erregung zu bezähmen. Sie durfte ihm nichts verraten – sonst brächte sie sich um das Erlebnis, seine Überraschung zu sehen, seine Fassungslosigkeit, seine überschäumende Freude, seine Ergriffenheit.

»Reg dich nicht auf«, antwortete sie, um eine ruhige Stimme bemüht. »Ich muss dir nur etwas zeigen.«

»Etwas Gutes oder etwas Schlimmes?«

»Etwas Gutes.«

»Etwas Großes oder etwas Kleines?«

»Graham! Komm einfach nach Hause. Sofort!«

Zehn Minuten später bog er in die Zufahrt ein. Mit wild klopfendem Herzen öffnete sie ihm die Tür, nahm ihn bei der Hand, zog ihn die Treppe hinauf ins Bad und deutete wortlos auf die beiden Streifen. Er starrte eine Weile schweigend darauf hinunter. Dann schaute er sie an. Sie schwieg noch immer. Er trat näher an das Waschbecken und musterte erst den einen Streifen eingehend und dann den anderen. Und dann sah er die Verpackungen und schnappte hörbar nach Luft.

»Großer Gott!« Er fuhr zu ihr herum. »Wir haben es geschafft?«, fragte er atemlos.

»Aber ich denke, heute …«

»Nein – gestern!«, ließ sie endlich ihrer Aufregung freien Lauf.
»Ich hatte mich geirrt! Am Dienstag hätte meine Periode kommen müssen!«
»Du bist schwanger!«
»Ich bin schwanger«, bestätigte sie, doch das Schönste daran war in diesem Moment für sie, das Glück in seinen Augen zu sehen. Er riss sie in seine Arme und schwenkte sie im Kreis herum, wobei er sie so fest hielt, dass sie kaum Luft bekam. Als er sie schließlich absetzte, fragte er: »Wann ist es passiert?«
»Bei einem der hundert Male, die wir uns in den letzten zwei Wochen geliebt haben.«
»Du weißt es nicht genau? Du hast es nicht gespürt?«
»Nein, mein Herz«, antwortete sie mit vor Zärtlichkeit erstickter Stimme. »Das Einzige, was ich gespürt habe, warst du.«

Ein Roman, erfüllt vom Duft nach Wein und Erde!

Barbara Delinsky

Der Weingarten

Roman

Natalie Seebring hat die letzten 50 Jahre ihrem Mann, ihren Kindern und vor allem dem Weinbau, einer starken Familientradition, gewidmet. Nun ist sie alt, ihr Mann ist vor einem halben Jahr verstorben – und plötzlich scheint Natalie völlig verändert: Sie verkündet ihrer empörten Familie ihre bevorstehende Heirat mit Carl Burke, dem langjährigen Geschäftsführer des Familienunternehmens.

Doch ihre Kinder wissen nicht alles über Natalies Leben, weshalb sie beschließt, ihre Memoiren zu schreiben. Als sie die junge Olivia zu diesem Zweck einstellt, ahnt sie noch nicht, dass ihrer beider Leben eine neue Wendung nehmen wird.